大魚讀品
BIG FISH BOOKS

让日常阅读成为砍向我们内心冰封大海的斧头。

天空的另一半

A PATH APPEARS

2

[美] 尼可拉斯 · D. 克里斯多夫　雪莉 · 邓恩 _ 著

张孝铎 _ 译

浙江人民出版社

图书在版编目（CIP）数据

天空的另一半 . 2/（美）尼可拉斯 · D. 克里斯多夫，（美）雪莉 · 邓恩著；张孝铎译 . —杭州：浙江人民出版社，2023.3

ISBN 978-7-213-10884-6

Ⅰ . ①天… Ⅱ . ①尼… ②雪… ③张… Ⅲ . ①纪实文学—美国—现代 Ⅳ . ① I712.55

中国版本图书馆 CIP 数据核字（2022）第 238726 号

浙江省版权局
著作权合同登记章
图字：11-2022-342 号

天空的另一半 2

TIANKONG DE LING YIBAN 2

[美] 尼可拉斯 · D. 克里斯多夫　雪莉 · 邓恩　著　张孝铎　译

出版发行　浙江人民出版社（杭州市体育场路 347 号　邮编　310006）
责任编辑　祝含瑶　徐　婷
责任校对　戴文英
封面设计　魏　魏
电脑制版　冉　冉
印　　刷　三河市中晟雅豪印务有限公司
开　　本　880 毫米 × 1230 毫米　1/32
印　　张　11.25
字　　数　308 千字
版　　次　2023 年 3 月第 1 版
印　　次　2023 年 3 月第 1 次印刷
书　　号　ISBN 978-7-213-10884-6
定　　价　58.00 元

献给用爱养育我们的家人，以及在我们试图抚育他们的时候，常令我们抓狂的孩子们。献给你们：戴维、艾丽斯、桑德拉、赛丽娜、达雷尔、拉迪斯、简、格雷戈里、杰弗里、卡罗琳；以及世界各地的你们，是你们教会我们懂得，见证世界的患难并不令人沮丧，而是令人振奋——因为它激发了人们与生俱来的助人之心，因为在人性最坏的一面跟前，你们会看到最好的一面。

希望是本无所谓有，无所谓无的。这正如地上的路；其实地上本没有路，走的人多了，也便成了路。

——鲁迅（1921）

目录

Contents

第一部分　为机会插上翅膀

第三部分　奉献、收获、生活

第一部分

为机会插上翅膀

序　有意义的生活

仅仅勤劳是不够的，蚂蚁也勤劳。你为什么而勤劳？

——亨利·戴维·梭罗

尽管雷切尔·贝克维斯不愿意承认，但九岁生日确实有点令她失望。这个住在西雅图地区的女孩，在教会演讲上得知世界上还有很多人没有洁净的水喝时震惊了。于是，她请大家不要送生日礼物，而是把钱捐给在世界各地为贫困村庄打井的组织——“慈善：水”。雷切尔的目标是募集300美元，她一直紧紧盯着“慈善：水”网站的生日捐款页面，密切关注着收到的每笔捐款。

雷切尔发现，网站上有形形色色的人，他们都将为世界另一端需要帮助的人筹款打井作为庆祝方式：丽兹·沃德和柯克·沃德夫妇将他们的水井捐款网页作为“结婚贺礼清单”；埃兹拉·马格拉姆为庆祝成人礼募集了5804美元，比他预想的两倍还要多；弗兰克·丹纳和梅根·丹纳为庆祝女儿爱玛的降生，在“慈善：水”网站创建捐款网页，筹得375美元；蒂米·霍戒酒一年，筹到1306美元；艾丽卡·汉娜则把减肥之路变成了筹款之旅。看到大家募集善款如此成功，雷切尔很激动，但是，她自己的生日募捐成绩却不理想。她只筹到220美元，离目标还差一大截。

在家人的鼓励下，雷切尔很早就显示出回馈社会的意愿。五岁那年，她在学校听说了“绺绺爱”，这个组织使用捐赠者的头发，为因癌症或其他疾病而脱发的孩子制作假发。雷切尔要求把自己的长发剃光，捐给“绺绺爱”。雷切尔的妈妈萨曼莎·保罗回忆道：“那是她第一次剪头发——她的头发已经留得很长了，但她说想帮助得了癌症的孩子。”剪掉头发后，雷切尔宣布，她要重新把头发留长，过几年再捐给“绺绺爱”。她确实也是这样做的。雷切尔发现，奉献令她感到极大的满足，正是这种满足感促使她急切地在“慈善：水”网站上建立了生日募捐页面。但是，每当雷切尔满怀希望地上网查看自己的页面时，却总是看到捐款额增长缓慢、低于目标，这令她备感沮丧。

九岁生日过后不到六周，悲剧发生了。家人驾车载着雷切尔行驶在高速公路上，突然，两辆卡车相撞，卡车上运载的木头滚到了高速路上，造成13辆车连环相撞。贝克维斯一家的车也在其中。车上其他人并无大碍，但雷切尔伤势严重。接下来几天，朋友和教会的教友们一面安慰雷切尔的家人，祈祷她早日康复，一面寻找更加实际的方法和这家人共渡难关。他们想起了雷切尔的生日捐款行动，开始在她的“慈善：水”网页上捐款。捐款额不断攀升，超过了300美元，然后又超过了1000美元。正当小姑娘在医院病床上命悬一线、所有人都感到绝望的时刻，募捐额超过了5000美元，然后是1万美元。尽管不知道昏迷中的雷切尔是否听得见，但守在病床前的家人还是立马低声告诉她——她募集的金额超过了贾斯汀·比伯在“慈善：水”上的庆生善款47544美元，创造了新纪录。“我想雷切尔可能暗恋他，但她从来都不承认。”萨曼莎说，“她知道的话，肯定高兴得

雷切尔·贝克维斯想在九岁生日时筹得300美元，用以帮助“慈善：水”打井。（图片由雷切尔的妈妈萨曼莎·保罗提供）

发疯。”

越来越明朗的是，雷切尔永远不会康复了。一家人做出了心碎的决定，撤除维持她生命的机器。在家人深情的陪伴下，雷切尔离开了人世，留下了一个小女孩最后一次募款的传奇。这个传奇故事不断流传，世界各地的人们被这个女孩的慷慨之心所感动，纷纷到她的网页上捐款，金额通常是 9 美元。一个五岁的女孩，把小猪存钱罐里所有的钱都捐了出来，一共 2. 27 美元。萨曼莎动人地讲述了女儿的梦想，通过社交网络的传播，她的演讲激起了更大的涟漪，捐款总额飙升至 10 万美元，然后又超过了 50 万美元。最终，雷切尔的募捐共筹得 1265823 美元，[1] 足以为 3. 7 万人提供洁净安全的饮用水。社交网络让一个悲剧转变成一次胜利，一次对雷切尔的生命和价值观的颂扬，它将跨越半个地球，拯救儿童的生命，促进他们的健康。雷切尔离世一年后，萨曼莎来到非洲，看到年幼的女儿为埃塞俄比亚那么多村庄带来的影响，她惊呆了。

对一个母亲来说，任何安慰都无法抚平失去九岁女儿的伤痛。但是，萨曼莎欣喜地看到了女儿创造的奇迹。村民们既为获得洁净水源而手舞足蹈，也为萨曼莎失去爱女深感同情，这令她非常感动。捐资打井并不能化解悲伤，但至少能让人感到苦中有乐，能创造出丰富的意义，表达对逝者的缅怀，否则，雷切尔的离去不免会令人愤怒地感到，这只是生命随意的安排。“有时，我真的感到难以承受。我对一位妇女讲了我们的经历，她也是个母亲，听完她就哭了。她真心地被雷切尔想做的事感动了，也深深地感激雷切尔。她告诉我，她给孩子们讲了雷切尔的事，教他们懂得爱和奉献。这些人拥有的远比雷切尔少得多，听到他们也从雷切尔的故事里学到奉献和无条件的爱，真的非常非常感人。”汽车驶出村子，在坑坑洼洼的路上颠簸，萨曼莎蜷起身子放声大哭。

莱斯特·斯特朗的童年则完全不同。三年级时，老师对莱斯特的父母说，他在学校成绩差，基本上是教不好了——校方用了“智障”这个词，称家长不应该再“浪费时间”让莱斯特接受正规教育，他只适合从事体力劳动，顶多能学会独立生活。老师把莱斯特的课桌搬到走廊上，对他不闻不问，羞辱他，骂他是朽木不可雕的笨蛋。斯特朗家有八个孩子，住在匹兹堡郊外，莱斯特的父母分身乏术，父亲又只受过八年教育，帮不上什么忙。看起来，莱斯特成了又一个永远得不到优质教育的黑人男孩。

幸运的是，莱斯特还有三位老师：一个剃头匠、一位牧师，以及一个朋友的母亲。他们都告诉小莱斯特，他能学习。晚上，他们检查他的作业，从成绩单里寻找希望的兆头，告诉他在学校应该怎么做。最重要的是，他们告诉莱斯特，他能做到。这些成年辅导老师改变了莱斯特的生活。最终，他留级重读了一年。此后，他的成绩突飞猛进，四年级时成为优秀生，后以全班第一的成绩从高中毕业。他获得了美国优秀学生奖学金，以奖学金进入戴维森学院，又去了哥伦比亚大学商学院深造。他进入电视行业，成为记者和制作人，之后平步青云，当上了波士顿一档晚间新闻节目的主播。

晚年，他开始追求更大的成就。“我感到一种吸引力，呼唤着我做更有意义的事情，回报社会。”莱斯特说，“我不想看到孩子们被当成没有未来的人，我曾经就差点成为这样的孩子。”于是，60岁的莱斯特开始了全新的职业生涯，成为“经验服务队”的首席执行官。这个组织的志愿者年龄都在55岁以上，让他们来辅导孩子，就像他过去曾被指导那样。

莱斯特·斯特朗
（图片由帕特里夏·热里多提供）

莱斯特说：“我知道一个长者充满爱意又有条理

的关注，对一个还不习惯受到关注的孩子来说，具有多么大的力量。”

“经验服务队”目前有1700名志愿者，在全美范围内辅导从幼儿园到三年级的三万名学生，这些学生主要来自面向低收入家庭的学校。每名志愿者负责一个学生小组，在整个学年内，每周辅导15小时，帮助孩子们使用图书馆，挑选书籍，尤其是教他们感受阅读的快乐。

加里·斯卢特金医生回到家乡芝加哥后，焦虑不安。这个满脸皱纹的传染病专家在旧金山和非洲度过了职业生涯的大部分时光，与肺结核、艾滋病和霍乱作战。但是，长期待在难民营已令他疲惫不堪，[2]婚姻也支离破碎，现在是时候回到年迈的父母身边了。他不知道自己接下来应该做什么工作。

在他考虑各种可能性时，斯卢特金听闻了芝加哥的黑帮暴力，关于十岁孩子枪击同龄人的故事。这确实令人震惊，但听起来与索马里以及他了解的其他地方也不乏相似之处。斯卢特金开始研究街头暴力，潜心阅读凶杀案和枪击案曲线图。在这个流行病学家看来，暴力案件的曲线图和传染病的曲线图惊人地相像。

“我突然意识到，这就是一种传染病。”斯卢特金说。他越是深入审视，就越是深刻地感到，城市暴力一直被错误地诊断为单纯的犯罪问题，而在很多方面，它更像是一种接触传染病，与霍乱和麻风病没什么两样。和其他传染病一样，街头暴力的传染取决于其在抵抗力低下或是免疫受损的易感人群中的暴露程度。他认为，“暴力流行病”不仅是一种比喻，在某种程度上，凶杀案的传播确实和传染病传播如出一辙。

“正如肺结核引发肺结核，流感引发流感。”斯卢特金说，“暴力也会引发暴力。”

斯卢特金发现暴力在一定程度上可以被视为传染病后，立即决定用处理公共卫生问题的办法来解决它，抑制这种传染病的蔓延。他发起了一个名叫“治疗暴力”的组织，找来刑满释放人员和前帮派成员，让他们像疾控工作者

加里·斯卢特金医生利用自己在传染病方面的特长，解决美国城市间的街头暴力现象。

那样，深入社区，阻止暴力蔓延。有人遭到枪击时，他们就赶往医院病房，劝说受害人不要报复。他们收集凶杀威胁情报，通过和平谈判解决问题。更宽泛地说，他们试图改变社区的规则，让滥用暴力的人受到鄙视，而不是尊敬。“既然暴力是一种后天习得的行为，那么人们也可以学着去抛弃它。”

近几年，“治疗暴力”的模式已经传播到美国的其他城市和其他国家，甚至传到了伊拉克和哥伦比亚，取得了引人注目的成绩。详细的评估显示，“治疗暴力”能够以忽略不计的成本，将严重暴力行为的数量减少四分之一或更多。加里·斯卢特金认为，如果获得充足的资源，经过一些调整后的模式能够将凶杀案发生率降低70%。

雷切尔·贝克维斯、莱斯特·斯特朗和加里·斯卢特金寻找创新、有效的方法回馈社会，这反映出我们对表达仁善之心的渴望。我们希望找到生活的意义和目标，而途径之一就是与高于我们自身的使命相连。本书介绍了利用研究成果、实证策略和天才创意来阻止暴力、促进健康、发展教育、在家乡和世界传播机会的创新者，并展示了具体的操作方法。通过这些方法，我们也能为世界带来些许改变。我们着重描写的人们，有的募集或捐献资金，比如雷切尔和她的家人，以及从这场悲剧中汲取力量的支持者们；有的是组织者，比如斯卢特金和斯特朗；还有很多是冲在最前线的“步兵”。在一场用新的智慧、方法和经验减少贫穷和不义、解决社会问题的变革中，他们都是不可或缺的一分子。从美国儿童辍学到非洲肠道寄生虫疾病，很多令人欣喜的全新应对方法已经诞生，能够改善众多问题。在某些案例中，人们取得了惊人的进步。

21 世纪的很多社会问题都看似无法解决，难以根治。我们探索了火星，把移动电话装进腕表，却不能保证市中心的家庭安全；我们能测定胶子这样的亚原子粒子，能设计出会开车、会互动，还能击败象棋大师的机器人，却只能心有不甘地接受我们无力让孩子在学校中学习、远离毒品和黑帮；我们当中很多人都知道，在某些地方长大的男孩更有可能进监狱而非上大学，这是一种不正确也不公平的现象，但我们却举起双手，向贫民区的形势投降。无论是在刚果还是在芝加哥，暴力和贫穷都依然是严峻的现实。

担任《纽约时报》驻外记者期间，我们结了婚。多年来，我们一直在想，怎样做才能更好地帮助身边有需求的人。并不是每个人都能在城里最乱的街区打击暴力行为，或者在学校当志愿者。我们大部分人只能付出零星的努力，比如在这里或那里捐些钱。和很多美国人一样，我们两人也有必须得保住的正式工作，为抚养孩子忙得不可开交，这导致我们只能通过非常有限的方式寻找高尚的使命和需要帮助的人。我们不会定期去教堂，将支持献给某个宗教机构，而且，虽然我们想伸出援手，但从来不知道该如何从非营利组织铺天盖地的吁求中做出选择。本质上来说，我们不知道该如何更好地帮助国内外的人们。因此，我们对个人怎样才能更好地创造影响、帮助机构做出有效的改变进行了考察。这本书就是我们的成果。

美国人也许并不是最慷慨的，但也算相当慷慨了。“世界捐助指数”试图测量各国人民的慷慨程度，虽然每年的结果各不相同，但在过去五年里，澳大利亚位居榜首，爱尔兰其次，美国位列第三。在美国人每年捐献给慈善事业的 3350 亿美元中，大约有四分之三来自个人捐款。慈善行为超越了社会阶层，美国的穷人和中产阶层尤其慷慨。位于收入最底层的 20% 人群，[3] 捐款额占到收入的3. 2%，显著高于收入最高的20%人群的捐款收入比（1. 3%）。大约有三分之二的美国人每年为慈善机构捐款，[4]男性、女性和儿童平均每人捐款约1000美元。

然而，帮助他人远比看上去困难，仅凭良好的意愿是不够的。人们捐钱时，很少像赚钱时那么明智，坦白说，很多慈善捐款并不那么有效。我们认为，我们的重点是在全球范围内扩大机会，因为“才能四处都有，但机会并不是”。我们曾看到过了不起的天才只能住在肯塔基的房车停车场里，在达尔富尔的大树下，在缅甸偏远山区的陋屋里。扩展机会的障碍之一，是世界很多地区对妇女和女孩的压迫，我们在上一本书《天空的另一半》中讨论了这方面的严峻挑战。现在，我们把视野放宽，考察阻碍人们获得机会的其他障碍，以及如何克服它们。

显然，很多善举并不涉及争取机会：赞助面向晚期癌症病人的临终关怀服务，保护受虐待的动物，支持艺术创作，为教堂或寺庙捐款，或者本着“喜愿基金会”的精神，帮助癌症患儿实现心愿等，都是值得赞扬的努力，我们也很赞同。但是，我们同样面临着传播机会的挑战，从而使一个人的未来能够不再完全依赖“出生彩票”。全世界每年出生的孩子里，几乎有一半要和他们的出身抗争。比如在重男轻女的社会中降生的女孩，无法进入好学校；比如在索马里或巴尔的摩帮派横行的街区出生的孩子，生来就陷入暴力的旋涡。这让他们很难发挥出自己的潜力。他们是失败者，这个世界也是，因为它夺走了孩子们所能做出的贡献。传播机会，让孩子们蓬勃成长。我们花费数万亿美元来治疗贫穷导致的病症（仅美国一个国家自1965年以来在经济情况调查上就已花费了20万亿美元），其中很多的确是必需的。然而，更重要的挑战是根治潜藏的病因，而我们这些赢得“出生彩票”的人似乎有责任利用我们的好运，来帮助消除这些根本性的不公。

好消息是，专家们越来越清楚地明白，如何才能带来改变。研究者们开发出新的实证方法，越来越多的慈善组织开始测评并追踪成果，一门关于怎样更好地创造改变的新兴科学正在出现。任何人都可以利用这门学问，并且通过最近才得以使用的、确定的干预措施，对捐款产生的影响更加胸有成竹。援助组织“证据行动”，以哈佛大学的迈克尔·克莱默、麻省理工学院的埃斯特·迪弗洛和耶鲁大学的迪恩·卡兰等发展经济学家近期的研究为基础，让每个捐赠者每年仅需花 50 美分便能为非洲或亚洲的儿童驱虫。事实上，最近的研究发现，这个低成本、高收益的方法能够让孩子更加健康并更有可能去学校上学。因驱虫而获得的健康和教育，将使一个孩子在成年后的收入增加 20%。[5] 今天，只需要每周捐出一美分便可以达成同样的效果。每得到 1.98 美元捐款，“证据行动”就能提供一台氯化器，使一个贫困家庭得到一年的洁净饮用水。现已证实，这个方法能够将痢疾发病率降低 40%，而痢疾正是导致儿童死亡的一个主要原因。

如果你更倾向于帮助美国儿童，只需 25 美元，就能通过相关项目联系到一位吸烟的美国孕妇，向她解释吸烟对胎儿的危害，促成 14% 的吸烟孕妇戒烟。怀孕期间吸烟会增加子宫内的睾丸酮含量，特别是对男性胎儿未来的行为产生长期影响。母亲在怀孕期间抽烟，生下的男孩成年后入狱的概率显著增加。我们将会看到，减少孕期药物滥用或帮助青少年避孕的行动可以为整个社会带来长远的利益。

每年捐款 20 美元，你就能帮助一个贫穷的美国孩子在看儿科时获得医生开出的“阅读处方”和童书。这个项目叫作“伸出手，一起读”，是由一群医生和医疗服务提供者发起的。他们向幼儿发放图书，并建议家长为孩子念书以促进其脑部发育。这个项目极大增加了儿童的词汇量和家长定期为孩子读书的比例。这些办法并不是让问题一夜之间就消失不见的魔杖，但它们经过严格测试，操作简单，能有效瓦解我们面前的障碍。换句话说，它们是通往机会之路。

今天，通过互联网，见证捐赠产生的影响变得更加容易了，因为一帮社会企业家创立的众多组织已成为捐赠者和受惠者之间的桥梁。美国青年康纳·博安在大学毕业后去了欧洲的滑雪胜地打工，赚取自己的滑雪费用。后来，他想“寻找一些不同的东西”，就在1996年去了海地的高中教英语。在康纳教书的学校里，最出色的女孩是埃斯蒙德·约瑟夫。在听说她毕业后要去参加文秘课程之后，康纳困惑不解，问她为什么不设定一个更高的目标。埃斯蒙德解释说，她的梦想是成为一名医生，但是她连小学也没有读完的父母无力负担她上大学。康纳借给她30美元，以便她能够申请一所医学院（在海地，学生们本科就进入医学院了）。她被录取后，康纳又拿出自己的积蓄，为她支付每年3000美元的学费。埃斯蒙德自己也竭尽全力。她秉烛夜读，有时为了省下12美分的公交车费，步行5英里（1英里约合1.6千米）去学校。为了帮助更多像埃斯蒙德一样的学生，康纳发起了“海地教育和领导力计划”(HELP)，为以全A成绩毕业的海地优秀高中生提供大学奖学金。为了让这个计划持续下去，获奖者要承诺在毕业后工作的前九年内，将薪水的15%回馈给HELP。目前，已有超过150名学生依靠HELP的奖学金进入大学，而埃斯蒙德已经是一名医生了。

伸出援手所收获的好处是双向的。受益的不只是埃斯蒙德这样的学生，还有那些帮助他们的人。越来越多的美国学生开始了解世界以及其他国家的公共服务，因为他们的学校就在资助贫穷国家的学校，有的甚至在当地盖起学校。向名为“柬埔寨世界援助”的组织捐款4.5万美元，就能够在柬埔寨盖一所有三间教室的学校。其他美国人也找到了他们自己的切入点。在海地的一家旅馆里，来自加州洛斯阿图斯高中的老师赛思·唐纳利偶遇了当地一所学校的校长蕾阿·多尔。这场邂逅变成了长期的来往——洛斯阿图斯中学为多尔给海地贫困学生开办的新学校募集了20万美元。多尔在向我们展示新学校时说：“要是没有洛斯阿图斯的学生们，我们永远都办不到这些。”每年夏天，洛斯阿图斯高中都组织一批学生来海地，和同龄人见面，帮助他们学习英语。说洛斯阿图斯的学生和海地学生收获一样多，未免太轻率，但毫无疑问，这种交流让加州的中学生有了审视世界的新视角，而这是他们在课堂上永远都学不到的。

如今，援助项目的运行更加顺畅，往往也变得更加透明，这是因为像多尔这样土生土长的项目领头人越来越多，他们了解当地情况，所需花费比外国来的援助工作者少得多。无论是在纽约布朗克斯，还是在海地贫民区，当地领头人能争取到社区对新项目的支持，他们提出的解决方案具有重大的价值。

我们曾写过特芮莱·特伦特的故事，她来自津巴布韦的一个村庄，只念过一年小学。而现在，她创造出了一些新事物。特芮莱 11 岁就结了婚，丈夫会打她。她遇到“国际小母牛组织”的负责人乔·勒克时，还是个没受过多少教育的牧民。勒克让她把自己的目标写下来，这看起来有些奇怪，但特芮莱写下了去美国学习的志向，她要念大学，当学士、当硕士，甚至要成为一名博士。然后，她把写有目标的那张纸裹着塑料袋塞进锡罐里，来到她放牛常去的地方，把罐子埋在一块石头下。她开始参加函授课程，表现出色，最终被俄克拉何马大学录取，并得到了奖学金。拿到学士学位后，她回到津巴布韦，挖出锡罐，拿出心愿纸，划掉了第一个目标。然后，她飞回美国读硕士，拿到学位，又回到家乡挖出罐子，划掉第二个目标。终于，2009 年，她在西密歇根大学拿到博士学位，并再次回到津巴布韦的牧地，挖出罐子，划掉了最后一个目标。

津巴布韦。特芮莱·特伦特
在她创建的学校前与学生们交流。
（图片由茨万吉拉里·木克瓦志提供）

现在，特芮莱·特伦特博士和“救助儿童会”合作建学校，让更多的孩子也能实现他们的梦想。她创立了一个基金会“Tinogona”——意思是“梦想能够实现”——这也是她自己的信条。2014年，她在家乡开办了第一所学校。当特芮莱向津巴布韦的家长和孩子讲述让女孩接受教育的重要性时，当她计划在偏远的村子开办更多学校时，她的公信力远远超过任何外来者。

成功人士往往会鄙视穷人或无家可归的人。[6]普林斯顿大学的学者苏珊·菲斯克通过脑部扫描展示出，较高成就的人在看到穷人的画面时，他们的大脑会将穷人处理成物品而不是人。成功者有时将贫穷视为道德上的失败，并将自己的成就归功于一个简单的道理：只要你刻苦学习，勤奋工作，为未来做出牺牲，遵纪守法，就能创造自己的好运。然而，如果你的母亲是个酗酒的少女妈妈，你一生下来就带着酒精造成的严重伤害，这条路就难走得多。同样，如果你生在一个极度贫困的街区，你疲惫焦虑的单亲妈妈骂你多过抱你，家里没有一本童书，你面前的障碍恐怕也难以跨越。正如我们即将看到的，明尼苏达大学的一项研究发现，儿童在三岁半之前受到的养育方式比智商更能预测出他们高中毕业的情况。

因此，结论就是，终结贫穷最有力的决定因素是那些生来贫穷的人。就像沃伦·巴菲特说的那样，出生决定命运，我们人生的结果往往依赖于一张“卵巢彩票”。我们大谈美国梦，但它已经有所变化，欧洲甚至比美国有着更大的经济活力。在美国，来自收入最低的20%群体的孩子中，只有十二分之一能通过一生的奋斗，跻身收入最高的20%阶层，[7]而在阶级意识强烈的英国，这个占比是八分之一。我们将在这本书中深入挖掘贫穷的循环和教育赤字，它们对美国和其他国家都造成了严重的损害。我们也将检视那些已经证实能够打破循环的策略。正如我们所见，早期干预——从怀孕和婴儿时期开始，持续到整个学前阶段——对打破贫穷的循环尤为有效。我们过去的努力之所以常常失败，部分原因就在于来得太晚。

20世纪杰出的哲学家约翰·罗尔斯曾提出一个令人折服的观点：要在

"无知之幕"下来衡量一个社会是否公平。也就是说，降生在这个社会时，我们不知道母亲是投资银行家还是未成年少女；自己会生在绿树成荫的郊区，还是帮派横行的内城贫民区；健康还是残疾；聪明还是迟钝；享有特权还是低人一等。这是一个狡猾的分析工具。想到自己可能就是需要进入保育学校的失养儿童，我们当中还会有谁反对为它提供资金？我们应当记得，一个人是享受家庭的幸福还是流落街头，二者间的差别不仅仅是由我们的道德水平或是否自律决定的，更是由运气、大脑化学、教养方式、基因和外界援助的复杂组合决定的。我们也该承认，生活的成功反映的不只是一个人的进取心和意志力，还有机遇和早期教育。同情心不是软弱的表现，而是文明的标志。

我们的挑战是，需要培养出一种利他主义和富有同情心的文化，让人们形成社会参与的本能。这就是说，不分你、我，只有我们。这一进程已经开始，过去 250 多年来，我们在培养同理心方面的进步是惊人的。第一次为别人争取，而非为自己索取利益的大规模社会运动，是始于 18 世纪 80 年代的英国废奴运动。第一次针对全球贫穷问题的国际救灾运动发生在 19 世纪 40 年代的爱尔兰大饥荒时期。（但这份同情是有限的：维多利亚女王要求奥斯曼帝国苏丹捐献的赈灾款不要超过一万英镑，因为这会让她区区 2000 英镑的捐赠相形见绌。[8]）今天，几乎在每所大学的公告栏里都能见到为异国困难人口吁求的海报，但从历史上看，这不过是最近才出现的现象。今天的人们对小鸡和母牛的关心，也许远胜过几个世纪之前的人们对奴隶和外国人的关心。普林斯顿大学的彼得·辛格教授就是日益强烈的人道主义精神的倡导者，[9] 哈佛大学的心理学家史蒂芬·平克和歌手波诺与他志同道合，他们身后，还有数量庞大且不断增长的捐赠者和志愿者队伍。

有时，人们认为这个领域令人感到心灰气馁，这种想法是错误的。世人取得的一些最伟大的成功来源于致力消除不公和不义、消灭奴役和饥饿的运动。单说过去这一代人，"反醉驾母亲协会"推动改变了酒驾的观念，每年挽救数千条生命。环保人士成功禁止了含铅汽油的使用，降低了脑部正在发育的婴儿暴露在含铅环境中的概率，将美国和其他国家儿童的平均智商提高了几分。避孕措施的改善和普及，使美国自1991年以来的青少年生育率降低50%以上。儿童死亡率也经历了一场变革，即使在儿童数量不断增长的情况下，注射疫苗、治疗痢疾、补充微量元素以及加强营养，已经使全球儿童死亡数量从1960年的2000万减少到现在的660万。世界银行的目标是，到2030年，消灭极度贫困。自从人类存在以来，极度贫困就是大多数人面对的生活状况。巨大的挑战和不公依然存在，在美国和其他富裕国家也是如此，但是这些进步提醒着我们，继续前行，我们将会获得什么。无论是个人还是国家，都没有完美的工具，也没有无尽的资源，但如果投入爱心和思想，我们就能做得更好。

我们两人撰写这本书，主要是为了鼓励大家，无论贫穷还是富有，来加入我们，推动世界的进步。在本书中，我们首先将尝试解答很多人都存有的顾虑——捐赠或志愿活动是否真能带来改变。我们也将探寻，社会变革的领袖和执行者们是如何反思怎样更好地帮助他人的。在有些案例中，这意味着支持新的方法，比如采用营利公司模式，创造财富，使改变得以持续。

说起慈善，人们总免不了冷嘲热讽。有些也的确切中要害，然而，这些缺陷不足以阻挡一个人去尝试为别人的生命带来根本性的改变。在每章的附言中，我们将着重描写一个人物或一个组织，来说明改变是如何发生的。

空谈助人很容易陷入乏味无聊的多愁善感，甚至沦为道貌岸然的伪善。但是，最有力的反驳是，伸出手，尝试去帮助，特别是当我们把这当作一项社会活动的时候，它就不是甘地式的自我牺牲，而是满足感甚至喜悦的源泉。过去几十年来，堆积成山的证据已经表明，社会行为包括帮助他人，能够促进精神和身体健康，延长寿命。一项基于7000人死亡率的研究发现，在同等健康条件下，社会联系最少的人死亡率比社会联系最多的人高出两倍多。[10]也许这深植于每个人体内的社会因素，解释了我们对生命意义的渴求。我们想找到目标，传承衣钵。

当然，我们也在积累实践依据。在患有冠心病的成年人中，社交上处于孤立的病人死于心脏病的概率是其他人的 2.4 倍。社交孤立加快了雌性老鼠的衰老，也让它们更易长乳房肿瘤，缩短寿命，不过目前我们尚不清楚，社交孤立是否对人类具有类似的影响。近期的研究展示了社交孤立影响背后的生物学路径，孤立使慢性炎症的概率增加（特别是男性），进而引发健康问题，导致死亡。当然，社会交往有各种各样的方式，并非一定要通过奉献助人，加入一个乡村俱乐部也可以。但证据显示，与帮助他人有关的社交活动特别有益健康，并令人感到满足。利他主义既是健康的动力，也是幸福的动力，而它似乎就深藏在人类的神经化学之中。

实验发现，就连还不会说话的幼儿也试图做出利他行为。他们会安慰看起来手指受伤的成年人，甚至主动分享泰迪熊。扫描伤者和目击者的脑部时可以看到，二者脑部被激活的区域是相似的。也就是说，在神经学的层面上，看到他人受苦令我们感到痛苦。当我们得到礼物、享受美食、调情或做爱时，大脑的“快乐中枢”在扫描图中就会亮起来。我们两人接受了脑部扫描，便于检测我们在进行慈善捐款时快乐中枢的活动情况。啊，扯远了。我们想强调的是，在忙碌的、物质的生活中，帮助他人不是沉重的负担，而是满足感的巨大来源。几乎没有利己的愉悦能超越利他主义带来的快乐了。

所以，不要把回馈社会想成无聊的减税手段，而该把它当作为生活注入意义、奇迹和欢笑的机会。通过举办晚宴，比如“妇女餐会”（该组织现发展为“女性共同崛起”，Together Women Rise），或在酒吧开派对，用“啤酒换图书”来帮助他人的组织已经出现。类似的计划不计其数，针对小学生、老年人和这两个年龄段之间的每个人。

在试图进行改变，创造更有意义、更能令人满足的生活时，上一代人只能凭借直觉。我们在 12 月举办的“回馈社会”的活动，只不过是弓着腰签支票，全凭猜测。近几年来，如前所述，神经科学和经济学的发展以及层出不穷的严格实验，让我们对在全世界创造机会的工作有了更多的理解，也看到了通过奉献获得个人满足感的光明前景。这在一定程度上解释了我们为什么以中国伟大作家鲁迅的名句作为题记。现在，脚下已有了路，指引我们如何为周遭的世界带来积极的影响。这是一条希望之路，也是一条满足之路。像往常一样，我们从试图鼓舞他人开始，以自己收获力量告终。

第一章 沧海一粟

一个人也能带来改变，每个人都该试一试。

——约翰·F. 肯尼迪

拉希达·亚也是个来自西非国家尼日尔的女孩，生下来就患有世界上最常见的先天缺陷之一——内翻足。大约每一千个婴儿中，就有一个孩子有畸形足缺陷——一只脚或双脚向内弯曲。[1] 事实上，尼克的母亲简·克里斯托夫出生时就有一只脚是内翻畸形。不过，在美国和欧洲，医生只要把婴儿的脚固定在矫正石膏夹里待上一个月，畸形足很快就会被治好。因为具备有效的治疗手段，不会留下持久的变形，我们西方人几乎从来都见不到内翻足，也就不知道这种缺陷有多么常见。直到写作这本书时，我俩才知道简的脚曾是畸形的。之前我们根本不会往这儿想，因为即便已有 80 岁高龄，她还是个活力充沛的竞走爱好者。

这种情况在西方不胜枚举。克丽斯蒂·山口，这位花样滑冰的奥运金牌得主，优雅与美丽的化身，在出生时有一只内翻足；米娅·哈姆，在国际女子足球赛中的进球数曾创下历史纪录的运动员，有内翻足；查尔斯·伍德森，曾赢得“海兹曼奖”的全美最佳球员以及曾荣膺第 45 届“超级碗”冠军的绿湾包装工队成员，也是内翻足。在美国，曾患有先天内翻足的职业运动员实在太多了，以至于旧金山巨人队宣称，他们是先天内翻足运动员数量最多的球队！

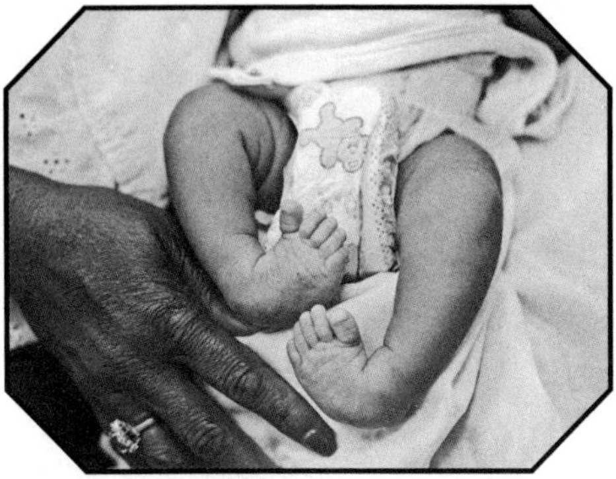

内翻足的婴儿如果不治疗，长大后，也就永远不能像正常人那样走路或工作。（图片由“治愈”医院提供）

然而，在贫穷国家，像拉希达这样的孩子往往得不到矫正治疗。他们行走困难，严重者站不起来。他们被视为残疾，甚至受到诅咒。有内翻足的孩子通常不会被送去上学，结婚或工作的机会也微乎其微。他们通常沦为被羞辱和作弄的对象，以乞讨为生——只是因为缺少仅需250美元的医疗干预。

我们都会收到铺天盖地的邮件，呼吁我们捐款50美元、75美元，甚至250美元。我们想要伸出援手，但是如今，世界的问题——从美国市区的黑帮暴力到印度的疾病——如此无情又势不可当，这令我们畏缩后退。一丁点儿少得可怜的捐款，能做成什么好事呢？

其实，近年来，越来越显见的一点就是，只需要少量的资金，就能帮忙治愈疾病和改善营养不良。革新也使各种组织在挽救生命、打破贫困循环方面变得越来越有效率。从疯狂歹徒的枪口下勇救市民的警察当然是光荣的，不过，拯救生命的办法还有许多。肯尼亚的一项研究通过随机对照实验和最严苛的数据发现：“非洲小鼓”组织分发的蚊帐就能挽救一个孩子的生命，而这只需要284美元的捐款。用这么少的资金实现这样的效果，这种案例也许难以复制，但很多干预方式，比如给孩子补充维生素A、锌或其他微量元素，分发蚊帐，注射疫苗，都能通过几千美元或更少的花费挽救一条生命。[2]比尔·盖茨说，他的基金会每花费2000美元，就能救活一个人。加拿大滑铁卢大学的经济学家苏珊·E.霍顿是这方面的计算专家。她指出，就算成本更高，这也是一笔划算的交易："用 5000 美元拯救一个生命，仍然是相当了不起的。"

这些项目不仅挽救了孩子们的生命，也让他们变得更加健康。比如，价值 5000 美元的蚊帐就能防止大量儿童生病和发育不良；用一笔钱为孩子们分发维生素 A，就能预防失明。很少有比为孩子的健康投资——比如改变拉希达·亚也一生的外科手术——更划算的买卖了。

加利福尼亚人肖珊娜·克莱恩小时候曾患过内翻足，后来她决定要帮助全世界那些像她一样的人。（图片由苏珊·克莱恩提供）

当住在加州威尼斯的肖珊娜·克莱恩收到美国援助组织"第一步"（现更名为"奇迹之足"，MiracleFeet）关于儿童内翻足的信时，她立刻被吸引了。她的邮箱总是塞满为世界各地的人寻求帮助的信件，但"第一步"小册子里面的照片立刻吸引了她的注意力，因为她自己出生时就有一只脚是严重的内翻足。家里人说，正是肖珊娜的第一个儿科医生告诉她的父母，她永远不能行走了。"他们真的崩溃了。"虽然对幼时的经历毫无记忆，但她说："我小时候有两万张那样的照片，脚上都套着讨厌的石膏绷带！"

讨厌的石膏绷带矫正了克莱恩的内翻足，高中和大学期间，她的体育成绩都很出色。"我不但拥有了正常的双腿，而且成了运动健将，"她说，"一想到其他国家还有不能矫正、治愈内翻足的情况，我的心里就很不是滋味。""第一步"的信是布赖恩·马拉尼（中文名为白涧龙）写的。马拉尼曾是唇腭裂专项基金会"微笑列车"的创始人之一，肖珊娜听说过他，也钦佩他，于是她寄出了250美元的支票。

肖珊娜告诉我们："这件事确实影响了我的生活，我关心它，希望为它出一份力。""第一步"把这笔钱转给宾夕法尼亚州的"治愈"医院（CURE），这个成立于2010年的慈善组织已经在尼日尔首都尼亚美开设了一家治疗内翻足的医院。尼日尔是世界上最贫穷的国家之一，该国绝大多数内翻足儿童永远都无法得到救助。我们去尼亚美访问这家医院时，院务主任穆塔里·马拉姆·萨迪说："你们走到街上，就会看见很多内翻足的孩子在乞讨。他们从来没上过学，只能成为家里的一种灾难。久而久之，他们接受了这样的地位，觉得自己毫无用处，只能乞讨。"

同样的命运似乎很可能降临在拉希达身上。她双脚畸形，这并不罕见。她出生在尼日尔西部边境靠近布基纳法索的偏远农村——托罗迪。托罗迪是个由土房茅顶、几口井、一个泥造清真寺，以及一片片谷子地组成的小村落。没几个农民识字，没有电，也没有自来水。很多年来，在托罗迪有着内翻足的孩子里，没有一个接受过医疗救助。在这个重男轻女现象尤为严重的国家，拉希达作为一个女孩，似乎注定只能成为又一个不能行走、不能工作、不能上学的人。

"我以为女儿不会痊愈了。"拉希达的父亲亚也·阿马对我们说。他是个农民，也卖茶叶。一开始，他接受了现实，将拉希达的情况当成命运的安排。但是，亚也只有三个孩子，比村里大部分人少，而且他越发喜爱拉希达的活泼热情。一想到女儿可能被人嘲笑，或被迫沦为乞丐，他的心都碎了。他带着女儿去找当地的医生。医生束手无策，但他告诉亚也，听说尼亚美新开了一家外资医院，能治内翻足。希望渺茫，但亚也决心找到这家医院，请求他们帮助两岁的拉希达。他向朋友们借路费，却遭到嘲笑。

"大伙儿对我说，这是白费钱，"亚也说，"没人帮忙。"但是他太爱这个女儿，因此不能放弃她。于是，他把另外两个孩子留在村里，交由妻子照顾，自己带着拉希达搭上了开往尼亚美的巴士。亚也进了城，走了好几里地，四处打听，终于找到了"治愈"医院。他走进去，一眼就看到几十个和拉希达一样的孩子，有些孩子基本上已经治愈了。亚也有了拥抱希望的勇气。

对这个家庭来说，治疗所需的250美元是个难以承受的天文数字，但是肖珊娜·克莱恩的捐款负担了全部费用。医生把拉希达的脚裹上石膏绷带，稍稍夹紧。几周之后，另一副绷带进一步拉直了她的脚。随后七周内，医生连续使用六副石膏绷带，然后，拉希达接受了一个简单的肌腱切开术：局部麻醉，在跟腱上开一个口子，以便双足进一步打开。克里斯·卡特医生完成了手术的主要环节，他的妻子——外科护士丹妮尔在一旁握着拉希达的手安抚她。克里斯是来自加拿大的骨科医师，职业生涯的大部分时间都在非洲做传教医生。20分钟后，拉希达双脚套上了最后一副石膏绷带，几天后就可以取下来，那时她的治疗便宣告结束。很快，她被抱到医院的院子里，坐在爸爸的腿上，沐浴在落日的余晖里。亚也和女儿看上去都心满意足。

“我相信她会完全康复的，”亚也说，“我太爱这个女儿了，所以我来到了这里。”

尼日尔。父亲亚也抱着刚做完手术不久的小拉希达。她会正常地长大上学。

这就是一位美国加州妇女通过250美元改变了世界另一端的生命的故事。回到托罗迪，拉希达很快就能正常地行走、跑步、去上学，成为当地第一个矫正内翻足的孩子。她是一个探路者，更多的父母和孩子将跟随她的脚步。之前注定成为乞丐的村民以后也能当老师，做护士，甚至成为村长。克莱恩的捐款将在这里激起涟漪。对我们来说，看到250美元就能实现这样的改变令人备受鼓舞，这不是一种牺牲，而是一个机会。

并不是每笔善款都产生和肖珊娜·克莱恩的捐赠一样的影响，我们也并不想掩盖有效利用善款的困难。在人道主义援助领域，很多事情都出了错。杰出经济学家、普林斯顿大学的安格斯·迪顿和纽约大学的威廉·伊斯特利等怀疑论者担心，在创造可自我持续的经济增长方面，援助是否有效。这种担心是合理的。慈善“产业”有诸多缺陷，其中一点是，最慷慨的捐献并不以最需要的人为目标。慈善捐款最大的接受者是教会，然后是大学和教育机构。当然，这无可厚非。但是，印第安纳大学慈善研究中心在试图弄清宗教捐款有多少份额被用于帮助穷人，捐给大学的奖学金有多少被拨给贫困学生的时候，却发现只有不到三分之一的善款被用于援助那些真正需要帮助的人，[3]这一点难免使我们困惑不安。

整个美国的慈善机构雇用了1300万名员工，每年收入1.5万亿美元，其中不只有捐款，也有针对无家可归者或低收入家庭学生的政府计划拨款。这意味着，慈善产业占到总体经济的10%，是国防的两倍。规模如此庞大的产业却缺少监督和审计，在包括教会在内的140万个美国慈善组织中，有些机构除了让创立者大发横财，一事无成。

我们的教训是，签支票的时候要小心，为慈善机构捐款的时候，要像花大价钱买东西时一样谨慎。假如你打算买一台大屏幕电视，大概会事前做一番研究，以确保物有所值。捐款时也该这么做。要提防那些名字和著名非营利组织雷同的机构，也要留心那些对背景和善款用途含糊其词的组织。你还可以到联邦贸易委员会的网站（www.ftc.gov/charityfraud）上查询，以防遇到诈捐。后面的章节中，我们会列出一些有关慈善捐款的具体办法。不过，也一定要记住，虽然有诈骗风险，但是把钱捐给对的地方，就有可能创造巨大的影响。

写支票并不是唯一的救助方法。献血，或花一分钟注册成为器官捐献者，也是回报社会的方式。做志愿者也是重要的途径，这尤其令人感到满足，因为你能亲眼见到因你的努力而获益的人们。年轻人往往是因为愤世嫉俗或出于功利的动机才开始做志愿者的，比如有些高中生认为，如果他们展示出服务的热情，进入理想大学的机会就大一些。但是，当这些住在郊区的富裕孩子真的接触到比他们不幸的人，并努力去帮助后者时，他们有时会发现，做志愿者以出乎意料的方式带来了深深的满足感。在美国，志愿服务一直是消除贫困和不平等的方式。在 www.idealist.org 和 www.omprakash.org 两个网站上，可以查询到美国和世界各地丰富的志愿机会。

很多志愿者每周都花几个小时参加一个名为“公民学校”的课外活动项目，辅导低收入家庭的青少年，引导他们走上通往大学或职业生涯之路。年纪大的人在“经验服务队”寻找志愿活动的机会，年轻人则从慈善组织“做点事情”那里得到不少启发。还有人去监狱教艺术，或者通过“伸出手，一起读”报名，在候诊室里给生病的孩子读书。来自低收入社区的问题孩子，身边没有足够多的行为榜样，也没有成年人的支持，亟须指导。“大哥哥大姐姐”项目就是发挥影响的一个渠道，这种影响是金钱买不到的。有一种全新的计划让志愿行动更加简便易行，这就是“在线导师”。“在线导师”将大学毕业生和低收入家庭的高中生结成辅导伙伴，双方的交往可以持续多年。辅导老师和学生可以在网上交流，也可以线下见面，或通过电子邮件通信。这个计划的初衷是帮助高中生了解大学，熟悉申请流程。1999 年以来，“在线导师”已经为超过 1.1 万名学生配备了辅导老师，向其提供在中产阶级家庭中随处可见的支持和鼓励。

除了捐款和志愿服务，创造改变的第三种主要途径是倡议，它和前两种方式一样重要。我们有无数的机会通过倡议为他人发声。我们需要以大规模实证为基础的创新项目——不论是由政府还是其他组织执行——也需要用更高明的游说来实现它们。像“一运动”（ONE）这样的倡导组织就能为你提供巧妙的指导，帮助你联系到想找的议员，然后采取行动，创造一个更公平的世界。

我们曾问过一位全球卫生领域的世界级专家，如果他有一个基金会，会把100万美元用在什么地方？是促进儿童营养的微量元素补剂、疫苗，还是蚊帐？“我会用这笔钱搞一场大型公益广告活动和一场游说活动，筹集更多的资金，”他说，“人们不了解这些紧迫的需求，我敢肯定，我可以用100万美元，为这个目标筹集到1亿美元。”这么说不无道理。为什么美国每年在农业计划上花费超过200亿美元，而在教育上，特别是对两岁以内儿童至关重要的早教上，花费还不足40亿美元？对美国的未来而言，玉米和大豆真的比我们的孩子还重要吗？当然，有一种解释是，因为农商企业的游说来势汹汹，为脆弱的孩子们进行的游说则少之又少。因此，美国不仅需要为无家可归者递上热汤的志愿者，更需要通过“一运动”这样的组织要求总统、国会议员、内阁成员、州长、立法委员和市长给予孩子更多重视。

名不见经传的“结果”是个很有效率的倡议组织。1980年，为全球饥饿问题而忧虑的音乐家山姆·达利-哈里斯，有感于针对这一问题的政治压力严重不足，成立了“结果”。达利-哈里斯相信，大体上，还是有很多美国人关心世界苦难的，只是他们不知道怎样将关心转化成改变，因此，他创建了公民倡议平台“结果”和兄弟组织“结果教育基金会”作为公民游说的平台。这两个机构招募公民志愿游说者，帮助他们进行自我教育，了解美国和其他国家的贫困问题以及其他问题；教他们如何给编辑写信，和报刊编辑部工作人员见面，撰写社论；给国会办公室写信、打电话，和国会议员见面，用专业的方式表达他们的诉求。

“结果”的志愿者最早发动的大型运动之一，是为联合国儿童基金会的“儿童生存革命”项目争取草根阶层的支持。“儿童生存革命”使用疫苗和口服补液来挽救儿童的生命。1000名消息灵通的“结果”志愿者和报社人员见面，在短短一年之内发表了100篇社论。美国对世界各地儿童生存项目的资金支持，从20世纪80年代初的每年2500万美元增长到现在的每年6亿美元，在一定程度上，这也得益于志愿者的努力。20世纪80年代至今，美国在儿童生存方面已累计花费50亿美元，成果之一是，五岁以下儿童的死亡人数从每天4.1万人降至每天1.8万人，也就是说，全球每年有将近840万个生命得到救助。当然，“结果”的倡议运动不是实现增长的唯一原因，但它的确带来了改变。作家戴维·伯恩斯坦是全球变革推动者的记录者，他认为“结果”改变了国会的态度，促使国会关注“全球杀手”肺结核病在全球范围内的肆虐。

“我参与到结核病项目里，是因为一群‘结果’志愿者到俄亥俄州的奥柏林和梅迪纳来找我，”俄亥俄州参议员谢罗德·布朗说，“他们很有说服力，见多识广，而且非常坚决。”[4]结果是，用于肺结核防治的联邦资金从1997年的每年100万美元，增长到现在的每年近2.5亿美元。尽管这并不完全归功于“结果”，但政府官员和国会代表都说“结果”在促进拨款增加方面功不可没。目前，美国已经累计投入18亿美元，用于治疗这种一度被忽视的疾病，再一次挽救了上百万人的生命。

在全美推广学前教育是“结果”迎来的新挑战。“结果”向国会施压，让“开端计划”和“开端计划早期项目”在2009年的后衰退时期经济刺激计划中，获得了有史以来数额最大的拨款。从那时开始，“结果”一直在为维持招生所需的资金投入进行游说。“结果”在全美100个城市设有分会，[5]覆盖全部国会选区，并已在英国、加拿大、澳大利亚、墨西哥和日本设立分支机构。

倡议也许听起来很乏力，和前线的援助英雄相比，纸上谈兵的业余人士带来的援助显得相形见绌。但是，为不能发声的人说话，和分发艾滋病药物一样，可以拯救生命。你写给政客的信不可能改变政策，这是真的；你也许不能“解决”一个全球性问题，这也是真的。但是，相较于抹去问题，不要因此低估改善一个问题的价值，也不要忽视人权倡议帮助某一个人的价值。不要因为我们不能帮助所有人，就以为我们不该帮助一个人。

这是一个身在罗马尼亚的波兰裔亚美尼亚难民教会我们的事，他的一生因为一张便条被永远地改变了。这个男人名叫瓦迪斯瓦夫·克里斯多夫维奇。第二次世界大战结束后，欧洲满目疮痍，难民遍地，克里斯多夫维奇试图借助一个车轮内胎游过多瑙河，进入南斯拉夫。才到河中央，内胎就进水了。游到南斯拉夫的克里斯多夫维奇大口喘着气，一上岸就遭到逮捕，被押往石棉矿边的劳改营。随后，又转往山上的劳改营。他在山里伐木的时候，当局正在研究该如何处理他和其他东欧逃亡者。几年过去了，南斯拉夫决定释放部分难民前往意大利，以此博取西方的肯定，同时枪决部分难民，以此向盟友保证，南斯拉夫在政治上依然是可靠的。

克里斯多夫维奇和其他犯人一起被带下山，塞进一列牲畜运输车。挨在边上的犯人通过车厢的缝隙看见下一站的名字，大喊着告诉其他人。如果车是向西开的，他们也许正奔向意大利和自由，如果向东开，前途便是末路。

此时，克里斯多夫维奇设法联系上贝尔格莱德的法国大使馆，他用优美的法语申明自己遭到关押，并有亲人在法国的情况。于是，一位法国外交官给南斯拉夫政府写了一张便条，提到了克里斯多夫维奇和他的案子。便条只有寥寥数语，不过是简单的询问，却足以拯救一个人的生命。克里斯多夫维奇的列车向西驶去。一个星期后，犯人们抵达意大利，克里斯多夫维奇将死里逃生部分归功于法国外交官写的便条——后者从来不知道自己曾发挥这么大的作用。

克里斯多夫维奇历尽艰难，来到法国。他找到一份清洁工的工作，但很快就憧憬更大的机遇。他认定，美国是收获机会的地方。巧合的是，他为玛吉·卡梅隆打扫房间。年轻的玛吉来自俄勒冈州波特兰市，当时因“马歇尔计划”在巴黎工作。他们渐渐成了朋友，玛吉催促父母帮助这个战争难民申请移民。尽管克里斯多夫维奇一句英语也不会说，卡梅隆夫妇还是决定冒险一试，成为这个素未谋面的男人移民俄勒冈的担保人。尽管他是天主教徒，波特兰第一长老会还是提供了赞助，一位教友还帮他在瓦尔塞兹市的伐木场找到一份工作。1951 年，克里斯多夫维奇坐船来到美国，登上了开往俄勒冈的火车。

无论是法国外交官的纸条，还是卡梅隆一家的善良，都不能解决全球难民问题，但是他们给克里斯多夫维奇的生活——和我们的生活，带来了转折性的影响。来到波特兰后，瓦迪斯瓦夫·克里斯多夫维奇发觉他的名字在美国很难用，决定改成更容易发音的拉迪斯·克里斯多夫。他就是尼克的父亲。

所以，振奋起来，听我们说：不要小看一封信的力量，或是对“沧海一粟”不屑一顾。我们就是这样填满了一片海洋，改变了一个个生命，创造了一个个机会。

穿一串珠子，改变生命

托尔金·韦克菲尔德曾是“和平队”的志愿者，长期从事援助工作。一天，她和已经成年的女儿德文·希巴德及其朋友金尼·乔丹在乌干达首都坎帕拉散步。他们在乌干达妇女米莉·阿基纳面前停下脚步，悠闲地看她把回收的废纸穿成一串珠子项链。每颗珠子都是用从杂志上撕下来的彩色纸仔细揉捏粘贴起来的。珠子不上色，呈现纸张本来的颜色——有时，还能模模糊糊看见纸上的字，看上去非常可爱。她们三人和阿基纳攀谈，得知她的“商店”就在她家的泥巴房子外的空地上。她们以 75 美分的价格买了几串五颜六色的珠子项链。接下来几天，她们的项链得到一致好评，当她们说明珠子是贫民区“变废为宝”的成果时，更是获得大家交口称赞，这不免令她们感到意外。

一个想法开始成形。托尔金、德文和金尼再次来到阿基纳家中，买走了大约 225 串珠子，带回美国卖给朋友。美国人很喜爱这些珠子项链，于是她们三个成立了非营利组织“穿起生命之珠”，在美国销售乌干达妇女制作的首饰，资助她们的生活。为了躲避海关扣税，母女俩拜托回国的朋友们把项链藏在箱子里走私回美国（她们后来才意识到，这么做毫无必要，因为根据美国法律，这些项链本来就是免税品）。然后，她们开始通过“珠子聚会”在美国销售这些首饰。“珠子聚会”和特百惠的理家会直销有点相似：一名女性把朋友们请到家里，女士们坐下来欣赏这些项链、手镯和耳环，然后以5美元到30美元不等的价格买下它们。现在，每年有几千场“珠子聚会”，参加人数超过十万人，每场聚会筹得的资金都足够负担一名乌干达女孩在寄宿学校一年的费用。“这不是施舍——我们完全反对施舍，”目前长驻乌干达的希巴德说，“这是我们女人真正努力奋斗的象征。”

“穿起生命之珠”这样的组织日渐活跃，在想要伸出援手的人们和需要帮助的人们之间架起了桥梁。在慈善组织“全球捐助”、非营利私对私小额信贷机构“成交”以及学生发起的“给予的学问”的网站上，你都能找到特定的受益人，接受你的捐赠或借款。如果你的兴趣在教育领域，可以通过“捐赠者的选择”网站（www.donorschoose.org）资助困难的美国学生，也可以通过由刑讯室改建而来的“天道联合促进佩蒂翁维尔经济发展协会”（SOPUDEP）学校向海地太子港的贫困学生提供帮助。这些组织对人们所求甚少，同时开辟了更深入了解国内外问题的途径。仅仅写一张支票并不可靠也乏味无趣，“穿起生命之珠”这样的团体让人们得以通过更亲密的方式参与其中。

托尔金·韦克菲尔德和女儿德文·希巴德，“穿起生命之珠”的创始人，她们佩戴的就是由废纸做成的首饰。（图片由查理·斯坦伯格提供）

在乌干达，“穿起生命之珠”项目从一贫如洗、每天收入不足一美元的妇女和特别勤奋、特别具有企业家精神的妇女起步。从如何找到合适的原材料开始，参加项目的妇女得到细致严格的培训，制作高品质的珠子。杂志广告页和援助组织印发的小册子因色彩丰富而备受青睐。回想起妇女兴高采烈地用艾滋病防治手册制作珠子的场面，韦克菲尔德不禁皱了皱眉：“我只是希望这些小册子被剪碎之前，有人能看看它们。”制作珠子的妇女每月能收入 200 美元，一部分存进了她们握有的新的银行储蓄账户。妇女现在拥有了受到保护的资产，也赢得了丈夫更多的尊重，男人再也不能像掏光妻子藏在床下的钱罐那样，将她们的存款洗劫一空了。

“穿起生命之珠”也让妇女得到了与健康相关的产品，比如预防疟疾的蚊帐、驱虫药物，以及避孕套等计划生育用品。为期 18 个月的穿珠制作课程中，有相当一部分时间用来培养她们开创自己的小事业。妇女得到商业管理方面的训练，有些人会学习本地的产业，比如做果酱或养鸡。然后，她们在“穿起生命之珠”的帮助下，开始做小买卖，这时，她们就会转向新的生意领域。这个组织的目标不是培养终身的珠串编织工人，而是让妇女转变成活跃的企业家。“穿起生命之珠”每年销售的“变废为宝”的首饰总价值超过 260 万美元，同时通过各地举办的“珠子聚会”让美国人了解全球贫困问题。他们还组织美国人和制作首饰的妇女见面，认识非洲。“一开始，我们以为‘穿起生命之珠’只能帮助乌干达人。”韦克菲尔德说，“后来，我们意识到，在很大程度上，它也帮助了参与其中的美国人。”

第二章 从逸闻到证据

只有我们付出的，才是我们拥有的。

——伊莎贝尔·阿连德

近几年，救助穷人（特别是穷困妇女）最时髦的方式之一是提供燃料消耗更低、产生更少烟雾的“清洁炉灶”。这是因为，世界上近一半的人口还在以木柴、煤炭或动物粪便为燃料，使用效能低、烟雾大的老式炉灶或以明火取暖、做饭。这些方式需要消耗大量木柴或其他燃料，也意味着妇女往往要耗费大量时间寻找柴火，家里的女孩有时也被迫辍学帮忙。寻找燃料导致滥伐森林，引起水土流失。传统的炉灶非常不稳当，放在火上的开水壶经常打翻，烫伤炉边的孩子。我们见过太多孩子身上留着可怕的烫伤疤痕。

传统炉灶的另一大缺陷是，它们产生的浓烟会对健康造成危害。2012 年的一项大型研究发现，家庭室内空气污染[1]是印度最大的单一健康风险因素，也是非洲第二大单一健康风险因素。烟雾引起的呼吸系统疾病或心肺疾病，每年导致 400 万人过早死亡。烟雾还会引发白内障，致人失明。研究认为，老式炉灶每年致死的人数超过了艾滋病、疟疾和肺结核造成的死亡人数总和。

工程师们设计出使用简便、价格低廉的清洁炉灶，从表面上看，似乎解决了问题。清洁炉灶通常是密闭的，像美国的老式柴火炉一样，因此比明火燃烧的效率高得多，还配备了烟囱，可将烟雾排出小屋。全世界的援助组织都在竭力推广清洁炉灶。

在马拉维南部的村子里，农民威廉·马哈巴领我们走进他的棚屋，向我们展示他的双灶炉。炉子是在一个援助组织的帮助下建造的，用泥巴制成，理论上，烧火产生的浓烟会通过后墙上开的洞排到室外。但事实上，屋里的烟太大，我们几乎无法写笔记，但马哈巴一直坚持说，以前的情况比这还要糟糕。

很快有人对此产生了兴趣。希拉里·克林顿一直是妇女发展的强力倡导者，她发起了“全球清洁炉灶联盟”。这是一个公私合作联盟，合作伙伴超过600家，其中包括38个政府部门。“清洁炉灶，”希拉里说起这个概念，“这跟实现世界和平与繁荣，推动人权、民主和自由有什么关系？实际上，它和每件事都息息相关。”她的观念是，为妇女赋权、使她们摆脱边缘地位的举措对整个社会都是有益的。联盟已经计划好，仅在东非就要投资7000万美元推广清洁炉灶。他们的目标是在2020年前将一亿台清洁炉灶安装到位。

麻省理工学院的发展经济学家埃斯特·迪弗洛相信清洁炉灶会有效果，她决定通过随机对照实验测试它们的效果。迪弗洛和援助组织“乡村发展”合作，在印度奥里萨邦测试清洁炉灶对促进农民健康、提高生产率的作用。该地区的儿童每天吸入的油烟量相当于吸了七支烟。因此，迪弗洛想要知道使用清洁炉灶后，呼吸道感染会降低多少，能够下地干活的农民数量会增加多少。迪弗洛回忆说：“我们研究了炉灶，完全相信它们能够带来积极的影响。我们也在实验室测试了，效果很好。”

然而，研究发现，至少在这次实验里，清洁炉灶彻底失败了。[2]美国的发展经济学家们热爱清洁炉灶，印度的村民们却不为所动，不常使用。在现实环境下，炉灶会出故障、开裂或者不好用，村民们使用它们的次数越来越少。烟道会堵塞，清理不干净。有时，妇女只使用一个灶眼，忘了把另一个灶眼盖住，浓烟就会从旁边的灶眼冒出来。结果是，情况并未改善，家里的大部分人还是会暴露在烟雾之下。研究也表明，木柴的消耗量没有减少。

最重要的是，迪弗洛和同事们根据肺活量和呼出气体的二氧化碳量测试发现，“健康测试结果，比如呼吸功能、血压、婴儿死亡率和儿童体重指数，都没有改善。此外，村民的自评健康情况，比如咳嗽和感冒，也没有改变”。

研究一经发布，便如堤坝决口，关于清洁炉灶问题的实地反馈纷至沓来。其他研究者发现，清洁炉灶引入加纳一年后，只有一半炉灶仍在使用中。另一项研究发现，塞内加尔的太阳能炉灶看上去对村民毫无影响，木柴采集量仅下降了1%，而技术爱好者们之前一直为太阳能炉灶能减少柴火的使用量激动不已。

这段插曲提醒我们：就连最绝妙的灵感，也并不总能实现预期的目标。谨慎实验，测试把资源投在哪里才能创造更好的世界，这一点十分重要。从历史上看，我们在制定打击贫困的策略时，几乎总是依据直觉和臆想，而不是确凿的证据。在全球历史上，每个援助组织都宣称自己的干预成本效益好，但评估时则往往像祖父母评价孙辈一样仁慈宽厚。

这种状况正开始改变，一定程度上该归功于迪弗洛教授的工作。她是一个谦逊、低调的人，读到这里她一定会推辞并且立即反驳说，自己只是大团队的一分子，成绩同属于其他人。埃斯特41岁，瘦小单薄，声音温柔，金棕色的中长发衬托出严肃的脸庞。她样貌普通，是那种在街上擦肩而过时你永远也不会记得的人。但是，她研发的用以测评影响力和成本效率的工具，推动了贫困经济学的革命。

生长于巴黎的迪弗洛，人生有大半时间在美国度过，可说话还带着法国口音，这让她引以为傲。她母亲是一名儿科医生，父亲是一名数学家，由于父母对全球贫困的关心，她从小就耳濡目染，对此产生了兴趣。她叔叔是“无国界医生”的衍生机构“世界医生组织”的创建者之一，她母亲定期前往一些冲突不断的国家为儿童诊疗。迪弗洛自己对发展中世界的关心，部分始于她六岁时读的一本漫画书。书里讲的是印度加尔各答的故事，那里的人均居住面积只有一平方米，这让小迪弗洛目瞪口呆。她开动脑筋，想象出一个巨大的网格，就像一个棋盘似的，每个人只能站在一个小小的方格里。从那

麻省理工学院的经济学家埃斯特·迪弗洛开拓了许多实验，以判断在对抗贫穷上各种因素都起了哪些作用。（图片由多米尼克·莱格特提供）

以后，迪弗洛就试图弄明白世界贫困问题。她进入一流的巴黎高等师范学校学习历史，但后来在俄罗斯和马达加斯加的经历让她确信，和历史相比，经济学才是改造世界更好的工具。她在巴黎取得经济学硕士学位，然后申请麻省理工的博士学位。麻省理工的经济学系几乎要拒绝她了，多亏系里一名法国教授为她奔走，她才勉强挤进去。

毕业后，迪弗洛留在麻省理工，成为一名助理教授。又过了几年，她发现自己成了几所大学争相抢夺的对象。她巧妙地利用这些筹码，29 岁时，她成了麻省理工历史上最年轻的终身教授之一，并在一个中东大亨的赞助下，帮助学校建立了阿卜杜勒·拉蒂夫·贾米尔贫困行动实验室。实验室联结起一个发展经济学家网络，用随机对照实验判断哪些打击贫困的途径成本效率最高。这些实验和药品临床试验很像：把受试者随机分入实验组和对照组，然后精确测量两组的变化。实验的目标是将科学、度量指标和精密度引入全球贫困斗争中。

这种实验研究法让迪弗洛一跃成为该领域的顶尖人物。她赢得了麦克阿瑟天才奖学金，以及专为 40 岁以下青年经济学家设立的约翰·贝茨·克拉克奖。贫困行动实验室已经参与了 350 多项随机对照实验，并且在犯罪和美国国内贫困问题等领域引起了相似的举措。

一项实验发现，为孩子驱虫可以带来极大的好处。我们这些生活在西方的人并不认为肠道寄生虫是教育的障碍，这在一定程度上是因为我们的孩子体内没有这些虫子。然而，寄生虫会导致儿童体弱、贫血——特别是高中女生，来月经让她们更易患上贫血。20世纪初，很多美国儿童（尤其是南方的）身体里都有寄生虫，洛克菲勒基金会最早的行动之一就是为孩子们驱虫。做过驱虫的小学生，学习成绩开始突飞猛进。[3]

在许多发展中国家，大部分儿童都有肠道寄生虫。消灭这些虫子，只需要一片或两片阿苯达唑。在国际市场上大批量购买的话，每片仅需两美分，包括分发药物在内，每年也只需要为每个孩子花费不到50美分。非洲学校的缺勤率往往比较高，部分原因在于孩子们常常生病，驱虫将缺勤率降低了四分之一。哈佛大学的迈克尔·克莱默教授和同事爱德华·米格尔考察了肯尼亚一个地区的情况，测试驱虫的效果。当地的部分学校被随机选中，这些学校的所有学生都接受了驱虫。克莱默和米格尔发现，通过驱虫使学生在学校多待一年，每多留下一个孩子，仅需要3.5美元（大约每七个接受驱虫的孩子里，出勤人数就增加一个）。[4]另一种便宜的方法是购买校服，这要为每个进入学校系统的孩子花费大约100美元。而建造校舍的人均花费则达到好几百美元。

并不是每项关于驱虫的研究都产生了这样立竿见影的效果，但肯尼亚后续的一些随机对照实验表明，长期效果同样引人注目。[5]未接受驱虫的孩子成年后依然是文盲的可能性比接受驱虫的孩子高13%。此外，就连没有接受治疗的人也从驱虫行动中受益了。这可能是因为，降低寄生虫感染率提高了当地的“群体免疫力”。

严格实验的重要性，从迪弗洛与阿巴吉特·班纳吉合作的小额信贷研究中也可见一斑。很多年来，小额信贷几乎被奉为治愈全球贫困恶疾的灵丹妙药。我们时代的英雄之一穆罕默德·尤努斯，凭借他在孟加拉国为穷人发放贷款的努力获得了诺贝尔和平奖。小额信贷机构“成交”网站，因使美国人得以向全世界的创业者提供小额借款而大获成功。然而，迪弗洛仔细测量小额信贷的影响时却发现，它根本不是神奇疗法。她观察了一个印度小额信贷机构斯邦达纳（Spandana）在海得拉巴市的发展。[6] 在海得拉巴市的 104 个街区中随机挑出一半，由斯邦达纳提供借款，另一半街区作为对照组。迪弗洛注意到，在斯邦达纳小额借款的帮助下，7% 的人做起了小生意，而对照组开办小生意的人占总数的 5%。二者相比，前者不过略高而已。在获得贷款的街区，居民为儿童教育投资的概率并没有上升，妇女似乎也并未得到权利。总的来说，小额贷款创造了一定的影响，但没有取得许多人所期望的突破性进展。

“我们对这些结果相当满意，”迪弗洛和班纳吉在《贫穷的本质》一书中写道，“小额信贷的主要目标看似实现了。它们不是奇迹，但是也奏效了。”[7] 其他人几乎都感到失望至极，而小额信贷机构则对这项研究提出质疑。然而，当越来越多的随机对照实验在埃塞俄比亚、蒙古国、墨西哥、波黑、摩洛哥和菲律宾得出相同的结果时，这样的质疑愈发显得站不住脚。

此外，随机对照实验发现，帮助穷人存钱的小额储蓄项目产生了令人惊喜的积极效果。世界上三分之一的人口无法在银行开户，只能把钱藏在其他地方，比如没有锁的窝棚里。此外，贫困农民每年只有一两次，通常是在丰收后才得到大额收入，随之而来的是络绎不绝伸手借钱的人。结果迫使农民们花钱而不是存钱，钞票往往用在了酒精、烟草和妓女身上。再然后，就是高利贷——不光是借钱的，还有存钱的高利贷。在西非，农民们可以把钱存在从事货币交易的苏苏人手里，但每年必须为存款支付 40% 的手续费！[8] 有人担心小偷或借钱的人上门，就把 100 美元存在苏苏人手里，结果来年只能取回 60 美元。

小额储蓄计划帮助人们妥善保管金钱，积累储蓄金，从而解决上述问题。斯坦福大学的帕斯卡丽娜·迪帕在 2013 年做了一项研究，把储蓄账户提供给肯尼亚乡村做小买卖的妇女。[9] 这些账户没有利息，取款还要收手续费，但仍有 87% 的人签约开户。不到六个月，参加项目的妇女每天为生意投入的资金就比对照组高出了一半。

乡村储蓄和贷款协会是小额贷款最常见的模式之一。它简便易行，自1991年由国际救助贫困组织（CARE）在尼日尔创设以来，已传播到世界各地。这一模式得到比尔和梅琳达·盖茨基金会的支持，包括国际机遇、乐施会以及天主教救济服务队在内的众多组织也采纳了它。通常的做法是，援助组织提供一个配备三把挂锁的简易钞箱，三把锁必须全部打开才能取钱。大约每20个农村妇女（偶尔也有男性）组成一组，可能每周碰面一次，每名成员带来五分钱或差不多的少量金钱存入钞箱，三把挂锁的钥匙分给不同的组员，而箱子由没有钥匙的第四名组员保管。天主教救济服务队的救援人员休·阿普勒向我们展示了这个项目在尼加拉瓜农村是如何进行的。他指出，因为由村民自己提供资金，这些乡村储蓄和贷款协会不需要多少钱就能办起来。“人们用自己的钱实现了从前想都不敢想的事情。”阿普勒说。通过国际救助贫困组织，每名参加者只需要交25美元就能建立一个小额储蓄组，这让我们意识到，这是帮助人们实现自助的一种成本效率极高的方法。向国际救助贫困组织捐款时，捐赠人可以指定把款项专门拨给乡村储蓄和贷款项目。

小额储蓄力量强大，甚至没有外来援助组织的推动也能运行。1999年至2001年，一个名为“价值”（WORTH）的妇女赋权项目组织了3.5万名尼泊尔妇女加入储蓄小组。后来，当地的反政府游击队强迫资助方撤出，终止项目。叛乱平息后，援助人员回到当地，发现储蓄小组一直自己维持着，有些地方的小组甚至还扩大了。一项后续研究表明，直到2007年，也就是外部支援被切断六年以后，这些小组中有三分之二还在运转。在没有外界协助的情况下，村民们自己成立了425个全新的储蓄小组。

随机对照实验当然也有局限。这类实验成本高昂，并且往往不切实际，在肯尼亚做的实验并不能说明在埃塞俄比亚什么项目能成功。影响实验结果的因素成百上千，不可能一一得到测试，也不可能为了显示出缓慢的变化而把实验时间拖得太长。虽然这些实验在测试某一种特定方法时非常有效，但在评估其他领域，包括由多种要素组成的复杂项目时，也许就不那么管用了。更广泛的质疑是，随机对照实验只关注细小问题，而忽视了更大的基本问题，比如，外国援助究竟有没有效果。纽约社会研究新学院的经济学家桑杰·雷迪就曾批评这些实验“严重限制了可以提出的问题，与其说是严谨，倒不如说是僵如死尸”。[10]

我们并不完全同意这种观点，因为我们认为它能在众多重要问题上提供有用的指导，比如是否将上千万美元投入现在的清洁炉灶技术。[11]迪弗洛的随机对照实验让投入几年时间推广清洁炉灶的人们感到沮丧，这是可以理解的。毕竟，他们所致力的是一项前景广阔的技术，每年可能避免400万人过早死亡，而且他们也说明，现在研发出的新型炉灶已经远胜过迪弗洛测试的样本。只因为迪弗洛在某一个地区对上一代炉灶做过的一项实验，人们付出的这些努力就应该被全盘抛弃吗？我们自己的看法是，我们也许会观察后续的炉灶实验，但是直到被证明有效之前，应该先限制它的使用范围。我们相信清洁炉灶的新技术有朝一日会赢得印度村民的认可，带来巨大的改变，但在此之前，还有很长的路要走。

无论我们谈论的是印度还是美国的贫困问题，严格的评估都是必需的。以预感和直觉为基础来对抗全球贫困问题，未免风险太大。投资领域的评估日趋严格，非营利领域也该如此。如果在开辟全新的业务时，企业需要小心翼翼地论证，那么，援助组织或捐助人为疟疾防治和儿童教育制订计划时，就更要依靠严谨的证据。实验并非总是可行或者有成本效益的，对倡议活动进行测试也并不容易，但是全面提升评估的严谨程度，将帮助慈善组织更有针对性地发挥影响力。在本书中，我们还将多次谈到随机对照实验和其他坚实的证据，从而避免陷入“什么才是创造机会的最佳方式”这类令人生厌的老生常谈。

迪弗洛的学生和同事，以及耶鲁大学的迪恩·卡兰教授迈出了研究和学术领域，创建了名为“证据行动”的组织，向由随机对照实验证明有效的项目投资，而这些实验往往是由贫困行动实验室执行的。如前所述，“证据行动”开展了儿童驱虫项目——现已治疗 27 个国家的 3700 万名儿童，以及每家每年只需 1. 98 美元就能喝到安全饮用水的氯化器项目。

在美国，纽约的非营利研究组织人力示范研究公司执行了一系列随机对照实验，探索解决美国社会问题的最佳途径。循证政策联盟制作了一个精彩的网站，列出了一系列通过随机实验、具备严谨证据支持的项目，涵盖了亲代抚育、精神健康和无家可归现象等多个领域。这些资源意味着，当一个普通的捐赠者试图为缓解洛杉矶或南苏丹的贫困贡献一份力量时，不再需要依靠直觉猜测哪些项目可能成功，而可以基于严格的评估。过去，只有洛克菲勒基金会或福特基金会这样的巨型慈善机构才能采用这样的评估。慈善领域的信息革命已经到来。

和 CARE* 一起卖甜甜圈

农民碧蒂·露丝·纳索尼来自非洲南部国家马拉维，今年 39 岁。她用一顶绒线帽盖住短短的头发，温暖的笑容没有因为后缩的下巴和一口残缺不全、歪歪扭扭的牙齿而黯然失色。但是，以前她很少露出微笑，因为她和丈夫阿尔弗雷德·纳索尼一贫如洗。他们有 2. 5 英亩（1 英亩约 4047 平方米）土地，因为没钱买种子，通常只耕种一部分。纳索尼夫妇住在离首都利隆圭不远的马萨巴村，在这里，以茅草为顶的泥巴墙棚屋随处可见。碧蒂·露丝从来没上过学，一字不识，阿尔弗雷德五年级就辍学了。因为没有计划生育，他们

---

* CARE：成立于 1945 年，无宗派非政府组织。专注于消除全球贫困的最大和历史最悠久的人道主义援助组织之一。

有七个孩子，其中两个没来得及送医就死了，可能是营养不良造成了早夭。

“我没法带他们去医院，因为路很远，我们也没有钱。”碧蒂·露丝回忆道，说起更大的那个孩子，她哽咽了一下，“他病得很重，我们把他放在家里，四天后他就走了。”

马拉维。受惠于 CARE 的小额储蓄项目，碧蒂·露丝·纳索尼在村子里卖起了甜甜圈。

碧蒂·露丝给其他农民打零工，勉强维持生计。有时，她的酬劳是一盘豆子，她就把绝大部分留给孩子们吃，让他们有口饭吃。有时她只能得到玉米皮，这通常是用来喂牲口的，饥荒的时候，也有人吃。她把玉米皮摊在阳光下晒干，然后磨成粉。实在走投无路，碧蒂·露丝就去捡树叶，煮熟给家人吃。贫穷似乎已传递到下一代：因为拿不出五美元的校服费，夫妇俩让念到四年级的长子退学，去另一个村子里当放牛娃，因为牲畜的主人同意给他饭吃。

阿尔弗雷德告诉我们，虽然他的孩子快饿死了，但他还是平均每周花两美元买当地的私酿酒，花 50 美分买香烟。他还说，他也常常一个星期花两美元或者更多向当地女孩买春，即便艾滋病肆虐。这一切令碧蒂·露丝感到愤怒和耻辱，在她眼里，懒惰的阿尔弗雷德一无是处。“我们的婚姻几乎破裂，”她说，同时也承认自己得理不饶人，“家里没有食物的时候，我就不让他出门和朋友聊天。我们总是吵架，因为我怪他不关心我们……我们成宿成宿地打架。”

就这样挨到 2005 年，碧蒂·露丝听说国际救助贫困组织在村里办起了乡村储蓄和贷款协会。“我是结了婚的女人，必须征得丈夫的许可。在他的允许下，我参加了。”她回忆道。她和19名妇女组成一组，每周二聚一次会，每人每次带来大约十美分。这些资金通常借给打算开始做买卖或扩大生意的组员。碧蒂·露丝在国际救助贫困组织的指导下借了两美元，开始售卖一种本地化的甜甜圈，每个卖两美分。

“大家真的很喜欢我做的甜甜圈。”碧蒂·露丝自豪地说，很快，她一天就能卖出100个。后来，她把甜甜圈的价格上调到每个四美分，每天能卖出250个。这时，她每天盈利已超过两美元——和只能挣到玉米皮的时候比，可谓天壤之别。碧蒂·露丝给了阿尔弗雷德七美元，让他在村里收购西红柿，然后拿到镇上的集市售卖。第一天，阿尔弗雷德就挣到三美元多。他开始种植、销售蔬菜，展露出成为一名商人的潜质。

碧蒂·露丝一直在乡村储蓄和贷款协会存钱，如今她取出100美元，准备和阿尔弗雷德做些新的尝试。他们给家里的小片花生地施了肥料，花生产量从往常的一两袋一下增加到七袋。“这是我们第一次大丰收。”碧蒂·露丝说。他们更加勤劳地耕作，两英亩半的地里全部种上了东西，还向村里人租种了两英亩地。

“在收获的高峰期，我得雇七到十个人来收割花生。”碧蒂·露丝骄傲地告诉我们。我们去时，他们刚刚破纪录地收获了64袋花生。

阿尔弗雷德也参加了一个小额储蓄小组，组里共有20名男性。男性小组不如女性的小组成功，部分原因是男人们不按时开会，有时借款的人还会卷款消失。不过，这个小组还是给了阿尔弗雷德一个存钱的地方，免得他把辛苦所得的钱浪费在酒精上。看到家里的生活水平稳步提升，自己的地位有所提高，阿尔弗雷德戒了烟酒，和女朋友们一刀两断。这意味着更多的钱可以花在孩子的教育上了。阿尔弗雷德和碧蒂·露丝希望把最小的孩子送进大学。现在，他们是一对真正的夫妻了。

“我们现在不吵架了。无论做什么决定，都把它当成整个家庭的事，”碧蒂·露丝说，“阿尔弗雷德和我很亲密，他做决定前都会和我商量。他看到我帮助家庭创造了收入。他知道没有我，我们不会拥有今天的一切。你们也能看出来，我家的房子在村里是数一数二的。”

这话不假。阿尔弗雷德和碧蒂·露丝刚刚把茅草屋顶换成了锡皮的，还给房子加装了一扇漂亮的木门。他们盖了一间结实的小仓库，老鼠进不去了，以往每年10月一收割就得卖掉的粮食现在可以储存起来，等到来年2月再卖，价格就能上涨60%。当然，碧蒂·露丝的成功不是典型的。她特别具有创业精神，又极其精明，现在她正筹划投资购买一辆牛车，一方面能运输自家的产品到集市上卖，另一方面还能租给村里人。她还想添置一台太阳能电视机，这将是村里第一台电视机。碧蒂·露丝已经想好怎么拿它来赚钱了。

“我是个生意人，可不会把东西白白送给别人。如果电视上播足球赛或者别的节目，那来我家看电视的人可要付点观看费。”

第三章　机会之乡——如果你早早抓住它们

孩子是成人之父。

——威廉·华兹华斯《每当我看见天上的彩虹》(1802)

我们的孩子在成长过程中，有个玩伴叫杰西卡。尼克在俄勒冈的家庭农场长大，杰西卡家就在附近。每年夏天，我们都会回到农场，与尼克的父母一起住上好长一段时间。孩子们就跟着杰西卡和她哥哥内森钻进树林，建堡垒、盖树屋，分享彼此的梦想。我们对此总是有点担心——因为实在找不到拐弯抹角的礼貌方式来说这件事——杰西卡是个一塌糊涂的问题少女。

杰西卡的妈妈贩卖冰毒，在监狱进进出出，小姑娘从来不知道自己的父亲是谁。年纪还小的时候，她看上去就是个要么进监狱，要么成为少女妈妈的女孩。是她提醒了我们，美国的贫困问题和孟加拉国的一样顽固。最严重的绝对剥夺大多出现在中非共和国或乍得这样的国家，这并无疑问，但在工业化国家，我们同样面临着严酷的挑战。贫困的美国人也许拥有汽车和电视，但在21世纪，贫穷依然是美国和其他某些西方国家生活的基本组成部分。

我们将在此呈现美国和其他富裕国家的贫困问题，并就如何克服这一问题提出令人意外的证据。首先，我们要考察最早期的干预，包括从出生前就开始的介入活动，然后转向学前阶段，促进阅读的尝试；其次，我们将介绍一些非凡的项目，它们帮助孩子们塑造良好的性格，给青少年提供了远离犯罪或失业的出路；最后，我们会谈到针对最脆弱的成年人群体的转变计划。

这个问题属于我们该留给政府处置的社会政策领域，因此，在一本关于如何创造改变的书里讨论它，看上去似乎有些奇怪。但是，虽然我们之中没有谁能负担一项全国项目，但考察哪些方式的成本效益最高，依然能帮助我们调整行动的优先顺序。我们也许无力赞助一整所大学，但这不能阻挡我们为孩子的高等教育出一份力。同样，我们也能资助下文即将介绍的一些早期教育项目，它们创造的经济成果往往比高等教育还要高。我们也可以建言奔走，让大家了解给予贫困孩子一个公平的机会是何等重要。一个孩子是升入大学还是堕入监狱，不应该由他出生的环境所左右，我们有能力做得更好。如果创造机会需要明智的社会政策，那么，让我们伸出手共建这一政策。如果我们做不到，社会将继续付出沉痛的代价。

对我们来说，发达国家的贫困问题在杰西卡身上体现得淋漓尽致。我们是看着杰西卡长大的。她妈妈 16 岁时生下第一个孩子内森。少女的父亲警告她说，如果再怀孕，就把她和孩子一块儿杀了。然而，不到一年，她又怀孕了。很快，在没有医生在场的情况下，杰西卡在一个朋友家的洗手间里出生了。杰西卡的母亲因贩卖冰毒入狱后，照看孩子的重担就落在了外祖父母——我们的俄勒冈邻居身上。他们尽全力抚养孩子，尤其是外婆，她不仅得做一份全职工作，还要照顾身患绝症的丈夫。在这样焦灼压抑的环境里，内森依然成长为一个真诚、温和、善良的孩子。同母异父的妹妹杰西卡则聪慧过人，但又非常叛逆，不受管束。在一个农场小镇，所有人都相互认识。学校里的孩子会欺负兄妹俩或者嘲笑他们的出身。如果你正在念二年级，在母亲节的时候，全班同学都忙着制作节日卡片，而每个人都知道你的妈妈在蹲监狱这件事让人很难受。父亲节更糟，因为你根本不知道自己的爸爸是谁。

杰西卡在学校里惹出不少麻烦，寻衅打架及其他罪名。她的小脑瓜转得快，才智都用在编织惊人的谎言上了。一个邻居禁止自己的女儿和杰西卡来往，我们也想过是不是该这么做。六年级时，杰西卡因为把酒带进学校而被开除。她还试图纵火，被当场逮个正着。她的外婆感觉无力再维持下去了。

妈妈出狱不久，就带着杰西卡和内森搬到附近另一个镇上。他们住的地方都是瘾君子，屋里没电，也没有自来水。孩子需要食物的时候，那些成年人就把毒品塞给他们。杰西卡和内森相处得比较融洽，但是有一次她生了内森的气，拿起刀子围着餐桌追打哥哥。内森很庆幸自己能死里逃生。

尼克家的农场就在杰西卡家旁边，两家为邻几十年，彼此分享着打井水、犁菜园、猎麋鹿的故事。我们的孩子跟杰西卡和内森一起玩的时候，能明显地看出他们来自不同的世界。尼克的父亲是个大学教授，他一点一点地把农场的外屋都改造成图书馆，最终积累了含八种语言的三万册图书。除了过生日时我们送给他们几本书之外，内森和杰西卡似乎没有书可读。他们对这些礼物没有多大兴趣。我们进退维谷，不知所措。

我们在世界各地奔波，试图帮助津巴布韦和柬埔寨的人们，回到家，却发现自己面对着另一堵高墙。很多人和我们同样沮丧地感到，富裕国家的贫困问题如此难以消除。来自佛罗里达州的老师佩妮·麦尔金–贝克尔·德·西尔瓦向我们说起她在尼泊尔农村教书的经历："我渐渐爱上了每周六天，每天花一个多小时跋涉到学校的生活，也爱上了农村的生活节奏。我们的学校里挤满了人，缺少基本的设施、设备和资料，我们依靠共同的使命感维系着它。"后来，她回到美国，在佛罗里达乡下一个极度贫困的街区教书。她感叹道："和回到自己的老家教书相比，在尼泊尔乡下的农村学校教书简直小菜一碟。"

我们的兴趣开始拓展到美国以及其他发达国家中与贫困问题相关的困境，比如犯罪、家庭破裂、药物滥用等。了解这些挑战的一个窗口就在美国人均收入最低的县——南达科他州松岭印第安人保留地内的香农县内。保留地面积广阔，相当于一个康涅狄格州，干旱的平原一望无际，起伏的群山绵延到地平线，穿越其间的高速路空空荡荡。松岭，是美国最大的印第安人保留地之一，是伟大的战士奥格拉拉–拉科塔苏族人的家乡。而今天，在此居住的都是像 41 岁的本·麦斯台兹这样的人：失业，勉强度日。

“一个人该干什么？”我们在他年久失修的房子外聊天时，麦斯台兹问道。他是个大块头，体重严重超标，饱受糖尿病的折磨。他直言不讳地谈起松岭人面临的挑战。他说自己 12 岁就开始喝酒了，和保留地的其他孩子差不多。“我感到无助，觉得自己一文不值，就想喝一杯，忘掉痛苦，”他解释道，“但是清醒过来之后，只会更加痛苦。”十六七岁的时候，他已经是个酒鬼，偶尔还吸食大麻和海洛因。他找不到合法的赚钱方法，为了维持自己的嗜好，他开始犯罪和使用暴力。本满脸歉意地说：“为了喝酒，我干过好多坏事。”他充当收债人，打人讨债，还开车把女孩送到酒铺，让她们出卖肉体换取啤酒。

六年前，麦斯台兹戒了酒，但他依然看不到获得一份有偿工作的希望。保留地的失业率高达 70%。现在，他靠残疾人救济金过活，同时作为志愿工作者帮忙照顾老人。因为在松岭看不到未来，所以他把家人送到保留地外面生活。他把这归咎于白人社会的种族主义，也指责部落领袖腐败无能。

麦斯台兹这样的人和其他出生在美国的人有着一样的权利、天赋和梦想，但从来没有获得过同样的机会，从来没能走到同一起跑线上。松岭就像一个旋涡，除了自杀，卷进去的人无路可逃。40 岁以上的居民中有一半身患糖尿病，结核病感染率是全国平均水平的八倍。部落估计，保留地三分之二的成年居民可能酗酒，[1] 更有四分之一的儿童生下来就带有酒精造成的伤害。[2]

“这块保留地内的每个人都亲眼见过酒精的消极影响——不是在至爱的人身上，就是在自己身上。”部落酋长“黄鸟”约翰·斯蒂尔说。

这里的平均寿命更接近发展中国家，[3] 而不是发达工业国家的水平。酗酒是其原因之一。警方说，保留地 90% 的拘捕事件和酒精有关。我们采访了一家人，家中的父亲死于肝硬化，儿子因为和表亲争抢一瓶啤酒，在械斗中受伤身亡，绝望和抑郁让年仅 16 岁的女儿选择自杀。这一切发生在短短几周之内。这里的贫穷不只是金钱的匮乏，更是就业岗位的匮乏、希望的匮乏、家

南达科他州松岭保留地。图中为红云印第安学校的负责人“勇敢之心”罗伯特。（图片由白眼天使提供）

庭和社会结构的匮乏，是一针病态的毒剂，一代接一代地自我复制。

当然，保留地里也有令人振奋的闪光点。红云印第安学校是松岭的一所私立天主教学校。这里的负责人“勇敢之心”罗伯特试图通过为年轻人提供良好的教育，帮助他们进入大学，回来后成为这里的领导者，同时也通过培养他们的自律、自信和希望，来改善松岭的问题。红云学校已有5名毕业生取得博士学位，57人成为盖茨基金会资助的盖茨千年奖学金得主。慈善机构不仅要消灭贫困问题的表象，也治疗潜在病因。1888年由耶稣会和苏族人领袖联合创建的红云学校便是一个例子。它主要依靠私人捐款，来自全国各地的志愿者也会到这里义务工作一到两年，学校里销售印第安首饰和其他商品的网店所得也会投入学校的建设。

要了解美国贫困问题的挑战，松岭印第安人保留地是一个极端但很有价值的地方。显而易见，过去的付出几乎一无所获，必须尝试新的思路。几十年来，抗击贫穷的努力没有收到我们期望的效果。就总体而言，原因之一是我们用心良苦的干预来得太晚。如果说我们从过去几十年关于如何打破美国贫困循环的研究中学到了什么，那就是早期干预的重要性。最理想的是在孩子一两岁内，甚至出生之前就开始干预，这时我们的援助往往成本效率最高，效果也最显著。

怀孕四周时，神经管在胚胎内形成，之后，开始制造脑细胞。子宫内的环境塑造了大脑的发育，这将对孩子产生终身影响。孕期饮酒的母亲重则可能导致孩子患上胎儿酒精综合征，轻则会使孩子留下酒精造成的缺陷。出生时患有胎儿酒精综合征的孩子面部畸形，本人滥用药物的比例也非常高。他们往往有记忆、思考和冲动控制障碍，也常常在刑事司法系统中遇到麻烦。华盛顿大学的安·斯特斯格兹研究发现，患有胎儿酒精综合征或有酒精缺陷的孩子长到 14 岁时，60% 已经被学校停学或开除。[4] 近半孩子表现出不恰当的性行为，比如在公共场所自慰。一项研究估计，一个出生时患有胎儿酒精综合征的人终身所需花费大约为 80 万美元。显然，成本效率最高也最人道的解决办法是劝告孕期妇女远离酒精，从源头下手，避免问题的发生。

同样，怀孕时也要远离香烟。新生婴儿中，由酒精造成缺陷的占 1%，而有 20% 缘于母亲在孕期吸烟。香烟对胎儿大脑造成的生化影响有可能在很多年之后才在孩子们身上显现出来。这些婴儿的平均头围更小，此外，也有人提出，由于尼古丁会增加子宫内的睾丸酮含量，这可能导致孩子具有更强的攻击性，特别是男孩。埃默里大学的帕特里夏·A. 布伦南发现，母亲在怀孕期间每天的吸烟量达到一包时，子女成年后实施暴力犯罪的概率比其他孩子高出两倍。[5] 的确，虽然孕期每天只抽一两支烟温和得多，但也会增加孩子日后成为罪犯的风险。

有一种帮助孕妇戒烟的干预项目叫“孕期减少和戒除吸烟治疗”(SCRIPT)。它由一段视频和一个 20 分钟的一对一疗程组成，既可以在诊所完成，也可以在家中完成。每名参加的孕妇还会收到一份关于戒烟的小册子，总花费是 25 美元。在面向低收入人群的公共卫生诊所进行的随机对照实验表明，参加项目的孕妇中有 14% 戒了烟，[6] 对照组的孕妇戒烟率则为 8%。考虑到做法如此简单便宜，它不失为一个划算的项目。

胎儿时期，另一种将影响终身的重要因素是营养。研究者们发现，胎儿时期发育不良，对几十年后的健康都有影响。比如，有一项研究考察了受孕于斋月期间的乌干达和伊拉克穆斯林，[7] 他们的母亲这段时间中白天几乎都在禁食。这远谈不上“饥荒”，因为日落后可以正常饮食，斋戒的时间也仅持续一个月——很可能在许多母亲知道自己怀孕之前就已经结束了。但是，这项研究表明，胚胎发育早期和斋月时间重叠的胎儿，成年后残疾的可能性比其他人高20%，有精神障碍和学习障碍的人尤其多。

与之相似，当孕妇暴露在旧油漆和空气污染导致的含铅环境中时，胎儿也会吸收这些铅污染，这将损害他们的大脑发育。一些研究认为，20世纪中期犯罪率的上升，部分原因在于环境中铅含量逐步上升。90年代以来犯罪率的下降，在一定程度上也归功于20年前开始的逐步禁止含铅汽油（由此减少空气污染）的工作。很多学者相信，淘汰含铅汽油是现代最伟大的公共健康成就之一，它使人类智商指数骤增，同时降低了犯罪率。然而，即使到了今天，还有大约5%的美国儿童血铅含量超标，他们大部分生活在低收入社区，罪魁祸首是油漆和粉尘。

加拿大麦吉尔大学的迈克尔·米尼所做的一系列小白鼠实验证实了生命早期状态导致的终身影响。米尼教授注意到，有些母鼠总是舔舐幼崽，为它们梳毛，有些则心不在焉。于是，他决定测试舔舐对幼崽的长期影响。他等待幼鼠长大，进行了一连串社交和智力测试，然后将它们的表现和母鼠的抚育方式结合起来进行比对。小时候得到舔舐爱抚的幼鼠，成年后自信、聪明得多，好奇心也强烈得多。它们在走迷宫时表现得更加出色，也更加健康，寿命更长。

米尼把幼鼠混合，[8]将舔舐幼崽的母鼠所生的孩子换给较少舔舐的母鼠，再把自由放任的母鼠产下的幼崽交给尽职的母鼠。幼鼠长大后，他又进行了相同的测试。结果表明，决定幼鼠行为的不是亲生母亲，而是它们是否得到专注的舔舐和爱抚。基因输给了儿时充满爱意的抚育。[9]

舔舐和梳毛似乎影响了小白鼠控制压力的脑部结构的发展。一只小白鼠在实验室的早期生活是高度紧张的（特别是科学家拿起幼鼠并握着它们的时候），这导致它释放出皮质醇这样的应激激素。由三心二意的母鼠养大的小白鼠，体内的皮质醇导致其大脑随时在为迎接压力和危险做准备。而细心的母鼠在幼崽紧张不安时会立刻舔舐安抚它们，从而使幼崽体内的皮质醇得到分解，让它们的大脑免受压力的影响。[10]

过去几十年来的一系列研究表明，人类身上存在同样的模式。科学家们通过唾液测量皮质醇含量，发现婴儿非常容易感到紧张。噪声、饥饿或弄脏的尿布，都会让孩子大脑中的皮质醇含量激增。但是当爸爸妈妈抱起宝贝，紧张情绪和皮质醇几乎就消失了。如果一个婴儿独自躺在摇篮里接受注射，他的皮质醇水平会飙升。如果他正靠在妈妈的怀里，皮质醇水平虽然也会升高，但程度会低得多。如果婴儿对母亲产生了情感上的依赖，并且母亲就在身边的话，那么在听到噪声或受到威胁时，他的皮质醇水平就不会迅速上升。

哈佛大学儿童发展中心创始人杰克·P. 肖可夫医生是这一领域的先行者。他认为，婴儿时期持续的高水平皮质醇，能使儿童为面对高风险的环境做好准备。皮质醇影响了脑部结构，使人在一生中都处于一触即发的“战还是逃”状态中，这种适应能力在史前时代或许有用，但在当今的世界，它造成的结果是小学生对危险过度警惕，以致无法集中注意力；对其他人充满怀疑，以致容易做出先发制人的攻击行为。

肖可夫把这叫作“有毒的压力”，[11] 并将其描述为贫穷不断再生的一种方式。贫困的母亲往往生在压力巨大的家庭里，面临着无数挑战，并且有相当一部分母亲自己还是青少年，缺乏伴侣的帮助。在这种环境中生长的婴儿可能具有较高的皮质醇水平。肖可夫强烈主张应该从生命之初就开始干预，那时大脑正在成形。若是等孩子到入学年龄才插手，这将会是损失惨重的延误。2012 年，美国儿科学会对这些发现表示支持，呼吁“整个儿科医生界”在早期儿童护理策略中寻求根本性的改变，以减少有毒的压力及其所引发的终身性损害。

应当注意的一点是，贫困对儿童大脑生理结构造成的影响从脑部扫描中就可以看出来。研究者们让一批 5 岁儿童进行一系列认知和语言测试，同时扫描他们的脑部。他们发现，儿童大脑功能的差异和父母的社会经济地位有很大关系。来自贫困家庭的孩子脑功能特化程度较低，特别是在对语言发展至关重要的脑部区域。[12] 正如同行评审期刊《神经图像》中所言：“环境因素可能在大脑结构和大脑功能上表现出来。”神经科学家玛莎·法拉赫更直言：“在贫困中长大的经历对你的大脑有害。”[13]

西弗吉尼亚。三岁的约翰尼·维西和母亲。

我们在和一头淡黄色头发的男孩约翰尼·维西见面时，亲眼见到了早期干预的重要性。约翰尼今年三岁，住在西弗吉尼亚州阿巴拉契亚山下农村的一辆房车里。他是个友善、好奇的男孩，喜欢拥抱别人，但他发育迟缓，现在还不会说话。约翰尼在屋里飞跑时，他妈妈德菲斯向我们解释道，约翰尼患有听力损伤，直到他一岁半时才检测出来，这导致孩子失聪，而这种损伤原本是可以预防的。那时，约翰尼的耳朵已经插上了管子。虽然他一只耳朵恢复了全部听力，另一只恢复了大部分听力，但有一个结果不能改变：在大脑发育的关键时期，他没有听到过任何声音。现在还不清楚约翰尼最终能否讲话，能否克服婴儿时期遭受的挫折。

给婴儿做听力检查看似是件非常简单的事，但还是有像约翰尼这样的孩子被疏忽了，未能检查出来。西弗吉尼亚州规定，所有新生儿必须接受听力筛查，但有些孩子要么没被查出来，要么过后才出现问题。有一种可能是，听力损伤和配方奶粉喂养有关：当地只有大约三分之一的低收入母亲采用母乳喂养。当然，部分出于经济原因，有更多母亲希望母乳喂养，但是像德菲斯这样捉襟见肘、麻烦不断的母亲，又找不到免费的帮手来照顾孩子。所以，大部分母亲采用奶瓶喂养，而奶瓶喂养使婴儿的耳部感染率增加了70%。这些耳部感染会导致并发症和耳聋，像约翰尼这样依靠医疗补助计划、偶尔才能接触到可靠医疗照顾的孩子，尤其令人担心。德菲斯注意到约翰尼的听力有问题时，曾向儿科医生咨询。但是，她说医生没发现异常。汽车报废、找工作、水管冻住，德菲斯要面对的问题应接不暇，再加上医生确认没有问题，于是，直到“救助儿童会”为约翰尼安排听力检查的时候，才发现他耳聋了。

这就是出生环境决定一切的世界。一个来自中产阶级家庭的孩子拥有尽职的儿科医生，一旦发现听力问题，立即就会得到医治。一个像约翰尼这样来自贫困家庭的孩子，也许直到大脑发育延迟，听力问题才会被人注意。“贫穷的孩子本来就处于弱势，”哥伦比亚大学教授、儿童健康基金会主席欧文·雷德莱纳说，“再加上长期得不到治疗的耳部感染，语言功能发育不健全的危险就会非常高，这会不可避免地增加孩子的学习障碍和学业失败的概率。”雷德莱纳博士说，要避免这样的悲剧，所有儿童都应该接受由初级保健医生进行的八项学习障碍筛查：视力问题、听力缺损、未得到充分治疗的哮喘、贫血、牙齿疼痛、饥饿、铅暴露，以及行为问题。

反映童年对人长期影响的指标之一是“儿童期不良经历”(adverse childhood experiences，简称ACEs)。它指的是童年时期经历的各种创伤，如肢体虐待、性虐待和语言暴力，与酗酒者或吸毒者共同生活，以及因死亡或离异失去亲生父亲或母亲。人们用一个包含十项问题的调查问卷来衡量一个人的ACEs情况。绝大多数人至少经历过一种，大约12%的人经历过四种或以上。第一项大型ACEs研究于1998年发表。[14]研究发现，从糖尿病到肺病，一个人的童年期不良经历越多，患上身体疾病的风险就越高，出现精神障碍的概率也越高。有四种或四种以上ACEs的人，患肝炎或黄疸的可能性上升230%，患抑郁症的风险增加460%，自杀概率骤增1220%。从那时起，众多研究已经证实，一个人的童年期不良经历越多，几十年后出现的健康问题就越多。那些经历过四种或以上ACEs的人，在未成年时怀孕生子的可能性比其他人高出许多，成年后酗酒、面临经济问题或在工作中缺勤的概率也很高。换句话说，改善成年人的身体和精神健康，关键在于减少儿童时期的创伤。

犯罪学家、神经科学家阿德里安·雷恩扫描了多名凶杀犯和其他刑事罪犯的大脑，发现了幼儿期成长的明显差异。[15]许多谋杀犯的前额叶皮层活跃度远低于正常水平。这一点至关重要，因为前额叶皮层与抑制冲动，以及控制全部思维和决策过程的“执行功能”息息相关。美国和墨西哥所做的多项研究表明，贫困家庭的儿童更容易出现执行功能减退的情况，原因显然在于他们长期生活在压力之下，这又导致他们在学校表现欠佳，进入青春期后做出危险行为，成年后吸烟、饮酒过量，并出现自我控制障碍。

当孩子在贫穷和忽略中长大时，掌管记忆和方向感的海马体似乎也处在危险之中。小时候承受巨大压力的人，成年后的海马体比其他人小。与此相反，和心不在焉的母亲养大的孩子相比，由关心体贴的母亲抚养的儿童，海马体的体积平均大出10%。压力和杏仁核的结构性变化也有关系，杏仁核与海马体相邻，负责处理愤怒、焦虑等情感。正如波士顿儿童医院的查尔斯·A. 纳尔逊三世和玛格丽特·A. 谢里丹撰文所言：“童年经历的创伤和长期压力对杏仁核及海马体的大小和功能具有持续性的影响，导致情绪调节能力减弱，提高患上精神疾病（特别是焦虑症和抑郁症）的风险。”[16]

当然，早期发展并不能决定命运，我们对大脑的探究也尚在初级阶段。但是，从罗马尼亚孤儿的悲剧中，我们再次看到了早期疗育的重要性。1989年年底，罗马尼亚政权动荡，首都布加勒斯特和其他城市有大量孤儿生活在条件恶劣的孤儿院。数千名儿童在这些孤儿院长大，他们能获得食物和水，却几乎不能与人接触。他们哭泣时，没有人安抚，没有人拥抱。政府倒台后，有68个孤儿被随机选中，送到温馨的寄养家庭，还有其余的68个孩子则令人心碎地被留在孤儿院。这就是随机对照实验“布加勒斯特早期疗育计划”。[17]研究人员发现，对孩子的恢复来说，至关重要的一点是，在两岁以前离开孤儿院。两岁前从孤儿院转入充满关爱的寄养家庭的孩子，可以恢复到正常儿童的水平，并且适应程度非常高。与此相对的是，两岁之后才离开孤儿院的孩子恢复水平较低，智商停留在 70 左右，不再增长。脑部扫描展示了更大的差异：两岁后仍留在孤儿院的孩子，大脑活跃程度远远落后，脑灰白质体积小得多，部分大脑组织也已萎缩。

一个推论是，儿童的大脑在大约两周岁以后就失去了可塑性，那时再补救会更加困难。另一个推论是，对孩子来说，收养家庭的父母或家庭式的寄养环境通常比孤儿院这种机构更好，无论后者的善意多么强烈。种族屠杀过后的卢旺达，在自己当家做主的环境里生活的幸存儿童，比公共机构照顾的孩子成长得要好。联合国儿童基金会指出，全世界仍有 800 万儿童在公共机构中长大。

大部分母亲都对孩子具有真正的情感依恋。[18]但也有少数母亲对孩子关注很少，她们要么还年轻不太成熟，要么有药物滥用的问题，又或者自己压力太大、太沮丧，无力缓解孩子的压力。过去人们认为，儿童能够克服早期遇到的困难，娇养的孩子也可能成为害羞胆小的爱哭鬼。后来，先驱学者玛丽·安斯沃斯在约翰斯·霍普金斯大学的研究使我们对依恋有了更现代的理解。她发现，最细心的母亲听到婴儿的第一声哭喊，就会把他们抱起来，温柔地安抚他们，这些孩子在 1 岁后哭泣的次数更少。安斯沃斯认为，母性依附创造出更自信的孩子，他们有足够的安全感，敢于去探险，去尝试新的事物。这个观点和米尼在舔舐幼鼠的母鼠身上的发现不谋而合。

明尼苏达大学的一个研究团队对早期依恋的长期影响进行了开创性的研究[19]，其结果也支持安斯沃斯的结论。研究者们监测了 180 名来自低收入家庭的对象，从他们还在妈妈肚子里的时候就开始，跨度长达 30 年。结果显示，母亲是否关心孩子，能否立刻抱起哭闹的婴儿，能否预测并马上满足他们的需求，对早期育儿至关重要。得到妈妈精心照料的婴儿，与被母鼠舔舐的幼鼠一样，适应能力更强，更加自信，在学校的表现也更加出色。令人惊奇的是，通过观察孩子在生命最初的 42 个月内接受的抚育水平来预测他们能否从高中毕业，准确率高达77%。“因此，到了三岁半，一个孩子会不会辍学基本上就可以预测了。”研究者在《人的发展》一书中写道。这些社会心理评估比智商更能预测一个孩子是否能够从高中毕业。

这似乎可以理解为，拥有父母关爱的婴儿了解自己能够影响周围的环境——他一哭，妈妈就会跑过来。这类孩子没被惯坏，控制欲也不强，反而独立自主。与此截然相反的是，得不到父母反应的婴儿会感到无助，有些还会屈服于侵蚀他们勇气和自律性的悲观情绪。这一点可以传给下一代。塞雷娜曾是受试儿童，她母亲是个贫困的未成年单身妈妈，在塞雷娜出生后不久就结婚了。塞雷娜的祖父母在经济上帮衬她的父母，他们也全身心地抚育这个女儿。研究者描述了塞雷娜以及她儿子的情况：

> 塞雷娜，两岁，努力地想解决杠杆问题，她一直跟随着母亲的指导，直到她向下压板子，把糖倒出盒子。她母亲杰西卡微笑着，用欢快的声音说：“看哪，你把糖取出来了！你成功啦！”20年后，塞雷娜照看两岁大的儿子达斯廷，他正费力气要解开同样的难题。最后，他解决了问题，露出灿烂的笑容。“对，就是这样。真棒！”塞雷娜说，对孩子报以温暖的微笑。

一个名叫埃利斯的男孩没有从母亲那里得到同样的支持，相同的后果在下一代人身上重复：

> 埃利斯解决问题时遇到了困难，向妈妈求助，妈妈却朝天花板翻个白眼，大笑起来。当他终于成功解决问题时，他妈妈却说：“瞧瞧，你可真够固执的。”20年后，埃利斯看着自己的儿子卡尔解决同样的问题。他从孩子身边走开，大笑着摇头。然后，他假装从盒子里把糖拿起来，孩子冲过来想拿时，埃利斯又把糖扔进盒子，逗弄

孩子。最后，他替卡尔解决了问题：“你没有做到，是我把糖取出来的。你可不如我聪明。”

显然，我们有必要帮助高风险的父母，养育出更多像塞雷娜这样的孩子；也有必要帮助困扰重重的父母用爱和拥抱抚育孩子。很多人感到贫穷令人绝望，一个原因是他们认为某些父母无可避免地要干一份糟糕的工作，而局外人或政府又没有办法带来改变。令人高兴的是，一位名叫戴维·奥尔兹的学者表明，他们想错了。

20 世纪五六十年代，奥尔兹生长在俄亥俄州铁路小镇康尼奥特一个原本其乐融融的典型美国小镇家庭。奥尔兹的父亲在成长中历尽艰难，随着他逐渐沉溺于饮酒和寻欢作乐，奥尔兹也开始了动荡的生活。戴维 11 岁时，父母离婚了。父亲搬到佛罗里达，几乎从家庭生活中消失。母亲在电子工厂上班，独自抚养他和妹妹。那时，在 50 年代的美国小镇，离婚是极其痛苦、令人尴尬的。成长于这样严酷的环境，奥尔兹感到他想要做点可以帮助他人的事。“青少年时期，我就知道自己有一种浪漫的渴望，迫切地想要做一点好事，”他回忆说，“这促使我选择了国际关系专业。我有一腔壮志，渴望去非洲或印度拯救贫穷的儿童。”

奥尔兹得到奖学金，来到巴尔的摩的约翰斯·霍普金斯大学攻读国际关系。然而，这个大一新生发现，课程大多是关于超级大国的冲突、核战略，他开始担心自己的国际视野焦点放在了不该寄托的对象身上。他修了心理学课程，在玛丽·安斯沃斯门下学习。培养有自信的孩子似乎比全球安全研究更紧迫，也与帮助他人更加相关。奥尔兹将专业换成了发展心理学。

1970 年，奥尔兹毕业，将理想付诸实践，在巴尔的摩西边一个破败社区的托儿所找了份看护四岁儿童的工作。联合广场托儿所照顾三到五岁的贫困儿童，他们挤在教堂地下的三个房间里。满怀热情的奥尔兹试图扭转孩子的命运。他邀请家长们在孩子的午睡时间来托儿所讨论育儿方法。他引入了一项特别能激励孩子的课程，提高他们的认知能力。然而，进展远比他期待的缓慢。前来参加讨论的家长，他们的孩子都在托儿所表现良好，而那些最需要帮助的孩子家长却从来没有出现过，这些孩子才是奥尔兹想要尽全力支持的。很多孩子受过虐待，来自破碎的家庭，他们的父母往往酗酒或毒品上瘾。有些孩子承受着这些巨大问题带来的痛苦，以至于不懂该如何利用所得到的帮助。有一个讨人喜欢的四岁男孩，只会用号叫和咕噜与人交流，母亲是个瘾君子，怀孕期间也酗酒吸毒。还有鲍比，戴着厚厚眼镜的四岁小男孩，午睡时总是焦躁不安，不愿睡觉。奥尔兹问鲍比出了什么事，孩子却愤怒地对着他叫骂。后来，奥尔兹发现鲍比尿床，每次他一尿床，妈妈就会打他，所以他害怕睡觉。还有一个孤僻的小女孩，她的行为让奥尔兹担心她可能遭受了性虐待。

奥尔兹感到，他没有治愈这些孩子，不过是为他们提供了“创可贴”而已。托儿所的老师会宣讲健康饮食的重要性，但方圆几英里之内，都找不到售卖新鲜蔬菜的超市。就业岗位稀缺，家长们长时间承受压力，脾气暴躁，要应对的危机一个接一个。与此同时，整个社区受到高犯罪率的影响，每个人都战战兢兢。儿童专家很早以前就注意到，贫困家庭和工人阶层家庭抚养子女的风格比中产阶级更加专制，更容易打孩子，让孩子服从强制的命令。这种专制的风格会损害孩子的情绪发展，奥尔兹认为，这在一定程度上是在危险环境中生活所造成的：“除非孩子们守规矩，否则他们就有被杀害的危险。”

看到孩子们迫切地需要帮助，自己却没有给他们的生活带来足够的改变，这种沮丧的心情难以想象。这不过就是被美化的保姆工作而已。这些孩子虽然只有四岁，但都难以接触。奥尔兹意识到，就算只是等到学前班再帮助处境危险的孩子，都是有悖于良心的拖延。他重返校园，在康奈尔大学取得了心理学博士学位。攻读学位期间，他在离学校不远的纽约州埃尔迈拉市从事评估儿童项目的工作。[20]埃尔迈拉是一个蓝领城市，因摇摇欲坠的制造业经济而陷入困境。这一儿童项目筛查处于危险之中的儿童，试图为他们提供额外帮助。项目主任询问奥尔兹的看法，他直言不讳："我认为这个项目不会带来改观，我们也不会得到有效的数据。但是，我认为，我们能够设计出一种可以创造改变并且可被评估的干预方式，这样我们就能知道它能否起作用。"

所幸，这位主任是个可以容忍异议的人。他请奥尔兹整理出一份方案。奥尔兹提出用随机对照实验来训练家长的育儿技巧。他的想法是，从孕期开始，一直持续到孩子两岁，聘请护士定期和贫困、高危、初为人母的女性见面。护士会前往这些妇女的家中，因为奥尔兹在巴尔的摩已经看到，家里才是出现问题的地方，而让高危母亲前往指定地点也比较困难。护士会就戒酒、戒烟、远离毒品为孕期妇女提供咨询，提出建议，帮助她们了解可能出现的状况，赢得孕妇的信任。孩子出生后，护士会继续家访，提醒母亲注意孩子可能遇到的生理危险——小心弹珠，孩子可能会把它们吞下去！注意含铅油漆的碎片！护士也会鼓励母亲们采用母乳喂养，安慰她们，温和地鼓励母性关怀（有些案例中是父亲关怀）。奥尔兹从联邦政府得到拨款来实施这个计划，后来又赢得罗伯特·伍德·约翰逊基金会的支持。1978 年，埃尔迈拉项目开始招募受试妇女，其中一半随机分入护士家访组，另一半则接受社会机构的筛查和建议——后者就是奥尔兹最初要评估的那种计划。

参加埃尔迈拉项目的大部分女性是承受着巨大压力的未婚少女。护士们受到指导，要耐心、热心，让妈妈们建立信任感。他们不是去发号施令的，而是要引导、要鼓励。护士斯泰茜的家访对象是邦妮。这个 17 岁的怀孕少女住在一间爬满蟑螂的肮脏的地下室里。邦妮抽烟、喝酒、打架，经常触犯法律。当斯泰茜建议邦妮在怀孕期间停止吸烟时，后者威胁要给她一巴掌。"这个孩子把我的一切都夺走了，"邦妮怒吼道，"别想把我的烟也抢走。"

斯泰茜退让了，但继续努力培养对方的信任。原来，邦妮小时候曾遭到身体虐待，她做临时保姆时，也虐待过其他孩子。斯泰茜每周家访，终于有一次，邦妮崩溃大哭："我害怕我会对自己的宝贝也做出那种事……更何况万一他是个爱哭的孩子。”斯泰茜温柔地提出几条应对的办法，并询问邦妮，如果孩子开始哭闹，她可以和谁联系。邦妮想不出来。在斯泰茜的鼓励下，邦妮终于提起了住在附近的一个老妇人。她按照斯泰茜的建议，在纸上写下老妇人的名字和电话，把它粘在墙上，以备危急时使用。在斯泰茜的说服下，这位年长的妇女真的向邦妮伸出了援手，邦妮的男朋友对养育孩子也渐渐有了兴趣。虽然困难重重，但邦妮和男友把婴儿照顾得非常好。多年之后，孩子从高中毕业了。

在埃尔迈拉，几乎从一开始，奥尔兹的方案就表现得非常出色。[21] 在生命的头两年，有了护士的拜访，这些高危母亲（贫困、未婚的未成年少女）的孩子遭到查证属实的虐待和忽视的可能性，只有对照组的五分之一。出生第二年一直是幼儿面临的一个危险阶段，他们脚步蹒跚地四处晃悠，吞下不该吃的东西。这段时间内，接受护士家访的孩子被送进急诊室的概率比对照组低 56%。

在孩子长到两岁，护士停止家访以后，实验组和对照组的母亲及孩子继续接受评估。两组始终保持明显的差异，特别是那些参加项目时处于贫困和单身状态的母亲。在家访终止后 15 年内，接受护士家访的女性中，被逮捕的人次比随机分入对照组的同类型妇女低 69%。[22] 护士家访组的母亲，经查证有过虐待或忽视儿童行为的，比对照组少 79%。护士就避孕提供的建议也产生了一定作用，家访组的妇女在之后 15 年内再次生育的，比对照组少 32%，依靠福利救济的时间比对照组短 30 个月。就家访组的孩子而言，他们在 15 岁前被捕的概率比对照组的孩子低 50%。

戴维·奥尔兹实验如今已发展成“护士家庭合作计划”，大体仍按照在埃尔迈拉的方式运作。在创造机遇的早期干预案例中，它成为一项有力的证据。该项目每年在每名母亲身上需花费 4500 美元，在两年零几个月的完整项目时间内，每个母亲的花费约 1 万美元出头。兰德公司分析了这些数字，发现它们能带来巨大的回报：每为针对低收入单亲母亲的护士家访投入 1 美元，就能够创造5.7美元的收益。特蕾西·帕兰德吉安是“社会筹资组织”的创办者，这个组织通过“社会效益债券”为非营利组织筹措资金。帕兰德吉安监测了这些组织，她认为，在实证依据和管理上，护士家庭合作计划“在非营利组织中无可匹敌”。

埃尔迈拉的居民大多数是从事半农业的白人。护士家庭合作计划在内城贫民区或少数族裔居住区行得通吗？1988年，奥尔兹再次进行随机对照实验，地点选在田纳西州的孟菲斯市，那里人口众多，黑人居民占大部分。实验结果十分相似。[23] 1994年，奥尔兹又在丹佛市重复了相同的实验，那里有大量墨西哥裔居民。实验结果振奋人心。

地方政府对护士家庭合作计划感兴趣，视之为消除贫困、降低社会福利开支的一种途径。俄克拉何马州引进这个项目后发现，在接受护士家访的家庭中，婴儿死亡率降低了50%。现在，护士家庭合作计划在全美40多个州都有项目，并已扩展到英国、荷兰、加拿大和澳大利亚。[24] 然而，由于经费有限，它在美国所能服务的人数仍然只有需要帮助人口的2%～3%。这是本末倒置的鲜明例证。我们有美国最严谨的反贫困项目之一，一个自己负担支出，并且成本不断降低的项目，然而，它却只能为2%～3%符合条件的家庭提供帮助，这令人愤怒。

“护士家庭合作计划”创始人戴维·奥尔兹。这个帮助儿童创建更好未来的项目大受好评。（图片由护士家庭合作计划组织提供）

从护士家庭合作计划和其他已取得明显成功的项目中，我们能够学到很多。首先，婴幼儿阶段正是大脑发育、为成年生活打下基础的关键时期，早期干预至关重要。这指的是帮助妇女避免意外怀孕，如果已经怀孕，则帮助她们避开诸如毒品、酒精和烟草之类的危险。与消除贫困有关的公共政策辩论中鲜少涉及怀孕和哺育婴幼儿的议题，但是，神经科学和经济学领域的新研究表明，它们可能是回报最高的切入点。诺贝尔经济学奖得主、芝加哥大学教授詹姆斯·赫克曼说，如果我们能把投在高中和大学的大量资金拿出来帮助困难儿童去度过人生中的头五年时间，那我们的社会将会好得多。当然，无论哪种教育预算被砍，我们都不愿看到，但如果一定要选，我们恐怕会赞同，在打破贫穷循环上，将十亿美元花在针对高危年轻母亲的家访上，比向营利性大学提供非直接补助金效果显著。然而现在，资源和创造的价值成反比——大学得到的资源最多，早期疗育得到的最少。

其次，只有对世界上最重要也最困难的工作——养育孩子——产生影响，儿童项目才是最成功的。给予父母们教养婴幼儿的工具，假以时日，他们将会培养出一个更加自信、适应能力更强的人。训练父母抚养孩子的成本，远比多年后维护监狱的代价小得多。

这对所有人来说意味着什么？如果我们想培养大学毕业生，成本效率最高的方法不是捐款给大学，而是给幼儿园或父母家访项目。我们希望更多的捐助者不光可以资助大学教授，也可以支持走访高危父母的护士。我们希望富豪们不仅寻求给音乐厅和博物馆展厅冠名的机会，也乐于把名字刻上幼儿园的大门。很多教堂、犹太会堂和清真寺向托儿所和预幼班项目开放，已经取得成效。如果一间教堂或一个民间组织希望更进一步，从长远的角度为社区投资，那么，几乎没有比协助困顿的母亲倾注更多爱心照顾孩子更好的方式了。确实，如同联邦高速路系统无法靠个人赞助建立起来，私人捐款也不能解决早期儿童教育受到忽视的问题。我们需要倡议者来促使联邦、各州及本地政府为孩子生命的头两年投资，为家访项目负担费用，为处在孕期和抚育婴幼儿的家长提供支持。如果我们在生命的发端失去机会，日后才弥补伤害，那么我们将面临更大的困难，也将付出更沉重的代价。

救助儿童会在美国

布兰妮·赫尔利还是个小女孩的时候，就渴望成为一名儿科医生，如果生在一个中产家庭，她的梦想也许已经实现了。她讲话带着浓重的阿巴拉契亚口音，有时很难听懂，但头脑敏捷。然而，生活不让她好过，部分原因在于她在肯塔基州布雷萨特县的一个瘾君子家庭长大。布雷萨特，这个满是突兀的山坡和青翠的山谷之地，有一段动荡的过去（因为长期争斗，这里也被称作“血腥布雷萨特”），如今更是举步维艰。

县里几乎每户人家都受到冰毒、酒精、处方止痛药或其他药物成瘾的折磨。一度依赖木材和煤矿的经济已经崩溃，就业岗位稀少。县里的人均收入是 1.55 万美元，而自 1940 年以来，当地人口减少近半。很多家庭居住在破旧的拖车里。车外垃圾遍地，车内的问题家庭往往也支离破碎。布兰妮说，她 12 岁时曾被家人强暴。当她向其他家人寻求安慰和帮助时，他们却把处方止痛药和毒品介绍给她，以此减轻痛苦。年仅 12 岁，她已吸毒成瘾。

从物质层面来说，布雷萨特县在过去几代人的时间内已经有所进步。绝大部分家庭都有电力和水暖设备，而 20 世纪 60 年代很多家庭都没有这些东西。一项研究发现，在处于贫困线以下的美国家庭中，80% 的家庭现在拥有至少一台空调。他们几乎全都拥有微波炉，大部分家庭还有洗衣机和烘干机。尽管美国穷人享受着这些物质财富，但他们没有任何希望。布雷萨特县的居民里，99% 是白人，但这里散发出的绝望之感，与南达科他州松岭的印第安人保留地、尼日利亚首都拉各斯或印度孟买的贫民窟别无二致。你可以从滥用药物的行为中，从破碎的家庭里，从高中辍学生身上，从每晚站在横跨肯塔基河北部支流的大桥上为了换取处方药而向过路司机出卖肉体的未成年少女身上，看到绝望。

我们倾向于认为“救助儿童会”是一个在索马里那样的地方帮助饥饿儿童的援助组织。他们的确这样做，不过同时也在美国实施和护士家庭合作计划类似的项目。每个月捐款 28 美元，你就能资助一个美国孩子，使他在大脑发育时期获得及时的帮助。我们跟着布雷萨特县的救助儿童会考察了这个项目的运行，并和布兰妮·赫尔利相处了一段时间。

肯塔基。布兰妮·赫尔利带儿子参加了一个救助儿童的项目。

布兰妮有一头深棕色的头发和一双漂亮的蓝眼睛，脸上总不由自主地挂着温暖的笑容。她在学校是个出名的聪明学生，也是个捣蛋鬼。高二那年，她辍学了，去列克星敦参加了一个名叫“山脊”的戒毒项目。就是在那里，布兰妮清醒过来，遇到了鼓励她思考人生方向的人生导师和顾问。她带着新的目标从“山脊”归来：不再沾毒品，找一份工作，继续读书。她搬去和奶奶同住。奶奶过去是个酒鬼，现在已经戒酒，看上去成了这个家里最安稳可靠的人。布兰妮带上了妹妹，好让她免受自己曾不断遭受的强暴。布兰妮也邂逅了爱情，她与当地修车厂工人、26 岁的斯坦利相爱了。

斯坦利初中就辍学了。我们见面时，他还不大有信心。瘦削的斯坦利一头黑发，消瘦、寡言。他先是说自己过去酗酒，现在已经戒了，没过几分钟又改口说还在喝，但“不那么频繁”。从积极的一面看，他非常喜欢布兰妮，已经和她结婚。他也安定下来，有了一份踏实稳定的工作——这在布雷萨特县可不好找。布兰妮 17 岁时，他们有了儿子兰登。我们来看她时，布兰妮 19 岁，和斯坦利、兰登住在小型拖车公园的一辆拖车上。当时她和 20 个月大的兰登正在接受当地救助儿童会扶贫人员考特妮·特伦特的家访。特伦特 22 岁，满头金发，说话轻声细语，看着就像我们在当地遇到的每个人的远亲。因为从小在这里长大，特伦特知道背后的故事——谁在吸毒，谁真心希望找到工作，谁虐待残疾人，谁是酒鬼。特伦特不吸毒，还在攻读大学学位，因此已是当地的一个榜样。

布兰妮和考特妮陪兰登在地上玩了一会儿，又聊了聊八卦。然后，考特妮问布兰妮有没有碰到什么问题。原来，布兰妮的一个家庭成员最近因为经营制毒室被捕后，从监狱给布兰妮打来电话，请求她帮忙保释。"我跟他说'去死吧你'，然后就挂了。"布兰妮说。她现在在一家温迪汉堡餐厅做全职工作，下定决心要给予兰登她自己小时候不曾拥有的爱护。她聊起从这里搬走的计划，部分是为了寻找更好的工作机会，部分是想避免绝望和毒品的不良影响。布兰妮和考特妮又说起兰登的情况，一起温柔地夸奖他聪明。

在布雷萨特县，拥有童书的家庭寥寥无几，好在特伦特就是个移动图书馆。每次家访，她都会带来六本书，同时把上次家访时留下的书收回来。她和妈妈们一起给孩子们重读上次留下的书。"如果一个妈妈不会读，或者读得不好，我就会让她看着图片，自己编故事，"特伦特说，"孩子听不出差别。重要的是和他说话，陪他玩。"布兰妮看来并不需要督促，她念得很好，也喜欢给兰登讲故事。陪兰登在地板上玩耍的时候，布兰妮和考特妮说起了女孩间的悄悄话。布兰妮坦言自己想上大学，成为一名护士。考特妮鼓励她，告诉她这一切都有可能实现。她们轻柔而温暖地微笑着，兰登在客厅里摇晃着跑来跑去，高兴地咿咿呀呀。

"他会说 20 个月的孩子根本不会的复杂词，"赫尔利快乐地说，"我真为他骄傲。"

虽然专家们已经广泛认同家访项目具有显著的效果，但是在什么才是最佳实施策略这个问题上，大家还争论不休。护士家庭合作计划的数据显示，因为护士具有权威性，所以他们的影响力比其他人更大。[25] 与此相对的研究则表明，即便是不具备大学本科或研究生教育水平的扶贫工作者或家访人员，也能够对育儿风格、儿童虐待、儿童健康乃至认知发展产生重要的影响。[26]救助儿童会认为，雇用护士的成本相对高昂，因此，特别是在农村地区，雇用像考特妮·特伦特这样能够让社区居民建立信任感的本地人更加划算。他们已经开始追踪和评估，初期结果看来很有前景。

循证政策联盟[27]检测了八个家访项目，发现具有最有力实证支持的是护士家庭合作计划，紧随其后的是另外两个项目——"早期介入计划"和"家庭检查"。其余家访计划影响力的支撑证据更弱。芝加哥大学的德博拉·达罗则认为，这个领域中的众多组织都具备有效的要素。[28]有人主张，在第二胎或第三胎出生时继续家访是重要的，因为那时母亲承受的压力特别大。以这种方式推行家访和育儿训练的两大主要组织是"美国健康家庭计划"和"儿童第一"。这些机构都试图去做这个国家最关键的工作——从长远的角度节约成本的同时，创造机会和平等。人们可以通过各种各样的途径支持他们，他们的网站也提供了各种选择，包括资助婴儿或兰登这样的幼儿。提议各州、各市引进家访计划的行动也可以创造改变。

除了布兰妮·赫尔利，我们在肯塔基州还随救助儿童会走访了阿纳斯塔西娅·麦考密克。这个年轻的职业母亲住在拖车屋里，已经有了两个女儿，一个六岁，一个只有九个月，现在又怀着双胞胎。麦考密克每周在比萨店打工两三天，以此维持生活。我们去采访时，她的车刚刚出了故障，她只能步行两英里去上班。她意识到，随着怀孕越来越久，她到时将不得不辞工，在一张接一张账单、一个又一个危机之间挣扎过活。之前购买的洗衣机和烘干机没有按时付款，估计它们要被收回去了。在其他设施方面，她也面临着同样的问题。"我接到一张断电通知单，"她说，"不过还有一个月的时间来付清欠款。"她男朋友九年级就辍学了，找不到工作，并且腿部因为曾经受伤还落下了残疾。

帮助阿纳斯塔西娅和她的伴侣摆脱贫困是一个挑战，这是现实。但我们还有时间去改变她肚子里那对男孩的命运。只需要一些帮助，他们就能打破贫穷的循环。帮助两个男孩和几百万跟他们一样的人，应该成为我们国家的首要任务。他们还太幼小，幼小得容不得失败。

第四章 3000 万个词的差距

谁开启一道校门，便是关闭了一座监狱。

——维克多·雨果

富有开拓精神的两位学者贝蒂·哈特和托德·R. 里斯利，利用两年多的时间观察了 42 个家庭。哈特和里斯利录下了这些家庭中父母和幼儿的互动，转录成磁带，计算其中的单词数量。他们发现，婴儿开始说话的年龄和家庭收入之间没有相互联系，但孩子听到的单词数量在很大程度上取决于家庭的社会经济状况。一个接受福利救济的孩子一年能听到 300 万个单词，一个工人阶层家庭的孩子一年大约能听到 600 万个单词，而专业人士家庭的孩子一年能听到 1100 万个单词。

到了四岁，专业人士家庭的孩子比接受救济的孩子已经多听到 3200 万个单词。这 3000 多万个单词的差距对孩子的发展有着巨大的影响。哈特和里斯利写道："家长们对孩子说的话越多，孩子的词汇量增长越快，在三岁及之后的智商测试中得分也越高，这几乎毫无例外。"[1] 他们继续追踪这些孩子，直到他们长到九岁。哈特和里斯利发现，幼儿听到的单词数量对他们的大脑发育、智商水平和学习表现似乎具有持续的影响。后来的研究证实了他们的发现和结论：到了入学年龄，贫困儿童往往已经严重落后，很难再追赶上来。此外，低收入家庭孩子听到的很多单词是家长责骂他们时所用的严厉词语，而专业人士家庭的父母则抓住每个机会表扬孩子。接受救济的孩子每听到一个鼓励的词，就要听到两个让人泄气的词，而专业人士家庭的孩子每听到一个令人沮丧的词，就会听到六个鼓励的词。

正如戴维·奥尔兹和其他很多研究者所发现的那样，贫困家庭的父母并非不愿意和婴幼儿交谈或夸奖他们。没人渴望成为不称职的妈妈或爸爸。大体上说，各个阶层背景的父母都爱自己的孩子，都希望他们能成功，都乐于帮助他们茁壮成长。问题在于，那些在贫困中苦苦挣扎的单亲妈妈压力很大，并且十分忙碌，没有意识到和宝贝说话的重要性，也更习惯于专制的家长作风。有些母亲认为把孩子放在电视机前面可以替代对话。哈特和里斯利从数据中发现，真正起作用的是和孩子说话的人，电视机对孩子所掌握的词汇和认知发展毫无影响。华盛顿大学西雅图分校的学习与脑科学研究所，斥资 400 万美元建成全球唯一专为婴儿设立的脑磁图扫描室。研究所检查孩子们的脑部时，发现了相同的现象。婴儿听真人说话时，将其当作一种社交互动，并且会处理听到的信息，而面对电视屏幕时，大脑会把听到的单词当成随机噪声。

我们已经讨论过一些可以改善长远结果，有助于打破贫困循环的早期疗育，研究也已指出帮助孩子在整个幼儿园阶段持续发展读写和表达能力的有效方法。读书的孩子可以自己帮助自己，没有比给予孩子阅读的快乐更有助于让他们为学校做好准备的方法了。俄克拉何马州、佐治亚州、西弗吉尼亚州和几个其他州已经通过早期儿童项目表明，哪些方法在创造更广阔的机会方面是奏效的。其中一些项目为我们每个人推动这些目标的实现提供了途径。

19 岁的单亲妈妈罗莎·欧拉多尔和 16 个月的儿子卡尔文住在波士顿。她是个活泼健谈的姑娘，从小在救济贫民的流动厨房吃饭，住在为无家可归者所设的收容所，高中时就怀孕了，并在毕业当天生下孩子，此后一直靠着微薄的收入勉强维持温饱。罗莎没钱给孩子买书，但可以从“伸出手，一起读”组织领到图书，并获得给孩子读书的指导。“伸出手，一起读”是一个致力于弥补儿童语言能力差距的新型慈善机构，于1989年在波士顿医疗中心成立。当时，一群儿科大夫和教育工作者看到，医生几乎把全部时间花在治疗儿童感冒和咳嗽上，却忽视孩子的精神发展时，他们倍感不安，由此创办了这个组织。“伸出手，一起读”建立起一个全国儿科医生网络，将向低收入父母分发童书作为常规检查和医疗访问的一部分，利用童书提高家长对儿童阅读的重视。

罗莎定期带卡尔文去见儿科医生加布里埃拉·穆斯科洛。穆斯科洛医生加入“伸出手，一起读”，分发童书已有将近17年的时间。她估计，自己已向数千名新妈妈提出了给婴儿大声朗读的建议。她还将图书纳入体检中。观察婴儿拿书的方式，可以评估他们的运动技能，也便于就孩子参与阅读和对话的问题与父母进行讨论。她说，很多家长起初认为花费这么多精力给孩子读书是件荒唐事，因为他们还有更多基本的问题要解决。“很多人会想‘我连晚饭都还没着落’，或是‘我自己还没从虐待里逃出来’，她干吗跟我说读书的事？”穆斯科洛医生说。她告诉这些父母，婴儿有很多种需要，而打破贫穷循环的关键在于，赋予宝贝一个强壮的大脑结构。“那么，你该怎么做呢？”她自问自答道，“想要在学校获得成功，你就要学会阅读。”实际上，“伸出手，

波士顿一所医院里。十九岁的单身妈妈罗莎·欧拉多尔（右）和儿子一起参加“伸出手，一起读”计划。（图片由朱迪思·福曼提供）

一起读”的医生们几乎把阅读当成一种药开给家长。

“伸出手，一起读”的医疗主任佩里·克拉斯说，对很多低收入父母而言，没有人念书给他们听，[2]他们也不了解阅读的重要性，直到儿科医生向他们强调这一点。“作为一个父亲或母亲，要理解自己得做一件小时候家长没有为你做过的事，这是困难的，”克拉斯医生说，“对很多父母来说，给甚至还不会说话的半岁孩子念书，看起来是很奇怪的。在很多家庭中，唯一一本书便是束之高阁的《圣经》，你还要洗洗手再把它取下来，当然也就更不会把它拿给一个小孩。”

发动医生分发图书，把朗读当成药方开给病人，是一种极其简单而便宜的干预途径，但具有惊人的效果。罗得岛州进行过一项随机对照实验，[3]从205个低收入家庭的孩子中随机挑选一半参加“伸出手，一起读”的项目。这些受试者得到了《宝贝》《晚安，月亮》《哞，咩，啦啦啦！》《小兔子睡觉》《三只小鸡》，他们的父母也得到一页材料（写得非常简单，只有三年级的阅读难度），说明为孩子读书的益处，并建议将睡前讲故事作为每天晚上的例行功课。等到孩子们长到18个月，平均经过3.4次健康检查之后，就有了明显的效果。被分入读书项目组的家长更容易把读书列为孩子最喜欢的活动之一，其中78%的人每周给孩子读书三次及以上，而对照组只有46%的家长这样做。追踪观察发现，两组孩子长到大约两岁时，“伸出手，一起读”项目组的孩子词汇量远远高于对照组的。正如《儿科》杂志所称：“这种作为儿童保健组成部分的干预方法简单便宜，改变了父母对和婴幼儿一起读书的重视程度。”

另一项严谨的实验则以低收入的拉美裔儿童为对象。[4]随机分入“伸出手，一起读”项目的孩子和家长得到了双语图书和说明材料。最开始，64%的家庭称，家中一本儿童图书都没有。两组中每周为孩子至少读书三次的家长都不到四分之一。十个月后，对照组中为孩子读书的父母人数依然不足四分之一。而在“伸出手，一起读”组里，三分之二的家庭每周为孩子读书三次及以上，其中将读书列为孩子最爱的父母人数，是对照组的三倍。

因为医生参与项目没有酬劳，再加上学乐集团捐赠了几百万册图书，“伸出手，一起读”项目一年花在一个孩子身上的开销只有20美元。这是一个符合成本效益，在实证的基础上，帮助处于关键发展阶段儿童的绝佳案例项目。[5]已有超过2.8万名医生接受“伸出手，一起读”的培训，并有三分之一的美国贫困儿童登记参加。考虑到低廉的成本，这个比例只有三分之一，这几乎不合情理。“制约我们的是资金，”克拉斯医生说，“如果有资金，我们能帮到的孩子将会多得多。我们需要图书和经费。我们也花了大量时间请求人们捐款。”“伸出手，一起读”不仅需要支票，也在寻找图书、书柜，以及在医生接待室里读故事书时要用的“阅读地毯”。他们的网站也招募志愿者，他们的主要工作是在医生接待室为候诊的低收入家庭孩子朗读。

美国的贫困问题带有强烈的种族动因，但美国的成就差距问题不只关乎种族。种族差距实际上正在缩小，反倒是贫富阶层之间的成就落差在扩大，而这并不仅仅是天赋上的差异造成的。斯坦福大学的肖恩·里尔登发现，最富的10%和最穷的10%之间的成就落差，几乎是黑人白人成就落差的两倍。[6]而在半个世纪以前，黑人和白人之间的成就差距还是收入鸿沟的两倍。里尔登说，2001年出生的孩子所面临的贫富成就落差，比1970年出生的孩子高出三分之一。从统计上看，出生在今天的美国，进入中产阶层的机会比上一代小得多。

差距扩大的原因之一是，父母为孩子投资的模式不断发生改变。过去，富有和贫穷的父母都不太管孩子。一项研究发现，在20世纪上半叶，流行杂志上的绝大部分育儿指南关注的都是医疗问题。20世纪60年代开始，这些文章的焦点转向了如何增强孩子的脑力。富裕的家长陪孩子的时间变长，富家子弟中参加顶尖学前班的人数飙升。富有的爸爸妈妈们拖着儿女从小提琴课赶往象棋课，再转战足球场，路上孩子们还要在平板电脑上玩益智游戏，与此同时，贫穷家庭的父母依然对孩子放手不管。在20世纪70年代初，最富有的那 20% 家庭花在培养孩子上的时间就已经是最贫困的那 20% 家庭的四倍；[7] 现在，这个数字几乎是七倍。同样，最近几十年来，富裕家庭孩子的大学入学率增长也超过贫困家庭。

这一切都意味着，幼儿园确实为已经起步的中产阶层的孩子带来了益处，但对那些处在经济阶梯底层的儿童来说，它更是一条至关重要的生命线。“佩里学前教育方案”是受到最广泛研究的反贫困干预之一。[8] 这项随机对照实验始于 1962 年，主要面向密歇根州伊斯兰提镇三四岁的贫困非裔儿童。在当地学区接受了学前教育和家访的孩子，高中毕业率最终达到 65%，对照组则为 45%。参加“佩里方案”的女孩，未成年怀孕的概率只有对照组的 50%。受试儿童未来入狱服刑的可能性比对照组低 46%。到他们 40 岁时，曾参加“佩里方案”的受试者收入比对照组高 42%，拥有自己住房的概率是对照组的三倍，而接受福利救济或其他政府援助的比例比对照组低 26%。为学前儿童投资，节省了政府的支出。

尽管如此，我们也要承认“佩里学前教育方案”是一个小型试点项目，其随机选择的方式存在技术问题，当这类方案的实施规模扩大时，结果往往并不理想。此外，在 1962 年，“佩里方案”是唯一的选择，那时还没有社会保障体系，而今却可能有各种替代选择，因此项目的收效可能更小。早期干预的批评者有时会把矛头指向“婴儿健康和发展计划”，称其是一个失败的例子，但这么说不完全对。[9]“婴儿健康和发展计划”通过家访和学前教育帮助新生儿体重偏低的家庭。对那些出生时由于并发症，体重小于 4. 4 磅（1 磅约合 0. 45 千克）的孩子，的确这一计划没能产生长远的影响。但是，出生时体重在 4. 4 磅至 5. 5 磅的孩子们，从中获得了持久、显见的益处。他们 18 岁时参与危险行为的概率更低，在数学和语言测验中表现也更出色。

最大的早期儿童项目“开端计划”，显然不如“佩里方案”成功，部分原因在于儿童保育的质量往往比较低。批评者们注意到，在几年之内，“开端计划”的学生在学校的表现似乎并不比其他学生更出色。2012 年开始的随机对照实验“开端计划影响研究”发现，到了三年级，随机分入“开端计划”组的孩子们所获得的收效就已消退。计划失败的说法就此传开。传统基金会如此为报告作结：“政府学前教育完全失败了。”《时代》杂志的乔·克莱恩则撰文称：“‘开端计划’根本毫无成效……这是犯罪，如同为石油公司减税一样令人愤怒——甚至更可恶，我们谈论的可是孩子的人生啊。”[10]

俄克拉何马州塔尔萨。一个针对贫困儿童的学前教育班里，孩子们在阅读。

教育成果的消退令人感到失望，在这一点上，克莱恩等批评者说得并没有错。但是，“开端计划影响研究”本身就存在根本性的缺陷。第一，大部分没有参加“开端计划”的孩子都参加了其他学前教育项目，还有一些孩子在四岁的时候也加入了“开端计划”。因此，研究测量的基本上是“开端计划”和其他早期儿童项目之间的差异。第二，研究到孩子三年级时就停止了，但越来越多的证据显示，尽管“开端计划”没有带来持久的认知成果或教育成果，但它的确带来了更重要的东西——对生活状况的长期改善。

哈佛大学的戴维·戴明针对参加过“开端计划”的学生做了一项严格的大规模研究，[11]发现他们高中毕业，升入大学的可能性明显高于其他学生，多年后辍学或失业的概率也更低。总的来说，戴明发现，“开端计划”对参加者生活境况的影响达到“佩里方案”的80%。如果教学成果在三年级就消失了，那么这又是从何实现的？研究人员推测，这也许是因为学生们养成了自律、坚持和合作的习惯，这些比书本知识更有持续性。除此之外，宾夕法尼亚大学的亚历山大·盖尔伯深入观察“开端计划”影响研究的数据，发现了一件很有意思的事：被随机分入“开端计划”组的孩子家长们给他们读书的概率明显高于对照组，甚至很多年后依然如此。[12]这些父母更愿意带孩子去博物馆或瞻仰历史古迹。至于那些不和孩子一起生活的父亲，他们每个月都比对照组的父亲多花一天的时间去陪孩子。“开端计划”可能加强了父母的参与，帮助他们建立了良好的育儿习惯，或许这就是孩子们日后改善生活的途径。

俄克拉何马州和犹他州是早期教育方面的领导者。他们没有把早期教育当成一项福利津贴项目，而视之为符合成本效益、创造平等机会、抑制未来社会支出的计划。在塔尔萨的一家预幼班里，我们看到老师卡拉·劳里在十名四岁孩子中来回走动，他们有的画画，有的玩字母方块，还有的和玩具汽车赛跑。“我们不是要训练他们的技能，不用认字卡教学，”劳里解释道，“我们注重的是社交能力。”预幼班的目标是激发学生对字母和数字的好奇，培养孩子的词汇和语言能力，最重要的是教会孩子合作和自我管理。劳里帮助孩子们表达他们的渴望和需求，让他们在教室里获得更多的安全感。这将帮助孩子适应幼儿园的生活，避免孩子间产生摩擦，影响其他人学习。

这类项目对低收入家庭的孩子会有很大帮助，他们面临的挑战是中产阶层家庭孩子无法体会的。预幼班的老师告诉我们，有些孩子月底总得挨饿，因为食品券没发下来。塔尔萨的另一位老师基莎·希尔说：“孩子们肚子饿得咕咕直叫，没法集中精力学习。”她说，有些家庭因为拖欠账单而被断水断电，所以孩子们不能洗澡，晚上也不能读书——即使他们想要这么做。男孩们还要面临一个特别的挑战。他们当中有很多人不和父亲一起生活，平时也见不到其他男性榜样。“妈妈没法教会男孩怎样成为男子汉，所以他们的成长真的很艰难。”希尔说。

1980年，俄克拉何马州启动一个预幼班试点项目，1998年，州议会批准在全州范围内推广它。现在，全州超过四分之三的四岁儿童都参加了预幼班，甚至还开拓了针对3岁及以下弱势儿童的早期干预项目。俄克拉何马州是教育护理的引领者，[13]为针对幼儿的高质量（也是昂贵的）护理学校树立了榜样，同时也善加利用了护士家庭合作计划等家访计划及“伸出手，一起读”项目。我们跟随教育护理社工特蕾西·古德洛去惠特尼·平格顿家做家访。平格顿是单亲妈妈，独自抚养三个年幼的孩子。她和古德洛亲热地聊天，说起对工作的担忧和孩子的营养问题。接着，平格顿开始为最小的孩子念书。古德洛用最友善又充满鼓励的方式，催促这位母亲多给孩子读书，不断地和他们说话。

“开车走在路上的时候，你可以指着麦当劳的标志说，‘看，那是一个M’，”古德洛建议道，“遇到停车标志时，你也可以指给孩子看，‘这是停车的停’。”平格顿通过家访拿到童书，看起来她对此很欢迎，也乐于参与——也许这也加强了她的自律。我们小心地问起节育的问题，她笑笑说已经采取了万无一失的避孕措施——“禁欲”，并补充道现在只想好好照顾孩子，直到可以依靠的真爱出现。

乔治城大学的小威廉·T.戈姆利多年来仔细评估俄克拉何马州的项目，发现它们具有显著的影响。[14]上完预幼班的孩子遥遥领先于同龄人，他预测，这些低收入家庭的孩子终身收入将提高10%。他同时发现，项目的收益和投入比高于3∶1。

当然，俄克拉何马州的早期教育项目并不是点石成金的魔杖。就针对全国四年级学生的国家教育进展评估的阅读和数学测试成绩来看，预幼班在俄克拉何马州推广后，全州孩子的进步至多也就处于平均水平。坦白讲，这令人失望。然而，俄克拉何马州的教育经费几乎比其他各州都要少，因此，如果没有预幼班项目的话，他们的评估成绩可能垫底，而不是处于中游。同样这也可能是因为“开端计划”带给孩子的益处更多的是在未来生活水平上，而非教育和认知方面的进步。

“我在接受早期儿童教育的孩子身上看到巨大的不同。”前幼儿园教师、塔尔萨市罗莎·帕克斯小学现任校长凯伦·万斯说。我们向万斯问起，美国可以从俄克拉何马州的经验中学到什么。她说："看看早一点起步为这些孩子的生活带来了多么巨大的变化吧。"其他教师和学校管理者也赞同她的看法，似乎每个人都感到付出的努力是值得的。当被问到为什么一个红州（共和党选区）会成为早期教育先锋时，有人似乎感到了冒犯。"这不是一个民主党的议题，"塔尔萨市议会议员，共和党成员斯基普·斯蒂尔说，"而是关于给我们的孩子投资，给我们的未来投资。这是明摆着的事。"

这也是美国军队的观点，他们有一个为服役人员开设的日间托儿所示范项目。很多国家也抱着相同的想法。芬兰的学校系统被公认为世界上最完善的系统之一。它提供由国家补贴支持、面向从新生儿到六岁儿童的公立日间托儿所和预幼班。全国97%年满三岁的儿童都参加了其中一个项目。与之相似，上海也是各类全球标准化测试中的佼佼者，那里的学校系统被誉为模范。在上海，98%的儿童都读了幼儿园。

我们承认，早期教育是一个充满争议的领域，有些美国人认为，这是无孔不入的大政府在试图涉足家庭领域。我们也承认，很多实验成功的项目在推广之后，效果并不好。有些狂热的支持者把早期疗育当成消灭贫穷的撒手锏，但在这个领域，根本不存在撒手锏。每件事都比表面看起来更复杂，更困难。然而，我们也要看到，美国和其他国家的大量证据都得到了大脑发育领域最新成果的印证，也都支持"最早的干预成本效益最高"这一论断。正如芝加哥大学的经济学家詹姆斯·赫克曼所言："我们可以通过尽早投资，来弥合不平等，避免成就落差的产生。我们也可以在差距扩大以后，花费更高的成本去弥补。无论哪条路，我们都要付出代价。"[15]

那么，在这场战役中，你能做些什么呢？普通人仅凭一己之力显然无法赞助一个"开端计划"，但你可以花40美元让一个孩子参加两年的"伸出手，一起读"项目。

我们都已看到私人捐款在私立学校和大学领域创造的变化，但大部分捐赠者都忽视了预幼班和幼儿园阶段。辛辛那提早期学习中心是为数不多获得强大商业和社区支持的学前项目之一，由七所支持贫困儿童的俄亥俄州早期儿童中心组成。企业家和公民领袖把该组织视为社区的支柱，它也是可供其他城市借鉴的民间支持模式。

当然，还有一个可以参与的领域——倡议。你可以加入“结果”组织，学习如何协助在全国推广幼儿教育。站在早期干预倡议前线的另一个组织是“头五年基金会”。你和你所在的教会或公民团体，可以督促市议会协助在本地公立学校开设阅读项目。你也可以鼓励所在选区的国会议员支持早期教育计划，或写信给编辑，力促将护士家庭合作计划引入你的城市。这也许是一项艰巨的任务，但你手里也握有重要的东西：有效的证据。

有些人走得更远。包括宝洁公司前总裁约翰·佩珀、前梅西百货董事长詹姆斯·齐默尔曼在内的300名商界领袖，成立了一个名为“国家，做好准备”的组织，要求联邦政府增加对儿童的投入。“越来越多的商界人士支持为早期教育增加资金，”齐默尔曼说，“为什么？因为给早期儿童教育投资，可以给我们的国家带来最高的投资回报率。目前，超过90%的教育资金花在五岁以上的孩子身上，而85%的大脑核心结构在五岁之前就发展成形了。这和政治没有任何关系，但与做出明智的商业决策密切相关。”更多的商业领袖、民间领袖和公民也可以站出来，这样做。[16]

给孩子们一个夏天的跳板

2009年，刚刚从哈佛大学毕业的亚历杭德罗·加克-阿蒂加斯加入了“为美国而教”组织，在费城一所面向低收入家庭孩子的学校教一年级。10月，他让全班做测验，本来希望看到学生们的巨大进步，证明他具备做老师的才能，却沮丧地发现，与6月上一学年结束时相比，孩子们的表现反而大大退步了。他们出现了“暑假滑坡”。

“暑假滑坡”影响的几乎都是低收入家庭的儿童。中产家庭的孩子在父母的敦促下，在暑假里提高了成绩或至少保持稳定。低收入家庭的孩子则往往会退步，因为家里没有图书，家庭中的对话也单调没营养。一些研究表明，到了八年级，不断积累的“暑假滑坡”导致低收入家庭的孩子比高收入家庭的孩子落后两年。换句话说，低收入家庭孩子和中产家庭孩子之间的成绩差距里，有三分之二都源于累积的“暑假滑坡”。[17]

亚历杭德罗·加克-阿蒂加斯。（图片由莉齐·普雷瑟提供）

直到感恩节，也就是开学83天以后，加克-阿蒂加斯班里学生的阅读能力（识字等方面）才恢复到上一年春天的水平。“这让我感到愤怒，”加克-阿蒂加斯说，“就像是我的学生们已经遭到了不公平的对待。虽然他们有三个月的时间不能待在学校提高成绩，但同等的滑坡却不会发生在来自资源丰富群体的孩子身上，这是不对的。”他决心做点什么来改变现状。

加克-阿蒂加斯的父亲是智利剧作家，也曾是饱受折磨的政治犯，妈妈是波多黎各人，他是家里12个子女中第一个考上大学的。在亚历杭德罗很小的时候，父母就告诉他，改善生活的关键在于教育。身为一个在南方长大的贫穷拉美裔小孩，他常受到歧视。父母搬家到新泽西以后，他写了一本书《哟，亚历杭德罗》来讲述自己的移民经历，那年他刚12岁。这本书让他第一次站上了附近几所学校的演讲台，然后是全州的学校，最终前往全国各地演讲。

教书一年后，加克－阿蒂加斯在管理咨询公司麦肯锡找了一份实习工作，希望在这里深入了解如何运作一个组织，甚至为“暑假滑坡”找到解决之道。“所以，我星期五上完课，星期一就去麦肯锡上班了，”他回忆道，“然后在一个星期五结束了麦肯锡的工作，星期一回到学校教书。”

继“为美国而教”之后，麦肯锡给了他一份工作。薪资很有诱惑力，能改善他经济上捉襟见肘的家庭状况。但他热爱教育，甚至在麦肯锡工作时，他都会利用午休时间追着费城的教育官员交流想法。所以，他拒绝了麦肯锡，成立了一个名为“跳板合作”的非营利组织，致力消除“暑假滑坡”问题。他从支持社会企业家改善世界的“绿色回声”组织那里获得了一笔资金支持，并创办了一个为期五周的夏令营，教孩子阅读，和家长合作，鼓励孩子在家中阅读。项目在低收入家庭孩子中进行试点，覆盖费城八所从幼儿园到三年级的学生——这是费城学区近年来第一次给处于起始阶段的项目提供这样的机会。除了暑期补习班的课程，父母和学生们每周还要参加一个讨论会，练习家庭阅读。老师们要进行家访，他们的奖金和家访次数挂钩。白天在学校上课时，学生们都会制订每日和每周的目标。目标完成后，他们就能得到学习用品和书籍。如果超额完成目标，他们甚至还能得到笔记本电脑。

加克－阿蒂加斯起初打算和已有的暑期补习班项目合作，但最后还是决定自己干，因为他坚持要让家长参与。他说：“夏季学习损失只是深层问题的表面症状。实质问题是，无论在家里，还是在学校，低收入社区的孩子都不学习。我们着重训练的是让家长和老师在暑假期间合作，特别是培训家长成为孩子们在家里的阅读老师。”运行第一年，“跳板合作”的340名学生就将原本的三个月阅读损失转化为2.8个月的阅读收获。第二年，学生们的阅读收获就达到了3.3个月，而每人只花费了850美元。因为有相应的资助，每个捐赠人只需提供300美元，就可供一个孩子在整个暑期参加项目。

现在，“跳板合作”已经发展到幼儿园，对象是像五岁的碧雅塔这样还不认识字母的孩子。“她以前基本上没有拿起过书本，”加克-阿蒂加斯介绍，“不知道哪边是封面，不知道怎么拿书，不知道哪个是书上的第一个词。”

费城。戴维·威廉姆斯和他的两个儿子。这两个孩子都参加了“跳板合作”的暑期项目。

碧雅塔因家庭问题遭受创伤，曾受到身体虐待和性虐待。亲生母亲把她交给一位伯祖母，后者成了她的法定监护人。这位伯祖母身边的亲戚朋友都帮助她抚养碧雅塔。暑假，在参加“跳板合作”期间，女孩学会了字母，在其他方面也有进步。参加“跳板合作”的大部分孩子年龄更大，比如十岁的五年级学生小戴维·威廉姆斯和八岁的弟弟、三年级学生达奎因。在夏令营期间，戴维的学习往前推进了五个月，达奎因则前进了一年，巨大的进步让他们的单身父亲倍感骄傲。作为奖励，两个孩子都得到了笔记本电脑。他们住在费城北部贫困街区一个狭小的房子里，父亲戴维·威廉姆斯靠当家庭护理工的微薄时薪抚养两个儿子。在孩子们参加跳板夏令营以前，他会尽力每周给孩子读三四次书，但是整个过程气氛紧张，两个儿子很抗拒，他为此感到沮丧。

“我学到了好多秘诀。”威廉姆斯说，“整个过程涵盖了怎么挑选出一本书，确保它是一本难度适宜的书，以及在读书之前该干什么，读完之后该干什么。这些对我都很有帮助。”

作为黑人，威廉姆斯对孩子们在内城贫民区会面临怎样的危险有着切身体会。他自己就曾因毒品犯罪入狱六个月。出狱后，他花了1.2万美元学习电工课程，直到他感觉不堪重负，半途而废。现在，威廉姆斯正努力赚钱偿还交学费欠的债，希望有朝一日重返课堂。七年前，因为孩子的母亲无力料理家务，他取得了儿子的监护权。

每天，威廉姆斯都会运用他在跳板讨论会上学到的技巧，分别和戴维及达奎因一起读书大约20分钟。开始念书之前，他和儿子会先读标题、看图画，预测这本书要讲什么，然后在阅读期间概括大意，调整他们的预测，最后，在阅读结束时，威廉姆斯会问儿子他们都读到了什么。他说，这些做法带来了巨大的变化。

“以前的情况是，他们会说‘啊，我不想读书’，我就说‘赶快读，必须读！’”威廉姆斯说，“现在是，我说‘你们该去读书了’，他们会觉得‘太好了，真酷！’”

为困难的父母提供指导，他们通常都会接受，因为他们渴望为孩子尽全力。威廉姆斯就是这样，他对“跳板合作”充满感激，因为孩子从中获得了在学校突飞猛进的可能性。“老实说，我还在努力适应单亲父亲的角色，只是希望孩子们能得到最好的发展。这么多年，我一直在尝试，试试这招，再用用那招，现在，我终于看到了一些真正的进步，我爱这个项目。”他说，并就学校的重要性表达了自己的看法，“我知道，在这个世界上，如果你不读书，就好像被困在牢笼里。一个没受过教育的孩子，是没有未来的。”

第五章　谁抓住了棉花糖

我们最大的荣耀不在于从不跌倒，而在于每次跌倒，我们都能爬起来。

——佚名

大脑不仅塑造了我们的智商，也塑造了我们视为性格的东西——坚韧、勇猛、有想法、刚毅、乐观。越来越多的研究表明，这对打破贫困的循环也有至关重要的影响。上述性格特点能让所有年轻人获益，但对来自低收入家庭、在生活中苦苦挣扎的孩子来说，它们变得尤为关键。一些学者很早就研究了性格特征在人们脱离贫困的过程中发挥的重要作用，詹姆斯·赫克曼是其中之一。他研究了取得普通教育发展证书的美国年轻人，发现他们的知识和智力水平与高中毕业生不相上下，但收入却只相当于高中辍学生。赫克曼认为，原因在于“作为一个群体，他们在学业、婚姻、工作等一切事情上都半途而废”。[1] 简而言之，普通教育发展让他们获得了书本知识，但没有令他们学会坚持。[2]

虽然早期教育也许是成本收益率最高的干预途径，但童年晚期和青春期也可以成为转折点。我们想要传递的信息是，人们可以采取措施，帮助年轻人培养乐观精神，学会自律，改变原来的生活轨迹。我们可以从培育坚韧不拔的勇气开始。

坚韧不拔的勇气是什么样的？从本质上说，就是我们在海迪彻·威廉姆斯身上看到的那样。海迪彻是黑人女孩，在加州长大，从小无家可归，跟着妈妈和妹妹一起流浪。小时候，海迪彻从一个镇子去往又一个镇子，从一个学校转往下一个学校，从一个收容所搬进另一个收容所。她只念到一半幼儿园，缺席了一年级整个学年和二年级的半个学年，随后读了三年级和四年级，但她又接着跳过了五年级的后半个学年和六年级整年。七年级时，她在几个城市之间不断搬迁，八年级时，她只上了两周课。但是，海迪彻知道自己聪明。三年级时，她的考试成绩高过 99% 的同学，并且，即使被重重障碍包围，她仍读书看报，以及阅读一切她能接触到的文字。流落街头或栖身收容所的时候，她尽全力让自己保持整洁，确保身上没有异味。到了高中，她确信，唯有在他人的帮助下，她才能实现抱负。她寻求老师和辅导员的帮助，也向“向上跃进”和“车轮上的学校”这类项目求助，而人们也的确竭尽所能地向这个梦想上大学的聪明女孩伸出援手。“从我明白学习是改变贫困生活的长久之道那一刻起，我就像抓住救生衣一样紧紧地抓住教育，”海迪彻说，“我有了目标，有了知识结构。毫不夸张地说，教育让我得到自由。”

高一，海迪彻在洛杉矶杰斐逊高中入学，并下定决心，毕业之前不再转学。当时，她跟妈妈和妹妹一起住在橘子郡一个由兵工厂改建的无家可归者的收容所。她每天凌晨 4 点起床，坐公车去上学，放学后参加学术竞赛、田径训练和辩论队，然后在晚上 11 点以前坐公车赶回收容所。她在“学业能力倾向测验”（SAT）考试中获得了全年级最高分，平均学分绩点（GPA）接近满分 4.0。

海迪彻寻求帮助的组织之一是面向洛杉矶地区贫困学生的中南学者基金会。这个组织缘起于前《洛杉矶时报》报道犯罪新闻的记者迈尔斯·科温看到的一个新闻。一个 15 岁的男孩遭帮派成员杀害，而遇害男孩身上唯一能表明身份的东西，是一份出自一所面向天才孩子的学校里关于法国大革命的试卷。试卷的顶端，老师写了一个大大的 A。惨遭谋杀的男孩天资聪颖，却躲不过暴力的袭击，这促使科温写了一本书《我们依然站起来了》。这本书讲述了孩子奇迹般走出贫民窟的故事。整形外科医生詹姆斯·T. 伦敦和妻子帕特里夏读了这本书，决心帮助孩子们。他们成立了中南学者基金会，支持努力奋斗、渴望上大学，但受到忽视的孩子。中南学者访问了海迪彻的高中，和她建立了联系。

高三那年秋天，海迪彻正在写大学申请论文，伦敦一对夫妇邀请她搬到他们在帕洛斯弗迪斯牧场的房子，让她有个安静的环境来完成自己的申请。在向哈佛大学生动有力地讲述了自己的经历后，她被录取了，还得到了全额奖学金。校方介绍她认识了当地人丽塔·奈瑟索尔。丽塔成了海迪彻大学期间的寄宿妈妈，是海迪彻在艰难时期可以依靠的人。

“你面前有一架梯子，你知道爬到顶就是成功。但是有的梯子长，有的梯子是坏的，”海迪彻说，“梯子坏了，你就爬不上去。你需要别人的支撑和搀扶。支撑我的就是我的老师，还有陌生人。我想特别提到伦敦那对夫妇和我的寄宿妈妈丽塔，他们是对我尤其重要的人。”

2013 年，海迪彻从哈佛毕业时，得到了毕业典礼演讲嘉宾奥普拉·温弗瑞的喝彩欢呼。显然，海迪彻具有极高的天赋、不被打倒的坚韧和自律精神，但她的胜利同样归功于很多帮助她的人。

海迪彻说：“最重要的就是迈出第一步。人们真的低估了自己改变他人生活的力量。丽塔和伦敦那对夫妇所做的便是，看到有人需要帮助，便挺身而出，做了自己所能做的事情。有太多需要支持的学生还没有得到帮助，也有太多有意愿、有能力帮助别人的人以为自己不合适，或处在不合适的立场。事实是，他们就是对的人，能够带来真正的改变。他们只需要把顾虑抛在一边，去做就可以了。”

海迪彻的成功提醒了我们，对于一个有天赋但却缺乏中产阶级家庭日常支持的年轻人来说，外界的帮助可以带来多大的改变。然而这样的导师数量严重不足，特别是青春期男生的男性导师。不管是“大哥哥大姐姐”“经验服务队”或是“在线导师”这样的项目，还是“中南学者基金会”这样的本土机构，它都能够改变一个年轻人的人生。

获得哈佛学位的海迪彻·威廉姆斯。
（图片由科里·哈珀提供）

当然，海迪彻属于特例。她不仅有梦想，而且很小就认识到教育的价值，有实现目标的决心和动力，当她申请大学时，也找到了能在经济和精神上为她提供支持的导师们。根据沃尔特·米舍尔1960年在斯坦福大学所做的著名实验“棉花糖测试”来看，这种不懈的坚持似乎在孩子小时候就发展起来了。米舍尔在特立尼达岛进行了该领域的首次研究。他让孩子们选择，是当场立刻得到一粒一美分大小的糖果，还是等上一周，得到一粒十美分大小、美味得多的糖果。他考察了那些使孩子们更愿意延迟享受糖果的因素，发现最重要的一项是一个完整的家庭。后来，米舍尔在斯坦福对自我控制做了进一步研究，[3]最终在1968年至1974年，对653名来自斯坦福附近的宾氏幼儿园，年龄在三岁半到六岁的孩子进行了测试。受试儿童被抱到一个放有一颗棉花糖（有时是一块奥利奥饼干）的桌上，并被告知只要在15分钟内不吃这颗，那就能再得到一颗。

有些孩子立刻就把棉花糖吃了，但大部分孩子都努力坚持，想得到第二颗。他们苦苦挣扎，把脸扭向别处，抓头发，闭眼睛，或者寻找其他办法分散自己的注意力。大约三分之一的孩子成功地坚持了15分钟。很多年后，研究人员考察了这些孩子的生活情况，发现他们面对棉花糖时的自制力不可思议地能够预测出他们的未来生活是否成功。延迟吃棉花糖的孩子后来在青少年时期表现出色得多，SAT得分显著高于那些一开始就放弃等待、大嚼棉花糖的孩子。等足15分钟的孩子比头30秒就放弃的孩子，得分高出210分。

宾夕法尼亚大学年轻有为的心理学教授安杰拉·达克沃思，也做了针对自我控制和目标设定的追踪实验。达克沃思是华裔美国人，吸收了儒家尊师重教、勤奋刻苦的思想。她在一项自我评估调查的基础上发现，相比智商，自律程度能更加准确地预测出八年级学生上高中后的GPA。这恰好符合儒家思想对成功的理解。调查显示，美国孩子认为得到A的学生是最有头脑的“聪明人”，而中国和日本的孩子则认为，成绩最好的是最刻苦的学生。达克沃思把这种难以捉摸的成功助力称为“毅力”，她将其视为实现长远目标所需的热情和不懈坚持。这看起来是对的。她设计了一个简单的问卷来测量一个人的毅力，发现它比SAT分数更能预测一个人在大学的成就。

毅力或许也最充分地解释了现代美国历史上三个特别成功的群体——犹太人、亚裔及西印度群岛的黑人——取得非凡成就的原因。密歇根大学心理学教授理查德·尼斯比特认为，这三个群体都强调正确的“培养”会带来成果。[4]他指出，在获得诺贝尔科学奖的所有美国人中，犹太人占了大约三分之一。哈佛和其他常青藤大学录取的学生中，大约六分之一是亚裔。像科林·鲍威尔这样的西印度群岛黑人，他们的根在加勒比海，尽管移民到美国的历史并不长，但他们当中的大学毕业生人数比其他黑人多出三分之一，收入也高出三分之一。尼斯比特教授认为，这三个群体能取得这样的成绩，不在于他们具有先天的智力优势。他引用一项研究说明了这一点。这项研究追踪了那些在早年的智商测试中，成绩略低于同龄白人儿童的华裔孩子。结果，从上小学开始，华裔小孩的表现就超过了他的同学们，原因显然在于，对教育的重视促使他们更加努力。成年后，这些华裔美国人中，有55%的人从事社会地位很高的职业，而白人进入这类行业的只有30%。要取得成功的事业或当上经理，白人平均需要达到的智商是100分，而华裔只需要93分。简言之，华裔美国人可以凭借相同的智力水平获得更大的成功。

这三个群体的共同点在于，他们的文化都强调勤奋或教育，这也是他们移民的动力。犹太人和中国人有着更为强大的重教传统。据说早在1700年前，犹太成年男性的识字率就超过其他任何群体，率先达到100%，以便更好地读懂犹太律法。在中国，类似的推动力来自儒学及其对教育的尊崇。而在西印度群岛移民看来，成功的关键要素是移民群体典型的勤勉和努力，以及完整的家庭。它们带来的是更高的家庭收入，而父亲也会更多地参与到抚养孩子之中。

毅力似乎也在一定程度上反映出幼儿时期就成形的大脑结构。研究者对经过棉花糖测试的孩子进行脑部扫描，发现孩子们的前额叶皮层（与冲动控制相关）存在明显的差异。不过，达克沃思一直试图开发向孩子们传授毅力的方法。她和“力量计划”（KIPP）合作，培养学生的自律能力。“力量计划”是一个公立特许学校网络，在问题学区已经取得了杰出的成效。这项训练侧重于性格特点的培养，包括对乐观和自制力的培养，并且让“力量计划”学校在学习成绩单外推出了“性格成绩单”。

达克沃思实施了一项研究项目，[5]在三节长达一小时的课上向77名五年级学生讲授怎样制定目标，建立“如果—那么”行动计划，辨别障碍并确定克服障碍的办法，以及努力上进。研究人员发现，和仅仅学习了“积极正面思考”的对照组学生相比，实验组的学生在GPA、出勤率和行为三个方面都表现得更出色。

毅力与在完整家庭长大也有关系，这和米舍尔早前在特立尼达岛的发现相符。大量的证据表明，在双亲家庭长大的贫困儿童会生活过得更好（这并不一定适用于中产阶层的孩子，他们从父亲或母亲一方就能得到充分的支持）。单亲家庭的孩子长大后生活在贫困之中的概率，比双亲家庭的孩子高出三倍。研究者尚未阐明稳固的家庭和毅力之间的联系，但有可能这种家庭更适合培养和传递自律、合作等特质，这些特质在孩子长大成人的过程中（包括成年后自己组建家庭时）具有重大的作用。

毫无疑问，工人阶层家庭因为各种各样的原因而破裂，这进一步加剧了贫困。1965年，丹尼尔·帕特里克·莫伊尼汉就发出了振聋发聩的警告：一种“病态的混乱局面”正影响着黑人家庭，并将他们引向贫困。《莫伊尼汉报告》发表半个世纪以来，非婚生黑人儿童的数量翻了三倍，而今天非婚生白人儿童的数量也达到了报告发表时非婚生黑人儿童的水平。这一现象和社会经济阶层也有关系。在只有高中学历的美国白人妇女中，非婚生育的比例从1970年的6%增长到今天的44%。正如城市研究所在一份报告中所总结的那样：“人口统计趋势令人震惊……传统家庭的衰落跨越了种族群体，这说明导致衰落的因素并不仅限于黑人社群，还存在于更广泛的社会和经济环境之中。”[6]

有许多原因可以解释为什么健全家庭的贫困儿童可能成长得更好。健全家庭对孩子的监督指导可能更多，有更多的祖父母可以帮衬，孩子也更少面对一个疲惫不堪、忍无可忍、大发脾气的家长。近年来，已有证据显示，家庭中有父亲充当榜样的男孩尤其出色，部分原因可能是，母亲和年幼的女儿交谈更多，而父亲和儿子交谈更多。在有继父或非亲兄弟的重组家庭，或是母亲的男朋友长时间待在家里的家庭里，儿童遭受身体虐待和性虐待的危险要高得多。有些继父继母或母亲的男友不像亲生父母那样耐心地对待孩子，除了性虐待，孩子可能还将面临掌掴或其他身体虐待。我们难以判断这类身体虐待或性虐待的频率，但是我们感到，尽管通常没有被报道披露，但这种令人痛苦的现象是很常见的。[7]

有时，自由主义者反感宣扬婚姻的做法，[8]害怕这样做是对非传统情感关系的不宽容或指责。有时，保守主义者以为解决贫困问题的办法就是宣扬婚姻，但总体来说，小布什政府资助的此类行动并不奏效。其中一个名叫“家庭期望”的项目取得了微小的效果，但大部分项目不过白白浪费了几百万美金。一项对“健康婚姻倡议”的细致评估发现，[9]该项目为每对夫妇花费了9100美元，但对这对夫妻能否维系婚姻却没有产生任何影响。此外，宣扬婚姻也会驱使单身母亲走进不能长久且问题重重的婚姻中。一项研究发现，一位结婚又离婚的单身母亲，最终的经济状况比若是从未结婚的境况还要糟糕。

一个关键的潜在问题是，随着工会的解散和制造业的工作岗位流向海外，没有一技傍身的男性遭遇了就业危机。和上一代相比，今天，技能低下的男性供养家庭的能力要差得多，也更有可能因此转向犯罪和药物滥用。也许，婚姻衰落更多的不是由于男性拒绝承诺和负责，而在于女性认为一个有案底、没工作的男人无法给家庭带来太多的价值。相比生活伙伴，女性也许更多地将男性看作精子捐献者而已。

在涉及儿童贫困的项目中，我们面临一个基本的抉择：是富有预见性地投资，提供计生用品，在婴幼儿还具有可塑性的阶段帮助他们，从而打破贫困的循环？还是只顾眼前，等到贫困问题暴露出来，再用刑法体系和医院急诊室为它们买单？现在，听取了这么多专家的观点之后，我们必须表明自己的看法了：从源头遏制问题的产生，成本收益率要高得多，也公平得多。正如哈佛大学前校长德里克·博克曾说过的："如果你以为教育是昂贵的，那么，尝尝无知的代价。"然而，事实上，从20世纪70年代以来，美国几乎一直朝着相反的方向前进。为避免违法犯罪行为，我们投资在刑事司法体系的钱不计其数，投资在幼儿教育上的资金却微乎其微。与此同时，犯人监禁率翻了五倍。

美国每年在监狱系统上的花费，已经从1985年的90亿美元增长到如今的500亿美元。目前，美国人口占世界总人口的5%，美国犯人占世界监狱人口的25%，因刑事犯罪被捕的美国人是罗纳德·里根总统在任时的两倍。研究显示，到23岁时，美国49%的黑人男性、44%的拉丁裔男性、38%的白人男性曾遭到逮捕。[10] 共和党州和民主党州都逐渐认识到，通过关押罪犯（特别是青年罪犯）来解决社会问题的努力失败了。

经济学家评估了3.5万名芝加哥少年犯后发现，在其他因素相同的情况下，被关入青少年犯罪拘留所（而不是，比如说，接受家庭监控）的青少年，成年后犯罪入狱的概率比其他少年犯高出22%。[11] 原因似乎一目了然：被关进拘留所的青少年身边围绕着其他少年犯，最后这些具有犯罪倾向的人组成了一个社交网络。美国孩子的被关押率是其他国家的五倍。这么做在很大程度上不但会起到反效果，在经济上也是难以维持的。对于非暴力犯罪的少年犯，民主党人和共和党人都主张采取其他方式来代替监狱关押不具有暴力倾向的犯人。在这一领域的领路者有康涅狄格州（入狱孩子的数量已减少一半）、纽约州、加州、密苏里州，以及得克萨斯州。[12] 加州每年花在一名被关押少年犯身上的资金是 21.6 万美元。或许把这笔钱用在预防犯罪项目上，效果会好得多。

诚然，要避免青少年犯罪和教育失败，说远比做容易。但是，去纽约市第 318 中学转转就会看到，我们有可能激发青少年的热情和毅力，使他们渴望成功并拥有获得成功的技能。318 中学就像一座堡垒，矗立在布鲁克林区一个混乱的街区，部分门窗上安着防护栅栏。这里 70% 的学生贫困至需要领取免费或优惠的学校午餐，每五名学生中就有四名是黑人或拉丁裔。站在校门前，陈旧的教学楼仿佛散发着失败投降的气息。

1999 年，一个名叫“校内象棋”的小型非营利组织聘请伊丽莎白·施皮格尔到 318 中学兼职教授国际象棋。从那时起，成功开始降临到这所学校。施皮格尔向学生发起挑战，她对象棋的热爱感染了孩子们。很快，在她的指导下，象棋队在初中校际联赛上一鸣惊人。全校都为这次成功感到激动，有更多的学生开始加入象棋队。2006 年，本着充分发挥学

伊丽莎白·施皮格尔（左）陪学生分析前一个周末的象棋锦标赛。（图片由多拉·马丁内斯提供）

生热情的目的，学校招聘施皮格尔为全职象棋老师，并担任象棋队教练。

除了书架上摆着几百册象棋书，施皮格尔的象棋教室和其他教室别无二致。有一些是学生们经常翻阅的，如《鲁伊·洛佩兹写给锦标赛棋手的话》《读懂中局》《卡萨布兰卡经典棋局》《王翼弃兵》《人生如棋》。从大师到新手，教室门上贴着象棋俱乐部全体成员的最新排名。教室里充满令人兴奋的嘈杂声，就像讨论NBA明星一样，学生们为棋圣们的高下争论不休。孩子们有一半时间用来和同学对弈，另一半时间则坐在一起听施皮格尔讲课，她用投影在大屏幕上的棋盘讲解如何才能棋先一着。

“那么，白棋怎么走最好？”施皮格尔指着大屏幕问道。今天讲的是怎样用车将死对方的王。她巧妙地引导学生们说出了几种方案，然后试验是否走得通。“现在，我怎么缩小包围圈呢？”她自问自答，“我们要尽量把王逼到角落，这样将死他就容易得多了。”学生们倾身向前，聚精会神，好像在看一场体育比赛。

他们的成绩令人惊奇，特别是在象棋的世界中，这一圈子被私立学校和富有郊区的白人主宰着，而这些郊区的孩子从二年级就有专门的象棋教练了。与他们截然不同的代表之一是318中学的象棋俱乐部成员卡洛斯·塔皮亚。卡洛斯念八年级，是墨西哥裔，父亲是油漆工，母亲是女佣。父母不会下棋，请不起象棋家教，卡洛斯也没有自己的房间供他学习念书。但卡洛斯和其他同学全心投入象棋，在学校就跟着施皮格尔学，放了学继续练习。318中学里像卡洛斯这样的孩子每周至少花20个小时下棋。“他们有提高棋艺的动力，”施皮格尔说，“这很酷。如果你是一个下棋好手，同学们都会尊敬你，把你当榜样。”

施皮格尔四岁开始学下棋，在全美顶尖女棋手里排在前30名。当她在学校遇到困难时，是象棋给了她自信，现在，她要努力让学生们能有同样的体会。她说：“激励我的动力之一是，当你去参加联赛时，会发现那几乎就是一个白人的比赛、一个私立学校之间的比赛。而我们的学生来自公立学校，肤色各种各样，这真是太让我高兴了。”

在六年级、七年级和八年级的联赛中，318 中学一如既往独占鳌头。从 2000 年起，318 中学赢得冠军的次数超过全美其他学校。2012 年，学生们不仅赢得初中联赛，还参加了高中联赛，与大他们四岁的高中生比拼。最终，318 中学在全国高中象棋联赛中夺冠，成为第一所赢得高中联赛的中学。

虽然取得了这些成绩，但因为预算缩减，学校的象棋项目举步维艰。在联赛期间，其他学校的参赛人员都去餐厅吃饭，318 中学的孩子们则靠从家里带来的黄油三明治充饥。赛事主办方支持这些充满斗志的孩子，经常免收参赛费用。学校曾向企业求助，寻找赞助方，但银行家的子女不会去 318 中学上学，没人对帮助这所学校感兴趣。

“我们尝试找过做对冲基金的人，”助理校长、象棋队的守护者约翰·高尔文说，“收获不大。我没有他们的联系方式。也因此穷孩子往往难以成功，他们的父母没有那种名片夹。”

即便如此，318 中学依然充满自豪。学校的电话彩铃炫耀着他们的全国象棋冠军奖项。还有一部名为《布鲁克林城堡》的纪录片，记录了学生们的成功。象棋俱乐部的成员现已超过 100 人，充满多样性。罗谢尔·巴伦泰恩由来自特立尼达的单身母亲抚养长大，她在 318 中学崭露头角，继而成为全国最优秀的少女棋手之一。她现在已经是斯坦福大学享受全额奖学金的学生了，并期望成为第一位非裔女性象棋大师。你可以感觉到，象棋队给 318 中学的学生带来的不仅是精湛的棋艺，还有坚定的自信心，以及“只要努力付出就能比父母一辈过上更好生活”的信念。

这就是第 318 中学的象棋俱乐部，一个虽然自身不能消除贫困，但能够创造机遇、扩大视野的项目，而像它一样的低成本计划不计其数。如果你热爱象棋——或者哪怕你不喜欢下棋，如果你喜欢孩子，如果你喜欢有毅力的孩子，更重要的是，如果你希望创造改变，那就支持这些鼓舞孩子意识到自己长大后可以不只是个无名小卒的项目吧。

格雷迪太太和把她惹哭的男孩

有时，创造改变的机遇会在意想不到的时间降临在意想不到的地方。我们中的大部分人在日常生活中都遇到过别人需要帮助的情况，但往往并未伸出援手。也许是因为我们感到难为情，我们要赶火车、公车，我们抱着晚餐要用的一袋子食材，也可能是因为我们不太了解应该怎么做。我们或许以为这样或那样的援助没有用处，但它们的确能创造不同。

20世纪50年代末期，奥利·尼尔还是个怒气冲冲、前途暗淡的穷孩子，逆反情绪强烈，并且抗拒别人的帮助。但他的故事提醒我们，榜样和导师（特别是非专业辅导员）具有的作用，以及帮助看似无药可救的青少年能够带来的巨大收获。

奥利的父亲是农民，只有二年级的文化水平。奥利和其他12个兄弟姐妹挤在阿肯色乡下狭小不堪且不通电的家里。奥利在一个面向黑人孩子的小型学校念书。当时的南方还实行种族隔离制度，孩子们总是吵闹顶嘴。卡罗琳·布莱克利（她后来成了阿肯色大学的教授，现已退休）当时刚到那所学校工作，她还记得奥利是个喜欢挑战权威的危险分子。当时，高中老师以“先生”或“小姐”称呼学生，学生也应这样称呼老师。奥利对老师直呼其名，喊她卡罗琳，扰乱课堂秩序。为了对付他这样的捣蛋鬼，布莱克利回忆道：“我会回到家，站到镜子前练习刻薄严厉的表情。”

谈到少年时期的奥利·尼尔，布莱克利说：“他是一个无拘无束的孩子。奥利有天赋、有活力，还有强烈的好奇心。但如果不善加引导，他很有可能走歪路。”情况似乎正是如此。奥利是个顺手牵羊的老手，终于有一次，他在兼职打工的商店偷东西时被逮个正着。他被解雇了，生活似乎陷入更深的困境。1957年，高三那年秋天，有一天奥利翘了卡罗琳·布莱克利的课，去英语老师米尔德丽德·格雷迪创办的图书馆闲逛。格雷迪是一位真诚的、尽心敬业的黑人女老师，她认为奥利是个充满潜力的聪明孩子，所以尽力去改造他。但奥利嘲笑她，让她伤心地哭了。

“我可不是个乖孩子，”奥利·尼尔回忆道，“我都出名了，只有我把她惹哭过。她完全有理由说，‘这个男孩无可救药。’”

那天在图书馆，奥利漫无目的地浏览为数不多的藏书时，扫见一本书，封面上是个衣着暴露的女人。这本书是黑人作家弗兰克·耶比的《欢乐谷的宝藏》，看上去好像有点吸引人。奥利不是个爱读书的人，他也不想自己去图书馆借书的消息传开来，担心这会有损他的硬汉形象。

“所以我就把它偷走了。”他说。

他把书卷起来掖进夹克，带回家偷偷地读。结果他非常喜欢！他发现，小说非但一点都不沉闷，并且还带他进入了全新的世界。读完《欢乐谷的宝藏》，奥利带着书溜进图书馆，把它放回原处。就在同一个书架上，他又发现了一本耶比的小说。诱惑难以抗拒，他把这本书也偷走了。这本小说同样引人入胜。出乎意料的是，当他读完，把书放回去时，又在书架上瞧见了一本耶比的小说。不知怎么，他之前没注意到还有这一本。同样的事情发生了四次，奥利变成了一个虔诚的读者。“我爱上了读书。”他说。很快，他就转向阅读纯文学，其中包括阿尔贝·加缪的小说。他也开始阅读报纸和杂志，关心起时下的社会和政治问题。渐渐地，他有了梦想。他进入大学，最终从法学院毕业，成为阿肯色州黑人律师先驱和民权运动的重要人物，一路上，他的愿望逐一实现。

1991年，尼尔成为阿肯色州首位黑人地区检察官。几年后，他当上法官，后又成为上诉法院法官。在出色的法律职业生涯中，尼尔一直是底层人民坚定的辩护人，致力于促进贫困人口的健康、教育和福利。他女儿卡拉玛也吸收了同样的精神。她取得了遗传学博士学位，现在在埃默里大学教授生物伦理学，同时在阿肯色州运营一个社区发展项目。

作为学校最成功的学生之一，尼尔一直返校参加高中同学聚会。在一次聚会上，他恰巧和米尔德丽德·格雷迪聊起了她那小小图书馆里的书如何改变了他的生活。格雷迪点点头，坦承奥利第一次偷书时，她就已经发现了。她的第一反应是和他对质，斥责他偷窃一本原本很容易借到的书。但一转念她就意识到，奥利怕人看到他读书，并因此感到难堪。于是，格雷迪太太没有声张。接下来的那个星期六，她驱车 70 英里去孟菲斯，看看能不能再买到一本耶比的小说。她没有加油费和书钱的预算，但她愿用自己在一所实行种族隔离的黑人学校当老师的微薄收入去买一本书，期望它打开奥利·尼尔的心灵和思想。她走进的第一间书店没有耶比的书，她就去了第二家、第三家。最后，她终于找到了，买下一本，把它放上图书馆的书架。

1993 年，奥利·尼尔（左）宣誓就职阿肯色州巡回法官。

格雷迪太太现已去世。在那次聚会上，她告诉奥利，看到他偷走第二本书时，她多么激动。这个宽容慷慨的女老师又花了两个周六，跋涉到孟菲斯买了更多耶比的小说回来。作为一个因为性别和种族而被剥夺了机会的黑人女性，米尔德丽德·格雷迪有足够的理由因被困在种族隔离的农村学校，面对一群不珍惜书本或教育的粗野小孩而感到痛苦。但她没有顾影自怜，而是把心力倾注在学生身上。阿肯色州真该以她的名字命名一所学校。奥利·尼尔只是格雷迪改变的众多学生中的一个，她为他们创造了机遇，而他们抓住了。

“有很多孩子是我们力所不及的，”尼尔法官承认，“但也有很多孩子，只要你时不时伸出手，就能帮到他们。”曾经，他就是这样的孩子。

第六章 训练问题少年

> 对待人，任何时候都要将他当作目的，而不仅仅是手段。
>
> ——伊曼努尔·康德

在塔尔萨，我们曾见到八年级的一班学生，男女生各半，参加避免青少年怀孕的课程。这个被循证政策联盟评为“顶级”的项目课程，是由纽约教育专家迈克尔·卡雷拉提出的，目前已被全美20个州的低收入地区学校采用。在我们参观的课堂上，孩子们正在讨论如何应对要求发生性关系的男朋友或女朋友，全然没有说教的味道。老师丽贝卡·布鲁尔问，一个人向他人施压，迫使对方和他发生性关系时会怎么说。很多学生立刻举起手。

“如果你不做，我就和你分手。”后排的一个拉丁裔女生说。

“要是真爱我，你会做的。”坐在教室另一头的黑人男生说。大家纷纷点头称是。

“这种行为叫什么呢？”布鲁尔接着问。

几个孩子脱口而出：“性胁迫。”布鲁尔点点头，开始为学生们讲解，在还没准备好发生性关系的时候，怎么面对热烈求爱的伴侣。

在上一章写毅力时，我们曾提到，利用刑事司法体系根治贫困顽疾基本上是一个失败的策略，尤其在处理青少年问题上。不过，严格的证据已经表明，其他很多策略能帮助青少年摆脱贫困。要从计划生育着手，特别要减少青少年怀孕的概率。美国77%的青少年怀孕属于意外怀孕，当自己还是孩子的人成为父母时，后果往往是残酷的。未成年妈妈可能辍学，她的孩子也更有可能成长在一个充满压力、极度贫困的环境中。在塔尔萨，我们采访了一家人，女主人13岁就生下了第一个孩子，她女儿也在15岁时生下头胎，这个孩子染上毒瘾，13岁时生下了家里的第四代。

这个世界迫切需要帮助孩子们避免意外怀孕。不光为了他们，也为了他们的孩子。这意味着，要在学校开设更全面的性教育课程，建立更多提供避孕措施的公费诊所。古特马赫研究所研究[1]发现，没有公费避孕措施，美国青少年意外怀孕的概率将上升73%。在避孕措施上的公共投入[2]的成本收益率极高，因为意外怀孕每年要花掉纳税人125亿美元——这还仅仅包括了婴儿出生头一年内的医保费用。投入避孕项目的每一美元，都能带来好几倍的回报。然而，依据《家庭援助计划》提供的联邦计划生育拨款（美国此类基金的主要来源），在通货膨胀之后，已不足1980年的三分之一。无论是在计生诊所做义工，还是加入计划生育联合会的各种项目（比如大学校园计划），我们可以通过多种方式参与改善这种状况。

面向初高中学校的“卡雷拉课程”，是针对这类问题最有效的行动之一。在美国儿童援助协会的帮助下，卡雷拉课程在纽约创立，它不仅为贫困的孩子提供避孕套，更要让他们获得技能和自信心。项目覆盖六年级到高中三年级的学生，既讨论健康和性方面的问题，也讲授工作、银行和理财知识，帮助学生们设立自己的存款账户，帮助他们获得医疗和牙科保健、视力保健、眼镜，如果他们需要的话，甚至还有牙套。所有这些都鼓励孩子们参与进来，也在保守的社区降低了它作为“性教育”项目的敏感度。这是学生们愿意听的选修课，因为课程讨论性问题，家长们也必须同意。

卡雷拉强烈主张单一干预效果不佳，因为怀孕的潜在原因之一是宿命感和绝望感。如他所见，避孕不只是防止卵子和精子结合的技术问题，也要让孩子们拥有希望和决心，这样他们才对未来有憧憬，才会积极地避免怀孕。“如果我们不想放弃孩子们，就要讲究策略。”卡雷拉说。

回到塔尔萨的卡雷拉课堂，话题继续——如果性胁迫不是来自男女朋友，而是来自一个成年人时，该如何处理。布鲁尔播放了一段视频，视频中的年轻人描述了他们被家长的朋友或其他信任的成年人诱骗、侵犯时的困惑。接下来，这些八年级的学生开展了一场非常成人化的对话，他们讨论了勃起和润滑油，以及年轻人在不愿意发生性关系时依然会产生生理反应的矛盾。布鲁尔向学生强调，不论是否产生了冲动，性同意始终是必需的，“不”就是“不”。下课后，我们和学生聊了一会儿。一个名叫加比的女孩说，她觉得课程的帮助非常大。她姐姐还没成年就生了孩子，如果参加了课程，也许就不会这样了。卡雷拉项目花费高昂（在塔尔萨，每个学生每年需要花费 2300 美元），但是和美国每年花在 75 万怀孕青少年身上的几十亿美元相比，这真的算不上什么。卡雷拉课程的开销基本上由学区或基金会支付，但它也迫切地需要捐款。举个例子，一笔 50 美元的捐款，就能负担起一个学生开设银行账户的费用，而这是理财扫盲课程的组成内容。

除了提供计划生育措施，还有一些方案在避免意外生育上也具有重大作用。芝加哥组织“青年选择”和 4000 名少女妈妈合作，帮助她们重返校园。为期十年的跟踪评估发现，这些女孩中，只有 3% 在青少年时期再度怀孕，这一数字比对照组的女孩低得多。此外，参加项目的女孩中，超过 70% 的女孩从高中毕业，是全国少女妈妈平均毕业率的两倍。

除预防怀孕之外，学校也是帮助陷入困境的孩子改善生活的重要场所。即便是在一个问题重重的学校系统内，一个好老师也能产生显著的影响。哈佛大学的研究发现，在大型城市公立学校体系中，和表现一般的老师相比，特别出色的小学老师对学生产生的长期影响足以使一个班的学生终身收入所得增加 70 万美元。[3] 有些老师年复一年这样做，但大部分工作效率高的老师往往在最不需要这种优势的中上阶层学校工作，而贫困区的有色人种儿童只能接触到效率最低的老师。洛杉矶的一项研究表明，如果黑人学生有一个工作效率排在前 25% 而不是后 25% 的老师，那么，四年累积下来的种族成绩落差甚至可能消失。要吸引更多的特级老师来到内城贫民区学校并留下来，我们就必须支付更高的薪水，或提供物质激励。

我们也必须反思低收入社区学校的作用。调研显示，对居住在混乱街区的孩子来说，一天之中最危险的时段之一就是下午 2 点到 6 点。[4] 这段时间，女孩们最容易卷入导致怀孕的性行为，男孩们最容易参与带来生命危险的斗殴。我们可以在这个时段往街上增派警察，不过，也可以利用社会每年投入几十亿美元的基础设施：学校。太多低收入社区学校下午两三点就早早关上了大门。

“学校关门上锁，而学生就在校门外过着极端危险的生活，”福特基金会前主席路易斯·乌比纳斯说，“那么，我们该怎么办？”福特基金会的答案是，延长这些学校的开放时间。在协助推动了一批早期教育项目之后，福特基金会又将目光投向更高的年龄层，帮助经济困难的学校延长中学生在校时间，不让孩子在街头游荡。课外俱乐部在高收入学区的学校是很常见的，但在低收入街区的学校几乎不存在。乌比纳斯在南布朗克斯贫民区长大，作为 20 世纪 60 年代最早加入“开端计划”的孩子之一，他自己就曾获得来自外界的助力。他告诉我们，富裕家庭的小孩长到 18 岁时，花在学校、暑期班和课外拓展活动上的时间，比低收入家庭的孩子多 50%。

为解决这一问题，福特基金会资助了课外学习项目“公民学校”。“公民学校”每天下课后活动三小时，相当于低收入社区中学学生要站的“第二班岗”。学生们接受辅导，参加大学和就业项目以及职业发展课程。“公民学校”发端于波士顿，邀请志愿者到课堂上介绍他们的职业和白领生活。这些来自公司、大学或非营利组织的志愿者每周给学生上课 90 分钟，一共十周，让学生了解法律、商业、工程和科学等各行各业，也为学生设定目标提供一定的指导。成果令人备受鼓舞：在全国标准测验中，这些学生的数学成绩提高了 8%，英语成绩提高了 2%，而在每个学生身上的投入还不到 2000 美元。[5]

在有些州，问题青年和家人可以共同接受指导。具有实证支持的“青年村”就属于这类项目。这个成立于1986年的非营利组织，有点类似针对处于困境的青少年及其家长的“护士家庭合作计划”，辅导低收入阶层的父母，或家里其他亲戚，协助他们改善对孩子的教养。今天，该组织在11个州和青少年合作，提供居住中心和家庭支持，即所谓的“建筑幸福家庭”。

在得到“青年村”帮助的人中，有一个名叫弗雷德·伯恩斯的男孩。贫困的伯恩斯一家住在田纳西州，家里有十个孩子，一贫如洗，父母有毒瘾，家庭暴力时有发生。一家人在收容所搬进搬出，食物短缺。有时，弗雷德不得不去偷东西，那样他和兄弟姐妹才有饭吃。弗雷德有强烈的愤怒情绪和攻击性，13岁时被送往领养家庭。之后，他接连换了八个领养家庭，行为问题最终导致他进入了“青年村”提供的住处。辅导员们开始帮助弗雷德，倾听他的想法，指导他耐心对待可以深化为友谊的长久关系。“你能感觉到，他们是真的和你一起努力，改善你的状况，”弗雷德说，“他们支持我，确保我坚持不放弃。”

密西西比。弗雷德·伯恩斯作为优秀学生代表在高中毕业典礼上致告别词。（图片由乔·埃利斯提供）

弗雷德渐渐平静下来，“青年村”开始寻找可靠的亲戚继续抚养他。雪莉姨妈勉强同意，面对一个青春期的孩子，她不确定自己是否应付得来。磨合期间，“青年村”的社工一直在帮助他们。渐渐地，弗雷德安定下来，他16岁时，雪莉正式收养了他。弗雷德获得了前所未有的稳定生活，开始在体育和学习上崭露头角。他成为家里第一个高中毕业生，而且还很风光：他是毕业典礼上致告别词的优秀学生代表，GPA高达4.25。弗雷德获得密西西比州立大学的学术奖学金，进入该校学习，并成为橄榄球队优秀的临时队员。后来，他转入杰克逊州立大学，主修电脑工程专业。

23岁的弗雷德现在已经是一名大四学生，他辅导帮助青少年，当橄榄球教练，在圣诞节时为其他家庭送礼物。“我能有今天，是因为大家对我的付出，”他告诉我们，“现在，我回馈别人，也是因为别人曾经相信我，他们的信任让我对自己有了信心。我现在为别人所做的，正是别人曾经为我做过的事。”

经过严格的评估，“青年村”项目宣布其在帮助青少年方面的长期成功率达到80%，也就是说这些青少年现在和家人居住在一起或已经自立，且遵纪守法。“青年村”的成功率是全国平均水平的两倍，成本却只有传统办法的三分之一。“青年村”组织认为，在正确的协助和检查下，实际上由国家（包括领养家庭）抚养的60万美国孩子中，有一半可以留在原生家庭中，或和亲戚住在一起。这样不仅每年可节省数千万美元，也能减少这些孩子所受的创伤和磨难。

另一种效果良好的学校干预，是帮助非常聪明但没有背景，也没有相应的家庭支持可以让他们进入顶尖大学的高中生。因为无力负担学费或家里从来没人上过大学，很多出色的高中学生根本不考虑上大学。他们也许没有注意到，拿着奖学金去一流的私立学院往往比去本地的州立大学甚至社区大学还要便宜。在贫困地区的高中，升学指导老师的工作多得应接不暇，帮不上太多忙。“大学咨询队”为此提供了一种解决办法。其模式与“为美国而教”相似，让充满活力、刚刚毕业的大学生进入低收入社区的高中，担任升学辅导员，在选择学校、申请学校、寻找经济资助和入学的环节对学生进行指导。辅导员的工作为期两年，有薪资。咨询队目前已在14个州的上百所高中活动，规模也在快速扩大。

通过就业培训计划、工作补贴及其他方案让少年犯走向工作场所，也是不错的选择。罗纳德·里根曾说：“最好的社会计划就是工作。”这话不无道理。职业学院便是取得了杰出成效的典型项目。职业学院针对专门职业，为问题青少年提供培训，并使他们获得实际工作经验。八年后，随机分入职业学院的年轻人比对照组收入高得多。由于他们的成功，美国目前已有了7000多所职业学院，服务于100万名学生。

工作至关重要，不仅因为它带来了收入，而且也能增强一个人的自我认同感和自信心。哈佛大学的研究者曾考察1990年至2008年高中辍学的白人女性平均寿命减少五年的原因（在工业化国家中，这一下降幅度仅次于苏联解体后的俄罗斯）。[6] 学者们研究了包括肥胖、贫困和婚姻状况在内的多种可能性，只有两个因素与过早死亡有密切的关系：一个是吸烟（意料之中），另一个就是没有工作。研究者认为，工作带给了生活目标感，对周遭环境的控制感，以及可以对抗孤独感和沮丧感的社会接触。

不过，可别搞错：棘手的社会问题层出不穷，我们并没有假装轻而易举就能解决。怀疑论者说人性复杂，政府计划会产生意外后果，这没有错。资源有限，我们在投资的轻重缓急上不得不做出艰难的选择，这也是事实。我们要说的是，考虑到所有的不确定性因素，数据显示，我们对生命早期的干预项目——计划生育、怀孕、婴幼儿教育——投入不足，尽管越来越多的证据表明它们的回报率是最高的。与此相反，美国的反贫困投资过度集中在帮扶老年人和提供安全保障上。社会保障和医疗保险已经使老年人口的贫困率从1959年的35%下降到今天的9%。引人注目的成功部分可以归结于老年选民的力量。与之相似，美国的教育开支也过分集中在大学。我们认可针对老年人、安全保障以及大学的项目，但我们想，是时候增加对孩子的投入了，这种投资的回报最长远，越早行动，效果越好。

孩子们不投票（低收入的父母通常也不投票），所以儿童贫困鲜少被提上政治议程，这也许能够解释，为什么在美国，儿童是最可能生活在贫困中的年龄层。但是，举国齐心协力为孩子创造机会，是有望成功的。以下两个例子，或能供美国参考：

- 1999年3月，英国首相托尼·布莱尔发表了具有历史意义的演讲，呼吁终结20年来的儿童贫困。“这一讲话震惊了他请来的记者、支持者和学者们，”哥伦比亚大学教授简·沃德福格说，她写了一本讲述英国向儿童贫困宣战的著作，“然而，一旦做出承诺，誓言就有了生命。一夜之间，似乎唯一正确的就是，政府应该致力于有效减少儿童贫困，为儿童发展创造更平等的机会。”[7]布莱尔承诺，儿童从三岁开始接受学前普及教育，并针对三岁以下儿童的低收入家庭设立名为“安稳起步计划”的社区支持项目。他也强调要进一步增长工资。并不是所有方案都有成效，不曾预见的问题也出现了。但是，起初五年内，布莱尔就将贫困儿童的比例从26%降到14%。很多英国人提出抗议，认为这远远不够，而且它没有持续下去。但从大西洋此岸看去，这个由领导人和政治意愿创造改变的案例令人印象深刻。
- 墨西哥官方的反贫困系统运转不灵，他们把重点放在食品补贴所提供的安全保障上，却不关心创造机遇。改革者们看到，墨西哥贫困的潜在问题之一，是贫困家庭不像中产家庭那样为孩子投资。于是，他们设计出一个项目来（实际上）“贿赂”贫困的父母让孩子留在学校，带孩子去诊所看病。1995年，改革者们对这个项目进行了实地测验，对结果进行了严格的评估，并呈交给总统埃内斯托·塞迪略。塞迪略勇敢地和墨西哥的利益集团较量，逐步淘汰了食品补贴，以“机会项目”的方案取而代之。机会项目已成为全世界声誉最高的反贫困方案之一，向满足条件——比如送女儿上学——的家庭，提供“有条件的现金汇款”（发展领域对贿赂的叫法）。世界银行称，机会项目将男孩入学率提高了10%，女孩入学率提高了20%，并且，和对照组的儿童相比，加入机会项目的孩子身高每年多长高1厘米。有些研究表明，通过为墨西哥的工业革命

> 注入人力资本，降低未来的福利支出，机会项目能够收回成本，物有所值。

美国也可以取得和英国、墨西哥一样的进步。我们缺少的就是政治意愿和一场公众抗议。

杰西卡的里程碑

我们这场探索为孩子创造机会的旅程，始于俄勒冈的邻居杰西卡的故事。现在，这个故事的结局又提醒我们，在他人强大而热诚的支持下，巨大的困难也能克服。

七年级的杰西卡和妈妈、哥哥内森住在拖车里。毒贩和瘾君子进进出出，因为拖欠账单，家里不时断电断水，也常常没有东西可吃。杰西卡忍受这一切，因为她想和妈妈待在一起。她几乎从不去上学，在邻居家附近鬼鬼祟祟地转悠，闯进别人的房子，偷东西吃，偷衣服穿。

有一段时间，杰西卡找了一个男朋友，羞涩地和他牵着手。她妈妈邀请男孩到家里过夜，把他推进杰西卡屋里，指示两个人睡一张床。一整晚，杰西卡跟男孩都保持着一臂的距离，她想，一般的妈妈不可能这么做。只要杰西卡一顶嘴，妈妈就还以怒骂。“我是个让人受不了的孩子，”杰西卡承认，“我妈说，她宁愿从没把我生下来。”

当一个年轻男人搬进拖车，和杰西卡的妈妈一起吸毒的时候，噩梦开始了。他看上了杰西卡，晚上出现在她的卧室里。杰西卡当时刚满 13 岁，是个满头金发的漂亮小姑娘。“我想跟你做爱。”男人很直接地说。

“不！”她告诉他。

然后，杰西卡说，男人把她摁倒，强暴了她。她告诉了妈妈，但妈妈不想听。几乎每天晚上，男人都闯进她的房间，扑到她身上。杰西卡就这样度过了七年级。

因为交不出租金，一家人被轰出拖车后，那一年的折磨方告结束。八年级开始时，妈妈把杰西卡丢给了家里的一个老朋友杰夫——一个脾气暴躁的酒鬼。他尽力抚养杰西卡，让她不惹麻烦。但杰西卡是个叛逆、粗野、爱顶嘴的捣蛋鬼，杰夫和妻子渐渐对她产生了敌意。

“你一无是处！”杰西卡还记得有一天杰夫喝醉了，生气地吼她，“就是个废物，最后会跟你妈一个样！”

一天晚上，醉酒的杰夫一拳打在杰西卡脸上，她冲出家门，跑进了黑暗。她以前走路总是经过一个狗屋，里面有两条狗。逃跑的路上，她看见了两条狗，跟着它们挤进了后院。房主听见狗叫声，报了警，杰夫被捕入狱。几天后，杰西卡回去拿东西，杰夫的妻子没跟她说一句话，只是默默地递给她一个双肩背包，里面装着她在这个世界上拥有的所有东西。在杰夫的妻子看来，他们夫妇俩已经仁至义尽，是杰西卡把家里弄得天翻地覆，还让杰夫进了监狱。

这是杰西卡生命中的低谷，但之后看来，也是一个转折点。社会服务机构把她送到领养父母迈克·林和拉克·林家里。迈克是吊车司机，拉克以前是校车司机，杰西卡认识她。林夫妇有四个亲生子女，多年来还抚养了多名领养儿童。有些孩子只在林家待了几天，等待社会机构的安排，有些则住了几年。一般情况下，林家至少同时住着四个领养的孩子。

拉克对待杰西卡，既有严格的管教，也有坚定的爱护。她告诉杰西卡，自己就是被领养的孩子，过了一段地狱般的日子。在拉克刚刚五个月大的时候，母亲就把她扔给了父亲和继母，然后她被送到亲戚家，再后来就辗转于不同的领养家庭。有些养父母对她施加过性虐待和身体虐待，她还记得自己曾被扒光衣服，被皮管子抽打。终于，九年级时拉克搬到了关爱她的领养家庭，情况开始改善。长大成人，并和迈克结婚后，她自己也开始照顾领养儿童，把爱传递下去。

杰西卡是个让人头疼的孩子，但是拉克觉得她还有救。杰西卡让拉克想起了自己的童年，她告诉杰西卡："我挺过来了，你也可以。"慢慢地，拉克凿开了女孩的壁垒。当然，她们之间也有激烈的冲突，这时拉克可是毫不手软。她禁止杰西卡穿低胸装和露脐装，杰西卡说谎或者违反家里的规矩的话，就会被禁足。"我会冲着她咆哮，"拉克说，"然后我会回来告诉她，我是爱她的。"

九年级时，杰西卡在学校的表现有了点起色，但依然是个不合群的孩子，经常不完成作业，有太多的能力得不到发挥。高中二年级时，杰西卡喜欢的一个男生捉弄了她。她回到家，大哭一场。拉克拥抱了她。"上帝是爱你的。"拉克一遍遍地对杰西卡说，两人紧紧抱在一起。哭声渐缓，她们开始交谈。杰西卡感觉到，无论如何，此刻她真的拥有了一个伙伴。从那之后，她在学校的表现开始改变。她开始用功之后，她发觉自己可以得到A。同学们以从未有过的敬佩眼光看向她。被当作聪明的孩子，对她而言，是新奇的体验。高三那年，杰西卡门门功课都得了A，还去做泳池救生员挣钱，她开始梦想成为家里第一个上大学的人。杰西卡说服所在高中让她学习在线大学课程挣学分，以此向可能对她早年的糟糕成绩有顾虑的学校证明，她有能力念大学。

再见杰西卡时，我们惊呆了。她把头发染成了深棕色，气质举止全然不同，任性疯狂的女孩如今娴静端庄。在一番坦诚而痛苦的长谈过后，她开始原谅母亲。正如杰西卡所说："她给了我生命，所以我仍然尊敬她，爱她。有些事情我没办法原谅，但我还是关心她、在意她的，因为她是我的妈妈。"

杰西卡从高中毕业后，于2012年拿着奖学金进入西俄勒冈大学。她有志从事执法方面的工作，希望帮助像她过去那样迷途的孩子。她把一切都归功于拉克的付出。"我要像别人帮助我那样帮助他人，帮助那些仅靠自己的力量无法走出困境的人。也许，我可以向他们伸出手，对他们说，我也曾在困境里挣扎。"

上大学一年后，杰西卡没钱了，不得不休学找工作，存些钱再回去念书。

她要努力赚学费。因为无力支付学费，她的大学教育似乎将是一段走走停停的过程，但是她已经下定决心要拿到学位。杰西卡的故事提醒着我们，即使是一塌糊涂的青少年，只要有一个可以依靠的肩膀，也能展现出惊人的恢复能力，而贫穷也不是美国不可逃避的困局。

第七章　希望的力量

如果没有希望，即使有面包，人依然会慢慢因饥饿而死。

——赛珍珠

四年级的乔瓦立·奥巴姆扎是个聪明的学生，住在刚果共和国一个偏远的村子里，那里距离首都布拉柴维尔大约有三天车程。因为拖欠三个月的 7.5 美元学费，乔瓦立就要被学校开除了。他知道自己的前途悬此一线，拼命想留在学校。

乔瓦立的父母穷困潦倒。父亲乔治斯·奥巴姆扎编织小藤椅，每把卖一美元，而他和妻子瓦莱丽要养活六个孩子。还有两个孩子已死于疟疾——家里买不起六美元的蚊帐。六美元的房租，他们已经拖欠八个月了，因此有可能被赶出去，流落丛林，无家可归。乔瓦立还有两个正处于学龄的弟弟妹妹（其他三个更小），他们都无法定期去上课，因为每个孩子每月要交 2.5 美元的学费。

我们见过太多美国人渴望帮助乔瓦立这样的孩子，一笔小小的捐款在千里之外产生的影响远比在美国大得多。但是，这些美国人也担心捐赠不能改变什么，因为有些人的贫穷是他们的自毁行为造成的，比如药物滥用，比如懒惰。从这个角度来看，帮助穷人就好像拿出一美元投进吸毒流浪汉的罐头瓶，期望着他能把钱花在食物上。尼克每次在《纽约时报》专栏上报道帮助穷人的项目时，都会收到大量读者的反馈，说这样的项目只会助长好逸恶劳。

残酷的真相是，这种愤世嫉俗的看法的确有一定的基础：自毁行为确实是引发国内外贫困问题的因素之一。我们必须承认所有潜在的病症，包括人类具有做出错误选择的能力。但是，这些问题远比愤世嫉俗者想得要复杂，解决办法也不是责骂穷人这么简单。世界各地的任何人都可能被困在“贫困陷阱”的绝望中，有时甚至成了临床抑郁症。改变的办法之一，是给他们一丝希望之光。我们认为，这是一个新的重要研究领域，学界尚未开始对此展开研究，但它可以解释我们在美国和其他国家看到的很多现象。这令人振奋，因为它提供了创造改变的工具，为大人和孩子们传递机遇。

乔治斯·奥巴姆扎说，每个星期有几个晚上，他都要去村里的酒吧喝酒。他估算自己每个月花在酒精上的钱有 12 美元，足够支付房租和乔瓦立的学费，另外还有富余。村里人说，这个数目差不多，但乔治斯实际上并不像乡亲们那么爱喝酒。我们在世界各地，甚至在伊朗或巴基斯坦这样的伊斯兰国家，都看到了这种模式：酒精理论上是被禁止的，但男人们晚上都聚在非法经营的酒吧，挥霍辛苦挣来的钞票。在肯尼亚中部，政府支持的一项研究发现，男人们花在酒精上的钱比花在食物上的更多。埃斯特·迪弗洛和阿巴吉特·班纳吉曾写道，全世界的穷人对子女教育的投入基本上只占收入的 2%。[1] 在巴布亚新几内亚农村，人们花在酒精和烟草上的钱是教育投资的两倍，在印度乌代浦是三倍，在危地马拉是四倍。当然，在美国，药物滥用也是导致贫困的重要原因。

为什么这样的自毁模式在世界各地如此普遍？部分原因是，贫困村庄或贫民区的生活枯燥、乏味、令人沮丧。如果我们是乔治斯·奥巴姆扎，即将流离失所，眼睁睁看着孩子死于疟疾或因拖欠学费被逐出学校，或许也会借酒消愁。每个灵魂都向往快乐、欢愉和他人的陪伴，哪怕这只是漫长的痛苦中短暂的慰藉。太多人在陷入贫困时感到自己被困在绝望的轨道上，有时，他们应对的方式促使绝望自我应验，并传递到下一代。

贫穷和临床抑郁症常常相伴相随。城市研究所在 2010 年所做的一项研究发现，55%的美国贫困婴幼儿由患有中度或重度抑郁症的母亲抚养，而抑郁症在许多情况下会削弱母亲和孩子建立情感联结的能力。[2]研究报告的作者之一奥利维娅·戈尔登说："一个极度悲伤乃至早上都无法下床的母亲，如果她和孩子在一起时不快乐，不和宝宝说悄悄话，不跟他玩耍，那么她无法照顾到孩子方方面面的实际需要。而脑部发育研究已经告诉我们，在养育孩子的过程中，正是这些促进了婴幼儿的成功发展。"[3]

2012年的一次盖洛普民意调查表明，31%的美国贫困人口自称被诊断出抑郁症，而在其他人口中，这个比例是16%。[4]问题不仅在于金钱的匮乏，更在于弥漫在众多低收入地区的绝望感。在一个名为"向着机遇迁居"的实验中，从高度贫困社区中被随机选出的家庭可以搬往更高收入社区，对其家庭成员精神健康的改善来说，其效果堪比最有效的处方药。

刚果。乔治斯·奥巴姆扎和他的六个孩子。

其他国家也存在相同的模式。普林斯顿大学的安妮·凯斯和安格斯·迪顿在全球各地走访贫困人口时，常常碰见抑郁症患者。[5]在印度的乌代浦，近三分之一的妇女声称她们偶尔或经常"伤心地大哭"，49%的妇女经常感到悲伤。在南非和印度，四分之一到三分之一的受访者称他们不想工作或没有食欲，难以入睡，经常整月或甚至"大多数时间"都感到焦虑。在这些人中，多达一半的人表示这严重影响了他们的日常活动。澳大利亚昆士兰大学的一项研究则发现，抑郁症患者比例最高的国家是阿富汗，中东和北非的比例也非常高。[6]

像乔治斯这样的穷人会感到抑郁，部分原因在于，生活在绝境中的压力是巨大的。正如我们所见，人们感到压力和紧张时，体内就会产生更多的皮质醇。研究者已经发现，在干旱时期，肯尼亚穷人体内的皮质醇水平升高。在前额叶皮层的皮质醇至关重要，因为它会对冲动控制产生影响，这也许是人在压力之下有时会采取自毁行为的原因之一。

科学家们注意到，人们在焦虑时，认知能力和自我约束力会下降。当实验人员要求受试者不要在脑子里想一头白熊时，受试者的大脑中当然会立刻浮现出白熊的形象，试图抑制这个想法就成为一种压力。测试之后，收到白熊指令的人选择的零食不如没收到指令的受试者选择的健康。与此相似，新书《匮乏》的两位作者森德希尔·穆莱纳桑和埃尔德·沙菲尔也发现，在智商测试中，要为 1500 美元的汽车修理费发愁的穷人比为 150 美元的修理费担心的穷人得分低。[7] 当人们整天为了房子被收回、断电、账单和工作而烦躁时，他们在生理上自控的能力就更低。

穆莱纳桑举了另一个例子来说明贫穷的压力对人们能力的损害。他在甘蔗收割前后分别对印度的蔗农进行智力测试。收割前，经济压力令蔗农感到焦虑不安；有了收成，压力得到了缓解。蔗农在收割后进行的智力测试里表现好得多，显然是因为他们不再被经济压力困扰。研究发现，不得不为严重的经济问题担忧，会让一个人的智商分值下降 13 分。结论是，穷人的能力低不是先天的特征造成的，而是因为贫穷的环境增加人的负担，妨害人的认知能力。

20 世纪 60 年代中期的一系列实验使我们对贫穷的病理学有了深入的了解，倘若在今天，没有一个审查委员会会批准这样的实验。这些实验最早从宾夕法尼亚大学开始，是巴甫洛夫著名的条件反射实验的变体。这次，实验人员没有让狗将铃声和喂食联系起来，而是试图让狗将尖锐的音调和电击联系起来。他们假设，如果狗在听到声音后被电击，那么它们就能学会对声音做出反应，一听见就立刻逃开，而不是等着被电击。为了准备这个实验，狗先被捆起来听尖锐的声音，然后遭到电击。真正的实验开始了，狗被放进不算高的木条箱，很容易就能跳出来。

令实验人员意外的是，遭到电击后，狗并没有试图逃跑。它们就蹲在箱子里，悲伤地呜咽。实验似乎失败了。所幸，一个刚刚到达现场的研究生，年仅 21 岁的马丁 • E.P. 塞利格曼灵光乍现。他注意到，那些狗懂得努力是徒劳的，已经习惯放弃了。他写道："在巴甫洛夫条件作用下，狗感觉到，无论是挣扎、跳跃、吠叫，还是什么都不做，电击始终时断时续。它们知道了，或者说学到了，不管做什么都无济于事，所以，为什么还要努力呢？"

于是，塞利格曼进行了一系列新的实验。[8] 有些狗遭到电击时，只要用鼻子按下一个控制杆，电击就会停止，它们很快就学会这么做了。对照组的狗，不接受电击。还有一组小可怜，不管做什么都会受到电击。结果呢？当各组小狗被放进木条箱并受到电击时，对照组里没受过电击的狗，立刻跳出箱子，知道自己可以关掉电击开关的狗也跳了出去，但无法控制电击的第三组狗放弃了，躺下来哀号。

"显然，动物们能够懂得，它们的行动是无用的，"塞利格曼写道，"懂得了这一点，它们就不再主动采取行动，而变得消极。"塞利格曼把这种反应称为"习得性无助"，其基本原理已得到其他多项研究的证实。这种现象不仅出现在实验室的动物身上，也出现在人类身上（当然，在测试人类的案例中没有电击）。

这与贫穷有何类似？贫穷，往往意味着糟糕的事情会定期发生，你无法躲避，也无法控制。在种族歧视或其他偏见导致人无法逃离这种命运的地方更是如此。美国历史上的黑人或日本社会的部落民这些少数群体都有过这种经历。部落民在种族上和其他日本人并没有差别，但是在职业上，他们属于少数群体（是入殓师或从事其他"不洁"工作者的后代），被限制居住在特定区域，也禁止和外界通婚。在部落民中，犯罪率和酗酒率居高不下。日本很多黑帮无赖都出身部落民，或韩裔——韩裔在日本属于少数族裔，也受到普遍歧视。这些群体不但贫困，而且看不到改善生活的出路，这时他们就更容易放弃。

创造希望的干预行动，比如小额储蓄计划和创业培训，能够打破这种循环。* 塞利格曼发现，人们是可以摆脱习得性无助的。当人类或动物知道自己能够摆脱所处的困境时，他们就会抛弃消极情绪，担起责任。

埃斯特・迪弗洛和阿巴吉特・班纳吉想要分析希望的力量，因此对广受赞誉的援助组织孟加拉农村发展委员会（BRAC）发起的一个反贫困项目进行了随机对照实验。该项目由印度小额信贷组织"班丹"执行，他们找到一个村子里最贫困的居民，为这家人提供两头牛、几只羊或一群小鸡，并帮助他们创办小生意。迪弗洛和同事们细致地研究了项目的影响，发现了令人不解的事：这个项目实在是太过成功了，甚至也增加了非家畜领域的收入。参加项目的家庭[9]从牲畜身上获得的收入是以前收入的7倍，这也说得通，但是他们在非农业的生意上收入也增加了50%，而这些甚至都不在项目之内。他们种地所得是以前的3倍，而耕作的田地并没有改变。这些家庭的饮食明显改善，存款增加，也更愿意把食物分给其他人。受助者生活条件的大幅改善，是无法用得到几只羊或两头牛来解释的。他们增加的收入超出了合理的水平。相似的情况也在全球其他六个地方出现，所以并不是计算出了错。这到底是怎么回事？

一条线索是，村民在得到牲畜18个月后称，他们的精神健康状况明显改善，更少地表现出压力、焦虑和抑郁的迹象，并声称整体健康水平有所提高（尽管从外形来看，他们的身体健康情况并无明显改善）。另一条线索是，得到牲畜的村民目前的劳动时间比过去增加28%，孩子花在学习上的时间也增

---

* 妇女多一些财政上的控制权也能做到这点。只有大约百分之一的土地权掌握在女性手中，并且有证据显示当女性掌握资产的时候，这些钱会更多地被用到孩子的教育上。一个总部位于西雅图，叫作"农村发展研究所"的组织，就为全世界超过1亿的穷人争取了财产权，特别是妇女。在这方面，他们做出了极为突出的工作。简单地确保当家中男性去世后，寡妇和女儿可以继承遗产，这就已经迈了一大步，这些本会用于喝酒、吸毒的钱将用在孩子的教育上。

加了。

迪弗洛解释道："尽管我们从数据中无法直接证实，但我们推测，精神状态的改善赋予了受助者努力劳动、储蓄以及在孩子们身上投资的动力。"她说，面对缺少希望导致的"贫困陷阱"，最恰当的应对方式就是注入希望。迪弗洛指出，怀疑论者长期以来担忧小额信贷会导致贫困家庭花更多钱购买"诱惑商品"——汽水、烈酒、烟草和糖果，但事实上，严谨的监测显示，小额信贷使这些家庭在无聊活动上的开支减少了。一旦这些家庭认清了改善生活的道路，他们就会感到，为了更光明的前途，存钱和投资变得没有那么困难了。我们相信，许多成功的援助项目——比如赠予牲畜——之所以奏效，很大程度上并不是因为赠送的牲畜本身，而是因为创造了将消极情绪转变为行动的希望。

一些儿童助养项目，比如让一个美国人每月拿出 30 美元帮助贫困国家的一名儿童，或许也能为这种主张提供一些证据。超过 900 万儿童正通过这种方式取得资助，我们两人也通过国际培幼会美国办事处助养苏丹、海地、菲律宾和多米尼加共和国的孩子。* 其他很多组织也有助养项目，包括世界宣明会、救助儿童会以及国际致善协会，当然它们的资助模式各不相同。我们一直都欣赏培幼会的做法，这个机构着眼于促进整个村子的发展而不只是帮助孩子。部分原因是，这可以避免引发村民的嫉妒，另一部分原因在于，为整个村子打一口新水井或盖一所新学校比单独培养某一个孩子更有成效。与此同时，基督教组织国际致善协会则聚焦于每个助养儿童，强调建筑希望、自信和精神成长。致善协会的受助儿童每周至少接受八小时的专门辅导和咨询，参加专门的静修，并在确立目标方面得到指导。

---

* 我们拜访了我们资助的苏丹、菲律宾和多米尼加共和国的孩子们。我们也非常鼓励这样做，特别是可以作为一趟家庭旅行。能够看到你多年来一直写信、寄照片的孩子，真的很棒。我们双方都非常激动。

2013年，旧金山大学的布鲁斯·威迪克发表了一项针对六个国家超过1万名国际致善协会受助儿童的细致研究，将这些孩子的表现和因为年龄稍大而未能入选的哥哥姐姐进行比较。[10]他发现，受助儿童获得的教育时间比哥哥姐姐多出不止一年，完成高中乃至大学学业的概率也高得多。最终，他们会从事更为复杂的工作，比如当老师。这是助养为孩子和社区带来长久收益的绝佳证据，但是威迪克发现，影响并非来自一般性的发展工作，而是源于重视培养个体的志向和自尊。受助儿童对自身怀有更高的希望，更自信，绝望情绪更少。他们更有可能追求坚实的教育，争取好的工作，总体上也更加乐观。研究者们发现，“助养让孩子在各类心理指标测试中的表现有了极大的提升”。威迪克的结论是，扶贫组织没有对消极、缺乏自尊心等心理障碍给予足够的重视。正如他对我们所说：

> 传统上，发展关注的是消除经济学家所谓的“外部限制因素”：人们需要洁净的水源，那我们就打口井；人们需要教育，那我们就盖学校；人们需要贷款，那我们就提供小额信贷。然而，更加重要的或许是贫困人口的“内部限制因素”：帮助穷人，特别是贫困儿童，就要扩展他们对自身能力的认识，去确立目标、新的参照点和抱负。也许，当贫困者对自我效力的信心和志向生根发芽后，他们自己就会学着找到打破外部限制因素的方法，其他问题也开始随之迎刃而解。

威迪克担心，一些主要的援助组织“训练人们成为受者，而不是施者”，他进一步指出，“这可能会消解人们帮助穷困人口的善意努力”。威迪克本人在危地马拉运营着一个小型非营利机构，他说，这一研究方向已经使他将重心更少地放在“打开礼物袋”上，而更多转向培养孩子的自信心和乐观精神上。“我开始相信，”他说，“‘为孩子带来希望’这一理念并不是老生常谈，

印度尼西亚。布鲁斯·威迪克与国际致善协会的孩子们。（图片由马里奥·卡里洛提供）

而确实蕴含着一些深刻的东西。”

我们发现，援助项目的普遍问题之一是当地人感觉不到自主权。局外人闯进来，找出问题，告诉每个人怎么做。全球发展领域最敏锐的观察者之一、美国公共卫生专家乔希·鲁辛在卢旺达生活多年。他在《翻越千山到天堂》一书中曾提到他的一位同事向当地社区领袖询问当地人面临的最大问题是什么。[11] 鲁辛以为会是食物匮乏、电力短缺或教育问题，同事的报告中却给出了不同的答案：

“他们说是酗酒。男人们把多产的良田都种上了香蕉，用来酿造香蕉啤酒，这使这个社区一直停滞不前！”

“你有没有问他们该怎么解决这个问题？”

“他们认为这一切都是因为绝望。如果我们能说服大家，繁荣是有可能实现的，他们就会改变，不会喝酒，也不会再那样对待土地。”

鲁辛和卢旺达的同事们尝试了很多种策略对抗绝望，总体上说，他们成功了。不过，在鲁辛看似绝妙的主张里，有个主意却恰恰说明，在决策过程中，当地人的参与何等重要。鲁辛的想法是引进一种高附加值的农作物——石榴，它既适应当地的土壤和气候，也能卖出很高的价钱，不失为理想之选。

鲁辛联系了加州的石榴果汁制造商，获赠600株石榴树，用以在卢旺达农村开展大规模合作。这听起来是一个富有前景的想法，于是美国非洲发展基金会为项目投了资，聘来顾问，并在鲁辛和妻子阿莉莎返回美国时接管了项目。就在这期间，事情开始不对劲了：

> 首席顾问认为，合作项目的工人平整土地、培育植株和监管办公室，应该得到报酬。这样一来，美国的资金本身就成了收成，合作项目的负责人总揽财政大权。没有得到报酬的农民拒绝种树修枝。人们的目标变成了眼前的工作和金钱，而不再是社区的未来……愤怒使失败成为必然，这个项目基本上被放弃了。

确保当地人的认同，与发展中世界的诸多领袖提醒人们“援助会导致依赖”的告诫不谋而合。“慈善不是贫穷的解决之道，”孟加拉乡村银行的穆罕默德·尤努斯警告说，“慈善夺走了穷人的主动性，它只能让贫穷长久存在下去。”[12] 同样，卢旺达总统保罗·卡加梅也曾忧心忡忡地向我们表示，过多的援助导致当地人对外来者过度依赖，缺乏动力，进取心不足。但事情显然没有这么简单：孟加拉农村发展委员会赠送牲畜就是慈善，但运作效果相当出色。

反贫困领域的争论之一是该不该直接把现金交给穷人。这种直接给钱的项目，其理论是，穷人比局外人更清楚钱该怎么花。这些“无条件援助”的运营成本异常低廉，因为在给钱之外要做的事并不多。有一个名为“直接给钱”的美国援助组织，打算每收到一美元捐款就将其中的九美分交给肯尼亚极度贫困的家庭。这些家庭用捐款将茅草屋顶换成铁皮，给孩子买校服，购置土地，或者做任何他们想做的事——钱在他们自己手里。捐款是一次性的，以防止受助者产生依赖。我们起初对这个模式存有疑虑，部分原因是害怕这些钱被拿去买了酒或毒品，但早期的效果令人鼓舞。随机对照实验显示，赠款减少了饥饿，[13] 人们增加了在牲畜上的投资，而在诱惑商品——比如烈酒——上的支出没有增加。人们更加快乐，体内的皮质醇水平也降低了。这是一项值得关注的实验。[14]

总而言之，我们认为，是有办法通过援助增加希望，同时抑制依赖的，比如要求当地人投入人力、资产，并获得所有权。我们还认为，最重要的援助方式里也包括创造工作从而使穷人得以自食其力、改善生活。打击贫穷最有力的武器不是援助，而是工作。

美国人有时会暗示，拯救贫困国家的人是不值得的，因为他们只会生下更多的孩子：*除非这些家庭减少生育数量，否则，一个悲哀的现实就是，没有理由再试图将他们从疟疾、肺结核或饥饿的命运中拯救出来。**

我们不同意。这种马尔萨斯人口理论是一种谬传。越来越清楚的是，家庭人口众多的原因之一是，人们估计到有些孩子会死亡。给予他们孩子能够活下去的希望，生育的数量自然会减少。从人口统计学的历史来看，在儿童死亡率降低之后，出生率也会下跌，二者大约间隔 20 年。我们也确实看到，贫困国家的生育率正在大幅下降。比如，印度妇女人均生育婴儿数已从 1950 年的 6 个下降到目前大约 2. 6 个，孟加拉妇女人均生育孩子 2. 3 个，墨西哥妇女则是 2. 2 个。联合国人口基金会估算，21 世纪结束时，15 岁以下儿童总数不会高于目前数量。

在为贫困国家（以及美国，特别是那些高风险的青少年）提供计划生育措施方面，我们的确必须更加努力。全球大约有 2. 2 亿妇女不想怀孕但缺乏避孕工具的现实，更是一种悲剧。在提供避孕工具，以及研发廉价、有效且无须专业医务人员操作的避孕工具方面，我们更要下功夫。包括纽约人口研究所和西雅图健康研究合理技术项目中心在内的非营利组织正在研发新型避

---

* 本书中楷体的句子为作者回忆过往时不确切部分，具体说明见本书第 317 页。

孕工具，比如阴道环。妇女可以在伴侣不会察觉的情况下使用阴道环，除了避孕，它还可以避免人类免疫缺陷病毒（HIV）感染。我们需要付出更多的努力来支持避孕，但在生育率降下来之前拒绝帮助人们是不对的。减轻人口压力的途径在于，减少儿童死亡率，支持计划生育和教育，与此同时，在人们的心中点燃希望。

名叫肯尼迪的肯尼亚人

基贝拉是非洲最大的贫民窟之一。在这处位于内罗毕的巨大居民区内，泥泞的小路蜿蜒，简易房一间挨一间。犯罪蔓延，垃圾污水遍地。人们有时就在塑料袋里解决大小便，然后把装着排泄物的袋子扔到远处就算完事，即所谓的“飞行厕所”。这里的生活环境臭气熏天，让人提心吊胆、沮丧万分。年轻的男人四仰八叉地躺在肮脏的巷子里，醉得不省人事或者嗑药嗑得失去意识。他们已经放弃了。

肯尼迪·奥迪笫就是在这里长大的。他妈妈15岁、还没结婚时就生下了他。社区居民曾商量过，这个孩子一出生就把他杀死，因为他所在部落的传统规定，非婚生的男婴不能活（防止他们认亲或要求享有其他人的继承权）。但是，有两个原因让老人们放过了这个孩子：第一，干旱刚刚结束，肯尼迪与久旱后的甘霖一同降临，这是吉兆；第二，他是在没有医生帮助的情况下，经由臀位分娩生下来的，而当地的传统认为，脚先伸出来的孩子会活下来并成为领袖。于是，老人们决定给他一条命，并用他们心目中领袖的范本——约翰·肯尼迪总统——为孩子命名，但同时也强加给他一个中间名沃维提，意思是“没人要”。

肯尼迪·奥迪笫的母亲是文盲，他从来不知道父亲是谁。按理说，肯尼迪又会是一个倒在街上昏迷不醒的无业青年。他在家里的八个孩子中排行老大，没有受过正规教育。每天能有一顿饭吃就不错了。“我们吃不饱，所以就喝好多水。”他回忆说。他七岁就去集市上卖花生补贴家用。他妈妈当时已经结婚，那个男人对她和肯尼迪都很粗暴。男孩发现，自己的出现导致继父变本加厉地殴打妈妈，于是十岁那年，他离开家，流浪街头，睡在市场的摊位下边。

但不知为何，年少的肯尼迪对未来怀抱着不可思议的信心，也许是因为他知道老人们期望他成为领袖。“我想有的人生来就是乐天派，这听起来有点好笑，可我真的想不到其他的解释了。”他说，“我总是醒得特别早，大概凌晨4点吧，下定决心每天都要比前一天过得更精彩。”然后，他一边看着日出，一边想起肚子饿得受不了时妈妈说的话：*有些东西，老天分给穷人和富人的都一样多，比如阳光，你们要对这些东西充满感激*。

有几个月，肯尼迪会去一个非正规的街头学校上课，学会了认字母表。因交不起学费而辍学后，他还一直留心看单词，努力要把它们念出来。邻居家的男孩欧蒙迪是在公立学校念书的好学生，他把课堂上学到的东西教给肯尼迪。肯尼迪学得入了迷，迫切地渴望阅读。每当他在集市上捡到小块废报纸，便会向人请教，努力地认字。基贝拉的一位天主教牧师钦佩这个孩子识字的热情，送给他一本英文字典。这本字典成了肯尼迪进一步自我提升的工具。后来一名修女收留了他，单独教他阅读。

肯尼迪乐观的天性经常受到考验。他最好的朋友博伊偷东西被警察抓个现行后被击毙。“就因为他是贫民窟来的，他们就把他杀了。”肯尼迪说。另一个要好的朋友卡尔文，厌倦了在一个失业率高达80%的地方没完没了地找工作，就用毒品麻醉自己。一天晚上，肯尼迪去卡尔文家找他。没人应门。肯尼迪推开门，看见卡尔文在棚屋正中，用一根绳子上吊自杀了。朋友留下了一张字条：“我再也不能这样活下去了。”

肯尼迪没有沦为罪犯，部分原因可能在于他对偷东西太不在行。12岁那年，因为饥饿而患病的他企图从商店里偷一个杧果，被当场逮个正着。一群义务警察围住他，执行市场正义，把他一顿暴打。要不是人群中一个牧师可怜他，替他付了杧果钱，他可能早被打死了。肯尼迪吓坏了，再也不敢偷东西了。

他对学习的热情打动了造访基贝拉的外国人。15 岁那年，一名访问学者送给他一本纳尔逊·曼德拉的传记。肯尼迪着了迷。他梦想成为和曼德拉一样的人。又过了几年，一个来参观的美国人送给他一本《希望之约：马丁·路德·金文集》。复杂的英语让肯尼迪花了不少力气，但他被书里自下而上的社区组织理念深深吸引了。他受到启发，要自己创造改变，要发起一项运动。这时，他已经幸运地找到了工作，装卸煤气罐，一天工作十小时，收入一美元。他买来一个便宜的足球，组建了一个青少年足球俱乐部，以此团结年轻人，给予他们目标，帮助他们克服当地的各种挑战。

“我们聊到就业岗位不足、犯罪、女性面临的虐待，以及贫穷，”肯尼迪回忆说，“这些消极的东西已经扼杀了很多希望。这些年轻人当中，不少人不相信我们不花钱就能发起一个运动，他们说只有傻瓜才会这么干。我告诉他们，世上有很多事情是不用花钱的。我们可以在街上排演剧目唤起人们对这些问题的关注，或者组织社区清扫，或者开始我们自己的社区发展。”

肯尼迪知道他想要的不只是一个足球俱乐部，而是一场真正的运动，像曼德拉和金博士领导的那种运动。他找到朋友、基贝拉的领袖之一乔治·欧贝瓦，两人就所谓的“运动”进行了一场头脑风暴。“我告诉乔治，我认为这里有种疾病害死的人比贫穷更多，”肯尼迪说，“他以为我指的是艾滋病，但我说的是绝望。乔治思考了一会儿，同意我的想法——这就是最令我们的社区饱受痛苦的疾病，并且还通过多种途径引起了其他各种问题。那时我就决定，我发起的新运动，名字要和希望有关。”他们来回讨论了几个名字，其中就有“为基贝拉点亮希望”。但肯尼迪的抱负不仅仅是改造一个贫民窟，于是，他把运动命名为“为社区点亮希望”（SHOFCO）。

肯尼迪想通过“点亮希望”来解决女孩遭受的性虐待。这在基贝拉是个大问题，也是个他家面临的问题，因为肯尼迪的两个妹妹曾遭到强暴，16 岁就怀孕了。据估计，在基贝拉，有一半妇女的初次性经历是被人强暴。“点亮希望”决心通过街头剧场解决问题：肯尼迪和一帮朋友会突然在贫民窟的泥巴路上发疯般地大喊大叫，吸引人们注意，然后上演一出“伏击戏剧”——一场或谴责强暴，或强调“不”就是“不”，或鼓励男人使用避孕套的即兴表演。在这个没有其他娱乐的地方，街头剧场很快就成为贫民窟里的谈资。

形式各样的活动治愈了肯尼迪和朋友们。他们曾经贫穷，但现在已不再是受助者，而成为组织者。通过帮助别人，这些大男孩懂得了治愈的力量，这种由推动改变生发而来的力量。他们没有试图逃离基贝拉，而是努力修复贫民窟。为此，邻居们在污浊的小路上为他们竖起塑像，肯尼迪还被一些人戏称为“市长”。努力解决而不是加剧性暴力和文盲等社区问题，这令肯尼迪感到极大的满足。他说想要帮忙的外国人往往操之过急。他们说得对，基贝拉没有洁净的水，没有好学校，这些问题当然要解决。但是，基贝拉要克服的最大挑战，仍是绝望带来的严重不良影响。

肯尼迪受邀在内罗毕的一个会议上介绍他的街头剧场，听众中有一个来自丹佛的戏剧导演。后来，这位导演向在丹佛的一位朋友杰西卡·波斯纳提到了这次演讲。杰西卡是卫斯理大学的学生，当时正计划在肯尼亚完成大三的学业，这个故事让她听入了迷。她给肯尼迪写信，询问是否可以在街头剧场和他一起工作。和朋友们讨论后，肯尼迪答应了。杰西卡人一到，就引起了一场风波：她执意要住在基贝拉贫民窟里。

“不行，”肯尼迪斩钉截铁地拒绝她，“从来没有一个白人受得了这种生活。”他告诉杰西卡，这里没有电，没有自来水；晚上睡觉时，老鼠在人们的身上窜来窜去。他还冷酷地警告她当心“飞行厕所”。杰西卡娇小可爱，一头棕色的长发，样貌温婉，显得弱不禁风，让人放不下心。但她坚持要待在基贝拉。

“如果你能在这种环境里生活，那我也能。”她对肯尼迪说。她不想当一个生活在社工小圈子里的局外人，不想因为她是白人、是美国人而被区别对待。她感到，如果不住在这里，她永远都不能了解基贝拉。肯尼迪终于同意让她试试与他在基贝拉的家人一起住，和四个人分享一个地铺。他估计杰西卡顶多坚持一天。

其实，杰西卡一搬进基贝拉就撑不住了。肮脏不堪的露天厕所，还有老鼠，确实“名不虚传”。“我不是一个喜欢户外活动的人，我讨厌露营。”杰西卡说，但她之前已经受到了质疑，现在退缩未免太丢脸了。甚至在反复病倒的时候，她依然咬紧牙关坚持着。杰西卡帮助肯尼迪和他的朋友们撰写街头演出的剧本。当时，他们的表演还属即兴发挥，小伙子们很喜欢她的好点子。她虽来自一个不同的世界，但她聪明、善良，让活动增色不少。

杰西卡为大她两岁的肯尼迪所倾倒。他散发着领袖魅力，拥有一种未经雕琢的才华。他向杰西卡坦诚，自己梦想着有一天能接受正规教育。但他没有钱，也没有可以通过肯尼亚入学考试的背景。杰西卡提出了一个办法：跳过小学、初中、高中，直接向卫斯理大学提交申请。“他们有奖学金。”她解释说。随着她和肯尼迪就这个问题的交流加深，两个人渐渐走近。肯尼迪告诉她，当地有个习俗，主人走在路上要和客人手牵着手，所以他们散步时，她总是小心地拉着他的手。当她发现这个“习俗”是肯尼迪杜撰的时，她非但不觉得受骗，反而有些欣喜。他们相爱了。

在杰西卡的坚持下，卫斯理大学的招生处同意考虑肯尼迪的申请。他没有正式的成绩单，没有 SAT 成绩，也没参加过托福考试，只写了申请入学的论文，讲述自己的故事。卫斯理大学以全额奖学金录取了他，美国驻肯尼亚大使馆却两次拒绝他的留学签证申请。* 2008 年秋天，肯尼迪和杰西卡终于抵

---

* 看到这些出色的年轻男孩和女孩在通过著名大学的入学申请后，还如此经常地被拒绝发放美国签证，这无疑让人失望。试图拿到美国签证的整个过程都非常官僚主义和专横，它抹黑了美国在其他欣赏它的人们心中的形象。美国通过公共政策赢得的美誉，都被其签证政策给破坏了（这也更多的是国会的问题，而不是国务院的问题）。

达学校，杰西卡回来念大四，肯尼迪则是大一新生。

如果说基贝拉让杰西卡难以招架，那么卫斯理大学同样令肯尼迪感到不知所措。“那是我第一次吃饱饭，第一次洗淋浴，第一次觉得食物不再是个大问题，”他说，“我不得不给妈妈打电话，确定我不是死后进到天堂了。”

直到此时，“点亮希望”还是一个运动，不是慈善组织。在没有捐款或外部资助的情况下，它已经坚持了六年，这也意味着它能用于运行的资源少之又少。在卫斯理大学，奥迪第开始大声谈论他对“点亮希望”的下一个伟大构想——在基贝拉开办一所女子学校。他认为打击性虐待的方法之一，就是让女孩接受教育，这样人们才会尊重她们。一所女子学校就是在贫民窟更广泛地推动这一工作的核心。但是，仅靠“点亮希望”的钱是无法实现的，他不得不向外界寻求帮助。波斯纳决定拿出3000美元，这是她多年来打工当保姆和服务生攒下的全部积蓄。

肯尼亚内罗毕。肯尼迪·奥迪第和杰西卡·波斯纳在基贝拉贫民窟的一所学校里，与孩子们在一起。（图片由奥德丽·霍尔提供）

“家里人都觉得我疯了。”她回忆道。父母本来就对她痴迷肯尼亚这件事表示怀疑，她没提过自己住在基贝拉，害怕他们会“崩溃”。女儿和肯尼迪的恋情也让他们别扭。一方面，肯尼迪的魅力征服了全家，人人都爱他；另一方面，女儿还在念大学，疯狂地爱上一个肯尼亚贫民窟的穷小子，现在又要把全部积蓄都给他。“你应该停下来，考虑考虑实际问题。”爸爸给她提建议。但杰西卡吓唬爸爸妈妈，就像她吓唬肯尼迪和卫斯理大学招生处，迫使他们让步一样。当看到这所学校对女儿何等重要时，杰西卡的父母妥协了。

肯尼迪和杰西卡从戴维斯和平项目、“做点事情”网站、纽曼个人基金会以及“绿色回声”等机构获得了筹建女子学校的资金。2009年夏天，他们创办了基贝拉女子学校，课程涵盖预幼班、幼儿园和一年级。学校在基贝拉得到了源源不断的支持，尤其因为这是一个本地项目，而不是局外人闯进来办的。波斯纳和另外几个白人参与其中，但真正说了算的还是基贝拉的“市长”肯尼迪·奥迪第。

杰西卡留在基贝拉，肯尼迪则返校继续大二的学习，同时通过Skype管理项目。仅靠自己，杰西卡有时不免感到力有未逮。她也承认：“我搞砸了不少事情。”一个肯尼亚的学生朋友请求波斯纳帮她支付学费。波斯纳掏了钱，骗子得逞了。“我当时确定我做的是对的。”她说，但她也恰恰证实了当地人对白人的既有看法：作为天真的局外人，他们容易上钩。波斯纳这次下定决心，从肯尼迪和当地其他人那里寻求指导：“也许我有世界上最好最善良的用意，但它们可能无法转化为成果。”

2012年，奥迪第毕业，作为学生代表在毕业典礼上演讲。他和波斯纳在美国结了婚，然后回到基贝拉。他们得到的关注、支持和资助更多了，凭借这些资源，他们扩展了“点亮希望”的规模，以各种方式为五万多名居民服务。他们建了一座30英尺（1英尺约合0.3米）高的水塔，为当地人提供经过加氯消毒的洁净水。为了让项目持续下去，他们以低廉的价格卖水，而不是免费赠送。他们又办了一间诊所，创建电子病历，提供HIV检查、产前检查、避孕和宫颈癌筛查服务。他们利用诊所开展公共卫生事业，比如为居民驱虫，辅导新手妈妈学会最好的母乳喂养方法。他们设立小额信贷，建图书馆，办了一份社区报纸《贫民区的镜子》，还启动了职业技能训练项目。“点亮希望”甚至盖了清洁的公共厕所，其中一间生产甲烷，为基贝拉女子学校提供做饭用的燃料。

女子学校既是“点亮希望”的核心，也是基贝拉的骄傲。当然，人们有充分理由来指出，在基贝拉这样的地方，最好是开办能接收几千名学生的三流学校，而不是只招几个学生的一流学校。但奥迪第想尽可能采用最高的标准，他认为学校不仅是个教育平台，更是培养新领袖、振奋整个基贝拉精神的渠道。他想要的是一个为人们注入自豪感的核心，一个证明基贝拉能像肯尼亚其他地方做得一样好的载体。所以，基贝拉女子学校尽可能为孩子们准备了漂亮的校服，最出色的老师和最好的教室，将每个班的人数控制在20人，尽管需求远大于这个数量。

虽然免学费，但学生家长必须承诺一年内工作五个星期来抵扣学费，必须参加每月例会。招生办公室挑选学生时看重两点：最穷的和最聪明的。竞争极其残酷，有近500个孩子争夺新预幼班的20个位子。关于学校的消息传开了，外国人来参观，留下数额巨大的支票。“母亲节运动”是一位康涅狄格州妇女创办的组织，试图通过比送花更有意义的方式来庆祝母亲节。有一年，他们选择“点亮希望”作为其慈善活动的首选。13万美元的捐款帮助基贝拉女子学校建起了漂亮的新教学楼，配有可容纳从预幼班到八年级学生的20个教室。美国家庭通常以一年1200美元的花费助养一个女孩，受助对象每年都不同，孩子们和助养家庭通信、交换照片。资助也涵盖了为受助学生家庭提供的医疗保健、理财培训以及育儿支持。与美国学校的合作伙伴关系正在形成，美国学生每年暑假都到肯尼亚和这里的学生交流。目标就是让女孩们念完八年级后，考入肯尼亚甚至美国的顶尖高中，其

女生们在肯尼迪与杰西卡女童学校的期末聚会上。虽然英语是她们的第三语言，大多数孩子的成绩都在美国同年级水平之上。

他国家的一些资助者也有望继续支持她们念完大学。

基贝拉女子学校的教室充满温暖和热情，和美国最好的郊区学校非常相像，墙上贴着孩子们的美术作品，求知心切的学生争相举手回答问题。在基贝拉的其他地方，学生和老师的比例是80∶1，在这里则是8∶1，每年课时长达50周。在我们旁听的一节作文课上，女孩们学习怎么才能写出生动的句子：她们练习把单调的套话重新组装，加入情景、感情和主动动词。在基贝拉女子学校，笑声回荡在走廊上，见到客人的女孩们欢快吵闹，自信又激动。她们用教学语言——英语喊叫着。虽然英语对大部分孩子来说只是第三外语，但最新的评测显示，86%的学生超过了美国同年级的标准水平。有些二年级的孩子已达到七年级的阅读水平。在最近举办的肯尼亚语考试中，女子学校在整个地区排名第一，而这里的孩子都来自贫民窟最穷的家庭。

“这里有个女孩说自己想当肯尼亚的总统，”幼儿园老师朱莉娅·阿鲁巴拉说，“她问：‘我要当总统，该怎么做呢？’这些女孩以后都将有一番成就。将来，我们的孩子就是肯尼迪。”“点亮希望”也把学生当成社区大使，向人们传播教育的价值。校歌里有一首是这样唱的：

我要告诉你：我也有权利，
活着的权利，吃饭的权利，
穿衣的权利，上学的权利。
因为去上学，我能开飞机，
我能当老师，我能去学医。
爸爸和妈妈，让我受教育，
教育能解开一切奥秘。

当然，孩子们面临的问题并不会因此消散。一天早上，杰西卡一边看着学生们涌进教室，一边低声告诉我们：“这些孩子里有15%曾遭到强暴，一个五岁的小女孩每天早上都会被强奸。”两个学龄前的女孩在被强暴后瘘管破裂，结果其中一个大小便失禁。医生们分别为她们修复了宫颈和子宫。“点亮希望”知道，当孩子们害怕遭到强暴时，会难以安心学习，于是他们发起一场终结性暴力免受惩罚的运动，建造安全房，并鼓励孩子和父母克服耻辱感，向警方报案，向当局施压以使之采取行动。

我们跟随“点亮希望”的支持者，带着女孩和她们的家人去内罗毕的基利马尼警察局报案，要将罪犯绳之以法。四岁的艾达被邻居强奸，受了重伤，需要进行外科手术。她的家人两周没有工作，带着她接受治疗，试图把强奸犯送进监狱。但是，他们一次又一次来到警察局，唯一等来的，是一名警察要求他们奉上 11.5 美元的贿赂才肯抓人。这家人拒绝了。警察后来有可能收受了强奸犯一家的贿赂，因为这个案子现在还僵持着，档案文件则永久地丢失了。我们难以置信地看着一个警察威胁要抓人，而他要抓的不是强奸犯，却是艾达一家人，因为他们让孩子一个人待着，“疏忽”了。

还有一次，我们陪着“点亮希望”的支持者和两个女孩去警察局寻求正义。她们一个 13 岁、一个 14 岁，都遭到了邻居的强暴。警察似乎收了贿赂，因为，在这家人八次到警局——每次都停留几个小时——之后，案子依然悬而未决。警察对他们百般刁难，让他们自己集合证人带到局里，让他们付钱购买警察记录证词用的纸和笔。埃迪塔·阿迪扬博，这位 25 岁的支持者在 6 岁和 15 岁时曾两次遭到强暴，她说这样的勒索是普遍现象。埃迪塔把肯尼迪当成榜样，向当地的女孩们宣传赋权和教育。“人们需要相信希望，”她对大家说，“努力工作，不再沉睡，不再做白日梦。坐下来，放轻松，关注你的目标，关注教育。没有比书本更好的朋友了，它不会骗你，也不会对你说谎。它不会告诉你，‘埃迪塔，喝酒去吧。埃迪塔，做爱去吧，别用避孕套’；它只会跟你说，‘发生性行为时，要用避孕套。喝酒时要有节制，最好一滴都不沾’。”

现在，杰西卡·波斯纳已经能用斯瓦希里语和卢奥语（奥迪第是卢奥族人，和巴拉克·奥巴马的父亲一样）跟基贝拉的居民们聊个没完。当充满魅力的草根领袖肯尼迪集中精力在内罗毕另一个贫民区玛萨瑞推广“点亮希望”的模式时，身为政策专家的杰西卡则引入严格的测量和评估体系以确定行动的效果和成本。基贝拉仍是一个危险的地方，但波斯纳说她完全放心，因为社区的人们照看着她。有一次，肯尼迪不在，杰西卡住在基贝拉外面的公寓里。晚上，一伙抢劫犯试图破门而入。她疯狂地给基贝拉的朋友们打电话求救，他们大喊发出警报，一群基贝拉男人全速跑去救她。他们及时到达，赶走了强盗。波斯纳吓得发抖，但幸好安然无恙。

“她吃得像本地人，住得像本地人，”社区领袖乔治·欧贝瓦说，“大家也把她当成自己人。”欧贝瓦说，“点亮希望”最大的优势在于，它由一个本地人成立、管理，被视为基贝拉土生土长的项目。这种感觉在整个社区都能体会到。人们指着女学生，点评她们的校服看上去有多“俏”。他们羡慕地看着女孩们在午饭后出来刷牙；他们对女孩们流利的英语啧啧称赞。一个卖菜小贩摇头说：“你压根儿就想不到，基贝拉能有这样一所学校。”

肯尼迪和杰西卡期待“点亮希望”最终能够在东非的众多城市推广，作为一个自下而上的组织提供教育、播撒希望。“这是改变你生活的一个起点，也是改变社区的一个起点，”肯尼迪说，“基贝拉最让我受打击的现实之一，就是看着人们巨大的潜力被浪费。希望不能解决我们面临的所有问题，但它提醒我们想象力和创造力的能量——我知道，这是穷人富有的东西。”

第八章　治愈暴力的医生

只要还有呼吸，做好事永远都不晚。

——玛雅·安吉罗

故事从缠绵开始，以谋杀告终。玛塔维亚·兰伯特和安东尼·布朗爬上床想做爱，这将是他们当天第二次发生关系，但爱抚和轻笑没有持续太久。23 岁的布朗是芝加哥街头黑帮“邪恶首领”的一个地方头目，他指责妻子兰伯特与邻居有染。兰伯特愤怒地否认，声称她拒绝了邻居的求爱。当时是凌晨 3 点，两人身在芝加哥西区黑人聚居区的一栋二层公寓里。在这个破旧的街区，随处可见用木条封死的窗户、废弃的空地和帮派涂鸦。枪声和尖叫声不时打破凌晨的寂静。

布朗和兰伯特已经结婚两年，两个人都在贫民区长大，吸毒、帮派和暴力伴随左右，从小就没人管。夫妻发生口角是家常便饭，结果大多是兰伯特被打成重伤。她身高 5 英尺 4 英寸，在身高 5 英尺 8 英寸、体重达 200 磅的矮壮丈夫面前，全然不是对手。之前有几次，他打伤过她的脚踝、耳膜，也曾致使她的手臂严重受伤。这一次，兰伯特和布朗彼此恶语相加时，两个年幼的孩子被吵醒了，哭个不停。布朗抄起电风扇向兰伯特砸去，打中了她和身边的孩子。兰伯特随即动手反抗。布朗跑了出去，伤势尚不算严重。等到他大喊着回到房间，兰伯特又朝他冲过来。她祖母琳达·哈里斯试图拉开两人，却被推到一边。接着，为了保护孩子们的安全，哈里斯把他们领到其他房间。哈里斯是公寓的主人，一直尽力抚养五个孙辈以及重孙辈。

警方报告显示，布朗紧接着威胁了兰伯特。作为回击，兰伯特从厨房拿起一把八英寸长的切肉刀，举在身前。

“别想拿刀吓唬我，臭婊子。”布朗说完，又开始对妻子拳打脚踢。兰伯特把刀插进了他的胸膛。布朗尖叫了一声。“她捅了我！”他说，随后倒在地上，血从嘴里涌出。兰伯特吓呆了，把浑身是血的丈夫拖到门外抱上车，全速开到医院。到达医院不久，布朗就断气了。[1]警察逮捕了兰伯特，以一级谋杀罪对她提出指控。

这是芝加哥当天发生的三起杀人案之一，它反映出内城贫民区暴力事件的类型。这类事件在美国和其他国家都构成了严重问题。大部分研究发现，美国每发生一起凶杀案，随之产生的开支高达1000万到1200万美元，这包括警察和监狱的费用，以及针对受害者和犯罪者家庭的社会服务花销。据芝加哥大学犯罪实验室的计算，芝加哥每个家庭每年大约要拿出2500美元为该市的枪击案买单。[2]犯罪和暴力不仅制造了经济负担，也让贫穷的社区付出了代价：没有企业愿意在这种地方投资；孩子们不能集中精力学习，因为在上下学的路上，他们总是害怕挨枪子或遭毒打。研究者们已经表明，暴力横行的内城贫民区的孩子，与经历伊拉克战争及阿富汗战争的很多老兵一样，受到创伤后应激障碍的折磨。

正如我们一直强调的，成本效率最高的方式是通过一系列早期干预解决这些问题，因为改变一个18个月大的婴儿比重塑一个18岁的瘾君子容易得多。社会未能尽早实施有效干预，犯罪和暴力就是我们为此付出的代价。暴力又会进一步损害整个社区，使其他的干预更加困难。

抑制这种损害的有效尝试之一就是由传染病专家加里·斯卢特金发起的“治疗暴力”，我们在序言中提到过他。斯卢特金医生将公共卫生领域的方法用于抑制芝加哥最危险街区的凶杀案件，成效巨大，从而使这个项目推广到全美各地和其他很多国家。

斯卢特金从小在芝加哥长大，父亲是研究化验师，母亲是一名会计。父亲培养了斯卢特金对科学的热爱，童年时期，他的卧室里就挂着一个超大的人眼模型，母亲则让社会良知在他心里扎根。在他们的影响下，他进了医学院。他尝试从事学术研究，念了一个硕博连读的项目，但是没想到实验室的工作如此乏味。为了给自己一段时间思考未来的道路，斯卢特金休学一年，和朋友们开车从阿尔及利亚出发，穿过撒哈拉沙漠，途经中非共和国和刚果，最终抵达南非。旅途中，斯卢特金亲眼见到超出其想象的疾病和痛苦。他思索着，怎样将自己所学最大限度地转化为成果。

回到医学院后，斯卢特金在旧金山完成了传染病科住院医师培训，主攻结核病。31 岁时，他成为旧金山公共卫生局结核病防治部门的医疗主任。很多来找他的病人是从越南、柬埔寨和老挝来的，不会说英语，也不相信西医。所以，斯卢特金雇来越南移民做外联工作，追踪患者的情况，确保他们服用开出的药物。这不是常规的做法——他的雇员既没受过医疗培训，又几乎不认识英语，但它奏效了：在该项目的帮助下，旧金山市的结核病彻底被消除了。

此后，斯卢特金搬到世界上最贫困的国家之一——索马里，打算治疗那里的结核病患者。但是，他到达难民营不久，当地就暴发霍乱，引发了致命的后果。“我们完全招架不住，经常抱头痛哭。”斯卢特金回忆道。100 万无家可归的人，40 个难民营，只有 6 名医生。于是，斯卢特金和同事们开始培训索马里的接生婆和基层卫生工作者，教他们如何诊断霍乱并提供基本治疗。在当地外联人员的帮助下，他们又一次遏制了传染病。

斯卢特金在非洲治疗传染病，一待就是十年，其间还曾受世界卫生组织委派，创立当地最早的几个艾滋病项目。1994 年，心力交瘁的他累垮了，回到芝加哥。他感到，家乡的贫民区暴力问题，像他在海外抗击的传染病一样，已成为难以治愈的顽疾。如果说二者有所不同，那就是暴力更难消灭。比如，1957 年成立的黑帮“邪恶首领”，始终在当地的暴力事件中表现活跃。芝加哥通过了全国最严厉的枪支管理法案，但在清缴枪支方面收效甚微。“这就好比要在非洲灭除蚊子一样。”斯卢特金说。

对城市暴力问题思考得越多，斯卢特金越感到，它一直被误诊为一个道德问题或犯罪问题。他发现，暴力问题在许多方面和传染病很相似。传染病在抵抗力低下的人群中扩散，暴力也一样。大量研究已经表明，面临暴力威胁的人们更有可能参与暴力行为。斯卢特金默默想到，这实际上表明这些人对抗暴力的免疫系统有问题，而他知道如何阻断传染病。第一步就是检测出新的感染，切断传播，以防传染给其他人。他在控制结核病、霍乱和艾滋病时用的就是这个方法。现在，他决定在芝加哥照方抓药，成立一个将暴力当作传染病来医治的非营利组织，这就是“治疗暴力”。他招聘外联人员、中间人以及阻挡传染的“暴力阻断者”。这些人是当地社区的支柱，在黑帮控制的街区，指的就是前科记录足有两英尺长、手臂上文满刺青的刑满释放人员。他们相当于旧金山的越南移民，索马里的接生婆。

斯卢特金说服芝加哥的资助者和致力改善健康问题的罗伯特·伍德·约翰逊基金会相信，犯罪是一种公共卫生问题。他们给了他一个机会。斯卢特金首先从西加菲尔德公园地区的一个街区入手，这里的凶杀案数量位居全城之首。他雇的“暴力阻断者”中，就有“乔中国”。

乔中国是黑人。他其实没有一丁点中国血统，只是眼睛长得有点像亚洲人——可能是因为他母亲有一半切罗基印第安人血统。小时候，有人给他起了“乔中国”这个外号，于是就这么叫开了，其实他的真名叫约翰·洛夫顿。乔中国的父亲是建筑工人，妈妈在面包房工作，但他很小就跟游手好闲的人混在一起，街头“快钱”的诱惑将他迷得眼花缭乱。十岁那年，肤色相对较浅的小矮个乔中国加入“邪恶首领”，很快就成为盗窃商店收银机的大师。

12岁时，乔中国第一次被送进少年犯临时拘留所。他在学校的正规教育在五年级就宣告结束，不过，他很快就在街头骗术上取得了博士“同等学力”。随着他在“邪恶首领”内地位的上升，乔中国开始抢劫、盗窃，并凭借劫掠毒贩成为江湖传奇。他知道毒贩们随身携带大量现金，就算被偷也不会报警。乔中国开始建立自己的情报网，派出打扮热辣的女孩，施“美人计”引毒枭上钩。

“他们看到姑娘们的穿着打扮，口水都流下来了，”乔中国大笑着说，“这些姑娘棒极了。她们知道该怎么做。”每个女孩会跟一个毒贩约会，然后向乔中国报告毒贩藏匿现金和毒品的地点，以及什么时候会独自行动，容易攻击。然后，乔中国带着兄弟们冲进去，绑架毒贩，把他锁进汽车后备厢，偷走钱和毒品。有一个平安夜，他靠这个法子几小时内就盗抢了八万美元。这些绑架抢劫自然也让乔中国树敌不少。有一次他遭到了枪击。之后不论去哪儿，他都带着枪，就连去洗手间也一样。在给偷来的毒品验货的过程中，他也染上了毒瘾，在监狱进进出出。从 12 岁起，他有一半的岁月都在坐牢。

随着时间的推移，乔中国厌倦了囹圄生活，他必须回头。正是在这个时候——2005 年，他参加了一个监狱戒毒计划——“治疗暴力”找到了他，问他是否有兴趣抛弃犯罪生涯，在他的老帮派控制的社区当一名防止杀戮的中间人。

乔中国在“暴力治疗”的办公室。

“我受够了这种一成不变的日子，吸毒、抢劫，”他说，“是该干点儿别的事了。”于是，他同意了。芝加哥法官卡罗尔·基普曼大胆地冒了一次险，释放乔中国，让他回到街上为“治疗暴力”工作。（基普曼法官告诉我们，她完全不记得这回事。）

“改变就是从这时候开始的，”乔中国说着，脸上绽开灿烂的微笑，“我这条毛毛虫就是这时候蜕变了，破茧成蝶。”

“邪恶首领”听闻布朗的死讯，决定血债血偿。琳达·哈里斯听到传言说黑帮正谋划袭击她的公寓，要把这里打成筛子。兰伯特在监狱里也听到这个消息，打电话给奶奶叮嘱她小心。雷鸣般的敲门声响起时，哈里斯正忙着收拾搬家。“我们想跟你谈谈。”一个头目隔着门喊。哈里斯在紧锁的门后大吼，“要谈就找警察去谈”。然后，她赶忙把孩子领进一间密室，以防一会儿纷飞的子弹击中他们。同时，她打911报警，几分钟过去了，警察没来。于是，她又打了一个电话。

是乔中国吗？我是琳达·哈里斯！你赶快到我家来。“邪恶首领”来了，他们在砸门。快点儿，不然我们要被打死了！

生死攸关的电话打进来时，乔中国正在处理一起争地盘的事件。争执双方是两个势力不大的毒贩，都叫了兄弟增援。现在，两边分别站着六个黑帮成员，怒目相向。他们很可能都带着枪。

我们就不走。一个人咆哮。

哦，你们会的。

嘿，我说了，哥们儿，我们就在这儿待着，哪儿也不去。我们先来的。

你刚才压根儿就没在这儿！是我先来的。

乔中国感觉双方都不想把事闹大，但也都不想示弱。他立刻摇身变成老大哥，发号施令：你们两边应该一块儿想个招儿，看看该怎么办。但是不管用什么办法解决，不能动手。这话我说的，一枪都不许放。

他告诉两个毒贩都让几步，分别在这条街的两头卖海洛因（警察可不会采用这种缓和政策）。两拨人抱怨着同意了，危机解除。你死我活的枪战不会发生了。琳达·哈里斯的电话就是这时候打来的。

好，乔中国答应着，我马上到。

毒贩们听见手机里传来琳达尖叫的声音，就问乔中国出了什么事。他简短地说，有几个小混混要扫射一所房子，打死一个老奶奶和五个孩子。

你说啥？有人接口道，这可不对。

其他人也纷纷同意，乔中国随口问他们愿不愿意一块儿过去把这事摆平。他们加入了。乔中国和这两拨人在琳达住的这栋建筑楼前跳下车时，看见一群怒气冲冲的“邪恶首领”成员。所有人都惊讶地看着乔中国走过来，身后跟着来自敌对帮派的 12 个成员。

你们自己清楚，掺和别人的家务事捞不到好处，乔中国说。他还指出，屋里有两个孩子是安东尼・布朗的亲生骨肉。你们不是帮他，是在伤害他！

跟着乔中国过来的一个黑帮成员也开口了：你们也知道无论掺和谁家的事都没好果子吃。

乔中国回忆道：“他们就是一时冲动。只要跟他们谈一谈，他们就知道这么做是错误的。”

最终，“邪恶首领”成员们开车走了，血腥屠杀得以避免。乔中国敲开琳达・哈里斯的家门，告诉她事情过去了，安全了。

“要不是他，真不敢想我和孩子们会出什么事。”她说。

“治疗暴力”及他们的“暴力阻断者”扭转的就是这类事件，当然，很多情况远没有这么戏剧化。“治疗暴力”的成员也致力于长期的行为改造，鼓励人们退出帮派，远离犯罪，同时阻止任何诉诸暴力的行为。和乔中国一样，他们在自己被分配到的社区家喻户晓，鼓励人们在害怕、遇到麻烦时打电话求助。成员之间也就近期的威胁、冲突、凶杀案和可能出现的报复行动交换情报。有人遭到枪击时，他们就前往医院病房慰问受害人，然后劝阻他们实施报复。“治疗暴力”还建立了针对凶杀案的社区反应机制：发表抗议，举办追悼会或者守夜活动，以羞辱或谴责暴力行为背后的黑手。

走在最乱的街上，加里・斯卢特金也感到自由自在。“治疗暴力”的成员阿方索・普拉特还记得，有一次他看见几个小流氓围住斯卢特金的车，指责他和他的团队向警察告密，而这让他们在这里所做的一切都失去了“合法性”。斯卢特金当时已经上车，正要开走，但听到这番控告，他下了车，告诉他们，这是无中生有的谎言。

“大夫寸步不让，”普拉特说，“我在这个社区从来没见过哪个白人能坚持立场。大夫办到了。我以为他会遭人偷袭，他们中有人可能带着枪。但是大夫就站在原地，跟他们说话。”想到这里，普拉特摇摇头，带着敬畏继续说道，“当时，我看着他说，‘今后你就是我的兄弟了！’”

第三方机构对“治疗暴力”进行了一系列严格评估，发现这个组织以极其微薄的成本大幅减少了枪击案件数量。司法部出资聘请四名专家撰写了一份 229 页的评估报告，他们发现，“治疗暴力”在不同地区让枪击案数量减少了 16% ～ 28%。[3] 这对“治疗暴力”来说是一项了不起的成就，在芝加哥这只需要 500 万美元的预算（“治疗暴力”的大部分资金来自地方政府，而来源于网站的个人捐款也起了作用），而芝加哥每年在“公共安全”上的支出高达 19 亿美元。“治疗暴力”估算，其项目在芝加哥每花费 1 美元就能使医疗和刑事司法方面的开支减少 15. 77 美元。斯卢特金认为，他的办法能将内城贫民区的凶杀案数量减少 70%。他说：“我们已经多次看到这种干预行为产生了同等的效率水平，70% 这个数字和你在某些地区使用同样的方法在控制儿童死亡率和肺结核发病率上取得的成果是十分吻合的。”

然而，“治疗暴力”的资金所能覆盖的社区，只占有需求社区的四分之一。如果我们像为监狱买单那样心甘情愿地资助干预行动就好了。

“治疗暴力”提供了一个了解公共卫生项目效力的窗口，这种模式能覆盖大量人群，与医患一对一的诊所模式截然相反。反对吸烟的公共卫生运动通过征收烟草税、进行大众教育及警告，将成年人口吸烟率从 1965 年的 42% 降低到今天的 18%，每年挽救数十万人的生命。同样，针对酒后驾车和交通事故伤亡的公共卫生运动也已成为美国挽救人民生命最成功的政策之一。

针对暴力行为的广泛公共卫生运动是否同样有效，我们还不得而知，但我们欣赏加里・斯卢特金的做法：研究有效方法，从中学习。其他致力于减少青少年（特别是男孩）暴力行为的公共卫生计划也应该作为这个模式的补充。“成为男子汉”（BAM）就属于这类计划。BAM是芝加哥的一次随机对照实验，对象是七至十年级的2700名高风险男孩。他们参加了旨在缓和冲突的校内和课后项目，结果显示出该项目具有良好的前景。然而第二年实验终止后，犯罪率降低带来的成果就逐渐消失了，但在实验期间，受试组的暴力犯罪逮捕率比对照组低44%。[4]每名参加者的花费是1100美元，但经芝加哥大学测算，项目为社会节约的资金比这笔开支的三倍还多。

从长远来看，控制传染病的最佳方式是提高人们的免疫力，改变环境，从而降低传染病出现和扩散的可能性。为此，“治疗暴力”也让乔中国这样的成员去学校、少管所和监狱演讲，谴责使用武器和暴力的行为，鼓励年轻人在学校而不是帮派里争取一席之地。

“他们听说过我，”乔中国自豪地说，“我告诉他们，‘做事情有很多更好的方法，我不希望你们走我的老路。我在监狱里待了那么长时间，连你们的刑期都服完了。你们最该做的就是，握住笔，拿起书。这叫作教育，这是你们的未来。这个街角，除了严重伤害罪、监狱和死亡，什么东西都没有。你们不是无路可走。你们可以拿起一支笔，也可以举起一把枪。如果拿了枪，要么进监狱，要么进坟墓。这就是你们的两种选择。’”

重获新生的奉献者

1972年被送到阿肯色的“农场”，对诺埃尔·詹姆斯·奥兹来说，也许是改变一生的转折点，但在当时看来，这却是一件恐怖的事。其中最糟糕的莫过于挨皮带。每个管教员都有一条三尺长的皮带，顶端有一个木制手柄。看守会给你戴上手铐，把你捆起来，拉扯你的胳膊和腿，直到你以为自己就要四分五裂为止。这叫作“伸展运动”。然后，皮带狠狠地抽在你身上，不见血不罢休。到了该离开农场的时候，如果你身上还有皮带抽打留下的痕迹，他们就会再关你两个月，让伤痕褪去。当亲友探视或官员视察时，皮带就消失了。奥兹在那里“接受训练”，改正他的违法行为。

当奥兹在电视上看到“治疗暴力”和乔中国这样的“暴力阻断者”合作打击贫民区犯罪的报道时，那些年的经历又清晰地浮现在他眼前。他现在叫吉姆，住在圣地亚哥，是一名工程师。他感同身受，也很认同“治疗暴力”的做法，因为奥兹自己就曾深陷在充满暴力的生活中。他决定为“治疗暴力”捐款，支持乔中国，以及其他冲在第一线的人。奥兹曾走过一段艰辛的道路。

住在休斯敦的奥兹一家受过良好教育，母亲是一位法学教授。即使如此，他 12 岁时就因贩卖大麻第一次被捕。他所在的少年棒球联合会球队里，有一位教练是一名警察。在他的帮助下，奥兹面临的指控减轻了，最后交了罚款就算了事。14 岁，九年级期中，奥兹离开家，搭车周游全国，一路上靠小偷小摸过活。走到阿肯色州史密斯堡时，奥兹落网。

“情况急转直下。”他想起年少轻狂的日子，说道。被捕后，他被送到“农场”。在那里，孩子们的信件遭到审查，他们自己则要挨皮带。

“彻底失败。”奥兹如此评价少年犯管教农场。好几个州都曾设立这种农场，在押青少年死亡事件曝光后，农场才关门大吉。“全是体罚，还有虐待，跟奴隶差不多。”

管教所的教官注意到奥兹很聪明，他就此交上好运。管教农场的少年犯累犯率很高，管教亟须一个成功的案例。他们给了奥兹一份工作，让他操作牛奶场的机器，还让他学习高中同等学力课程。奥兹负责牛奶巴氏消毒器和均质机，也拿到了同等学力证书。在关押的最后几个月里，他学会建筑制图，干起了绘图的活儿。

18 岁，奥兹获释。他回到休斯敦，在壳牌石油公司当了一名制图员。一开始他干得不错，但后来就停滞不前。看到儿子止步不前，奥兹的母亲没法坐视不管。上个夜校，看看感觉怎么样，她催促儿子，你有能力上大学，只是你自己不知道而已。

奥兹在当地一所社区大学选了一门天文学的课，他喜欢这门课，考试还拿到了A。下一个学期，他选了代数课和另一个天文学课程，拿到两个A。“我开始起飞了，”他大笑着说，“我有了目标，成功了。”

奥兹白天继续在壳牌公司上班，晚上去夜校。公司发现他精通数学，就让他接受有关石油勘探的地震数据处理的培训。很快，地质物理学工程师们发现他们能从奥兹手里得到最准确的信息，对他更加依赖。奥兹沉浸在数学和科学的世界，拿到了电子工程学位。许多年后，他发现母亲会在课堂上给学生讲一个励志故事：她认识的一个14岁男孩，在青少年阶段历尽危机曲折，后来却上了大学，蓬勃成长。

圣地亚哥的奥兹是“暴力治疗”、联合国儿童基金会等许多组织的固定捐款人。（图片由瑞希尔·卡马尔提供）

现在，59岁的奥兹住在南加州海岸，可以看到壮美的太平洋海景。他在电信产业开创了自己的事业，最近的工作是在博通公司测试移动电话的基带调制解调器芯片。作为电子工程师，奥兹度过了28年辉煌的职业生涯，认识他的人都想不到他曾有一段麻烦不断的过去，而这段历史至今仍影响着他。奥兹在电视上看到“治疗暴力”将帮派暴力作为传染病来治疗的报道，上网搜索观看了加里·斯卢特金的TED演讲，以及“治疗暴力”的几段视频。

“因为年轻时的经历，它让我产生了共鸣，我马上就想给他们捐款。”奥兹说。他开始每月从银行账户直接自动扣除100美元，给他们捐款。奥兹认为，“治疗暴力”采用的方法特别有效，对这个组织的了解越深入，就越喜欢它。“后半辈子，我都会按月捐款。”

“治疗暴力”也培养起奥兹帮助他人的习惯。20年来，奥兹一直通过国际培幼会美国办事处助养儿童。目前，他正在资助三男两女，共五个孩子：两个来自塞内加尔，另外三个分别来自埃及、布基纳法索和加纳。“我想资助女孩，因为她们显然面临着无所不在的障碍。”他说。奥兹也通过哈姆林瘘病基金会资助因分娩患上产科瘘管病的女性接受外科手术。这个组织是母亲告诉他的。

“我会不时地评估，”奥兹说，“有几次，在没有工作、生活上一切从简的时候，我不得不减少捐款。但我从来都没有中断过对孩子们的资助。”

奥兹在捐款之余也参加志愿活动。他的业余爱好是研究海洋学和海洋环境，偶尔也去初中和小学给孩子们介绍海洋学。有一次，他来到洛杉矶东部的一所学校，被眼前的景象震住了：缠满铁丝网的栅栏足有八英尺高，将学校团团围住。校方解释说他们能在两分钟之内封闭学校，五分钟之内调来警方的直升机。有些孩子的兄弟姐妹在枪击案中丧生，对他们来说，潮池就算存在于月球上也没有差别。但他们喜欢奥兹来学校，喜欢他展示的海洋现象图片。“他们很享受，”奥兹说，“这也让我充满美好的感觉。”

在其他方面，像大多数中上层阶级的专业人士一样，奥兹很少和穷人在一起，和问题少年也没有直接接触，所以“治疗暴力”就是他为社区奉献的途径。“我们几乎算得上有史以来最富有的人群了，如果我们不奉献，谁来奉献呢？”他问道，“我对自己拥有的一切真的心怀感激，愿意在最大限度上和人分享。”

“我绝对相信，奉献本身就是回报，”他说，“我已经很多次体会到这种感觉了。最终，你得到的比你付出的更多。上天知道，我们的子孙后代会面临何等严酷的考验；我也不太确定，我们留下的到底是不是一个更好的世界。所以，我想尽我所能帮助有想法的人，帮助那些带来解答的人。”

第九章 打击性交易

你可以转头故意看向另一边，但你再也不能说你不知道。

——威廉·威尔伯福斯，18 世纪 80 年代英格兰废奴运动领袖

圣公会牧师贝卡·史蒂文斯不久前来到纳什维尔的范德堡大学，看看她的会众可以协助解决哪些社会公正问题。她锁定了性交易的问题，部分原因在于打击未成年人性虐待最能引起她的共鸣。贝卡四岁时，父亲在酒驾司机造成的车祸中丧生，留下母亲独自抚养五个孩子。教堂和社区居民伸出援手，令她母亲十分感激。帮忙的人中有史蒂文斯家的一位朋友。有一次，教堂举办肉酱面晚餐。席间，这个朋友把贝卡领进楼上的一个房间，关上门，对她实施了性虐待。“我就记得我一直想着，要是把盛着面条的盘子摔了，我的麻烦就大了。”贝卡说。所以，她忍受着。接下来的两年，那个男人一直在虐待她。

贝卡在一个充满关爱的中产家庭长大，克服了这段创伤，并以数学专业优等生的身份从西沃恩南方大学毕业。她用亲身经历证明，有时，我们遇到的恶行赋予了我们可用以行善的洞见和同理心。正是由于自己曾遭受虐待，贝卡能够与同样经历过严重虐待的性交易受害者沟通。“那些年对我来说是一笔巨大的财富，”贝卡说，“它让我能理解人们为什么会落到去站街的地步；我能理解，这种经历会摧毁你的爱情。”她认为，性交易的根源在于儿童性侵，她援引的研究表明，大多数性工作者童年曾遭到性虐待。

牧师贝卡·史蒂文斯在她所经营的咖啡屋里。这间咖啡屋帮助性交易的受害者找工作。（图片由奥德丽·霍尔提供）

贝卡的会众打击的最佳目标就是人口交易，因为直到今天，它都是世界上——包括美国——最野蛮、最广泛的侵犯人权行为之一。据联合国儿童基金会估计，每年约有120万名儿童被贩卖到世界各地，国际劳工组织则估算，全球被强迫劳动的人口接近2100万人，其中450万人被强迫卖淫。印度每年被迫进行性交易的女孩数量大概超过其他任何国家。巴基斯坦、孟加拉国、尼泊尔、马来西亚、柬埔寨、越南、摩尔多瓦、罗马尼亚和墨西哥的情况也十分严重。几乎每个国家都存在不同程度的人口交易。

在美国，关于性交易数量，各方的估计相差甚远。我们认同美国失踪与受虐儿童服务中心前主席厄尼·艾伦的估算：每年至少有10万名青少年参与性交易或卖淫（他们都是离家出走或被赶出家门的孩子，司法部的一项研究显示，每年有超过160万名这样的孩子）。有些案例持续时间只有几天，或许涉及未成年人通过性换取食物、住所或保护。我们自己的估计是（以逮捕信息、网络卖淫广告以及男性对于买春看法的调查为基础），在美国，一天之内，自愿和非自愿卖身的妇女和女孩可能达到10万名，但是在一年当中，在某一时间脱离性交易的妇女或女孩也有数十万。

强迫卖淫今天依然是社会顽疾。它在美国和世界其他地区得到的关注正在加强，这在一定程度上得益于民间团体和宗教组织的大力推动。在美国，“北极星计划”就是站在前列的组织之一。2002年，布朗大学的两名学生凯瑟琳·宗和德里克·埃勒曼在报纸上读到附近一家恐怖妓院的新闻后，成立了“北极星计划”。这个组织现有一条全国人口交易求救热线（888-373-7888），同时致力于在全美推动反人口交易法的通过。人口交易的幸存者雷切尔·劳埃德在纽约创办的“女童教育和指导服务”同样引人注目，该组织的帮助对象是曾被贩卖的女孩。[1]在华盛顿，安德烈亚·鲍威尔运营着“公平对女孩”，这个组织深入大街小巷，寻找需要帮忙逃脱皮条客控制的女孩。在国际领域，基督教组织国际公义使团的成员活跃在印度、柬埔寨、菲律宾及其他国家，和当地警方合作，让组织儿童卖淫的人贩子付出代价。这些组织已经开始对人贩子构成威胁。为了帮助女性开始新生活，它们不但需要资金支持，也需要志愿者。公民们也该问问警长和检察官们，为什么他们总是只抓妓女，对嫖客和拉皮条的却几乎视而不见。

史蒂文斯牧师和她的会众成功地在纳什维尔建立了一个打击性交易的联盟。之所以投入这个事业，是因为她意识到，行动的瓶颈之一，是人们为试图逃离皮条客的妇女所准备的容身之地严重不足。于是，她组织筹款活动购买了一处私人住宅，妇女可以在这里居住两年，摆脱卖淫和毒品。史蒂文斯深具领袖魅力，人脉广阔，坚持不懈。正因如此，她的会众从刚到范德堡时的 10 人增长到今天的 300 人，而纳什维尔人也热情地回应了她。教堂又买下一个可供六名妇女居住的大房子，这里构成了“抹大拉之家”的核心。“抹大拉之家”是一个为期两年的居住项目，面向逃离卖淫——通常还有吸毒和酗酒——的妇女。“抹大拉之家”不仅为这些妇女提供治疗，也给她们带来希望。这个全方位的项目结合了治疗和就业培训，帮助她们远离毒品、酒精和老朋友的不良影响。在“抹大拉之家”期间，妇女必须接受随机的毒品测试，必须承诺避免与皮条客及站街的朋友接触——除非她们已经准备好去应付他们。妇女自己负责起居生活，较早远离站街生活的成员会主动帮助新来的伙伴。

贝卡最早帮助的妇女中有一个名叫克莱米·格林利的黑人女性。从 5 岁开始，格林利就不断遭到强奸，12 岁起正式卖淫。她 8 岁开始酗酒，四年级辍学，不久又染上毒瘾，还成了打劫嫖客的行家里手。有一次，她的行为超出了小偷小摸。一个主顾凶狠地殴打她，于是她抽出一把刀捅了他。“我看见他流血了，就再捅了一刀，接着又捅了四刀。”她说。嫖客险些丧命，但对格林利来说走运的是，这个男人结了婚，请求警方不要起诉。他不做证，警方就没有证据。格林利逃过了惩罚。

到了 2001 年，格林利消瘦得只剩 85 磅，睡在街上或废弃建筑里，所有的钱都被用来买“快克”可卡因。她有一个儿子，已在黑帮械斗中丧生。她几乎没有商业价值，皮条客也丢下她。从前站街的一个老朋友在一处毒窟找到格林利，拖着她去见“抹大拉之家”的史蒂文斯牧师。

“我和贝卡见面，看了房子，贝卡拥抱了我，”格林利回忆，“那个拥抱改变了我的生活。”格林利加入“抹大拉之家”，在志愿者的帮助下恢复、成长，不再沾毒品，也戒了酒，还成为出色的顾问，为试图摆脱皮条客的姑娘们出主意。连她自己都没想到，她爱上了一个男人，两人现已订婚。她也在努力关注其他问题，在电视上看到芝加哥的“治疗暴力”后，她在纳什维尔创办了类似项目，以纪念被谋杀的儿子。凭借为社区所做的贡献，2007 年，她被选为“纳什维尔年度人物”。对一个六年前还在卖淫的瘾君子来说，这是一个巨大的跨越。格林利搬到了新奥尔良市，管理仿照“抹大拉之家”设立的“伊甸园之家”。像“伊甸园之家”这样推广“抹大拉之家”模式的项目，全国大约已有 12 个。

人们对性交易往往抱有一些误解。第一种误解是，性交易基本上只牵涉偷渡到美国的外籍妇女。这种情况确实存在，在一些大城市可怕的妓院里，接客的是墨西哥妇女，她们的目标群体是工薪阶层的拉丁裔男性，一次交易只需要区区 30 美元。这里也有挂着按摩院招牌的妓院，里面都是东亚女性。当她们交去美国的“买路钱”时，蛇头骗她们说到了美国是去当服务员的。

但是，到目前为止，美国人口交易最常见的受害者还是格林利这样土生土长的美国女孩。[2]美国大部分人口贩子只是拉皮条的。

第二个主要的误解是，绝大多数妇女自愿卖身，和皮条客合伙赚钱。当然，有些女人没有受到胁迫也愿意出卖肉体，但许多人并非如此，甚至目前自愿卖淫的妇女，在进入性交易之初——通常还未成年——往往也是被迫的。司法部估计，参与卖淫的美国青少年入行的平均年龄是十三四岁，其他国家未成年人开始卖淫的年龄与此相仿。[3]格林利说，皮条客的常规做法是给女孩们规定每天的赚钱指标，比如500美元或1000美元，赚不够就要挨打。她说："你把鞭子抽在我的背上，就因为我没有采摘足量的棉花，和你打我，就因为我没赚到足够多的钱是一回事，都是奴役。"

有一种观念认为，解决卖淫问题的最佳方式是使之合法化并实行监管，内华达州部分地区、荷兰阿姆斯特丹、德国以及澳大利亚新南威尔士州等地已经采取了这种政策。这个方法确有其优点。在合法的妓院中，社会工作者能够确保性工作者年龄达到18岁并自愿从事这一工作；卫生工作者能够核查并确保她们不是HIV携带者，也不患有其他性传播疾病。对女性来说，进入正规妓院也比站街更加安全。但是，在实际操作中，这个系统的运行并不顺畅。允许合法卖淫招徕了买春的游客，给未成年或被贩卖的女孩创造了平行市场。在内华达州，合法妓院中的女性都达到18岁，但在妓院门外，也有大批更年轻的女孩四处揽客。而在澳大利亚悉尼，非法妓院的数量甚至是合法妓院的四倍。另据估计，阿姆斯特丹的妓女中，仅有4%是依法登记的。

目前，在世界范围内普及推广的是1999年瑞典率先实行的北欧模式。该模式聚焦于禁止买春和贩卖妇女，在实际操作中，它意味着卖淫的妇女可以得到义工的帮助，不会被逮捕，而买春的男人则会被捕并被罚款。对嫖客的制裁显著减少了瑞典的卖淫现象。有些人估算，参与街头卖淫的人数已下降一半。北欧模式并非完美无缺，批评者就声称它导致性交易转入地下，不过，民意测验表明，瑞典人认为它是成功的，采用这个模式的国家也越来越多。

回到纳什维尔，史蒂文斯牧师和当局也合作推行了一种模式，虽然还有欠缺，但看上去已经对性交易构成有力打击。这一模式与北欧模式的相似之处在于，召妓的男性会遭到逮捕。初犯者每人罚款300美元，用于资助“抹大拉之家”这类项目，然后被送进“嫖客学堂”。这是个时长一天的学习班，男人们在这里被告诫买春可能会被传染的性传播疾病，可能会被抢劫，还要听像格林利这样曾经的妓女讲述性产业的残酷真相。学堂的目标之一是谴责买春行为，这种现象在美国正缓慢地减少。调查显示，大约15%的美国男性曾经买春，和几十年前相比人数已大幅减少。过去，有些父亲会让儿子去妓院过初夜。

在纳什维尔模式中，女性因卖淫被捕后，人们通过切实的努力帮助她们。妓女们得到的不是一段刑期，而是参加一日学习项目的机会。贝卡和“抹大拉之家”的其他成员会向她们介绍治疗和援助方案。性犯罪检察官安托瓦妮特·韦尔奇是贝卡的盟友，她告诫妓女们，如果继续从事性交易，将面临暴力和艾滋病感染的危险。我们旁听了一节课，看着韦尔奇分发遇害妓女尸体的恐怖照片。受害人都是在纳什维尔被谋杀的。“我不希望这发生在你们任何一个人身上！”韦尔奇强忍住泪水说，“我特别害怕你们回到街上，遇到这种事。”

贝卡敏锐地注意到，妇女需要的不只是安全的居所，还有涉及生活的方方面面，把她们团结到一个综合的项目上来的整套服务。她们需要的不只是生活的地方，还有维持生活的工作；不只是治疗，还有友情；不只是课程，还有榜样。为了培训她们就业，贝卡成立了社会企业“蓟花农场”，雇用了约50名妇女，制作蜡烛、肥皂和香氛，在网络和包括“全食超市”在内的数百家商店销售。最近，“蓟花农场”的咖啡店也开张了，为曾当过妓女的妇女提供咖啡师和服务员等就业岗位。社区居民给予强烈支持，阿尔·戈尔一家捐出从家族的老谷仓里拿出的木地板，当地杂志很快就将一个从前的站街女评为“纳什维尔最佳咖啡师”。

项目的核心力量，是贝卡从本地居民中招募的300名志愿者。他们付出时间，在咖啡馆干活，帮“蓟花农场”卖东西，或者施展其他专长提供帮助。他们教妇女阅读、使用图书馆、找工作，为她们在职业场合的穿着打扮、举止言谈出谋划策，还提供计划生育或去除文身的服务。中产阶级志愿者和直到最近才刚刚摆脱毒品、卖淫的妇女并肩作战，对双方来说，这都是富有震撼力的学习经历。

贝卡和志愿者们当然还没有解决性交易问题，他们帮助的妇女中，有些退缩了，有些故态复萌。朱莉娅·巴斯基特在“抹大拉之家”待了九个月后，一个亲戚邀请她到家里做客。回家期间，她再次染毒，又开始卖淫。在一个卡车停靠站，她上了24岁已婚男人肯德里克·梅里特的卡车。后来，她的尸体在附近被找到了。她全身赤裸，身上有遭到折磨的痕迹，梅里特谋杀罪名成立。朱莉娅的家人为蓟花咖啡馆捐赠了一张家传的餐桌，以此纪念遇害的亲人。

尽管如此，总体上，贝卡的成功率相当可观：来到“抹大拉之家”的妇女中，72%都在两年后“毕业”了，戒掉了毒品和酒，做好了迎接新生活的准备。目前，已有超过150名妇女成功完成了项目。“抹大拉之家”的规模稳步扩大，在纳什维尔已有6栋房子、28个床位。这还远远不能满足求助者的需求，等待者的名单还很长。“我能把床位增加到1000个。”贝卡说。她指出，即便这里的服务项目异常丰富，让妇女待在“抹大拉之家”所需的成本也依然比把人关进监狱低得多，而结果也好得多。

莎娜的反击

史蒂文斯牧师是“抹大拉之家”和“蓟花农场”的管理者，但在夜晚真正忙着劝说妇女远离皮条客的，则是像莎娜·古德温这样曾做过几十年妓女

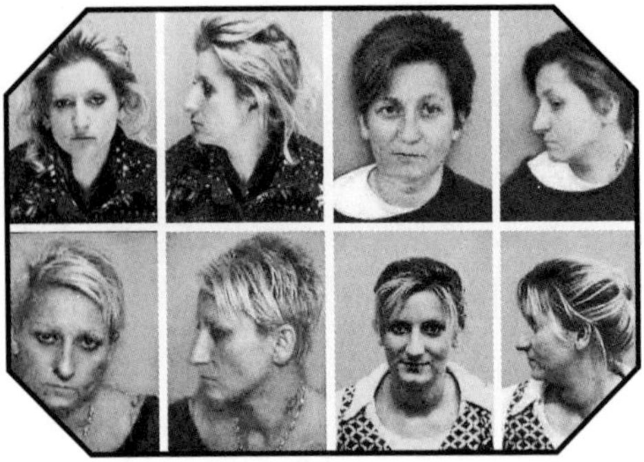

莎娜·古德温因卖淫被捕后在警察局拍的大头照。

的过来人。

莎娜的人生轨迹相当有代表性。她母亲是瘾君子，莎娜生下来体内就有海洛因。还在婴幼儿时期，她就被送到亲戚家，遭到一个亲戚猥亵。“我不知道是多早开始的，”她说，“只记得他每天晚上都爬到我的床上。”莎娜后来搬回母亲身边，后者靠卖淫换取毒品。陌生的男人们在她家进进出出，为了确保安全，莎娜有时得把自己反锁在洗手间里。七年级时，几乎还没受过多少教育的莎娜辍学了。13 岁时，母亲把她带到一个陌生人家里，这是她卖淫的起始。为了让折磨变得没那么难以忍受，母亲第一次给她注射了海洛因。“我就记得我倒在水床上，恐惧感消失了。”她说。

后来，莎娜落在一个名叫尼蒂的皮条客手里。尼蒂管着一个“马房”，手下有 7 名接客的妇女和女孩。古德温和其他女孩赚的每分钱都要上交给尼蒂，这是“行业”通行的做法。皮条客们通常让妓女文上名字和符号。古德温身上有 16 处文身，包括脸上的一个美元符号，臀部的“干爹的好女儿”，以及胸前用巨大的字母拼写的“不相信任何人”。“这就像是给牲口打上标签，这样你就知道哪头母牛是你的了。”古德温解释道。皮条客有时会变卖妓女换取现金，有一次，古德温就被卖给了孟菲斯的皮条客，价钱中规中矩——1500 美元。好几次，古德温都试图逃跑，被尼蒂发现后，就是一顿暴打。她从来没有向警察求救，这部分是因为她已经明白警察是信不过的：她曾 167 次遭到逮捕，皮条客们却从未被抓。

到了 35 岁，古德温的生命里，有超过三分之二的时间都在吸毒和卖淫。

然后，她进了监狱。这倒是给了她戒毒的契机。在狱中，“抹大拉之家”向她伸出援手，她抓住了。来到“抹大拉之家”，她被医生诊断出患有和退伍军人相似的创伤后应激障碍，接受了治疗。她学了电脑课程，慢慢康复好转。纳什维尔著名的整形外科医生布莱恩·S. 柏斯曼愿意免费为她清除文身（古德温坐在候诊室里，把前来做除皱手术的富家女们吓得不轻）。

最令古德温痛苦的是与四个孩子之间巨大的隔阂。他们一出生就伴有药物成瘾，并送给人领养。她给长子打电话——现在他已经长成了一个青年——问他愿不愿意见上一面。他痛骂了她几句就把电话挂了。很快，她又庆幸自己没有亲手把孩子抚养长大。“如果是我带着他们，想想看他们会变成什么样，”片刻伤感过后，她接着说，“我打破了命运的循环。”

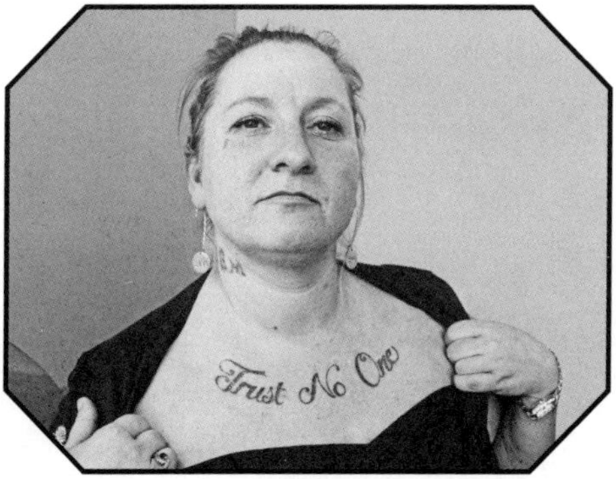

如今的莎娜·古德温，身上文着“不相信任何人”的字样。

莎娜·古德温戒毒戒酒已经四年了。她在“蓟花农场”的销售工作蒸蒸日上，她卖的蜡烛和其他产品都是昔日的性工作者制作的。她正在念大学课程。此外，她每天都主动出去帮助想摆脱皮条客和站街生活的妇女。我们跟着她穿行于纳什维尔破旧的街道和皮条客安顿女孩的旅馆。她询问几名妇女是否需要帮助，如果有需要，可以为她们安排住处。她的梦想是找到捐助者和资助人，设立一个帮助困难妇女的项目，利用她的切身经验助人。“我只是想帮助其他女人。”她说。

第二部分

重塑助人的艺术

第十章　慈善：寻求一场革命

用制造问题的思维方式，是不能解决问题的。

——阿尔伯特·爱因斯坦

慈善组织挽救生命，扫除文盲，减少饥馑，但是，如果加以更有效的组织，这些机构的善举所能创造的成果将会大得多。非营利组织还有一只脚没踏出18世纪的前工业时代：它们分裂成规模小、效率低的参与方，被公众对商业化的抵触拖累，而这些商业化的做法本能使它们扩大规模，实现现代化。是时候重新思考我们需要什么样的慈善组织了。

掀起这场反思的领袖之一是丹·帕洛塔。1978年，尼克进入哈佛大学读本科时，帕洛塔可是校园里雄心勃勃的风云人物。他想当总统，19岁就当选马萨诸塞州梅尔罗斯市的地方教育董事会成员，已是初露头角的政坛新人。但帕洛塔的性取向不幸地使他的政治抱负受挫。他寻找投身公共事业的其他途径，组织了一场穿越美国的骑行活动，为乐施会筹集到八万美元，并充分利用这次成功，获得了为乐施会筹资的兼职。毕业后，帕洛塔搬到洛杉矶，找了一份为慈善事业筹款的工作，主要目标是洛杉矶犹太社区（帕洛塔学聪明了，访问时会把戴在脖子上的十字架藏好）。此时，二十多岁的他沉迷于派对和性欲，过着放荡不羁的生活。直到帕洛塔患上严重疾病并误以为自己感染了艾滋病，这种生活方告结束。恐惧驱使帕洛塔接受治疗，并帮助他扭转了生活的方向。[1] 1994年，他利用自己早先成立的筹资顾问公司“帕洛塔团队”，资助了一场从旧金山到洛杉矶的长途骑行活动。487 人参加了此次骑行，为艾滋病筹款。

很快，帕洛塔团队开始在全国组织艾滋病骑行活动，为艾滋病慈善组织募得数百万美元的医疗资助。1998 年，帕洛塔团队扩展工作内容，举办了为期三天的乳腺癌筹款健走，这些活动空前成功。第一场健走是从圣塔芭芭拉到马里布，全程 60 英里，筹得 400 多万美元。不久之后，帕洛塔团队在全美甚至其他国家举办这些活动，为各类事业筹款，比如预防自杀（帕洛塔的一个前男友自杀身亡，对他来说，这个问题的意义尤其重大）。丹做事从不打折扣，他在营销、广告和后勤上大把花钱，就是为了确保活动顺畅地进行。

“人们无法想象它的规模和范围，”帕洛塔说，“当时还有人说，‘这也算全职工作？’”事实上，帕洛塔的全职雇员超过 350 名，分布在全美的 16 个办公室。团队里有一个 60 人的流动小组，组员会随同前往每场骑行和持续多日的健走活动，每天晚上为参与者搭建起一座移动城市，包含帐篷、厕所、厨房、淋浴间、医务室以及餐厅。帕洛塔团队内还有一个 15 人的广告部，包括媒介购买经理、平面设计师、摄影师，还有一个出过书的诗人。在资本方面，它的授信额度达到数百万美元。帕洛塔聘用最棒的人才，薪水也开得很大方。2001 年，他给自己开了 394500 美元。“我们所做的都是我们相信会有效果的事情，”帕洛塔说，“我们用苹果推广平板电脑的方式为我们的活动打广告。”

而在压力巨大又争论不断的艾滋病群体中，有些活动家指责帕洛塔谋取暴利。在东部举行的一场艾滋病患者骑行活动中，帕洛塔团队选择了三个费城的防艾组织作为受益者。但是费城的防艾组织有 91 家，没被选中的 88 家都感到愤愤不平。其中有些组织的援助对象是少数族裔群体，他们控诉帕洛塔团队有种族歧视，威胁着要在骑行的起点举行“死亡抗议”。这令参加的骑行者沮丧不已，致使活动收入减少。最终，宾夕法尼亚州检察长对帕洛塔团队处以 11 万美元的罚款，原因是他们获得了小额的收益率，并且没有注册为专业募捐机构。[2]总检察长的判断并没有暗示帕洛塔团队有欺诈行为，但批评者们还是抬出这笔罚款以引起人们对帕洛塔的怀疑。

帕洛塔团队继续扩大，吸引了 18.2 万人参加健走和骑行活动，累计捐款人数达到令人震惊的 300 万。截至 2002 年，这些活动已筹得 5.82 亿美元，帕洛塔理直气壮地称，他们“为这些事业筹款的数额和速度超过有史以来的任何筹款活动”。帕洛塔团队入选哈佛商学院的案例研究，还把总部搬进了面积达 5 万平方英尺、尖端设备一应俱全的崭新办公室。2002 年，除去开支，帕洛塔为艾滋病和乳腺癌研究及防治提供的净捐款额为 8100 万美元，相当于洛克菲勒基金会当时年度捐款额的一半。

慈善组织之间旷日持久的争斗早已广为人知，帕洛塔的高调炫耀使他日渐成为众矢之的。有些人不忿于每件事似乎都围着他转。有些批评者说：*他成了焦点，而不是艾滋病或癌症。*其他人惊骇于慈善活动运营者获得的高额薪水：*普通的工薪族凭什么就该给年薪几十万美元的人组织的慈善活动捐款？*后勤、营销和行政开支吞噬了近半的捐款额，无异于火上浇油。2001 年，帕洛塔的扩张速度过快，所组织的艾滋病骑行超过了市场的可承受量，用在慈善事业上的筹款比例降至 21%。[3]一名骑行者提起诉讼，一些艾滋病活动者纷纷表示出对帕洛塔的愤怒。

艾滋病社区捐赠行动发布了一条广告，标题是：“问问帕洛塔团队，除了自己的前途，他们即将举行的艾滋病疫苗活动能挽救谁的未来？”一名批评者谴责帕洛塔“贪婪无耻，利用别人的善心赚取暴利”“艾滋病患者不需要他的服务”。甚至连比尔·奥莱利也掺和了一脚，在福克斯新闻上警告观众“这个公司的运营人员从中大发横财”。

帕洛塔抗癌健走的合作伙伴雅芳宣布和他断绝关系，自行举办乳腺癌筹款健走。孤立无援的帕洛塔团队倒下了。他们欠着银行的债，发不出工资，交不上房租。帕洛塔说那是他一生中最糟糕的日子，讲述时声音依然哽咽。“那是我生活里一段可怕的时光，”他回忆道，“我失去了 350 人的大家庭和这个漂亮的新总部，还有花了那么多努力才走到这一步的成功事业。紧接着就是官司和上门的债主。我的天啊！真是太可怕了。”

批评帕洛塔从中牟利的人相信，没有浮华的安排和广告，更多的资金就能用在艾滋病和癌症研究上。加州的艾滋病骑行活动继续举办，由新的管理方用更加低调的方式操作。但是，没有了推广花销，筹款金额暴跌。一年之内，艾滋病慈善组织获得的净收益从2002年的600万美元下降至2003年的160万美元，降幅超过70%。旧金山艾滋病基金会裁员28人，洛杉矶同志中心削减了55个工作岗位。4.8万余人参加了上一年度的帕洛塔乳腺癌健走，第二年，只有8000人参加雅芳健走。为防治乳腺癌筹得的资金净额从2002年帕洛塔运营时的近7100万美元，减少到2003年雅芳运营时的1100万美元。

2002年，丹·帕洛塔带着父亲和“帕洛塔团队”组织骑行活动为艾滋病患者筹款。(图片由塞西尔·琼斯提供)

我们找到了2002年对帕洛塔抨击最激烈的批评者之一——艾滋病社区捐赠行动的克雷格·米勒。“我认同这些批评意见，”他说，“帕洛塔团队在这些活动中募集到的巨款，是以艾滋病慈善组织的名义募集的，但真正给到这些组织的资金却相当相当少。绝大部分资金都花在高昂的活动制作费上了。”其实，米勒自己也一直在做艾滋病基金筹款活动，其中包括为艾滋病慈善组织筹资的健走活动。2012年，他组织旧金山健走活动，管理费吞掉了58%的收入——不如帕洛塔的平均水平，而艾滋病慈善组织从活动中只得到区区120万美元的净收入，和帕洛塔为他们筹得的相比，少得可怜。

帕洛塔团队解散后，丹通过把这段经历写成《此善非善》一书，平复了自己的创痛。在一次 TED 演讲上，他举出自己的经历，指出："我们思考慈善的方式大错特错。"他说得对。我们对慈善组织的认知和评判存在基本的问题。公众的判断束缚着慈善产业，限制了其传播善行的能力。

公众在考虑是否为一个非营利组织捐款时，他们搜索的基本信息就包括该组织在慈善导航网上的评分，以及花在管理，特别是薪资上的收入比例。很多人感觉非营利机构的员工不应享受私营部门的薪酬水平，精神上的奖励足以满足他们了。人们也认为日常管理和营销都是一种消耗，绝对应该把这些费用降到最低。的确应该关心行政管理费用。我们可不希望一个组织把我们捐的钱拿去修大理石大堂。但真正有意义的，不是管理费，而是影响力。捐款给一个在管理费上锱铢必较，却使用不可靠的三流实验设备的艾滋病疫苗项目，毫无意义。再比如在 20 世纪 50 年代，一个脊髓灰质炎慈善组织把 99% 的资金花在推着患者坐轮椅逛公园上，另一个组织用一半资金为出色的科学家支付薪水、购买实验室设备，最终资助乔纳斯·索尔克研发出脊髓灰质炎疫苗，资助前者真的比支持后者更好吗？

慈善导航网评分的不足之一，是慈善组织通常据其在任何与管理费相关的事情上都系统性地减少投入。慈善导航网正在摸索评估影响力的方法，但其对开销指标的关注促使慈善组织克扣对电脑、员工培训、评估、营销和人才的投入。当你资源不足，往往就表现不佳。年轻人对人道主义工作的热情令人瞩目——向青年的理想主义致敬。这些出色的青年在和平队服务过，拿着顶尖大学的硕士学位，拥有高超的语言能力，却为了一个住在南苏丹或乍得的帐篷里，年薪只有 4.5 万美元的工作机会你争我夺，这也令人深受感动。但是，年复一年，要承担的家庭责任增长，热情消退，人员流动率居高不下。我们向救助儿童会前负责人查理·麦科马克询问非营利机构的日常管理费问题，他直言不讳：

> 我们毫无竞争力的工资让人们几乎不可能发展真正的事业；我们对员工发展的投入不足，制约了绩效；我们陈旧的知识管理和信息系统破坏了潜在的成果……而捐款人又非常抗拒为这类活动提供资金，认为它们所占的比例代表了组织质量。这些问题和其他种种压力真的损害了工作成果。

被迫压缩管理费的援助组织缩减开支的方式影响了他们完成自己的任务。没有实施严谨评估的资金和专业技术，他们只能在黑暗中摸索最佳行动方式。营销投入也严重不足，因而在传播上困难重重。例如，大量援助组织都制作了呼吁关注妇女和女童需求的视频，但大部分视频太过严肃沉闷，几无影响力。相比之下，耐克基金会在外部广告公司——就是忽悠你为鞋上的耐克标志掏钱的公司——的帮助下，准备了两个名为“女孩效应”的视频，观看人次达到1500万，在全世界不计其数的平台上分享，宣传“应该重视发展中国家女孩教育”这一信息。[4]换作援助组织，他们若试图为这种专业操作投资，早就被指责为浪费金钱了。

耐克和其他公司通过清晰的指标，比如净利润和股价，来评判他们的表现并证明市场营销活动是否成功。对非营利机构来说，他们难以采用这种方法来评估效果，这或许是他们在营销等增长型战略上投资不足乃至部门分裂的原因之一。布利吉斯潘集团的研究人员在《斯坦福社会创新评论》上撰文称，自1975年以来，已有20多万家非营利机构相继成立，但是直到2008年，只有201家的年收入达到5000万美元。[5]在相近的时间范围内，收入突破5000万美元大关的营利性公司超过46000家。非营利机构的成长几乎总是比营利性机构更艰难，一部分原因在于他们不在基础建设上投入资源，这意味着他们难以实现规模效益。现在，还没有能和谷歌或脸书同日而语的慈善组织。

当公众的注意力聚焦于管理费比例问题时，慈善组织有时会在账目上做手脚。捐款倡议书里都会有一段回应质疑的文字，并把大部分邮寄成本摊到游说而不是筹款上。在国际市场上大批量购买阿苯达唑药片的仿制药（驱虫用），每片只售两美分，而大型援助组织的报价是大约两美元一片（几年前，他们的报价一直都是10美元一片）。如果派发100万片药，抛出按单价两美元计算的计划听起来漂亮得多，因为援助组织可以吹嘘他们在管理一个200万美元（而不是两万美元）的驱虫项目。

非营利机构通常惧怕冒险和失败，因为他们害怕失败会触怒捐赠人：*为什么要给一个浪费钱的援助组织捐款？*然而，冒险是通向进步的唯一道路，也是营利性公司实现增长的核心。不幸的是，股东们奖励公司去冒明智（并且有利可图）的风险，而捐赠者们则惩罚偏离规范、另辟蹊径的非营利机构。在硅谷，科技公司总是炫耀失败，这是他们对冒险文化的致敬。但是，援助组织倾向于隐藏失败，这令他们更难从错误中学习。值得赞赏的是一个名叫“无国界工程师”的组织。这个在全球各地修建饮水、卫生和建筑工程的组织创建了“承认失败”的网站（www.admittingfailure.com），援助工作者们可以在这里讲述他们失误或犯错的故事。

在一个复杂的世界里，为了最终找到成功之路，创新举措有时先要经历失败。比如，有一个非常出色的国际项目，以每个孩子每天25美分的价格在贫穷国家提供免费的学校餐饮。人们起初相信，这个项目可以用以改善儿童营养、提高学习水平：肚子填饱了，孩子们才能集中精神。但是，当联合国儿童基金会和世界粮食计划署在贫穷国家铺开这个学校供餐项目时，孩子们的营养改善情况却令人失望。因为知道孩子在学校有饭吃，在家里，家长们给他们的食物就少了。但家长们让孩子留在学校的热情更高了，因为这可以减少家里的食品开支，从而降低了辍学率。从那时起，项目逐渐完善，现在还包括了为按时上学的女孩们准备的特别奖励，比如月底她们可以带回家一瓶食用油。这种做法显著提高了女孩的出勤率。简言之，被人们视为营养计划的项目在这个领域可以说是失败了，但作为一个教育计划，它绝对是成功的。

现在，丹·帕洛塔就“我们的慈善系统如何摧毁我们热爱的事业”广泛地进行演讲和写作。对非营利产业领袖薪资的批评尤其令他愤怒。“我们不想让慈善组织的人赚钱，”他在最近的著作《慈善病历》中写道，“想把暴力游戏卖给孩子赚上5000万美元？没问题，去赚就是了。但是如果你打算向为孩子治疗疟疾的杰出领袖支付50万美元，那你跟他就都是寄生虫。”

非营利行业需要反思，因为它运行不佳。我们也认为，在鼓励慈善的同时，承认慈善领域的不足与认可其成功同样重要。在一个几乎没有问责的领域，让捐款发挥最大的效力是非常具有挑战性的。

我们也犯过错。在《天空的另一半》第一版中，我们对葛瑞格·摩顿森在阿富汗和巴基斯坦兴办学校的事迹大加赞赏，他在《三杯茶》中动人地描述了这段经历。后来，人们发现他的组织得到的捐款中，有相当大的一部分被用于购买他自己的书，让他飞到各地演讲。这令人无法接受。我们在阿富汗参观过葛瑞格办的学校和项目，印象很好，但是，如果我们早知道大部分捐款的去处，根本不会向读者推介他的慈善组织。

正如我们所见，慈善业面临着一些根本性的问题。

第一，我们如何激励那些能切实帮助贫困人群的慈善捐赠？

2012年，美国数额最大的50笔捐款中，没有一笔捐给以帮助国内外贫困人口为首要任务的组织。美国的所有捐款中，只有三分之一给了贫困人口。排名前200位的大学吸收大量教育善款，而这些学校中，来自收入底层家庭的学生仅占15%。

艺术领域显然资金不足，得到的慈善捐款只占总额的5%，他们需要我们的支持。但是，捐赠给博物馆的资金在相互竞争的机构中间引发涨价大战，这些机构决定着艺术品的再分配，刺激私人收藏艺术品的价格水涨船高。这难道是帮助他人的最佳途径吗？

这些捐款所换来的终极荣耀是董事会的席位。《纽约时报》的斯蒂芬妮·斯特罗姆发现，在大都会博物馆董事会得到一个席位，通常需要捐款1000万美元，进入现代艺术博物馆董事会差不多也需要相同的捐赠额。这些董事会席位对开拓生意很有帮助，可以使捐赠人大有所获。与此同时，这些满足捐赠人自身利益的捐款可以获得减税，也就是说，这部分税款是由水管工和护士们补贴的。当一个巨富大亨给一所商学院捐建一座以自己名字命名的大楼时，所有的纳税人都在为他补贴，而他既省了税金，赚取了公关效益，又为孙辈们挣到了入学名额。这难道就是慈善该有的样子吗？

我们坚信为艺术机构和大学捐款具有宝贵的价值。每年，我们都自豪地给母校写支票，在校董事会服务，并鼓励其他人也这样做。但是，让我们看清楚一点：大部分捐款都没有用来帮助最需要的人。

第二，我们如何让富有者慷慨解囊，用正确的方法帮助困难人口？

全世界最富有的85个人占有的财富净值大约相当于处于社会底端的35亿人口所拥有的财富总和。在美国，最富有的1%的人口拥有的净资产甚至超过底层90%的人口。所以，虽然慈善捐款不能成为世界问题或美国问题的“解决方案”，但它能够实现比现在更大的成果。

随着越来越多的亿万富翁关注世界最贫困人口的需求，这种变化可能即将到来。1997年受邀在联合国晚会上演讲的美国有线电视新闻网（CNN）创始人、商人特德·特纳打开了突破口。“当时，我在去纽约发表演讲的路上，”他用其特有的拖腔慢悠悠地讲，“我就在想，该说点儿什么呢？”他那冲动的“特德·特纳风格”让听众震惊狂喜：他宣布为联合国捐款10亿美元，用以支持消除全球贫困等事业。按照名义价值计算，这在当时是有史以来最大的一笔单项捐款。当我们问特纳为什么捐这笔钱时，他回答：“在联合国演讲，我总要有可说的才行！”

特纳为比尔·盖茨、沃伦·巴菲特铺平了道路，让他们捐款数十亿美金来援助世界最贫困人口，动员其他人来加入“捐赠誓言”。“捐赠誓言”号召亿万富翁捐出至少一半财富做慈善。（并不是每个人都领会了活动的意义。唐纳德·特朗普的捐款就少得可怜，他甚至不是自己基金会最大的捐赠人。）特纳和盖茨这样的商业巨头为慈善领域带来的不仅是财富，还有他们重视绩效指标和投资回报的商业嗅觉。在一定程度上，由于盖茨夫妇（包括扶轮社在内的其他很多参与者）的努力，脊髓灰质炎病患减少了99%，疟疾死亡率急剧下降，科学进步也有望阻止艾滋病的传播。比尔·盖茨最重要的遗产，也许不会是软件，而是攻克了全球疾病和饥馑。

第三，我们如何创立问责制度，以了解我们的捐款用在了好事上？我们如何将注意力从庆祝捐款这个简单的事实转移到一笔捐款的影响力上？

慈善事业始于良好的意愿，如果这些组织持续做好事，那我们也不会反感它们的管理者生活得舒适体面。但是，这种微妙的平衡并不总是那么容易拿捏。一个能力出众、薪水丰厚、专注于筹款的营销主管可能在组织策略上用力过猛，超过了能够承受的极限。什么算是开销上铺张无度，什么又算是对穷人或慈善太过吝啬呢？这些不是简单的问题，所幸有些批评者已经在尝试回答它们。

《坦帕湾时报》和“调查报道中心”以筹款支出金额为基础开出了一份“全美最差慈善组织”名单。[6]榜上有名的机构中，有19家分配给目标援助对象的资金不足接收捐款额的1%，其中大部分名号响当当，或听起来像是知名慈善组织，比如癌症儿童康复基金会、美国盲聋协会、警察保护基金会。还有一个创业家族通过建立可疑的慈善连锁机构而大发横财，这些机构包括美国癌症基金会、美国癌症儿童基金会以及乳腺癌协会。

有时候，人们自以为捐给宗教事业就能确保款项得以善用。这解释了为什么保罗·克劳奇和贾尼丝·克劳奇能够成功。克劳奇夫妇利用善良基督徒的捐款，创办了全球最大的基督教有线电视台三一广播网。单单2010年，他们就从捐款中赚取了9300万美元，而几十年来，在观众的帮助下，他们的累积资产已经超过8亿美元。唉！克劳奇夫妇用这些钱在加州纽波特海滩的高档封闭社区盖起了隔街相对的情侣大宅。后来，贾尼丝厌倦了这处配备网球场和游泳池的豪宅，倾心于她在佛罗里达州奥兰多购置的新房子。他们在得克萨斯州和田纳西州也有豪宅，还有分别价值 800 万美元和 4900 万美元的私人飞机。同样，据为《纽约时报》报道克劳奇夫妇金融违规诉讼案的埃里克·艾克霍姆所说，夫妇两人享受一顿数千美元的晚餐与美酒，这也多亏了人们的捐款。[7] 根据两起诉讼案，虔诚的捐赠者也让贾尼丝在奥兰多奢华的洛伊斯·波托菲诺海湾酒店租了两个相邻的房间——一间自己住，另一间则是为她的两只马尔济斯犬准备的。据《纽约时报》报道，在修建“圣地之旅”主题公园期间，她保留这两个房间长达两年时间。

世俗的慈善组织有时也好不到哪里去。乳腺癌是一种亟须关注和防治资金的疾病，因此“反乳腺癌联盟”看似是个完美的机构。然而，纽约州检察长对这个联盟提起诉讼，指控其募集的 900 万美元捐款里，分配给抗击乳腺癌的资金只有 4.5 万美元。

几乎事事都可能产生适得其反的效果。比如，去柬埔寨的西方游客通常会花上一两天在孤儿院做志愿者。然而，正是由于好心的美国人爱上了这里的孩子，捐款资助他们上学，一种新兴的生意就在柬埔寨残忍的商人间应运而生：搜寻饿得半死但样貌可爱的男孩女孩，把他们从父母身边夺走，关进一座破败的建筑，挂上“孤儿院”的牌子，然后邀请美国游客参观，神色沉重地请求他们捐款，用来改善孤儿院的居住环境，为孩子们付学费，再然后，他们把钱揣进腰包，继续让孩子们挨饿。结果是，一些援助组织现已建议游客远离柬埔寨的孤儿院。

大众乐于捐款的习惯进一步加剧了问题的发展。正如“慈善观察”主席丹尼尔·波洛卓夫所说：“人们捐款的一个原因是有人请求他们捐款，而请求他们捐款的组织往往是那些效率最低下的组织。”举例来说，你走在街上，可能会被一个诚恳的年轻女人拦住，请求你为非洲的粮食危机捐款。你会以为她是一个奉献出自己空闲时间的志愿者。其实，援助组织通常会请一个公司，这家公司花钱雇人在街上请求行人捐款。这些人叫作“慈善劫客”。很多慈善组织声称，这些专业的筹资团体帮他们带来新的捐赠人，但是雇用“慈善劫客”往往要花掉募得资金的一半甚至更多。尽管拒绝一个友善的路人可能很困难，但是掏钱之前，你或许想先看看这个组织的影响力，如果你确实被打动了，那就直接向这个组织捐款。又或者，假设你接到一个消防员协会的电话，请求你为消防员的遗孀捐献25美元，你以为来电话的人可能会随时扔下电话，去响应火情警报。实际上，是一个公司雇人给你打的电话，来电的人既不是消防员，也不是志愿者。也许，部分捐款会交到消防员遗孀手里，但是相当大的一部分归了打电话的公司。甚至，那些在商店收银台旁放置捐款罐收集零钱的慈善组织，通常也必须给商店交放置费，因而是店主最终拿到这些零钱，而不是捐款罐照片里的那些可爱的孩子。你也许喜欢现场捐款的便捷和热切号召，但也要当心这样的捐款链。你完全可以回家在网上捐款。

那么，在一个充满欺诈和操纵的世界，捐款者该怎么做？以下是两条简单直白的建议：

第一，不要只因为有人请求你就捐款。特别要警惕推销电话、电子邮件、投递信件，或者在街上接近你的“慈善劫客”。如果一个募捐者逼迫你立刻捐款或必须捐现金，又或者是语焉不详，你就要特别留心，或者要求对方先寄宣传资料。

第二，做研究。在本书中，我们已经介绍了我们钦佩的一些组织（其中很多收录在结尾的“有用的组织”清单中），可以先从它们开始尝试，但千万不要被名单所限制。如果你对一家非营利机构感兴趣，上网查查它。在慈善导航网、慈善观察或指南星及其评分网站“慈善百科”上查询你希望捐款的组织，或者查看它的国税局990表格，[8]或联系商业促进局的智捐联盟协助你确定这不是诈骗。但是，不要执着于管理费和募款支出所占的百分比。提防那些名字和著名机构相似并依附后者声望的慈善组织。

你也可以资助那些运用循证研究评估、投资援助贫困人群项目的基金会，比如罗宾汉基金会。这个对冲基金的宠儿，把商业专家网络铺遍了其在纽约市资助的各种反贫困项目。罗宾汉基金会依靠其精明老练的经理们协助非营利机构应对各种挑战，比如提高品牌认知度，精简财政报告，招聘出色的雇员，磋商更有利的租约等。它还在高中成立罗宾汉俱乐部，鼓励家境富裕的青少年帮助抗击贫困。和“慈善：水”一样，罗宾汉基金会有特定的捐赠人负担其管理成本，因此所有其他捐赠者的款项能够直接投入反贫困项目。

我们并不想假装我们提出的问题找得到完美的答案。老实说，我们两人在写作过程中曾在非营利机构的问题上针锋相对。如前所述，我们希望鼓励奉献，而不是助长冷嘲热讽。我们只是认为，捐赠需要以透明、问责和实话实说为基础，而目前这些并不总是存在。我们为消灭美国的贫困和全世界的贫困付出了数十亿美元和数十年的努力，进展虽然切实，但并不令人满意。我们远能做得更好。

也许有些话令人垂头丧气，但是也有数不尽的事迹提醒我们：有时，即使在看似无望的环境中，援助依然有变革的能力；有时，美国和其他国家的组织能够以惊人的方式展开合作，取得成功。堪比特蕾莎修女和英雄兰博的索马里妇女哈瓦·阿布迪医生就是一个例证。现年 66 岁的哈瓦身材瘦小，皮肤黝黑，温暖的微笑下隐藏着钢铁般的意志。她身穿花花绿绿的裙子，包着头巾，日复一日在世界上对医生来说最艰险的环境中工作。哈瓦 12 岁时，母亲因难产去世，从此她决心成为医生，挽救怀孕妇女的生命。她成绩出色，还未成年就获得了去俄罗斯学医的奖学金。她拿到医学学位，主修妇产科，并且还拿到了法学学位。1983 年，她在家族的一块地上开了只有一间房的小诊所，为贫穷的索马里妇女提供医疗救助。病人的数量稳步增长，诊所也越办越大。

索马里内战爆发时，阿布迪医生把她的土地变成了接收流离失所者的难民营和医疗中心。最终，在她 1000 亩的地里，挤下了 9 万人，这相当于索马里总人口的1%，她的一间房小诊所也成为拥有400个床位的医院。她管理整个营地，还为孩子们开办了学校。学校运行得非常出色，学生们的成绩比首都摩加迪沙各校的成绩还领先三分。阿布迪医生担心捐赠会催生依赖心理，于是她教难民们种植新的作物，甚至还开始培训从前从事畜牧业的人学习出海打鱼。她不懈地倡导废除女性割礼。索马里的女性割礼形式极端，女孩长到10岁左右，外生殖器就要被完全切除，阴道口用荆棘缝合。这种极度痛苦的习俗也令女孩们长大后的生育风险大幅增加。阿布迪医生尽其所能，以各种方式为女性赋权，甚至还在营地里为殴打妻子的男人设了小型监狱。

哈瓦·阿布迪医生在索马里。

一个女人掌管这么大的事业，令索马里的伊斯兰武装分子感到震惊。所以，索马里强硬派伊斯兰党的一名军阀命令阿布迪把产业都交给他的人。医生拒绝了。“我是个女人，”她说，“但我也是个医生。你们又为社会做了什么？”伊斯兰党随后出动750名士兵袭击了医院，摧毁医疗设备和手术室。索马里国内仍在运转的机构本就所剩无几，这所医院是其中之一。接下来的几天，索马里人对这起攻击事件的愤怒不断累积，军阀始料未及，最后让步了。他要求阿布迪医生按照他的指挥管理医院。她拒绝了。接下来的一周，军队每天都逼她屈服，但她毫不动摇。她坚持，军队不仅要马上撤出，而且必须书面道歉。

“我求她，让一步吧，”阿布迪的女儿迪科·穆罕默德也是一名医生，她回忆道，“她总是说，‘不！我要有尊严地死去。’”事情没有走到这一步。伊斯兰党受够了国内外索马里人的谴责，最终溜之大吉——还按阿布迪医生的要求给她写了道歉信。在希拉里·克林顿参与创办的全球妇女援助组织“生命之音”的帮助下，阿布迪医生重建医院，继续帮助她的同胞。

“生命之音”和阿布迪医生的合作伙伴关系是一种有效的模式。通常，掌握知识和渠道，完成大部分工作的是当地的基层人员，比如阿布迪医生。而在索马里这样的地方，这种模式也不会触发“外国人将外来价值观强加于当地文化”的敏感情绪。当地人运营项目的成本也比外国人低得多，他们可不需要越野车车队，也不用坐飞机回国休探亲假。当地人也缺乏会计、公共关系和筹款方面的办公技能，也不了解关于干预手段有效性的最新研究，而这正是“生命之音”这样的国际组织和阿布迪医生这样的本地领袖合作可以发挥作用之处。“生命之音”可以为阿布迪医生募集资金，提供管理和研究力量，也能在她受到威胁的时候激起国际社会的愤慨，而阿布迪医生则运用她在这方面得天独厚的优势在第一线工作。

我们已经在很多人身上看到过不屈不挠的勇气，但是他们都难以与阿布迪医生和“生命之音”匹敌，因为他们联手为索马里的事业带来的力量，也因为他们在基层推动的改变。如果一个不知疲倦的女人甚至在战争地区都能为成千上万人创造改变，那么这也应该增强我们自己的坚韧意志。慈善组织当然需要改善，但是，任何见过一个求知若渴的索马里孩子在难民营学校学习的人，绝不会怀疑慈善组织能够实现的善举。

善款这样用才最超值

2006年，年轻的伊利·哈森费尔德在康涅狄格州韦斯特波特一个叫作桥水联合基金的对冲基金公司做分析师，长时间的工作为他带来了不错的收入。他和几个同事赚的钱都超过了所需，于是他们讨论拿出部分收入做慈善。

霍尔登·卡诺夫斯基（左）、伊利·哈森费尔德。
（图片由乔纳森·斯普瑞格提供）

作为投资人，他们希望“物有所值”。如果他们把钱捐给水资源组织，就要捐给最好的水资源组织，也就是他们打出的水井要可以使用，提供的清洁水源可以改善社区健康状况。但是他们对慈善组织所知甚少，于是就开始寻找哪个组织最值得拥有他们的捐款。桥水联合基金的八名分析师开始每周开会，讨论各自的发现。很快，哈森费尔德和同事霍尔登·卡诺夫斯基渐渐感到失望。他们发现，现有的慈善评估都把焦点放在财务比例和管理费上，似乎没有人就慈善的影响力提出报告。

“像我们这样打算捐上几千美元的个人捐赠者，无法获得我们想要找的信息，”32 岁的哈森费尔德说，“我和霍尔登对这个研究感到非常兴奋。我们在星期五和星期六晚上熬夜，分享彼此就哪家慈善组织运作良好所做的笔记，然后突然想到，虽然我们喜欢现在的工作，但熬夜分析债券市场，一点也不让我兴奋。”于是，哈森费尔德和卡诺夫斯基创办了非营利组织“明智行善”，将金融领域常见的精确评估应用于慈善组织。他们的想法是，投资慈善应该像投资股票一样认真谨慎。行善是“有效利他主义”运动的一部分，尝试把更严谨的分析引入慈善捐款，使善款发挥出最大的效果。普林斯顿大学的彼得·辛格为这场新运动奠定了哲学基础。

创办初期，“明智行善”关注的是美国和海外各国的慈善组织，“力量计划”“为美国而教”“护士家庭合作计划”都是其当时推荐的组织。但是 2011 年年初，“明智行善”把注意力转向国际化的慈善组织，因为哈森费尔德和卡诺夫斯基发现，惊人的成本差异能够让捐款在海外产生更大的影响力。他们推荐的大部分慈善组织都活跃在全球卫生领域，比如对抗疟疾基金会和血吸虫病控制计划（这个组织在非洲、亚洲和拉丁美洲对抗传播广泛的一种寄生虫疾病）。那一整年，他们撰写博客，谈论他们前往各地的严格评估之旅，错误以及反思。他们的网站 www.givewell.org 是个了解优秀国际组织的好去处。

“明智行善”的捐赠人和使用者多为年轻人，这个组织也激发了其他人运用投资领域的严苛标准来检验非营利组织。过去，只有基金会或非常富有的个人捐赠者才有能力将复杂的金融分析工具用在慈善上，而现在，任何人都可以依靠“明智行善”和其他新兴组织的成果。“这场运动尚处于新生阶段，还远没有我期望的那么壮大。”哈森费尔德说。

第十一章 广告业帮助穷人

仅仅付出最大的努力是不够的，有时候我们还必须按照要求去做。

——温斯顿·丘吉尔爵士

布赖恩·马拉尼在广告业做得风生水起。在一家广告代理机构做到高层以后，他辞了职，创办了自己的广告公司。很快，财富就源源不断地涌来，每年有200万美元入账。他住在曼哈顿的顶层公寓，开保时捷，穿阿玛尼西装，手腕上还戴着一块劳力士金表，可谓应有尽有——只差一个目标。也正是那时，他开始参与资助毁容儿童的整形修复手术，很快对唇腭裂也有了了解。

人类的嘴唇在怀孕的第二个月成形。然而，组织发育不良有时会导致上唇裂缝或破洞，直达鼻底，这就是唇裂。有时，唇裂还伴随着腭裂，也就是上颚组织缺损。虽然唇腭裂很可能与基因和环境因素（孕妇吸烟就是一个危险因素）都有关系，但没人清楚具体原因。在西方国家，婴儿在出生的第一年内就能通过外科手术修复唇腭裂。但在贫穷国家，唇腭裂儿童常常要一辈子带着丑陋的损伤，并可能伴随进食和说话困难。

简单的唇腭裂修复手术就可能改变一个孩子的人生道路，受此启发，马拉尼参加了“微笑行动”。这个慈善组织在全世界为唇腭裂儿童提供外科整形修复。他跟随美国的外科医生们前往越南和中国，见证唇腭裂康复儿童的巨大变化。他开始梦想推动更大的改变。后来，微笑行动自身遇到了问题，[1] 而马拉尼也意识到，无论如何，让美国外科医生和成吨的设备飞越半个地球却只工作一个星期，几乎没有意义，当地医生同样可以执行手术。他预计，由当地医生完成同样的工作能够节省开支、提高效率，并储备当地人才。他找到企业家、美国国家联合电脑公司创始人王嘉廉，后者同意提供启动资金。1999年，王嘉廉个人又捐款2700万美元支持这项事业，并和马拉尼发起了一个新项目：微笑列车。他们最初雇用的两名主席具备非营利组织的工作经验，但是缺乏他们想要的商业嗅觉。当他们发现在两年时间里已经要寻觅第三位主席时，马拉尼同意临时掌舵12个月，自此，再也没有重返商界。

一个以业务驱动的精准营销模式，使得"微笑列车"飞速发展。马拉尼重视通过广告和直邮捐款信筹资，寄出大量信件，并仔细地评估哪一种邮件和照片带动捐款的效果最好。他研究邮编，摸清了哪些地区的居民反馈最慷慨，还根据姓名编录回信，发现叫"艾莉森"的人比叫"苏西"的人平均捐款额更高。马拉尼一边继续迅速扩大着"微笑列车"的规模，向更多国家挺进，掌握直邮捐款倡议的原理，一边开始思考：拍摄一部关于"微笑列车"的电影肯定会很有用。[2]

"我跑到好莱坞，没人愿意见我，"马拉尼说，"所以我就回来了。我想：'去他们的。咱们自己拍部纪录片，赢个奥斯卡奖给他们看看。'""微笑列车"雇了两个顶级电影制作人（其中一个还得过奥斯卡奖），让他们实地记录唇腭裂修复手术，并且还参加了奥斯卡最佳纪录短片的争夺。梅根·迈兰是导演之一，她去印度拍摄了苹吉的故事。八岁的苹吉来自印度东北部的瓦拉纳西，她的上颚有一个怪异的缺口，一直延伸到鼻子。这处严重的毁容很难不引起别人的反感，村里人常因她的畸形嘲笑戏弄她。有时，孩子们朝苹吉扔石头，她因此不愿意走出自家的小棚屋。但父母没有钱给她做手术。这时，"微笑列车"出现了，为苹吉做了改变一生的修复手术，这一切都被摄像机记录了下来。奥斯卡的申报日期过去一个星期后，迈兰才完成纪录片的制作。马拉尼把带子放进抽屉，伺机拿到电影节上放映，参加奥斯卡的角逐。如果它能吸引评委的注意，好事自然会随之到来。

拍摄宣传影片和视频的援助组织早就多得数不清了，但通常除了援助工作者和他们的母亲，没人会看。但这部时长39分钟的影片《微笑的苹吉：真实世界的童话》不同。[3]这部充满力量的影片由HBO在美国播出，它成功了。《微笑的苹吉》总共花费了大约30万美元，观看人次达到数百万人，其中大部分是印度观众。在印度，影片引起了人们对唇腭裂儿童的广泛关注和同情，也为"微笑列车"筹集了数百万美元的捐款。

苹吉飞到好莱坞走红毯，参加了奥斯卡颁奖典礼。这是她第一次穿上鞋子。印度报纸报道了她在父亲和手术医生的陪伴下登机前往洛杉矶的消息。村民们在当地的湿婆神庙待了两天，祈祷苹吉得奖。颁奖礼播出当天，苹吉的妈妈和乡亲们挤在一个村官的家里看电视，那是村里唯一的电视机。苹吉坐在好莱坞柯达剧院里，看着周围的明星们，兴奋得像个小追星族。但随后，因为旅途劳顿，她很快就睡着了。颁奖嘉宾宣布《微笑的苹吉》获奖时，她还在打瞌睡。迈兰在获奖致辞中说："谢谢你，苹吉！谢谢你让我讲出了你不可思议的故事。"此时，醒来的苹吉迷迷糊糊地表示感谢。

借助《微笑的苹吉》的成功，马拉尼把行动提升到新的高度。"微笑列车"很快就拥有了44名工作人员，年筹款额超过1亿美元。他通过势在必得的营销手段帮助"微笑列车"募集到7亿美元，成为美国慈善界的佼佼者。

印度加尔各答附近。马拉尼与一个"微笑列车"的病人。

尽管马拉尼强烈赞同帕洛塔对慈善界的大部分建议，比如向执行主管们支付更高的薪水和使用现代（昂贵）的营销手段，但他认为说服大众接受这些观念几乎是无望的。所以，他只做他认为必要的事情。马拉尼在“微笑列车”的年薪达到75万美元（在一次法律纠纷过后，他被要求返还部分工资[4]），他聘来的通常也是具有商业头脑的一流运营人员。按慈善产业的标准来看，他开给员工的薪水也相当大方。“总的来说，慈善组织出于各种原因通常倾向于招聘大量收入很低的员工，”他说，“‘微笑列车’则雇用数量极少的高收入员工。”他承认，这样的安排看上去可能产生消极的影响，但是在他的筹资结果面前，人们很难提出异议。

经过一段时间，马拉尼开始相信，唇腭裂的挑战正在减弱。“微笑列车”，以及中国、印度等国乃至全世界医疗卫生的改善，正在创造改变。他说，全球的唇腭裂问题是可以解决的，本土医院也开发了更好的工具来应对病人的需要。不过，虽然董事会希望把精力放在降低患儿接受唇腭裂修复手术的平均年龄上，马拉尼却想扩大“微笑列车”的服务范围，比如烧伤、内翻足和失明等。但马拉尼的合伙人和投资人王嘉廉不同意，2010年，王嘉廉和董事会的其他人投票把马拉尼赶下了车。组织内一片哗然，骚动导致不和、员工离职和官司大战。马拉尼离开后创办了一个新的组织，同样利用直邮广告来对抗贫困国家泛滥的外科疾患，[5]而这些问题往往能触动捐款人的心弦。

马拉尼关注的问题之一是内翻足，他的目标是每年帮助22万名像尼日尔的拉希达·亚也一样患有天生内翻足的儿童。他也关心白内障问题，这种疾病导致全球2000万人失明，然而治疗方法却很简单，在一些发展中国家，手术费甚至不到90美元。他的第三个目标是烧伤。这在发展中国家是一个大问题。在这些国家，人们常会看到跌入明火被烧伤，或被摇摇晃晃的炉子上打翻的开水壶烫伤的孩子，他们一直得不到治疗。村民们有时会把伤口包扎起来，这样会使皮肤绷紧，和伤口粘连。比如，一只手烧伤了，包扎后可能五根手指都粘在一起。据马拉尼估计，全世界大约有1500万名儿童忍受着烧伤的痛苦，需要矫形或整容手术。

这些相对比较简单（烧伤可能更复杂）的问题普遍存在，易于治疗，但同样能摧毁得不到救助的人。一个失明的人无法工作，家里的孩子也许就得被迫辍学陪伴他，因此白内障手术常能改变两个人的生活。此外，它既有人道主义的意义，也有经济意义，因为曾经失明的人可以重返工作岗位，成为经济资产。

马拉尼给他的新组织起名为“创造奇迹”。这是一个营销系统，一个慈善集团，为致力于在发展中国家解决外科问题的慈善机构提供组织协调和后勤支持。在“创造奇迹”旗下，“20/20/20”组织为白内障患者提供免费手术；“第一步”帮助内翻足儿童；“烧伤救援”为儿童修复烧伤疤痕；还有其他慈善组织关注先天性心膜缺损和脑积水。“创造奇迹”在这些领域的外科医疗经验有限（尽管他们的确拥有由顶级医学专家——比如阿图·葛文德——组成的咨询委员会），但他们为有经验的援助组织提供资金。上文曾提到的“治愈”医院是宾夕法尼亚州莱莫恩的小型慈善机构，在筹资方面力量薄弱。于是，马拉尼在“第一步”的品牌下，通过“创造奇迹”筹集了几百万美元，绝大部分捐款都转给了“治愈”医院。还记得马拉尼的信是怎样促使加利福尼亚的肖珊娜·克莱恩写了250美元的支票帮助内翻足儿童拉希达的吗？[6]

“创造奇迹”旗下的六个慈善组织使用同样的营销和筹款系统，共担管理费从而降低成本，就和通用汽车公司统一生产各种类型的轿车差不多。如果你看了救助盲人的捐款信之后捐出50美元，可能就会收到“第一步”寄来的信，请求你帮助印度的内翻足儿童。

马拉尼是一个热情亲切的人，将快乐传递至所到之处。在我们坐进他在曼哈顿中心的办公室套间的几天前，恰巧收到了一封为他的盲人救助组织筹资的募款信。采访一开始，我们就把它掏出来，请他从营销的角度来讲讲这封信。

信封上最抓人眼球的亮点是一个幼儿的特写照片，孩子的瞳孔上蒙着一层白雾，暗示着他因白内障而失明。小男孩咬着下嘴唇，看上去很恐惧。看着他，你就想伸手掏钱包。孩子是白人，对于帮助重点是亚非儿童的慈善组织来说，这个选择看似有些奇怪。但是，马拉尼说，这个孩子是俄罗斯人，“微笑列车”也在那里工作。经过仔细的营销测试，他才选定了这张照片。他和芝加哥大学的经济学家、“魔鬼经济学”的拥护者史蒂文·莱维特一起选择了 49 个孩子的面部照片，涵盖所有可能出现的肤色和表情，测试公众对这些照片的反应。或许是因为大部分潜在的捐款者是白人，他们对白人小孩因为明显可见的健康问题而承受痛苦的照片反应最强。在信封的左下角，印着一句充满感召力的请求：你的慷慨解囊将让失明的孩子重见光明。

我们对马拉尼感兴趣，是因为他特别会让美国人对远方的疾苦产生情感共鸣，而这恰是令我们备感沮丧和无从下手的挑战。达尔富尔种族屠杀期间，尼克走访大屠杀发生地，采访了一个因为来自某个部落而被处以火刑，最终幸存下来的妇女，还采访过一个双眼被刺刀挖出的男人。眼前看到的一切深深刺痛了尼克，然而，他感到读者对他的专栏不屑一顾。与此同时，另一起事件却令纽约人义愤难当，激起了他们的斗志。一只叫作“小白”的红尾鹰一直在曼哈顿第五大道的一座豪华公寓上筑巢，这里紧挨中央公园。但是，大楼经理受够了从天而降的鸟粪，拆除了小白和配偶“罗拉”的巢。纽约人对异国他乡的杀戮可以泰然处之，但无法接受驱逐一对红尾鹰。鸟类爱好者组织抗议，记者竞相报道，激起公愤。大楼经理最终被迫让步，同意让这对鸟搬回来。小白也在国

俄勒冈大学心理学教授保罗·斯洛维奇。（图片由俄勒冈大学提供）

际上家喻户晓，成为一首流行歌曲和两部纪录片的主角。我们一直在想：为什么尼克不能让人们对大屠杀义愤填膺，就像他们见到无家可归的红尾鹰时那样？

这种强烈的沮丧感促使我们考察，为什么人们对某些道德诉求有反应，对某些却置之不理？俄勒冈大学的心理学教授保罗·斯洛维奇是研究这个问题的先驱。他和宾夕法尼亚大学的德博拉·斯莫尔、卡内基梅隆大学的乔治·洛文斯坦一起做了一系列实验，通过不同的策略为救助儿童会筹款，并仔细评估结果。[7] 一个策略是，通过写有“在埃塞俄比亚，1100 多万人亟须食品援助”和“马拉维的食品短缺正危及 300 多万儿童的生命”的海报，理性地呼吁人们重视全球饥荒危机的程度。这个方法失败了。人们对没有人情味的统计数据毫无感觉。另一个策略是饱含深情地请人们帮助一个女孩：

> 一个来自非洲马里的七岁女孩洛基亚，极度贫困，正处于极度饥饿中，甚至面临被饿死的威胁。她的生活将因为你的捐赠而得到改善。在你以及其他充满爱心的捐助者的支持下，救助儿童会将和洛基亚的家庭以及社区的其他居民一起，协助抚养她，让她接受教育，得到基本的医疗服务和卫生知识。

随文附着洛基亚的照片，[8] 人们争先恐后地捐款——个人故事总是比数据更打动我们。

这项研究指明，帮助他人的决策很大程度上是感性的，由直觉驱使，而不是由对“哪里的需求最紧迫”所做的理性评估引导的。理性分析看起来的确减低了慷慨的程度。斯莫尔教授的小组把这个观点又向前推了一步，让实验对象解答一些简短的算术题“热身”，比如“如果一个物体每分钟运动五英尺，那么，根据你的计算，在 360 秒内，该物体能运动多少英尺？”答对五道问题的受试者，也就是思考方式更加理性、更有逻辑的人，对洛基亚就没有那么慷慨，对规模更大的非洲饥饿人群也并没有更大方。表面上看，逻辑思维实际上会阻碍奉献。

彼得·辛格是最能说服人们慷慨帮助他者的人之一。他最有特色的思想实验就包括此例：

> 上班路上，你经过一个小池塘。池塘的水深刚刚没过膝盖，天热的时候，孩子们有时会在池塘里玩耍。今天很凉快，时间也很早，所以当你看到一个孩子在池塘里玩水时，不禁有些意外。你越走越近，看见一个年纪很小的孩子，一个幼儿，无法在水中保持直立，也走不上岸，正在水里挣扎。你寻找孩子的父母或者保姆，但是周围一个人都没有。每次孩子的脑袋露出水面不过几秒钟，就又沉下去。如果你不下水把他拉出来，他看上去就有可能被淹死。下水很容易，也很安全，但是一下去，你几天前刚买的鞋子就毁了，西装也会湿漉漉地沾满泥浆。等到你把孩子交给看护他的人，再换好衣服，上班就要迟到了。你会怎么做?

对此，几乎每个人都回答，这个路人应该冲进池塘救孩子。没有人冷血到询问：会被毁掉的那双鞋有多贵？但是，正如辛格教授所指出的，因为我们不想给成本最低的救助——比如购置注射疫苗或抗疟疾用的蚊帐——捐款，我们其实一直都在坐视儿童死去——不是在我们面前，而是在世界的另一端。为了强调他的观点，辛格写了一本精彩的著作《你能拯救的生命》。[9]

斯洛维奇和我们一样，折服于辛格的论点。于是，在一次实验中，在呼吁为洛基亚捐款之前，他先请受试者阅读了落水儿童困境。他以为这么做会让受试者更加慷慨，结果，阅读了辛格实验的人反而捐得更少。斯洛维奇的结论是，儿童落水实验更像数学问题，它调动的是大脑掌管理性决策的区域，抑制了出于直觉的道德感受，而后者恰恰可能促使一个人向困难的孩子伸出援手。

喜剧演员斯蒂芬·科尔伯特邀请尼克在他的脱口秀《科尔伯特报告》上介绍达尔富尔时，就抓住了这种矛盾。科尔伯特很紧张，担心节目效果，毕竟，你怎么拿种族屠杀来搞笑呢？值得称道的是，科尔伯特想要利用他的号召力引起人们对杀戮的关注，而他在尼克介绍大屠杀的情况时故意做出无聊的样子，完美地捕捉到我们时代的精神。然后，他机智地打断尼克："你有没有想过写点儿不这么令人压抑的东西啊？前两天我看《纽约邮报》，他们登了一张小猫的照片，小猫的脑袋卡在靴子里拔不出来，真是太可爱了。我就会关心这种东西，因为照片太招人喜欢了。它太可爱了，我真是特别想帮助那只小猫。"

人类对洛基亚这样的个体产生感情，而对更大的群体漠不关心的现象叫作"可识别受害者效应"，已经得到大量研究的证实。希伯来大学的特西拉·科格特和伊拉娜·里托夫发现，与仅仅简单地把受助者表述为一个孩子相比，通过年龄、姓名和照片来介绍一个需要医疗救助的孩子，所能筹得的资金会高出75%。[10]他们还发现，人们更愿意捐献30万美元挽救一个孩子的生命，而不是为拯救8个孩子捐出30万美元。

加州大学圣塔芭芭拉分校心理学家乔纳森·斯库勒的女儿有一个水族箱，里面养着一群小小的丰年虾。当丰年虾的数量很多时，它们看上去就是一团毫无区别的生物，没有特别引人注意的。丰年虾一只只死去，最后，水族箱里只剩下一只小虾了。这时，斯库勒发现，他和孩子们都感到自己与这个小生灵的关系更近了。他们觉得它很顽皮，为它赋予了个性，也更关心它的死活。这段经历促使斯库勒和一位同事进行了实验。[11]他们发现，相较于某个群体，我们通常会赋予某一个体更高的智力。如果一个人和周围其他人的打扮都不一样，我们确实会对他更加尊重；让他和周围的人穿上一样的制服，我们就很难对这个人产生同情了。

所有这些都强调了这句名言："一个人的死亡是悲剧，100万人的死亡就只是个数字。”援助机构和记者都倾向于关注需要帮助的大量人群，这可能是他们的吁求经常得不到关注的一个原因。正如斯洛维奇所说：“死的人越多，我们越不在乎。”

另一项研究显示，援助组织和记者们总是聚焦于得不到满足的需求，可能产生适得其反的结果。学者们发现，我们捐献，是因为我们想成为某件幸福而成功的事情的一部分。如果我们听到的有关全球贫困人口的内容全是他们正在挨饿，死于艾滋病，那么我们可能干脆就会把这些消息屏蔽了。

当责任分散时——在贫困和不义的问题上，现实往往正是如此——人们也不会那么好地回应他人的需要。在一项实验中，学生们正在等待参加市场调研，这时一个女人走到屏风后面，看起来像是要爬上一把椅子去拿东西，结果摔倒了。她痛苦地呻吟，大喊自己崴了脚。当学生只是一个人在等待时，他或她过去帮助伤者的概率是 70%。而当房间里的第二个人假装不关心时，学生去帮助伤者的概率只有 7%。我们从周围的人身上获得提示，如果他们普遍反应冷漠，我们自己也更加冷漠。毫无疑问，这些想法能产生大量的现实影响。20 世纪 80 年代，反抗南非种族隔离制度的活动家花了大力气，想要得到公众的注意。他们尝试过“释放南非政治犯”这样的口号，人们无聊得直打哈欠，而当他们把口号换成“释放曼德拉”时，一场全球运动就此诞生。

大脑的弱点和非理性制造了艰巨的挑战。比尔·盖茨曾表露过，对全球卫生领域未能向公众传达出拯救生命有多么振奋人心而感到沮丧。正如他所说：

> 还记得几年前，在达沃斯年会上，我参加了一个全球卫生座谈会，讨论拯救几百万人生命的方法。几百万啊！想一想拯救一个生命有多让人激动，然后把这个感觉乘以几百万倍。可是，这是我参加过的最无聊的座谈，没有之一……而尤其令我受打击的是，我刚刚从介绍一个出到第 13 版软件的会上赶过来，那里与会者激动地跳

起来大喊大叫。我喜欢让人们为了软件而兴奋，但是我们为什么无法让拯救生命更加激动人心呢？[12]

要做到这一点，我们需要提高讲故事的技巧。只有这样，才能创造情感共鸣，推动改变。我们知道，是《汤姆叔叔的小屋》让很多北方人认识到奴隶制真实存在；是安妮·弗兰克的日记和埃利·威塞尔的《夜》，而不是学术分析，激起了我们对纳粹暴行更强烈的愤怒。关于饥饿、婴儿死亡率、人口贩卖和无家可归者，我们需要讲述同样的故事。

通过寄出几百万封直邮捐款广告并追踪反馈率，马拉尼在利用同理心、为捐款人和受助者建立情感联结方面展示出自己的专长，他的发现与斯洛维奇的学术研究成果不谋而合。马拉尼强调，讲述个人的故事，并且始终向人们展示，改变是可能实现的。在呼吁资助盲童手术的信中，马拉尼没有提到“白内障”这个词，部分原因是他担心美国人把它和老年人联系起来，不理解这种病会导致全盲。“医生们气疯了，”他说，“但消费者才不想听这种话呢。”

表现患儿痛苦的残忍照片——有时被叫作“贫穷秀”——在援助组织中引发了强烈的抵制情绪，但马拉尼毫无歉意。他手舞足蹈，夸张地模仿联合国儿童基金会的官员：“我们不想展示不开心的孩子，不想给人看招苍蝇的孩子，”他摇摇头，“太整洁了，太假了。就好像他们只围着一个小村子跳舞。为什么会这样呢？哦，因为在儿童基金会工作的白人经理们说‘这样看了不舒服’。”马拉尼顿了顿，用力地摇头：“如果你想筹钱，就必须把问题和痛苦呈现出来。”

我们问马拉尼，派发我们收到的邮件要花多少钱，他披露的事实令我们大吃一惊：他早就预料到这么做会赔钱。他说，第一封邮件总是要赔钱的。向潜在的新捐赠人寄出7.5万封直邮广告，平均只能找到323名新捐款人。

“微笑列车”称，总体来说，2012年，从一个新捐赠人那里筹得1美元，需要花费 1. 79 美元。“创造奇迹”的数字稍微好看一些，但从一个新捐赠人那里为内翻足儿童筹集 1 美元，仍然要花掉 1. 45 美元。马拉尼愿意在新捐赠人加入的第一年里赔钱，因为他感觉在接下来的几年中，他能够以低廉的成本筹到捐款。第二封及其后的直邮信，收到反馈的概率是 6%。大约五年后，在直邮广告上每投入 1 美元，可以筹到大约 5 美元。

和丹 • 帕洛塔一样，马拉尼也认为慈善组织应该像企业那样运作，从这个意义上讲，如果营销和广告能够帮助一个组织实现规模效应、扩大影响力，那么就应该在这上面投入资金。令他感到挫败的是，太多慈善组织瞧不起专业营销。“他们认为营销低人一等，是卑鄙的工作，谄媚，肮脏。”他说，“人们过来说，‘直接邮寄广告？还是算了吧。我要把我的慈善组织放在网上发展，互联网可是免费的。’”

马拉尼经常受邀给其他非营利组织的董事会做讲演。在他介绍通过直邮广告筹得了几百万美元善款的时候，双方的对话通常就进行不下去了。

董事会成员：让我花好几百万美元在直接邮寄广告上，我可不太愿意。

马拉尼：哦，不好意思。那这样吧，咱们把预算砍掉一半，把受助孩子的数量砍到一半！这样你是不是就愿意了？

“他们事事都要反对，”马拉尼不满，“这完全是浪费时间，因为他们没有营销的背景。”他说，慈善组织靠着薄弱的产能记录混日子，这样的成绩足以让通用汽车或福特公司破产倒闭了，但是对于慈善组织，人们就会帮腔说：“他们做的是上帝该干的工作，难道不伟大吗？”马拉尼指出，20 世纪初期，汽车公司超过 500 家，但后来的合并让具备规模经济的几个大家伙活了下来。慈善领域也需要同样的过程，美国该有的慈善机构不是 140 万家，而是不超过 5000 家。

马拉尼是个急性子，他的市场敏感度可能以错误的方式惹恼了传统的非营利机构领导人。比如，有些人会指责，使用白人小男孩的照片来筹集主要流向亚洲和非洲儿童的捐款具有误导性。但是，只要一个慈善组织忠于使命，发挥出巨大的影响力，推销慈善事业就是重要的。

马拉尼的做法让人想起P.T. 巴纳姆的一句名言：“不推销，就会有一件可怕的事情发生，那就是什么都没有！”像卖薯片或卖洗衣液一样兜售失明和内翻足令我们望而却步，但更让我们不安的是，眼看失明或内翻足儿童因为慈善组织筹款不力而无法得到治疗。在发展中国家的城市里，你会看见患有内翻足的孩子在路口的车流里拖着步子向穿行而过的车辆乞讨。这比把他们的照片印在邮件上还要不光彩一千倍。马拉尼是拿着高薪，但是他帮助了世界各地大量儿童。通过雇用发展中国家的本土医生，他找到了降低成本、服务更多病患、创办本土人才库的途径。最终，他参与建立的组织为全球各地的唇腭裂儿童提供了100万次免费手术，给苹吉这样的孩子带去新生，并帮助人们在世界的大部分地区消除唇腭裂。现在，马拉尼从头开始，在治愈烧伤、白内障、内翻足等病症领域做着同样的事情。

无可避讳的事实是，从事紧迫事业——比如消除贫困或疾病——的人们，往往不能有效地传播他们的理念，部分在于他们感觉营销有失身份。我们两人都在《纽约时报》工作时，每天都会收到各种公司发来的推销广告，它们专业、成熟，而兜售的不过是最终对世界几乎毫无价值的产品。与此同时，为生死攸关的问题——比如抗击艾滋病——而奋斗的组织则向错误的地址寄送不宜付印的枯燥宣传稿。利他主义者们面对营销这个想法也许会退缩不前，但是“卖出”疫苗或女孩的教育远比卖出一个汉堡包重要得多。

在写作这一章时，恰巧收到了我们所敬佩的组织联合国儿童基金会美国基金分会发来的邮件。邮件里有一个送给我们的手提礼品袋。每当从援助组织收到这样的礼物时，我们都因为这种浪费气得咬牙切齿。同样，当邮件里附着邮资信封时，我们也会因为对方在邮票上乱花钱而大发牢骚。我们谈起这些，都说不想看到自己的捐款被用在地址签、五分硬币、邮资信封或随机送给数据库里某些人的礼品袋上。我们给联合国儿童基金会美国基金分会的主席卡里尔·斯特恩打电话，抱怨收到礼品袋的事。但是她解释说，礼品袋只发送给最有可能捐赠的人，这样做将反馈率翻了一番。结果就是，他们为疫苗、学校供餐和儿童基金会的其他项目筹到了更多资金。斯特恩说，很多年来，联合国儿童基金会美国基金分会都走在直邮广告实验的前列，而在2002年，它可能是首家随信附上5分硬币的援助组织，从信封上半透明的方框就能看见硬币。这使邮件的反馈率从不装硬币时的0.78%提高到1.47%。

“虽然我们确实被人批评了，但这是我们最成功的直邮推广活动之一，”斯特恩告诉我们，“我们是为了给孩子救命来筹款的。如果一天下来，筹到了更多的钱，救助了更多生命，那我就能睡个安稳觉了。”

从牧师那里学到的

在针对牧师的全国性民意测验中，位于芝加哥郊区的柳溪教会经常被牧师们评为全美最有影响力的教会。这个无宗派的巨型教会，是比尔·海波斯牧师在1975年创建的，目前每周到此聚会的信众已超过2.5万人。62岁的海波斯温柔朴实，是一个把社会公义议题塑造成教会支柱的温和派。南加州马鞍峰教会的创始牧师华理克也关心社会事业，正如全国其他巨型教会。它们能够成为在美国和海外创造机遇的一股坚定力量。

柳溪教会把贫穷国家（包括危地马拉和马拉维）的牧师带到芝加哥，安排他们在教友家中寄宿，和他们结成终生挚友。很快，去伦敦出差的芝加哥人就开始顺路拜访马拉维了。在非洲，柳溪教会特别关注抗击艾滋病，教会的志愿者和当地的教堂合作开展社区项目，修建桥梁。柳溪教会也越来越重视在美国和世界其他地区为妇女赋权，打击性交易。它组建了一个反性交易阅读小组，也推动监狱正义，鼓励会众去监狱做志愿者。我们去柳溪教会探讨为全球女性赋权的重要性时，教友们正在自愿花时间整理53万包优质种子，这是为津巴布韦的农民，尤其是女性准备的。那天去做礼拜的人都得到了一个色彩鲜艳的编织袋，来为全球贫困问题捐款。之后的某个礼拜一，祷告仪式过后，一个给教会办公室送货的联邦快递司机送来了一个袋子。

“我在停车场捡到的，”她说，“估计是个钱包，有人把它掉在那儿了。”接待员解释说，它不是钱包，而是用来帮助女性农民抗击贫困的献款袋。司机把它放回去，带着全新的敬意审视它。她说：“我不是任何教会的成员，也很少想到宗教问题，但是我觉得，我愿意参加的就是这样的教会。”

柳溪教会还开设了一个“看护中心”，为附近社区不走运的居民服务。这里的员工都是志愿者，为无家可归者提供住所，为贫困的孩子提供衣物，食品分发处供应本地社区菜园里种植的蔬菜，这里还有牙科护理、视力检查、法律咨询，也协助人们准备简历和求职。如果你的车坏了，正为负担不起修理费而焦头烂额，志愿者们甚至会打开引擎盖，看看他们能帮什么忙。这一切只需要一支包括律师、机械师和园艺高手的小小教堂义工队。

比尔·海波斯
（图片由萨妮·托马斯提供）

如果说马拉尼擅长为非营利组织做营销，那么巨型教会显然是精通另一种方法的大师。他们的成功，一部分该归功于沟通和吸引听众注意的技巧。他们使利他主义的奉献成为一种积极、愉快、有益的体验。这些教会没有试图激发会众的负罪感，而是把利他奉献作为创造改变、了解世界的机遇。这些都是社会活动，是和老朋友合作、结交新朋友的一种途径，感到充实和获益没有什么可难为情的。很多非宗教组织都在向海波斯等人学习，学习他们用奉献和参与社会事业向人们传递喜悦。

更广泛地说，如果世俗组织和宗教力量联手在全世界创造机遇，这将带来巨大的帮助。这两类组织在解决人道主义问题上各有所长，如果他们合作，取得的成绩会大得多——特别是在倡议方面。但宗教和世俗之间因猜疑而产生的“上帝鸿沟”，使我们在人类的共同敌人面前难以奋起反击。这种不信任，某种程度上可以说是美国政治毒药的功能之一，意味着在每个人都关心的问题上，特别是在国内贫困问题上，缺乏足够的合作。

我们认为，双方对“上帝鸿沟”都负有责任。福音派坐视自己的形象被电视上自以为是的牧师所代表，他们被同性恋搅得心神不宁，对人类降生之前的生命充满热情。一项研究显示，甚至在十几岁到二十岁的教徒之间，最常和今天的基督教联系在一起的词也是“反同”“对他人妄下评判”“过多地卷入政治”和“伪善”。在21世纪的头几年，梵蒂冈教廷扮演了不光彩的悲剧角色——他们对发放避孕套的抵制导致艾滋病传染扩大。虔诚的福音派教徒理查德·斯特恩斯放弃成功的商业生涯，接掌基督教援助组织“世界宣明会”。他在感人至深的《福音的缺口》一书中，记述了见到乌干达艾滋病孤儿时的悲痛。“最令我感到恶心的是这个问题：教会在哪里？”[13] 他写道，“这可能是我们这个时代最严重的人道主义危机，可耶稣基督的追随者们都去哪儿了？哦，教会当然一直在‘看顾患难中的孤儿寡妇’了。”斯特恩斯伤心地说：“一个教会有钱打造金碧辉煌的圣殿，却不愿意盖学校、建医院和诊所。”

对于“上帝鸿沟”，世俗一方也难辞其咎。标榜宽容的自由主义者有时候只顾嘲笑保守的福音派和天主教徒的信仰，却鲜少承认他们常做的善事。这些世俗的批评者强烈谴责梵蒂冈对避孕套的立场，却没有意识到，在非洲治疗艾滋病患者的乡村诊所通常是天主教诊所，而为了在抗击艾滋病的斗争中挽救更多生命，那里的牧师和修女有时还会亲自分发避孕套。游历世界上那些遥远、危险和绝望之地，你总会与践行福音的牧师、修女不期而遇。2014

年年初，当中非共和国的基督教徒发动袭击，屠杀穆斯林时，勇敢反抗袭击者、冒着生命危险收留穆斯林的往往是天主教牧师。同样，1994年卢旺达种族大屠杀期间，唯一留守首都的美国人是基督复临安息日会的传教士卡尔·威尔肯斯。他把家人送到安全地带，然后收留幸存者，走遍这座城市拯救生命。威尔肯斯知道自己会被杀害，即使大难不死，他也会因为违抗撤退命令而被逐出教会，但是他没有屈服。这样的人值得敬畏，不该遭到冷嘲热讽。

在美国同样如此，教会是帮扶穷人和无家可归者的主力，而世俗一方对前者助人的途径常常视而不见。在美国各地，大量食品分发处和救济厨房都是由当地教堂和志愿者开设的，收集过冬衣物并分发给穷人的衣服分发处也是如此。许多教堂还提供其他各式服务，甚至包括医疗和牙科护理，在美国的小城镇，贫困人口得到的帮助大多都来自当地教堂。

一些自由主义者错误地指称基督教援助组织只帮助基督教徒（大型组织都不是这样的），却忽视了信教者做慈善的规模。世界宣明会在大约100个国家派驻了四万名员工，超过CARE、救助儿童会、美国国际开发署外派人员的总和。一些世俗的自由主义者正在堵死人们长期以来通过宗教援助组织输送援助的渠道，而这样做会削弱援助的力量。过去五年中，海地一半的食品援助都是通过世界宣明会这样具有宗教背景、在当地拥有发达网络的组织分发的。世俗的批评者嘲笑福音派，却恰恰暴露出他们所批判的宗教“卫道士”才有的狭隘。实际上，美国教徒捐献的善款和志愿工作的时间比其他任何团体的成员都要多，都要长。如果世俗的自由主义者能够放下他们的不屑，如果宗教保守人士不再道貌岸然，双方联合起来，就能在打击人类共同敌人的斗争中取得更大的进步。

第十二章　让社会公益形成规模

没有人因为给予而变得贫穷。

——安妮·弗兰克

伯纳德·格拉斯曼是一位航空工程师，也是一个想要减少无家可归现象的应用数学博士。他本可以开设一个收容所或救济厨房，但经过六个月的研究，他发现无家可归者最需要的是工作岗位。于是，他着手在无家可归人口众多的纽约郊区扬克斯开办焙烤食品加工厂——格雷斯顿面包房，它将成为一家以营利为目的、雇用无家可归求职者的食品厂。“不管是谁，来者不拒，”格拉斯曼说，“我们对求职者不做任何背景调查。干得好，就留下；干不好，就走人。”工厂拿到了一些订单，还曾为梅西百货制作蛋糕，但也面临一些挑战。

“到处都是碎瓶子，”格拉斯曼说，“人们不敢来。厂子旁边就是一家妓院。我们来上班的时候，妓女们刚刚收工。”

这种通过营利活动解决社会问题的模式正在普及，原因很简单：它产生的利润能够使这个模式可持续地扩展下去。以营利为目的的公司和非营利机构的差异由来已久，但如今在社会领域，这些区别已不再重要了，真正至关重要的是影响力。格雷斯顿面包房雇用无家可归者制作的烘焙食品在全国卖得越多，它对无家可归者的帮助就比发善心的救济厨房大得越多。

我们已经讨论过非营利组织怎样借助力量加强营销、提高透明度和扩大

纽约。伯纳德·格拉斯曼创立的格雷斯顿面包房，专门帮助无家可归者就业。（图片由莉齐·普雷瑟提供）

规模，除此以外，还有一条卓有成效的途径，就是建立可持续模式。本章将探索通过创收来负担成本并获得利润的社会驱动型公司[1]，然后观察一些大型公司怎样将专长应用于社会事业，它们或是和非营利机构联合经营，或是给员工从事无偿公共服务的时间。营利机构和非营利机构角色的混合让有些人心存戒备，但也创造了难得的机遇。无论是小小的面包房还是财力雄厚的大公司，当营利公司解决社会难题时，它们拥有的影响力至少不逊于非营利机构。我们希望越来越多的人为社会问题寻求企业解决方案，也希望更多的公司参与并鼓励员工同样加入社会事业。

致力于促使非营利领域和营利世界联合一体的先驱还有杰奎琳·诺沃格拉茨。[2]她原本是一位国际银行家，后来投身于非洲的援助领域。她沮丧地看到，很多援助项目的捐赠似乎都助长了依赖性，扼杀了创造力。她在卢旺达参与了一个烘焙项目，受助的20名贫困妇女制作甜甜圈和咖喱角卖给街坊邻里。两个慈善组织每月为项目提供650美元的补贴，即每天给每个妇女补贴超过一美元，但是她们每天销售食品只能挣到50美分，难以过活。诺沃格拉茨帮助她们将烘焙活计从慈善项目变成真正的生意，她们因此取得利润，每人每天能赚到两美元，是从前收入的四倍。市场压力迫使她们提高竞争力，也让她们掌握了新的技能。市场是无情的，可能出现的问题一个不落：女人们从生意里偷钱，使用导致食用者生病的酸败油脂。但是，她们最终学会了体面地做生意，生意的前景很可观。然而，卢旺达的种族屠杀夺走了一切。

站在烘焙坊的余烬中，诺沃格拉茨开始用“影响力投资”做实验，用慈善捐款资助营利企业。诺沃格拉茨自己的“聪明人基金”就在全世界进行影响力投资，为各种小型公司提供资金，对象涵盖了从制作抗疟疾蚊帐的公司到在印度提供医疗服务的机构在内的各行各业。这些企业没有像丹·帕洛塔那样把商业智慧、营销技术或务实高效的作风灌输给非营利组织，而是从光谱的另一端出发，把社会使命注入营利企业[3]。正如聪明人基金所敦促捐赠者的那样：“改变世界对抗贫穷的方式。”

为了描绘将社会目标编织进商业经营的混合体，新兴词汇层出不穷：公益公司、融合价值、使命导向、利益企业、价值驱动、公益创投、第四部门以及混合组织。在许多领域，人们都能见到这些类型的企业。

然而，通过企业来解决贫困问题是极其困难的，因为在商业领域，只有善心并不能办成事。格雷斯顿面包房的转机，发生在格拉斯曼在科罗拉多开会时和本·科恩、杰瑞·格林菲尔德在金湖边的一次散步中。本和杰瑞就是大名鼎鼎的冰激凌品牌本杰瑞的联合创始人，他们对促进社会公益很感兴趣，也很喜欢格拉斯曼在格雷斯顿开展的项目。他们从格雷斯顿面包房订购了一些蛋糕和馅饼，喜欢它们的味道。然后，本杰瑞冰激凌公司邀请格雷斯顿面包房作为候补供应商，制作雪糕中所需的布朗尼威化。这可是个难以完成的任务，本杰瑞尝试了好几家公司，一直没找到想要的产品。

格拉斯曼花了好几个月，雇来 18 个人，从银行贷款买来烘焙师认为必不可少的机器，测试不同的配方和制作方法。他们做不出想要的味道，但是格拉斯曼一直在想，有了本杰瑞这样的大客户，面包房就能雇用更多的员工，所以他不能放弃。有一天，他接到一个朋友的电话，这位朋友的家族就是经营烘焙设备生意的。朋友点出了关键：奥秘不在于把布朗尼面糊像卷墙纸一样卷起来，而在于把它从碗里倒进烤盘。这个步骤使蛋糕的口感发生了改变。格雷斯顿据此调整了制作程序，征服了本杰瑞。同年，经过一轮头脑风暴，本杰瑞公司在巧克力冰激凌中撒入少许布朗尼威化，为这款产品起名为“巧克力软糖布朗尼”。它至今依然是公司最受欢迎的口味之一。

当然，工厂的首要任务不是制作布朗尼威化，而是消除无家可归现象，帮助低收入家庭提高经济地位。工作岗位固然是必需的，同样需要的还有负担得起的住房，以及父母工作期间看护孩子的托儿所。所以，作为食品厂的补充，格拉斯曼成立了一个基金会，帮扶雇员和扬克斯的其他居民。面包房的利润用来为基金会提供资金。今天，格雷斯顿面包房已有150名雇员，而基金会管理着300套住宅，为无家可归者提供住所。食品厂的年销售额达到1300万美元，为戴恩·德鲁这样的人提供就业岗位。

“他们是星期三给我打的电话，”德鲁说，前一年的十月他申请了这份工作，“如果到了星期天还没回音，我就会又开始卖毒品。”九个月前，德鲁刚刚从监狱里出来。他在里面待了四年。出狱后，他一直在寻找合法的工作，希望从头开始生活，但是雇主一见到犯罪记录就把他拒之门外。31岁的他，从来没有过正经的工作。他13岁就开始贩毒，一赚到钱就退学了。生意好的时候，一天能进账2200美元，不好时也有1200美元。他有一个女朋友，住着漂亮的公寓，还在经济上帮衬妈妈。但是，他挣得多，花得也多，还是监狱的常客。他好朋友的弟弟被人杀害，其他朋友也遭遇不测。活下来的兄弟们都在服刑。他决心，只要能找到一份工作，就改过自新。当然，对有前科的人来说，这并不容易。华盛顿特区的一项调查显示，这些坐过牢的人失业率达46%。

在格雷斯顿面包房，德鲁得到了夜班工作，制作布朗尼运输箱。“第一天，我就在上班时睡着了。”德鲁说。后来，他的情况有所改观，很快就开始上白班，至今已在厂里工作四年了，时薪从7.15美元涨到13美元。他从不迟到、旷工，还凭借出色的工作表现得到了奖金。现在，德鲁领导着格里斯顿的研发部门，为测试新产品制订计划。他协助创设了一条制造松脆布朗尼的生产线和一系列布朗尼新口味：墨西哥胡椒味、干红辣椒味、红番椒味，还有橙子味。

"我妈妈笑得合不拢嘴。"德鲁说。他结了婚，小女儿刚刚出生。关于女儿，他说："我取出了人寿保险，给她开了一个账户，每周存5美元。她以后要上大学，说不定还是医学院。"

格雷斯顿面包房里形形色色的员工在扬克斯的小车间里并肩工作，其中有从前的瘾君子、有前科的和曾无家可归的人；有曾学过禅修的信息技术专家；还有为了有机食品企业离开科技行业，如今在这里管理车间的前硅谷高科技企业家迈克·布雷迪。布雷迪想扩大组织的规模，这样就能雇用更多人，但他必须不断在经营任务和社会使命间把握平衡。布雷迪也希望把格雷斯顿面包房的年销售额提高到几百万美元，使它成为具有所谓"双重底线"——社会目标和营利目标同等重要——的大型公司。但是，从历史上看，对这一类型的企业来说，扩大规模一直是个挑战[4]，因为从根本上说，不可能始终同时实现利润和社会使命的最大化，而社会目标往往是首要的。

"他们正在寻找其他途径使收入最大化。"威廉·福斯特说。他是布利吉斯潘集团咨询部负责人，这个集团为非营利组织提供顾问服务。他观察到，改变正在发生，特别是在新型社会企业家身上，他们的商业技能比上一代人娴熟得多。他预计，越来越多的社会企业将成长为大型公司。"改变"网站（Change.org）就是一颗冉冉上升的新星。这个营利公司帮助人们在网络上为社会事业请愿。2013年年初，这家刚刚运营六年的网站就已拥有3500万用户，收入超过1500万美元。在充满活力的创始人本·拉特雷的推动下，它从具有公益意识的投资人那里筹得了2000万美元资金。另一个后起之秀是沃比·帕克，这个眼镜电商品牌由沃顿商学院的毕业生创办，在网络上销售高品质的眼镜。每卖出一副眼镜，沃比·帕克就为"视力源泉"捐出一笔资金或一副眼镜。"视力源泉"是一个非营利组织，在发展中国家培训"视觉企业家"，帮助他们创业，销售适合当地人的眼镜（戴老花镜能够使一个人的工作年限大大延长）。这些企业越来越频繁地在公关宣传中明确陈述社会责任，或者将社会责任融入产品之中，比如使用有机配方，节约能源和控制浪费，解决社会弊病。

顾客的需求是吸引企业进入这一领域的因素之一。“好必增”网站（goodmustgrow.com）追踪消费者的兴趣，称近三分之一的美国人希望从具有社会责任感的公司购买更多商品。[5]道琼斯可持续发展指数也反映出人们的兴趣在增加，据其评估，以环境保护、劳动公平、性别平等及类似值得钦佩的目标为基础的公司现已超过1800家。

营利性企业“美好世界书店”也是这个领域的后起之秀。书店开在大学校园里，创始人是克瑞斯·富克斯。2001年，富克斯还是印第安纳州圣母大学的学生。手头缺钱的他会拿一些教材来到校园书店，希望能卖掉它们换些现金。然而除了《环境工程中的法律问题》，书店一本书都没要。绝望的富克斯把他的书单贴上了“一半”网站（Half.com by eBay）。第一天，他就赚了500美元。他的朋友泽维尔·赫尔格森也开始在这个网站上卖书。然后，他们俩开始帮室友卖书。生意好得不得了，他们简直不敢相信。“想一想圣母大学里有多少书是人们扔掉不要的吧。”富克斯说。一个想法浮现出来。他们和罗宾逊社区学习中心的人员见面，这个机构在印第安纳州南本德市援助低收入家庭，还为孩子们开办课外活动班。富克斯和赫尔格森组织了一个捐书活动，在网上销售人们捐赠的图书，所得收入与学习中心平分。中心主任杰伊·卡普尼格罗以为这两个学生也就只能筹到几百美元。

克瑞斯·富克斯在美好世界书店的仓库里。
（图片由莉齐·普雷瑟提供）

富克斯和赫尔格森在宿舍楼里贴上海报，摆好箱子，很快，旧书就如潮水般涌进来。宿舍管理员喊他们去收箱子时，里面的书满得溢出来了。他们把收集到的 2500 本书都放上了亚马逊网站。上传完信息没几分钟，富克斯查看电子邮件，就发现生意已经开张了。他们卖掉的第一本书是《C 程序设计语言》，售价 21.99 美元，买家是犹他大学的学生。富克斯激动地跑出门给朋友们报信。等他坐回到电脑前，又有六本书被卖掉了。富克斯借来一辆车，把成箱的书装进后备厢，一次次地往邮局跑。“就是在这时，我们意识到这件事值得大干一场，我们卖了 1.6 万美元，”他补充道，“最好玩的就是我把 8000 美元的支票交给杰伊的时候了。”

到了 10 月，富克斯和赫尔格森从前的室友杰夫·库兹曼厌倦了在纽约的银行工作，发现他们的新企业前景广大。他领完年终奖金，离开公司，飞到南本德加入富克斯和赫尔格森的图书生意。那年秋天，团队在大学最佳社会企业创业大赛中拔得头筹，得到 7000 美元的奖金。他们用这笔钱租了汽车、卡车和仓库。2003 年，团队走向正轨，他们成立了营利性企业“美好世界书店”，以资助扫盲项目为其社会使命。美好世界书店在街角、大学宿舍和其他人流量密集的地点放置捐书箱回收图书，也收集图书馆原本打算丢弃的老旧图书，并将收入的一部分返给这些图书馆。即使没有盈利，美好世界也会把收入的 5% ～ 7% 捐给图书馆或扫盲项目。

整个链条上的顾客都心满意足。富克斯认为，书店的使命和生意并行不悖，密不可分，因为是社会使命促使人们捐出图书。两年后，公司收入达到 100 万美元。又过了两年，收入突破 1000 万美元。三个合伙人请来了当年商学院比赛的裁判戴维·墨菲出任 CEO，成立地区办事处，把书店扩展到全国 1500 所高校和 3500 个图书馆。他们投资 200 万美元，开发专利图书扫描和库存管理系统。创业十年后，富克斯对公司工作参与得最多，担任后勤部副部长，还是董事会成员。赫尔格森是董事会主席，但并不参与日常工作。

大型卡车轰隆隆地开过平原，每周要在美好世界书店的仓库卸下 60 万册图书。仓库占地 30 万平方米，地处印第安纳州北部的米沙沃卡镇，靠近南本德。工人们一箱箱地筛选旧书，评估品相，把好书摆上书架，然后卖给全世界的二手书买家。这些收到的书，大约有60%经评估无法出售，需要回收处理。

一排排书架铺满整个工厂，一眼望不到边。偶尔也会有惊喜。瑞安·范·普鲁-奇德就是个幸运儿。这位37岁的珍本书专家在仓库的一间温控室里工作。美好世界书店收到一家业已关闭的图书馆捐赠的图书。范·普鲁-奇德在赠书中找到一本出版于1840年的书，里面竟夹着一份19世纪初平版印刷的《独立宣言》。“（它）是被折起来夹在书里的，保存完好，就好像这么多年了，都没有人翻开书，把它抽出来。”范·普鲁-奇德说。美好世界书店在易趣上以1.6万美元的价格卖掉了这份《独立宣言》，为合作的扫盲机构筹到了一大笔钱。

尽管将社会使命融入了营利活动，但美好世界书店目前的重心是消除效率低下现象，增加容量。他们开始采用排列密度高的储存方式，一本压着一本把书摞起来，而不是一本挨着一本摆放。富克斯还计划更换软件管理系统，并接触全国各地拥有大型藏书室的普通消费者。

美好世界书店目前每天处理图书12万册，年处理量达4000万册。2012年，书店收入突破5000万美元，且每年都保持着两位数增长，包括在2013年，增长率达到了11%。截至目前，书店已经向一百多个扫盲项目捐了超过1500万美元。虽然美好世界书店的利润微薄，只是略有盈余，但还是选择把盈利投入扩张规模或推动扫盲上。

大多数上市公司从着眼于增长起家，在积累了保底利润之后，才开始回馈社会，履行企业的社会责任，有些大型公司则试图从一开始就将社会责任融入企业文化之中，部分是为了在顾客中创造良好的声誉。创办初期的全食超市就是这样渡过难关的。1981年，占地一万平方米的全食超市新店在得克萨斯州奥斯汀开张还不到一年，这座城市就遭受了70年以来最严重的洪灾。洪水卷走了店里价值40万美元的库存和设备，而全食超市又没有买保险。但是，全食超市拥有强大的顾客忠诚度，社区居民纷纷加入，帮助店里 19 名员工清理修缮。洪灾过后 28 天，商店重新开张。全食超市站稳脚跟，迅猛发展。

30 年后，全食超市既拥有大型供应商，也有当地小供货商，凭借复杂、成熟、分布广泛的供应链网络，催生出依托于超市的次经济。格雷斯顿面包房也是全食超市的供货商。卖什么呢？当然是布朗尼蛋糕。格雷斯顿已经雇了 30 人扩充全食超市的布朗尼蛋糕产品线。

不可能又可能的任务：健康美餐

2006 年，加州大学伯克利分校哈斯商学院的克丽丝滕·托比和克里斯汀·里士满合作完成了一项作业。她们设想了一个为学校——特别是招收高风险学生的学校——策划、制作、运送健康膳食的公司。这些学生所居住的低收入社区，通常没有销售新鲜蔬菜的商店。尽管全国的校园午餐市场价值达到 160 亿美元，但提供新鲜健康膳食的却极少，为接受政府补贴膳食计划的低收入家庭学生提供这类午餐的就更少。托比和里士满发现了商机，她们可以在做好事的同时，获得效益。

托比和里士满完成了作业，但一直放不下这个构想。为了检验她们的想法，两人成立了一家公司：革新食品。然而，现实并不美好。她们发现，如果想要为贫困的孩子提供餐饮，政府最多只能给每个学生的每顿校园午餐不到三美元的补贴。以这个价格供应健康膳食几乎是不可能的，但她们还是决心试一试。

她们首先雇用了曾在“为美国而教”工作的主厨艾米·克莱恩，然后开始询问孩子们为什么不喜欢学校食堂的饭菜。托比和里士满一遍又一遍地听到学生说，学校配餐质量糟糕，品种单一。全食超市帮助她们建立了一个供应链，还就该使用哪些厨房设备提出了建议。大规模采购尤其困难，当托比

克丽丝滕·托比（左）和克里斯汀·里士满，革新食品的创始人。（图片由赛亚·沃菲尔德提供）

和里士满需要不含硝酸盐和亚硝酸盐的午餐肉时，她们能找到的只有针对个人消费者的小包装产品。

“革新食品”从加州爱莫利维尔的一家餐饮公司租了间厨房，她们从这里起家。“我们凌晨3点钟来，给学校做饭送饭，中午12点或1点完工，”托比说，“然后餐饮公司的人就来了。”她们的午餐很快就口口相传，打电话来说打算与“革新食品”合作的学校越来越多。

在送餐量增加到每天8000份以后，她们在洛杉矶开了一间厨房，之后业务量飙升，现在已经扩展到25个主要城市。目前，她们雇用1000名员工，每周制作100万份午餐，从纽瓦克到休斯敦，销售范围覆盖全国。她们发现，让孩子们张嘴吃饭的秘诀在于饭菜的外观和味道。孩子们是视觉动物，会先用眼睛品尝，如果是他们不喜欢看到的东西，那就碰都不会碰。尽管不得不把制作成本控制在较低水平，但“革新食品”只购买全麦面包以及不含高果糖谷物糖浆的食材。

2012年，“革新食品”获得了旧金山联合学区900万美元的大单[6]，每天为学区内的114所学校提供数千份午餐、早餐和零食。短短几周内，参加学校午餐计划的学生人数就从2万人增加到2.3万。

虽然托比和里士满2006年才开始创业，但2013年，公司的收入就达到了7000万美元。她们还创立了一条盒装套餐生产线，在西夫韦超市销售，正在向全国推广。此时公司整体上还没有盈利——她们希望在几年内可以实现——但她们说，这是因为她们有意将收入投入企业增长，而不是获取利润。托比回想起走过的漫长道路。她们的第一个加工店前身是一间麦当劳餐厅。“我们取下油炸锅，安上蒸锅，”托比说，“这可真是绝妙的讽刺啊。”

第十三章 做大做好

资本最大的用处不是赚取更多的金钱，而是用来创造更好的生活。

——亨利·福特

2005年，弗兰克·里布向孟加拉乡村银行的创办者穆罕默德·尤努斯提了一个问题。里布想知道，他经营的食品公司达能集团能够为世界贫困人口做些什么。里布的父亲是达能的创始人之一，这家公司最早是以生产治疗肠道功能紊乱的酸奶起家的。对社会使命的重视贯穿了公司的历史，这让里布感到自豪。尤努斯知道，达能是全球领先的酸奶厂商，旗下品牌包括达农和石田农场等。他提议双方开办一个合资企业，通过生产酸奶，缓解孟加拉儿童的营养不良，同时创造数百个就业岗位。里布说，就这么定了。两人握手成交。

他们通过电子邮件完善计划，随后里布带着一支管理团队来到孟加拉国，开始更加认真考察生产条件。达能集团和乡村银行选择孟加拉国最贫困、最偏远的地区之一——北部城镇博格拉附近的农村——作为项目点。这家名为格莱珉达能食品有限公司的合资企业，被尤努斯称为世界上首家有意打造出的跨国社会企业。它将检验出，当一个大型营利性公司进入国际发展的社会领域时，会带来怎样的结果。之后发生的事复杂得超出了所有人的预计。

达能的专家们一开始就遇到障碍。在孟加拉国，45%的儿童营养不良，因此，为他们提供的酸奶理论上应该含有维生素A和铁、锌、碘、钙等微量元素。但是，微量元素有时尝起来会苦。还有其他问题，如优质牛奶的匮乏；乡村地区缺少冰箱，以及缺乏维持酸奶厂运转的持续稳定的电力；孟加拉人喝不惯西方的酸奶，所以他们无法确定产品能有多大的市场。

达能在孟加拉制造酸奶的实验是绝好的例子，它证明巨型跨国公司对履行社会责任的兴趣正在提高。[1]人们有理由对此持怀疑态度，毕竟企业这么做，在一定程度上是出于改善公共关系的目的，但是总体而言，我们欢迎这股力量。当营利性公司解决社会问题时，它们能创造巨大的影响力。鼓励一个西方大型公司通过可持续发展的方法把贫困农民作为咖啡豆供货商，随之而来的益处，远比 1000 个小型援助项目所能带来的多得多。如果这家公司在条件允许的情况下采取一项政策，将收购咖啡豆的钱付给供货家庭中的母亲而不是父亲，那么孩子的就学率一下子就会提高，因为用在交学费上的钱多了，买香蕉啤酒的钱就少了。同样，公司给予员工时间和空间接手无偿项目，对非营利组织来说，就是重要的技术和人才资源。在人道主义领域有一种倾向，就是把公司视为问题的组成部分，但是，它们一样能成为解决方案的一部分。我们希望，更多的雇员鼓励所在企业更好地承担社会责任，从而使它们产生深远的影响力。对公司来说，也有自利的动机让它们这么做。除了提高公司的声誉，这些行动能够为产品带来新的顾客，也有助于招聘和留住员工。在年轻人眼中，为创造社会效益的公司工作，远比给毫无仁慈之心的利维坦打工更有吸引力。

最终，达能的专家们决定，只能从酸奶制作过程的源头——即准备牛奶——开始动手。孟加拉本土的奶牛产奶量很低，大约只有一头普通欧洲奶牛或美国奶牛产奶量的十二分之一。格莱珉达能食品公司决定将孟加拉奶牛与其他国家饲养的奶牛进行杂交。等到奶牛产奶了，公司的工人就马上走访村子，从农民的牛奶桶里收奶。有时，这些逼仄的土路异常难走。为了掩盖从德国进口的微量元素的苦味，格莱珉达能公司不得不给酸奶加糖。糖浆和蔗糖是天然产品，但经尝试发现，它们的质量参差不齐。糖和调味剂都需要进口。把奶牛产奶过程中制造的沼气作为燃料也不可靠，所以还需要一台发电机，作为当地电网电力的补充。

“社会企业不允许用塑料，”尤努斯说，“我们不想看到孟加拉遍地都是这些塑料杯子。”达能的研发人员在全世界都使用塑料杯子，但现在他们必须开发出一种可以生物降解的酸奶盒。很快，科学家们就测试了一种用玉米淀粉制成的中国产品，效果不错。当尤努斯提议使用可食用的酸奶盒时，研究员们无语了。“我们都吃过冰激凌和冰激凌蛋卷啊，”尤努斯回忆起研发人员的反应时说，“他们非常不高兴。”大家目前还在解决这个问题。

为消除营养不良，寻找富有创意的解决办法非常重要，因为这种顽疾导致全球大约 1.5 亿儿童身材矮小，通常，他们的智力发育也不健全。五岁以下儿童的死亡中，有 45% 是由营养不良引起的，每年大约有 310 万名孩子因此死亡。[2] 因缺乏营养而终身智力缺陷的儿童数量远大于此。宾夕法尼亚大学的刘江红教授发现，如果儿童达到三项营养不良的指标，智商就会下降 15 分。[3] 指标之一是缺少价格低廉的蛋白质，之二是缺乏维生素 A 和铁、锌、碘、叶酸等微量元素。要生产酸奶，达能集团通常先要修建巨大的工厂，但在孟加拉，这样做的话，酸奶产量就会超出市场的承受能力。最后，格莱珉达能公司盖了一间小得多的工厂。酸奶厂在“不亏损，不分红”的基础上运营。达能集团不想为这个项目提供补贴，但是愿意放弃收益。酸奶厂的所有利润都用于扩大在孟加拉的经营。

为了管理这个项目，乡村银行和达能集团挖来了乡村银行网络里的明日之星——坎都库尔·穆罕默德·阿布·索埃尔。索埃尔此前担任过三个乡村银行的支行经理。离开前途无量的小额金融行业去当酸奶销售员，推销一种根本没人想买的产品，朋友都觉得他疯了。因为孟加拉人对西方的酸奶没有概念，索埃尔只能从零开始创造市场需求。最显而易见的营销思路是强调营养强化的酸奶会让孩子变得健康、强壮，在学校表现更出色。但是，孟加拉的学校并不讲授营养知识，营养这个概念对人们的购买决定没有多大影响。

索埃尔策划了一场营销活动，介绍营养的概念，像卖酸奶一样卖力地推销蛋白质和微量元素。“如果孩子们脑力不发达，我们的国家何以为继？”他问道。他也奋力寻找最佳的零售价、分量和包装。他让孩子们试喝，听取他们对口感、口味、分量和商标的感受。他最终设计出了小杯酸奶，采用了人们可能会喜欢的包装。这就是“硕体多”，意为“能量酸奶”。“硕体多”酸奶的商标上画着一只卡通狮子，隐含“力量”的意思，定价只有 7 美分。博格拉市内，有 300 家配有冰箱的商店销售“硕体多”，而在乡下，则由村里的妇女销售，她们就好像孟加拉版的雅芳小姐，背着大大的蓝色冷藏箱四处推销。

工厂开始生产。初期效果让人失望。没有一条渠道完成了销售指标，酸奶也就自然没有帮助缓解孟加拉儿童的营养不良。女销售员们的丈夫不希望妻子走街串巷卖东西。索埃尔意识到，他不能只培训妇女，还要培训她们的丈夫。格莱珉达能公司组织教育活动，讲解酸奶在改善孟加拉国儿童营养方面所能发挥的作用。更多的女销售员加入进来，生意稍有起色。

2008 年，世界金融危机爆发，毁灭性的季风洪水摧毁了孟加拉国的庄稼和土地。全国牛奶价格大幅上涨，“硕体多”酸奶的成本飞涨。面对每卖出一杯酸奶就会赔钱的窘境，工厂将定价提高到 10 美分。结果证明这个价格太高了。乡村地区的酸奶销量暴跌 80%，博格拉城里的销量也减少 40%。很多销售员辞职不干了。

于是，索埃尔和同事们又创造了一种规格更小的酸奶杯，其中微量元素的含量不变，但价格下调到 7 美分。生意开始好转，一些销售员重新回来工作，工厂也渐渐恢复。两个月后，公司将小杯酸奶的定价调高了一美分，同时也在城市里销售规格更大的酸奶，定价 10 美分。到 2013 年我们去参观时，工厂每天销售大约 8 万杯酸奶，月销量约 150 吨，产能达到 68%。这也许不能解决孟加拉国儿童的营养不良问题，但是索埃尔感到，作为一个企业的管理者，他创造的影响力要比一个直接援助组织所能做到的大，这其中就包括为600名村里的妇女提供了工作岗位。

女销售员通常是穷人里的穷人，还有和塔赫拉·贝谷姆一样的单身母亲。贝谷姆35岁，住在米尔基普尔。她到邻近的村子里挨家叫卖，向母亲们介绍酸奶中的营养所能带来的好处。这样的女销售员被称为“硕体多小姐”。每天早上，送货员蹬着装有巨大冷藏柜的三轮车过来。塔赫拉从送货员手里接过要销售的酸奶和配套的小木勺。大部分女销售员都是兼职，每天卖出大约65杯酸奶，而“职业”销售员每天卖80杯到100杯。塔赫拉是个特例。她每天能卖出200杯到300杯酸奶，一天能挣3美元到5美元。

塔赫拉只念到五年级，过去是个女佣。以前她得到的报酬常常是衣服或食品，随后她再把这些东西拿到市场上变卖，才能赚到钱养活如今已12岁的儿子。有一天，儿子问她能不能买一杯“硕体多”酸奶。她对酸奶一无所知，便找到一名“硕体多小姐”了解这个产品的详情。这位“硕体多”小姐实际上并非一个合格的销售员，无法清楚地向她介绍产品。但是，贝谷姆发现了一张小卡片，上面说这款酸奶富含维生素，可以让孩子们长得更强壮，也能让孕妇肚子里的胎儿更健康。贝谷姆向“硕体多小姐”讲解了这些内容，整个下午都陪着她一起卖酸奶。在贝谷姆的帮助下，硕体多小姐卖出了五六杯酸奶。第二天一早，她就跟着“硕体多小姐”去见送货员，签约成为销售员。第一天，她就卖出50杯，并辞掉了女佣工作。

“现在我认识5000多人。”贝谷姆说。她喜欢和人打交道，与人建立良好的关系，以及自食其力去赚钱。“这个工作带来了很多好事，这一切都让我非常快乐。”

她告诉我们，以前，“我的生活非常悲惨”，销售“硕体多”改变了一切。17岁时，塔赫拉结了婚。这是包办婚姻，并且那个男人已经有一个老婆了。五年后，儿子出生。经营着卖菜小买卖的丈夫说，他养不起两个家，于是离开了她和儿子。现在，她用卖酸奶赚的钱买了自己的房子，也对儿子充满期

住在米尔基普尔的塔赫拉·贝谷姆曾是一位女佣。如今，她从达能批发商那里拿货，每天在当地村庄里卖硕体多酸奶。

望。“我就梦想他能从高中毕业，找一份体面的好工作。我儿子是个好学生，七年级毕业时，他在200个学生里排名第七。”

达能集团和乡村银行与400名奶农合作，由他们供应制作酸奶所需的牛奶。这些奶农都是像穆罕默德·达布鲁·蒙达尔这样的人。35岁的蒙达尔骨瘦如柴，家住孟加拉北部拉姆钱德拉普尔的村里。他和妻子、女儿生活在一起，大女儿11岁，小女儿4岁。成为格莱珉达能公司的合作伙伴以前，蒙达尔有五头牛，也养在家里。只有一两头母牛偶尔产奶，产量低得出奇。他或父亲会把牛奶拿到市场上卖，但价格总是波动不定。有时，牛奶完全卖不动，他们只好再运回家。一家人挣扎度日。后来，格莱珉达能公司的人找到他家，说有兴趣每天以固定的价格收购他家的全部牛奶，而且每次买卖都是现金结账。蒙达尔想都没想就同意了。

就在这个时候，31岁的兽医阿卜杜勒·曼南医生加入进来，和兽医同事们一起给农民提供培训，坐着三轮车定期走访农户。曼南医生向农民们传授饲养（喂养鲜草和优质饲料，而不是本地人常用的米糠）和繁殖奶牛的方法，也介绍奶牛生病时应该购买哪些药物。他告诉养殖者，他们通常没有自己的土地来种植绿草，所以得去市场上购买成捆的草料或者租一片草地。为了繁育产奶量更高的奶牛，曼南医生还帮助蒙达尔为奶牛做人工授精。等到蒙达尔开始向格莱珉达能食品公司卖牛奶时，他家奶牛的产奶量已经在稳步提高了。他用卖牛奶的钱买了一头又一头奶牛。然后它们就开始生养小牛了。

农民穆罕默德·达布鲁·蒙达尔一家站在他们位于北孟加拉的牛棚前，就是在这里，他通过和达能搭伙，改善了全家的生活。

蒙达尔是个合群的人，总是把建议传达给邻居们。他的妻子普拉玛尼克心直口快，非常热情。夫妻俩很快就拥有了15头牛。普拉玛尼克是个坚毅的女人，也是个有决心的行动派，她每天喂牛，给牛洗澡。“它们就像我的孩子一样。”她说。蒙达尔每天早晚挤两次牛奶拿到当地的收购中心。牛奶送到那里后，会接受化验，如果合格，就会被倒进冷却容器，收集完之后再被运到冷藏中心，然后送往工厂。

蒙达尔和普拉玛尼克一天的净利润有14美元，并且越攒越多。家里已经养不下奶牛了，于是他们建起一间牛舍，成了农场上最大的建筑。他们还盖了新房，买了一辆三轮车。蒙达尔天生就爱冒险，于是他们又开了工作坊来生产窗棚，作为副业。蒙达尔还卖了牛，凑够钱把弟弟送到迪拜工作。“我不知道他会不会把钱还给我，”蒙达尔说，“但是他很快乐，这就够了。”

我们去做客时，窗棚生意并不好。蒙达尔承认这一步失策了，他得重新把精力都放在牛奶产业上。“这就是我的生活，”他说，“没有奶牛，我就活不下去。我已经吃到苦头啦。”所以现在蒙达尔和普拉玛尼克正在扩大规模，努力养殖20头优良奶牛。“我希望这些牛舍里住满牛。”普拉玛尼克说。她对女儿们也有很高的期望，给她们喝“硕体多”酸奶，让她们茁壮成长。她希望孩子们以后成为医生或工程师。

一些跨国公司，如雀巢、联合利华、玛氏糖果，他们和世界各地的农民合作，提高作物质量、产量或收割率，也有一些公司关注环境。清洁水源已经成为一个社会难题，并且得到了很多大型公司——比如可口可乐、雀巢和联合利华——的支持。* 随着消费者开始要求价值链承担更多的责任，有机食材和由得到公平工资的工人制造的产品越来越受青睐，比如“不沾血的”钻石，以及由不受剥削的劳工生产的手机零部件。有些公司还通过向全球的供货商提要求来带动改变。

加里·埃里克森和姬特·克劳福德这对夫妻档是一家营养有机食品公司——克里夫能量棒公司——的创始人，他们为企业规定了五条底线：经济可持续性、品牌诚信、回馈社会、员工福利、环境可持续性。克里夫能量棒公司称其购买的原材料中，71% 都经过有机认证。奇普多餐厅称，他们的肉鸡在养殖过程中没有使用生长激素或抗生素，所有肉类都来自餐厅周围 350 英里之内的农场（餐厅一直因为不让第三方检验这些说法而受到批评）。

公司到底应不应该尝试参与到公益领域中，此类争论由来已久。1970 年，经济学家米尔顿·弗里德曼在《纽约时报》上撰写宏文，指出企业社会责任不过是“虚伪的门面功夫”，几乎相当于“诈骗”。[4] 他认为，企业对社会责任活动参与得越多，净财务业绩就越差，从而损害股东的利益。其他左派批评者则称，企业社会责任是一种自欺欺人的推销谎言，目的是把消费者的注意力从公司做的坏事上转移开。这些批评有一定道理。有时，企业履行社会责任的做法确实是徒劳无用的门面功夫。但是，通常而言，情况比这更加复杂。就拿达能集团来说，他们在孟加拉真的通过推广酸奶做了好事，但同

---

* 对于雀巢来说，这些努力并没有缓解公共卫生专家的愤怒。它在贫困国家对婴儿配方奶粉展开的猛烈营销导致了更少人选择母乳喂养，因此也最终导致了这些国家的婴儿死亡率上升。雀巢在雇用童工收割可可豆这样的问题上一直都非常配合，但它却始终在婴儿配方奶粉上不配合，并在一些国家表现得太过激进。然而，这是许多婴儿配方奶粉制造商的问题，雀巢并不比他们更糟，但也没有好到哪里去。

时，这个合资企业也有助于减少他们在全世界大力推销婴儿配方奶粉所招致的批评。

无论怎么说，大公司的影响范围广大，稍有动作，就能带来巨大的实际影响。如果非营利组织的目标是解决社会问题，那么，让营利性公司加入进来并肩战斗，就能取得大得多的效果。这也正是非营利机构CARE与达能在孟加拉建立伙伴关系所基于的考虑。当时，CARE正在孟加拉建立自己的上门推销网络，雇用女性销售员在商店稀少的偏远地区销售肥皂、洗发水、洗衣粉等家庭必需品。但是，CARE需要给这个项目注资100万美元（也就是60万欧元）。达能集团主动提出投资，条件是CARE的女推销员帮忙销售“硕体多”酸奶。CARE从未和营利性公司有过这种合作，一番深思熟虑后，双方于2011年年底联合创办了孟加拉吉塔公司。CARE占有67%的销售网，这个网络由5000多名“永不言败的女人”组成，并由一名前CARE项目经理管理这一项目。

这些“永不言败的女人”——即高效的上门推销员，并不随身背着冷藏包，所以销售时无法保证酸奶的冷藏温度。不过，格莱珉达能集团正在开发产品线，生产一种新的营养强化酸奶。它无须冷藏，保质期长达一至三个月（制作过程与超高温灭菌牛奶相似，后者无须冷藏，在欧洲非常普及），有可能因此急剧扩大孟加拉国的营养强化酸奶市场。最终他们计划将女推销员人数增加至1.1万名。

西方人也许认为CARE就是一个提供援助的组织，但是，通过成立吉塔，创造销售岗位，CARE使当地人获得了收入，自力更生。拉洁达·贝谷姆就是一名推销员。55岁的她满脸皱纹，看上去比实际年龄要老十岁。她16岁结婚，原本有四个儿子和一个女儿，现在女儿已经去世，给她留下一个外孙女。拉洁达的丈夫过去是卖菜的，十年前就瘫痪在床，她必须想办法养家糊口，便签约成为推销员。上班第一天，吉塔公司的代表带着她熟悉环境时，拉洁达很害羞。但第二天她就卖出价值25美元的产品，从那以后，她的业绩一直非常出色。现在，她家通了电，有了椅子、带床头板的大号双人床，还有穿不完的纱丽。

拉洁达有一种秘密武器。当她看到妇女羞于询问哪里能买到卫生用品时，就开始销售卫生巾。这给了她灵感，推销另一种村里大多数人不好意思问起的产品：避孕套。从那以后，她不断增加产品种类。比如 BIC 刮胡刀片，而男人们之前通常用平刃刀片解决问题。也许，她还可以销售太阳能灯具和新款“硕体多”酸奶。

因丈夫瘫痪，无力抚养四个儿子的拉洁达·贝谷姆成了拉吉塔公司的推销员，找到了受人欢迎的秘诀。

酸奶公司的经营远非一帆风顺，实现盈利所需的时间比预计的要长。喝酸奶补充营养有效果，但并没有带来翻天覆地的影响。化验结果表明，定期饮用酸奶的儿童，体内的碘和维生素 A 水平提高，生长速度更快，但是与不喝酸奶的孩子相比，他们体内的锌含量并没有高出多少。[5] 尽管如此，孟加拉儿童从这个项目中获得的益处，依然超过达能集团单纯为援助组织捐款所能带来的。孟加拉人拥有了产奶量更高的奶牛，补充了蛋白质和微量元素，得到了大量就业岗位，而这个可持续发展的项目还将一直使他们受益。对达能集团来说，这个项目成为带来企业荣誉感的宝贵财富。“我由衷地相信，社会企业能改变世界，”科琳娜·巴兹纳说，“这是一个行之有效的系统。”她是达能集团的法国管理人员，接受为期两年的职位，来到孟加拉负责这个项目。后来，她延长了留在孟加拉工作的时间。

达能的雇员感到这个合资企业非常鼓舞人心，集团因此成立了投资基金会达能社区，将 10% 的资金投入社会企业。达能就是通过这个基金会向吉塔投资，成为了占有 33% 股份的合资方。2006 年，达能集团为达能社区提供了 1700 万欧元的种子资金。基金会由第三方管理，目前规模已增长到 7000 万欧元，投资者众多，其中也包括达能集团的雇员。

在尤努斯看来，这一切仅仅是个开始。他认为，在解决社会问题方面，社会企业的效力远超援助组织，远超纯营利性企业。他说，援助导致依赖，而纯粹以营利为目的的经济实体又不处理重要的社会问题。乡村银行在多个国家与其他大型公司合作，比如与巴斯夫合作生产蚊帐。为满足乡村地区贫困农民及其家庭的需要，格莱珉英特尔社会商业公司开发了多款软件。“舒玛塔”是为流动医疗工作者设计的一款软件产品，使用者可以通过软件记录孕妇的详细信息，以供医生发现高危妊娠，从而远程为孕妇提供建议。从 2010 年开始，舒玛塔已帮助 1000 多名妇女发现妊娠并发症，并找到当地医生求诊。格莱珉英特尔还开发了一款疫苗追踪和调度的软件“多尔纳”，帮助医疗工作者确保家长在恰当的时间让婴儿接受免疫注射。

最成功的社会企业之一是亚拉文眼科关爱医院。亚拉文于 1976 年在印度成立，创始人是格文达帕・文卡塔斯瓦米和麦克阿瑟天才奖获得者、社会企业家戴维・格林，现已发展成一个眼科医院集团，并开发出一系列优质低价的眼科保健技术和产品。亚拉文向富裕的顾客收费，将所得用于为穷人提供免费诊疗，手术量现已超过 400 万台，医治患者 3200 万人。虽是非营利机构，但亚拉文创造收入，自给资金，并且规模还在扩大。

企业具备强劲的增长动力，因此有一种观点认为，长远来看，和一个大型基金会或非营利组织相比，一个不作恶的大公司有潜力为公益创造更多的价值。2011 年，IBM 和卡内基公司双双迎来百年诞辰，《经济学人》杂志将二者的贡献进行比较，以评估哪一个组织对社会具有更大的影响力。卡内基公司在成立的前 25 年内展现出巨大的影响力，创办图书馆 2500 座，为胰岛素的发现提供资助，向卡内基技术学院、布鲁金斯研究所、国家科学院以及为大学教师提供养老金的美国退休教师基金会等新机构拨款。但是，在之后的几十年中，它的影响力逐渐衰弱，而IBM则继续创新和成长。《经济学人》的结论是，凭借其在全世界的4.34万名员工，和企业软件、云计算、人工智能等广泛创新，IBM创造了更大的社会价值。

就像律师事务所定期接手无偿案件一样，渴望展示社会责任感的公司也给了员工更充裕的时间回馈社会。IBM仿照和平队模式成立的“企业全球志愿服务队”，已向30多个国家派出2400余人提供咨询建议。2010年，IBM又开始了一项为期三年、覆盖100个城市的大计划，参加的员工拿出时间帮助这些城市启动大型项目，解决棘手问题。IBM出动由五六名员工组成的团队，用三周时间形成总体规划和执行策略。在圣路易斯市，IBM协助设计了一个覆盖全市的信息技术系统，这一系统可追踪刑事司法体系记录在案的每个人，并允许各个司法机关调用电子信息。IBM称，该系统使部分街区的犯罪率下降了50%。丰田汽车公司也利用成熟的生产专业技能帮助医院、学校和其他非营利机构提高效率。比如，在纽约哈莱姆区，丰田就将由“纽约市食物银行”组织所运营的救济厨房的排队取餐时间从90分钟缩短到18分钟。

我们愿意看到更多公司登上这个舞台，让员工们施展他们的技能，为无偿的公益项目服务。非营利机构领域迫切需要企业的一整套技能，而公司从中获得的奖赏，根据我们的猜想，就是员工的士气更高，在招聘和保留人才方面也更成功。[6]同样，越来越多的公司呼应达能集团和乡村开发银行生产酸奶的尝试，参与经营合资企业，也是一件好事。如果坚持让非营利组织和公司各自为政，我们都会输。如果你在一家公司工作，思考一下企业怎样助人，或者想想一项无偿服务政策是什么样子，并且问问管理层是否也对这些感兴趣。

要成为解决社会问题的最佳项目，就需要具备解决这一问题的正确工具。这也正是达能集团的新型微量元素酸奶和IBM的信息技术系统有所建树的原因。在金融领域，社会效应债券堪称是最有趣的私募基金项目之一。2010年，在洛克菲勒基金会的协助下，社会效应债券率先在英国发行，两年后拓展到美国。“虽然慈善事业呈井喷式发展，但慈善领域就是缺少足够的资金，政府援助资金也不足以解决所有的社会问题，”洛克菲勒基金会主席朱迪思·罗丁说，“不是说金钱能解决所有问题，而是说，对于需要钱并且有时需要大量金钱的事情，发动私人资本投入社会公益，将会发挥关键的作用。”

用债券来资助政府革新的想法将在日后节约大量资金，随后就可以用节省下来的钱偿还给债券持有人。英国发行了大约500万英镑的债券，通过非政府组织开发的项目来资助彼得伯勒市监狱局，他们帮助假释人员解决住房问题、获得援助，以此来减少累犯率。如果累犯率降到一定水平，投资者的年回报率就上升到13%，他们将从监狱开支的结余中获得这笔收入；如果累犯率没有变化，那么投资者一分钱都赚不到。中期结果显示，与全国平均水平相比，彼得伯勒监狱的累犯率下降了21%，也就是说，债券持有人能得到不错的回报。[7]看到这些令人振奋的结果，人们也开始思考社会效应债券还能在哪些领域为社会项目提供资金。一种可能性是，资助“治疗暴力”，聘用更多像乔中国这样的人打击犯罪。

完美产品：便宜、干净的水

传统而言，在世界各地帮助村民获取清洁水源的援助组织不愿意收费，他们感觉不应该让穷人为水源这种维持生命的必需品付钱。但问题在于，不论这种想法多么令人钦佩，它并不能真正地将清洁水源送给需要的人，还是得筹到钱才行。

快速消费品巨头联合利华采取了截然不同的策略。2000年，联合利华印度公司的资深管理人员尤力·杰恩敏锐地注意到让清洁水源进入全印度各家各户的艰巨挑战。世界卫生组织称，不洁的饮用水导致腹泻，大部分当地人的营养不良是由这种脏水引起的。拥有全天候可靠清洁水源的地方在印度少之又少。在新德里，水管维护不善，40% 的水管都无法向用户供水[8]，因此清洁水源是定额配给，并受到限制。

杰恩说，“不需要对消费者进行太多花里胡哨的了解也能发现”，在印度，清洁水源是个问题。从小到大，杰恩饱受多种水源性传染病之苦。尽管联合利华在全世界都没有涉足净水行业，但杰恩还是促使联合利华寻找一种提供清洁水源的企业解决方案，作为公司可持续发展计划的组成部分。杰恩和同事们定下了一套严格的标准：清洁水源必须满足美国国家环境保护局制定的最高标准，要经过滤去除细菌、寄生虫和病毒；供水系统必须是轻便可移动的独立装置，不依靠电力等外界能源；未受过教育的人也能很容易地使用（进水，出水）；自身具备储水单元；当过滤器不能再处理脏水时，需要自动关闭；价格必须让大众能够承受。尽管用 200 美元造一个滤水器是可能的，但对印度的贫困人口来说，这个价格昂贵得让人望而却步。

尤力·杰恩展示联合利华印度公司开发的净水宝。（图片由联合利华印度公司提供）

杰恩和团队集合了分布在世界各地的 100 名联合利华专家，经过五年的努力，开发出一款廉价产品。他们相信，它将在市场上大获成功。“我认为只有公司能做成这件事。”杰恩说，他现在已经是公司净水产业的副总裁了。这款产品就是“净水宝”。据联合利华介绍，净水宝制造安全饮用水的成本是每升水半美分。杰恩说，在印度，用净水宝获取洁净水源的碳足迹与烧开水来净化水质相比要低 90%。

2004年，联合利华正式推出净水宝，售价35美元，目前销量已达到数百万美元。联合利华估计，净水宝使4500万人获得了清洁的饮用水。他们将净水宝推广到亚洲、非洲和拉丁美洲的十几个国家。据第三方调研机构“市场验证”统计，净水宝是全球最畅销的家用净水器。联合利华的目标是，到2020年，让数以亿计的人喝上清洁的饮用水。虽然净水宝品牌没有透露产品是否已达到盈利指标，但其声称，在印度的同类净水器市场，净水宝的占有率达到50%。杰恩的办公室里有一台收报机，记录着“净水宝现已保护了多少人的性命”。

目前，联合利华已经建立一整条净水器产品线，其中既有更加昂贵、售价达到260美元的产品，也有售价19美元的廉价产品。为了让产品到达金字塔最底层的极端贫困人口手中，联合利华与当地团体结成合作伙伴提供小额贷款，以资助穷人购买净水设备。但是，销量增长缓慢，直到2013年年底，通过这种办法，他们也只卖出了8.9万台净水器。批评者们也许要问，联合利华为什么不像达能集团那样一开始就放弃利润，但是，联合利华做的不是公司慈善，也不是社会企业，而是寻求一个满足顾客需求，从而实现盈利的商业模式。“我们在这件事中的立场是非常明确的，”杰恩说，“我们说过，做成这件事的方法是实现可持续的规模效益，所以我们就不需要依靠慈善了。”

第三部分

奉献、收获、生活

第十四章　奉献的神经学：自然的快感

幸福的人活得好也做得好。

——亚里士多德《尼各马可伦理学》(公元前 350 年)

挑高的天花板下，大大的房间空空荡荡，除了一个坟墓般将近 1. 3 万磅的巨型白色管状机器，别无他物。雪莉躺在机器前的输送带上，把头伸进白色头盔，眼睛紧贴在镜框后面。透过眼镜，她可以看到一个小小的电脑屏幕。操作人员调试机器，反复检查，以确认她身上没有任何金属物质，然后将她紧紧地包裹起来，就像个木乃伊。完全包好之后，传送带把她吸进了巨大的白色管道。“不要眨眼，”她的耳机里传来一个响亮的男声，“别睡着了。”

运输带暂停，操作人员调整机器，输入程序。男声再次响起：“你将听到一阵巨大的噪声，它将持续 14 秒。”一个尖厉的声音充斥耳际。然后，操作员说：“现在，我们来做一次解剖扫描。”

随着各个组成部分的轰鸣，它慢慢启动，管道内的强力磁铁开始工作，机器隆隆作响。嗡的一声过后，响声更长了。这台精密的装置——价值 270 万美元的核磁共振成像设备，开始向雪莉的大脑发出射频脉冲，让她大脑中的氢原子旋转。每两秒钟，机器就吐出一张雪莉脑部的三维图像，显示出她正在使用大脑的哪些区域。她要回答一组问题：你是否愿意为红十字会捐款 20 美元？你是否愿意为联合劝募协会捐款 40 美元？你是否愿意为海伦·凯勒国际基金会捐款 20 美元？对于每个问题，她可以选择捐款或跳到下一题。核磁图像显示出雪莉做出决定时的大脑活动模式。

这台机器是俄勒冈大学的功能性磁共振成像扫描仪。这种机器通常用于检查病人或诊断疾病，这台却是用于脑部研究的。我们感兴趣的是，当人们为慈善事业捐款、帮助他人时，大脑中发生了哪些变化。越来越多的心理学和神经科学研究表明，利他行为不仅对受助者有益，对助人者同样有益。研究者认为，帮助他人令我们感到幸福，甚至使我们更加健康，寿命更长。所以，我们跑到实验室观察大脑——确切地说，观察我们自己的大脑——在做出捐赠善款的决定时是什么样的。

我们的向导是美国利他行为神经科学领域前沿的研究者，俄勒冈大学的乌尔里克·迈尔和威廉·T. 哈博。心理学教授迈尔身材瘦高，棕色的头发蓬松凌乱。他邀请我们来到办公室时，双眼闪烁着光芒。这个宽敞的房间里灯火通明，几乎没有陈设，只在房间的一端摆放着巨大的电脑显示屏。哈博从他位于经济系的办公室赶过来，他在那里研究人们奉献的动机。他面色和善，戴着金丝框眼镜，灰白的头发略显稀疏。

“我们大概是十年前开始这项研究的，”迈尔开口道，“那时还没有多少人尝试利用脑部成像来考察宏大的问题，比如，什么是利他主义？人们为什么会做出利他的决定？”

迈尔和哈博采用了新奇的工具——神经影像学，但是学者们早就开始通过其他方法探索奉献和幸福之间的关系，这类研究已经进行了好几十年。我们两人对这个领域的兴

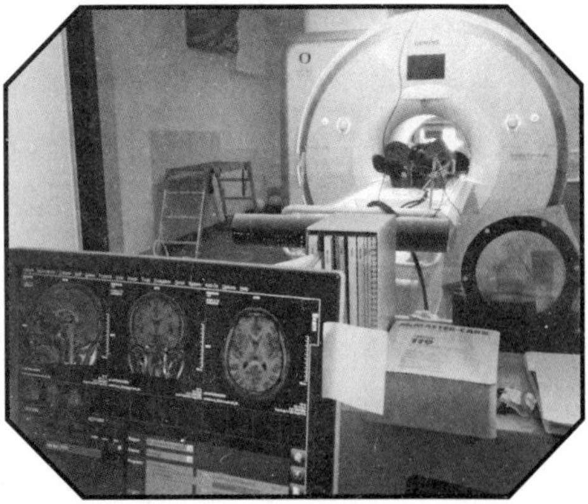

为监测一个人在慈善捐款时的脑部活动，尼克在俄勒冈大学实验室做脑部扫描。

趣始于十年前我们和乔纳森·海特的相识，他撰写了大量探讨幸福的著作。海特现在是纽约大学斯特恩商学院的教授，他告诉我们，人们以为能让自己幸福的大部分东西，都不能真正让他们幸福，至少不会幸福多久。他说，人们有各不相同的“幸福定点”，这使得我们当中有些人的幸福感格外强，有些则弱一些，但是不论这个定点的位置高低，我们的幸福感总是围绕它上下浮动。所以，如果我们中了彩票或买了一辆跑车，会在一段时间内狂喜，但之后还会回到预设的幸福感水平。能真正提升幸福定点的少数事物之一，海特说，便是“与一种超越我们自己的事业联系在一起”。

与海特的对话促使我们两人进一步探索这个领域。我们发现的第一件事就是，大把钞票不能创造持久的幸福感。对彩票中奖者的研究已经十分广泛，他们的典型表现是，在中奖时产生突如其来、喜出望外的幸福感，但在一年之内，这种感觉就逐渐消失殆尽。他们对保时捷和新豪宅也习以为常了。有时，金钱还会使朋友间产生嫌隙，而和金钱相比，友情才是满足感更可靠的来源。

西弗吉尼亚州小镇斯科特迪波的小企业主杰克·惠特克的人生轨迹也显示出，金钱具有何等强大的毁灭性。[1] 在2002年圣诞节一早，惠特克兑了一张强力球彩票，发现自己购买的一美元彩票中了大奖。奖金总额为3.149亿美元，是强力球彩票有史以来最大一笔一人独中的奖金。惠特克一票成名。他决定立刻领取全部奖金而不是分期领取，扣税后的奖金总额因此减少到9300万美元。

值得称道的是，惠特克分享了财富。他买了一辆车，还为卖给他这张中奖彩票的便利店女店员买了房。他把奖金的10%捐给常去的教堂，用1400万美元成立以他本人命名的基金会，为穷人提供食物和住处。作为一个55岁的成功商人，他懂得乱开支票的代价，看起来有条不紊地面对一夜暴富带来的挑战。相较于给自己买玩具，他更加感兴趣的是给身边所爱的人——42岁的妻子朱厄尔，女儿金杰，还有外孙女布兰迪·布拉格——买东西，让她们更加幸福。

可惜，事情很快就变了味。中奖七个月后，惠特克从一家脱衣舞俱乐部打电话报警，称他被人下药，遭到抢劫。他控诉说自己携带着54.5万美元现金和银行支票去了俱乐部，结果钱和支票都被偷了。没过多久，他因酒后驾驶被捕，当时他带着一把手枪和11.7万美元现金。“我才不会为这些烦心呢，看谁不顺眼我就让他滚，”他有一次这样告诉记者，“花多少钱无所谓。”意外事件和官司接踵而至，惠特克被控有粗鄙和自残行为。后来据估计，他涉及了460起官司，其中包括一家赌场的起诉。赌场称他签的支票跳票，欠账超过100万美元。他最终住进戒疗所治疗酒瘾；朱厄尔和他离婚，发起一场争夺财产的恶战；金杰被发现死在自己家中，死因可能是吸毒过量。

惠特克和外孙女布兰迪格外亲近，不仅给她买了四辆车，还定期把一卷卷的百元大钞塞给她。布兰迪的车里散落着钞票，显然是购物剩下的零钱。她最终还是退学了。惠特克一家都怀疑（他们的怀疑是对的）别人要算计他们的钱，这导致他们脱离了朋友圈。财富筑起一道壁垒，使他们和故交旧友的共同点骤然减少。极端富裕带来的不是自由，而是疏离。布兰迪从毒品中获得了慰藉，她18岁的朋友因吸毒过量在惠特克家中身亡。不久之后，布兰迪自己也死于吸毒过量，年仅17岁。惠特克听到她的死讯时，啜泣着对记者说：“当初我把彩票撕了就好了。”

这样的故事让我们清醒，我们开始考察接受（或奉献）如何带来幸福。一项开拓性的研究追踪了268名哈佛学生，从他们年轻时跟踪到中年，再到老年，以评估哪些因素使其中一些人长寿又幸福。[2] 研究者们发现，利他主义者优雅地老去及保持健康的概率大得多。在长寿方面，乐于帮助他人的意愿看起来的确比控制胆固醇水平还重要。

这似乎是《圣经》里“施比受更有福”这种神圣宗教观念的世俗说法。其他的信仰也有类似的苦修传统，或是同样强调服务他人的重要性。过去几十年，不断累积的证据表明，这样做不仅符合宗教戒规，也是获得更大幸福感的切实可行的自助之路。研究人员反复观察发现，为慈善组织捐款更多或参与志愿活动时间更长的人声称自己更加幸福，也更加健康。哈佛商学院的拉琳·阿尼克和迈克尔·诺顿发现，捐款在收入所得中占比更高的人在自我评估中认为自己更加幸福，而一个人为自己花费的金钱数额与幸福感之间则几乎毫无联系。[3]

这些研究和其他相似的研究都有一个问题，即幸福感可能激发了利他主义行为，而不是反过来。为了厘清其中的因果关系，学者们随机指派了几名学生在一周做五件好事，持续六周。[4]和对照组的学生相比，实验组学生的幸福感明显强烈得多。在另一个具有独创性的实验中，研究人员在公共场所随机接近路人，把钱（一张 5 美元钞票或一张 20 美元钞票）递给他们。[5]收到钱的人中，有些被要求当天就要把这笔钱花在自己身上，有些则被要求把钱花在别人身上（比如送一份礼物或给慈善组织捐款）。学生们原本以为，给自己花钱的人会获得更大的幸福感，但他们错了。当一名研究人员给每个参加实验的人打电话跟进情况时，把钱（不论是 5 美元还是 20 美元）花在别人身上的受试者明显比给自己花钱的人更加幸福。这引出了一种令人着迷的可能性：我们误导了自己，以为给自己花钱或物质上的收获会让我们感到更加幸福，但实际上，我们也许天生就能从为他人奉献中获得更大的愉悦感。显然，这没有经过证实，很多研究所使用的样本规模过小，金钱数量过少，不足以在现实世界产生什么作用。（捐款 5 美元或 20 美元使人快乐，这听起来棒极了，但如果要捐出去的是 1000 美元呢？）

1974 年，经济学家理查德·伊斯特林提出了一个震惊世界的观点：收入的增加通常不会带来更大的幸福。它暗示了人们为了实现梦想而拼命赚更多钱的举动是没有意义的。这个被称为“伊斯特林悖论”的论点激起了一波研究潮流。有些人认为，在满足了基本需求但没有远远超出这个层次时，更高的收入增加了幸福感。普林斯顿大学的丹尼尔·卡尼曼和安格斯·迪顿评估了 45 万份调查问卷后发现，更高的收入在各个层面上，都与整体生活满意度有关联。[6] 但是，对于“他们有多幸福”以及“多经常会微笑或大笑”等问题，受访者的回答显示，在年收入达到约 7.5 万美元之前，这种幸福感都随着收入增加；在这之后，幸福感不会提升太多。

紧随其后登场的是两名年轻的经济学家，贾斯汀·沃尔弗斯和贝齐·史蒂文斯夫妇。[7] 他们发现，在全球所有国家，更高的收入与衡量幸福感的广泛指标之间都具有强烈的联系。尽管他们发现，在富人中间，只有更大的收入涨幅才能提高幸福感，但他们认为，幸福临界点并不存在。他们还注意到，虽然美国的人均国内生产总值显著增加，但是过去几十年中，美国人的自感幸福水平并未发生很大变化。[8]

那么，金钱买得到幸福吗？有人说买得到，富裕国家的国民幸福感更高；有人说买不到，人们难以判定超级富豪一定比普通富裕的人们更幸福。贾斯汀·沃尔弗斯是第一个说金钱并非万能的人。“人们常向我提出的一个问题是，‘哦，你这是证明了金钱能买来幸福，所以我就得告诉我女儿，她应该当一个投资银行家，而不是走出家门改变世界吗？’对此，我的回答是，‘绝对不是这么回事。’”

沃尔弗斯补充道：“我认为，在很大程度上，是各种宽泛的选择让我幸福。这并不是说，谁的选择对，谁的选择错，也不是说再买一双莫罗·伯拉尼克名牌鞋就让你更幸福，而是说对于拥有更广泛选择的人来说，金钱只是一种标志而已。”

这种不确定性，让我们对通过现代扫描仪器对大脑进行直观研究可能会带来的结果着迷。这种方法能够带来更严格、更完善的科学可靠性吗？就是这个问题将我们两个人带到俄勒冈大学，窥视一番我们的大脑内部。迈尔和哈博向我们展示，大脑的快乐中枢紧靠在一起，包括伏核、隔膜、尾状核，以及脑岛。这些热点区域对愉悦感的来源——大笑、糖果、性爱[9]，还有其他好多好多东西——有反应。

迈尔、哈博和同事丹·伯格哈特进行了脑部研究的首次尝试：用肉眼看得到的方式，展示出奉献使人幸福。[10]他们使用核磁共振扫描呈现出人们收到金钱馈赠或自愿捐赠善款时脑部的活动情况。当受试者收到钱时，伏核的部分区域在核磁共振成像仪上亮起来，当他们为慈善捐款时，与这些部分相邻的区域会亮起来。扫描显示，人们从奉献中得到快乐的程度有显著差异[11]，大约一半受试者在捐款时，其大脑快乐区的亮度比接受赠款时更高。有些人强烈支持一条普遍原则：当他人遭遇不幸时，帮助他们是很重要的，即使他们和我们是截然不同的人。这呼应了众多信仰的精神传统，也是康德所说的绝对命令，当它被内化后，就对行为产生了深刻的影响。“赞同这一信条的人捐款金额很高。”迈尔说。换句话解释，捐赠能够成为一种爱好。

俄勒冈大学的威廉·T. 哈博和乌尔里克·迈尔教授。（图片由格伦·沃德尔提供）

这是否意味着，当捐款助人内化成一种习惯，人们从中获得的愉悦就减少了呢？奉献是不是像一种良性的毒瘾，只有不断加大剂量才能让人兴奋？伏核与成瘾有关，迈尔和哈博由此推测，人可能像染上性瘾或毒瘾一样，对利他行为上瘾。我们让迈尔举出一个对舍己奉献上了瘾的例子，他若有所思地歪着头：“特蕾莎修女算不算？”

神经科学家目前尝试回答的一个问题在于，奉献的幸福感到底是源于纯粹渴望看到他人的生活好起来，还是因为享受因热心慷慨而得到的敬意。哈博笑笑，引述了本杰明·富兰克林的朋友伯纳德·曼德维尔在1723年写下的一句话：“傲慢和虚伪建起来的医院比美德还要多。”[12]现在，已经有一些迹象显示，奉献的幸福既来源于这种虚荣心，也出自无私的利他主义。在女性的注视下，男性为慈善捐款时会更慷慨，在场的女性越是美丽动人，男性出手就越大方。男性是否在场对女性的慷慨程度则不具有相应的影响。不过，不仅当受试者在他人注视下捐款时大脑快乐区会表现出兴奋迹象，直接从他们的账户划走30美元捐给慈善事业（比如食品银行）——这有点像可以让穷人获益的一种税，大脑快乐区也会活跃。这暗示着，利他主义深植于人心，与公众的尊重并无关系。

就在一些学者为“利他主义让我们幸福”搜罗证据的同时，其他人的研究则显示，奉献也使我们更加健康，原因可能是，这样做缓解了我们的压力。2006年的一项研究发现，热心慷慨的人比吝啬的人血压更低。[13]这也许是乐于助人者长寿的机制之一。斯蒂芬·波斯特和吉尔·奈马克在《好人为什么有好报》中写道：“奉献吧，你会更健康；奉献吧，你会更长寿。”[14]这是一个大胆的断言，但是波斯特拥有众多支持者，他管理的研究所就是检验二者关系的。

一项研究发现，一个人在高中时代的奉献和慷慨甚至能预示出其在半个世纪后具备良好的身心健康状况。另一项为期五年的研究跟踪了近2000名55岁以上的受试者，考察这一时间段内与死亡率降低相关的因素。[15]研究者们发现，参加教堂礼拜的受试者死亡率下降了29%，每周锻炼四次的受试者死亡率下降30%，而在两个或两个以上组织中参加志愿活动的受试者死亡率惊人地下降44%。得克萨斯大学针对65岁以上的美国人所做的研究也发现，参加志愿活动的人患上抑郁症的概率更低，长寿的概率则更高。

这些研究教会了我们哪些——用杰斐逊的话说——关于“追求幸福”的事情呢？[16]幸福专家索尼娅·柳博米尔斯基认为，“最有希望改变一个人幸福水平的方法”就是有意识地采取一些步骤，包括锻炼、参加社会活动、每天记录下一天中积极的经历，以及更加慷慨热心。[17]最后这个要素证实了我们亲眼看到的东西。“你能做的最自私的事，就是帮助别人，”马拉尼说，“如果人们在年轻的时候就接触到这个真相，即帮助他人和做好事能得到巨大的快乐和益处，那么世界就会因此而改变。”

世界上最“无聊”的援助

雪莉在俄勒冈大学接受脑部扫描时，研究者抛给她的一个问题是，她是否会给海伦·凯勒国际基金会捐款。当脑海中浮现出渴望走出失明的海伦·凯勒时，她点击“会”。海伦·凯勒国际基金会已经成长为一个非常高效的全球性组织，其所致力的工作远不止于此，但是，在大多数人眼中，它也是最“无聊”的组织。

海伦·凯勒国际基金会由凯勒本人创办，最初只通过一对一的诊疗来救治失明，直到后来，基金会认为公共卫生措施更符合成本效益。维生素 A 缺乏症每年大约导致 67 万名儿童死亡，也是儿童失明最主要的原因。[18] 让儿童服用两美分一份的维生素 A 补充剂，不失为一种成本低廉的解决办法。因此，人们鼓励非洲家庭种植果肉呈橘色的红薯（富含维生素 A），而不是更为常见的白薯。另一个重要的方法是在面粉或食用油等食物中添加微量元素，这种做法已经在美国推行了几十年。还有一种途径是培植维生素和矿物质含量更高的作物品种。同样，鼓励和支持妈妈们母乳喂养，也有助于加强孩子的营养，挽救生命。海伦·凯勒国际基金会在这些领域做了杰出的工作，但他们的努力几乎从未引起注意——要为微量元素赋予一张生动的面孔实在是太困难了。不幸的是，有时，高效的援助手段，比如提供微量元素或推动母乳喂养，与我们认为最值得资助的项目之间并不协调。

锌、碘、叶酸等微量元素是救命的东西，一年的供给费用还没有一根热狗贵。碘堪称一种神奇的微量元素。据《柳叶刀》杂志刊载：“在全世界范围内，碘缺乏症是造成智力损伤最常见的原因，而这种损伤是可预防的。”全球大约三分之一的儿童在大脑发育阶段碘摄入不足，有根据的推测是，这导致智商总分数损失十亿点。研究发现，在中部和南部非洲，如果每名孕妇体内的碘含量足够（从碘盐中摄取，或生育年龄内每两年服用一片花费仅 51 美分的碘胶囊），儿童的受教育程度就提高 7.5%。当这些孩子成年后，这种增长将直接带来经济产量的提高。

尼日尔的一家诊所前。一位母亲在此得到由海伦·凯勒国际基金会提供的最佳母乳喂养和儿童营养方面的指导。

与此相似，锌可以减少因痢疾和感染而死亡的儿童数量。缺铁会导致贫血，使人虚弱无力，还会增加妇女难产死亡的风险。印度尼西亚的一项随机对照实验显示，食用价值 7 美元的补铁鱼露的男性，年收入会增加 46 美元，足够购买很多补铁剂。然而，如前所述，这些微量元素很难吸引人们的注意和资金。

同样，美国针对非洲的最佳计划之一是《非洲增长与机遇法案》（AGOA）。这是为美国公司提供的在非洲投资的贸易激励措施，在当地创造了成千上万可以减少贫困的就业岗位。但是，它归根结底还是关于贸易的法案，干巴巴的，不能打动人心，也就几乎没有得到公众的注意或支持。

还有，吉米·卡特和他的卡特中心多年来一直在奋力抗击被人忽略的热带疾病，比如（引起剧痛并致残的）龙线虫病以及（让人备受折磨并致人失明的）河盲症。龙线虫病的发病案例从 1986 年的 350 万起下降至 2013 年的 148 起，降幅达到 99.99%，这很大程度上归功于卡特。卡特总统希望龙线虫病不久就能得以根除，还开玩笑说，他得保重身体，这样才能活着看到这一天。

这些行动毫无魅力，难以推销给捐赠人，但它们具有成本效率，能带来巨变。

没有人用丹·帕洛塔推广骑行健走的方式给锌、碘或贸易计划做营销，所以海伦·凯勒国际基金会默默无闻。我们在这里提到它，是因为这是一个伟大的组织，具备挽救生命的手段，即使方法沉闷无聊，即使我们的大脑天生就对它们不感冒。可是，有时候，最重要最基本的东西就是一点都不性感。

第十五章　当社交网络挖开一口井

我不知道我们的命运如何，但我知道一件事，你们之中唯一能获得幸福的，只有那些寻找并发现了如何为他人服务的人。

——诺贝尔和平奖得主阿尔贝特·施韦泽博士

你或许曾收到过生日的朋友邀你捐款的电子邮件，筹到的钱会用来在埃塞俄比亚打一口水井。你或许也曾在社交媒体上读到一条推文或看到一段视频，讲一群美国人结伴去发展中世界打井。遇到这两种情况都不令人惊讶，因为“慈善：水”势如破竹的营销力量使之越来越常见。我们在前文中提到过“慈善：水”，它是有史以来增长速度最快的慈善机构之一。这是对一个年轻人的肯定，他就是斯科特·哈里森。在寻找生活意义的过程中，他创办了“慈善：水”，并挖掘出一个固有的真相：和朋友们一起捐款比自己一个人捐款更有趣。他借助社交网络的力量，将集体捐赠变得更加简单，更让人受益。他的经历凸显出社交网络实现变革的力量，也提醒我们，当帮助他人被视作一种社交活动而非牺牲时，吸引力要大得多。和很多人一样，斯科特为我们创造了一个渠道，让我们可以在庆祝生日或纪念其他特殊时刻的同时，给世界带来一些改变。虽然“慈善：水”2006年才成立，但是在年轻人中间，它的知名度超过历史悠久的国际救援委员会。“慈善：水”出资赞助的水井中，很多都是这个高水准的援助组织修建的。慈善领域的景观已经大不相同，捐助已尽可能地变成一种奖励。在创造改变方面，鲜有人能比斯科特·哈里森更有代表性。

哈里森四岁那年，一件事永远地改变了他的生活。家里煤气泄漏，母亲一氧化碳中毒，免疫系统受损，身体严重残疾，机能失调。她要是想看书，就得先把书放进烤箱去除油墨的气味，然后再装进塑料袋。读书时，还得戴上手套。童年的磨难似乎使他的同情心格外丰沛。他也钦佩父亲在那些年里表现出的耐心、韧性和爱。“他一直守在她身边，我非常敬佩这一点。”哈里森回忆说。

哈里森在新泽西州南部长大，小时候是个虔诚的基督徒，青少年时代，随波逐流成了浪荡子。他加入乐队，留起长发，流连于音乐演出现场，在纽约大学传播学专业拿着 C 这种中下成绩混日子。他身材中等，但气场强大，热情奔放，是大家的开心果。他总能成为聚会的焦点，做出疯狂、好笑，没准还违法的事情。大学期间，他在夜店做现场演出，毕业后就为夜店做推广。他仿佛是夜店圈里的花衣魔笛手，令年轻人趋之若鹜地走进高端夜店，喝 16 美元一杯的鸡尾酒，或者买 350 美元一瓶的灰雁伏特加——这当然更好啦。他从销售额里拿提成，还建了一个私人数据库，里面存着 1.5 万人的电子邮件地址。他引诱这些“朋友”来参加夜店举办的活动，结果非常成功。据他说，百威和百加得为了让他喝自家的产品，还要付钱给他，因为他一喝，其他人就会跟着喝。那是一段疯狂的生活，充斥着赌博和脱衣舞的狂欢；哈里森成了大烟枪，一天要抽两包，还喜欢上可卡因和摇头丸。“有一个故事我讲了十年，你像我这样经历过华丽的冒险，喝个大醉，没准再找个姑娘，才能体会生活的意义。”哈里森回忆。这不仅是放荡的生活，也是收入颇丰的生活。哈里森住进了曼哈顿中城的顶层公寓，戴着高级手表，开着宝马车。

转眼到了 28 岁那年。斯科特·哈里森来到乌拉圭美丽的海滨胜地埃斯特角城度假。面对和煦的阳光，清凉的海风，健美的古铜色肉体，他突然感到生活空虚，自己一无是处：“我意识到自己是最自私、最谄媚、最可悲的人。我认识的人里面，最坏的就是我自己。”哈里森回到曼哈顿夜店圈，白天读起了《圣经》，晚上照旧吸毒。这种生活也不太令他满意。他不断问自己：你到底在干什么？这总是引出下一个问题：我要是来个180度的大转弯呢？那会是什么样？如果我侍奉上帝、为穷人服务，又会是什么样？这是颠覆性的想法，自从成年以来，哈里森就没有参加过志愿活动，更没有给慈善组织捐过钱，他完全不知道自己能为世界做什么贡献。但不论是什么，他要做的事都必须符合一种截然不同的生活方式。“我以成年人的身份，通过一条不同的道路回归到我的基督教信仰。这不是被人灌输的，而是我自己的决定。我想诚实地践行它，而不是当个虚伪的教徒。”

哈里森向大型援助组织申请工作。他们笑他不自量力。一个没有行业经验的夜店推销员想来帮助穷人？快醒醒吧！哈里森的背景往往让人联想到那些失败的援助工作者，那些本就内心贫穷，又不具备在发展中世界工作所需技能的人。援助组织不仅不愿雇用斯科特，而且似乎连不付工资的志愿者岗位都不想给他。最终，他在基督教慈善组织“恩典之船”找到一个位置。这个组织派出的“非洲恩典号”医疗船是名副其实的漂浮医院，它在非洲各个贫穷国家停靠，为病患做外科手术。船上需要一个记录手术的摄影师，哈里森施展魅力和口才，得到了这份工作。为此，他需要每月支付500美金。为了负担上船当志愿者的费用，他不得不卖掉收藏的唱片、影碟和一些摄影器材。

“恩典之船”是对志愿力量的一种致敬。医生们在“非洲恩典号”上修复唇腭裂、产科瘘管，以及其他多种病症。外科主任加里·帕克已经在船上待了26年。他在船上结识了来当志愿者的妻子，他们的孩子们也在船上长大。“非洲恩典号”上有医生、护士、其他拿出假期时间来帮忙的医护人员，还有斯科特·哈里森这样的人，他们甚至为自己在船上的食宿付钱。这些人去了又回，一次又一次登船服务。

哈里森随船停靠的第一站是西非国家贝宁的港口城市科托努。大约5000多人排着队，焦急地等待手术：有些人背着孩子跋涉了几个星期，希望能挽救孩子的生命。哈里森拍摄的第一场手术是阿尔弗雷德·索苏的。这个14岁的男孩长了一颗形状奇异的肿瘤，瘤子填满他的嘴巴，遮住了整个下巴。“他要被他自己的脸闷死了，”哈里森回忆说，“看到这一切的时候，我还没做好精神准备，躲在角落里哭了。”阿尔弗雷德的父母曾花钱找来传统巫医。巫医把刀插进肿瘤，这样非但没把它割下来，还伤了孩子。瘤子越长越大，塞满他的嘴，让他几乎无法进食。阿尔弗雷德登船的时候，他的体重只剩下 44 磅，其中 5 磅是瘤子的分量。船员们收治了他。一名病理学家做了化验，证明肿瘤是良性的。然后，帕克医生主刀摘除了肿瘤，手术耗时三小时。阿尔弗雷德捡回了一条命，住在康复病房，体重很快就回升了。

“几个星期以后，我把阿尔弗雷德送回村子，他的脸焕然一新，”哈里森接着说，“我之前看到的是一个濒临死亡、恐惧愤怒的孩子，等到我把他送回家的时候，每个人都在欢呼，这仅仅得益于几个医生放弃了休假。”（哈里森拍摄的照片如今还挂在他建的网站 OnAMercyShip.com 上）登上医疗船不仅挽救了阿尔弗雷德的生命，也改变了斯科特·哈里森的人生。看着医生们挽救一个又一个生命，创造超乎想象的幸福，他感到惊叹，而眼见还有那么多病人因医生人手不足或时间排不开，被拒之门外，他也倍感痛苦。“恩典之船”只能告诉病人：*过几年我们回来时，会尽力找到你来治疗的*。

八个月后，医疗船停在干船坞进行修理，哈里森飞回纽约休息。到达两个小时之后，他和几个老朋友出门，其中一个人请他喝了一杯 16 美元的玛格丽塔鸡尾酒。“我的两个世界发生了正面碰撞，”斯科特说，“我之前面对的常态是，一袋 16 美元的大米要供一个家庭吃一个月；而眼前这一杯酒就要 16 美元，还不包括小费。”哈里森用花言巧语哄朋友们赞助了一间画廊，给他在恩典号拍的照片办展览。然后，他给邮件列表里的 1.5 万人发出邀请函，结果，混夜店的纽约人赶时髦般都跑去画廊，难以置信地看着照片，分享手术成功的喜悦。展览结束时，他们留下了支票。哈里森还通过朋友的朋友和拨打陌生电话，让“恩典之船”的新闻登上了 20 种不同的刊物。这些做法为“恩典之船”筹得了 9.6 万美元。对一个基督教援助组织而言，从曼哈顿的夜店达人们那里筹到的这笔钱，数目惊人。哈里森开始思考，说不定，他能为夜店之外更崇高的东西吹起魔笛。

斯科特·哈里森（右一）和他在卢旺达建的水井。（图片由利亚姆·夏普提供）

医疗船修好后，哈里森回到摄影师的岗位又干了八个月，追踪捐款的用途，拍照片，将这些反馈给捐款人。“恩典之船”也定期在各地打井，因为清洁饮用水能够避免多种健康问题的产生。哈里森开始游说朋友们为打井捐款。偶然间，他也发现了人道主义领域的另一个基本问题：在第一线创造奇迹的人要么讲起故事来笨嘴拙舌，要么就以为重要的工作只限于做手术或挖水井，却没有意识到，只要感动了相隔半个地球的普通人，这些工作就能得到资助。苹果公司的产品畅销，不仅因为它们本身设计出色，还在于其成熟的营销团队说服了全世界，让人们觉得那些产品很酷。与此相同，优秀的全球性卫生和发展组织也需要让人相信，你捐一笔钱所收获的满足，甚至幸福，远不是一杯 16 美元的鸡尾酒能比的。

哈里森摇身一变，成了说服中产阶级善良人的大师，让他们相信，出钱帮助贫穷国家解决当务之急的感觉简直棒极了。在“恩典之船”服务期满后，哈里森回到曼哈顿，梦想着创办一种全新的援助组织。这个组织将专注于向捐款人展示其捐赠带来的改变，让他们从中获得快乐。他想要创造一个炫酷、诱人的非营利品牌。因为水井看得见、摸得着，也因为超过十亿人还喝不到清洁的水，哈里森选中了净水项目。

哈里森事后回忆，事情一开始就很艰难，令人望而生畏：“你自己还借住在朋友家睡沙发，身无分文，你要怎么成立慈善组织？”他又一次动用了那

1.5万个联系人。哈里森在夜店为自己办了一场生日聚会——他就快31岁了——借此启动自己的新机构。他将这个组织命名为“慈善：水”。那天是2006年9月7日。他找到几个有钱的捐赠人，他们愿意负担管理费，这样他就能把在聚会上筹到的每分钱都用在打井上。聚会来了大约700人，每人都捐了20多美元，哈里森就这样筹得了第一笔1.5万美元。他飞到乌干达北部，雇人打了三口井，还修缮了三口不能用的。志愿者们事无巨细地用照片和视频记录了整个过程，然后哈里森把影像资料导入笔记本电脑：“我们给参加生日聚会的700个人都发了邮件，告诉他们，‘这就是你的20美元捐款在乌干达北部带来的影响。’”

这是一个开创性的时刻。哈里森意识到，他通过办聚会挖掘熟人圈子，为慈善事业筹到了一大笔钱。参加聚会的每个人会亲眼见到还有哪些人为帮助非洲穷人获得清洁的水源捐了钱。哈里森把生日从喜庆的日子变成了一个捐款节，把一帮酒友变成了一个捐助集体。这就是他营销策略的内核：为一群朋友提供一种有效的方式，让他们既能一起玩乐，同时又能做些有意义的事。以服务这些捐助群体为基础，哈里森建立了一个世界性的“净水帝国”。他说服人们在网上填写生日，通过认捐实实在在地帮助村民获取清洁水源。

人们为什么会为庆生捐款呢？是什么促使他们伸出援手？大脑研究显示，当人们看到可能激发助人愿望的事物时，大脑会释放不同程度的特种化学物质。克莱蒙特研究大学的保罗·扎克发现，观看一个关于癌症患儿的简单视频会促使脑部释放两种化学物质。[1]一种是皮质醇，它是一种应激激素，可以反映出人在看到生病儿童时产生的压力。它有助于人在应对挑战时集中注意力。另一种是所谓的“信任分子”催产素，它使人产生帮助他人的欲望。受试者在看完视频后有机会向慈善组织捐款，催产素分泌得越多，受试者捐得就越多；血液中的催产素的确能强烈地反映出一个人的捐款额。扎克将这种现象称为“通过改变脑部的化学成分改变我们的行为”。看来，哈里森纪录片风格的视频和照片让观众在体内释放了大量催产素。

催产素是卫生保健系统中最常见的加速生产的药物，但它实际上是男性和女性天生就具有的生殖激素。在我们与人进行社交互动——比如做爱、拥抱，或产生良好的共鸣——而不是给人讲故事时，才会产生催产素。扎克教授曾分别在婚礼前后为同一批宾客抽血，发现结婚仪式使每个人的催产素水平急剧升高。催产素水平越高的人，对他人就越慷慨大方，捐给穷人的钱也越多。扎克和团队直接将催产素喷进受试者的鼻腔，让它直通大脑，结果发现他们的慷慨程度立刻飙升。“我们可以像拧开关水管一样启动或终止行为反应。”他写道。他还发现，祈祷和歌唱会让人分泌催产素，使用社交媒体也可以，而“慈善：水”最擅长的就是在社交平台上发现新的捐助者。

回到非洲，哈里森面临着挑战。挖建好用的水井比看起来更困难。坦桑尼亚的一项研究发现，该国农村地区现有的水井中，只有54%还能使用。乡村供水网络发布的数据显示[2]，几内亚和乌干达境内，超过四分之三的水井运转正常，但刚果境内的水井只有三分之一能正常使用。在马里的梅纳卡地区[3]，据称只有20%的水井可以使用。总的来说，乡村供水网络估计，在所有水井中——其中很多是用援助资金挖建的——约有35%无法正常使用。据说，非洲大约有五万口外国资助修建的水井已不能使用，投在钻井上的三亿美元打了水漂。有一次，我们全家到津巴布韦度假，目睹了一个美国宗教慈善组织两年前斥巨资修建的昂贵供水设备不再运转，村民们只能回到小溪边取水喝。

水泵上都装有一些廉价的橡胶配件，样子有点像超大号的橡胶垫圈，通常使用几年就磨损了。如果没有人保养，这些零件报废失灵，整个水泵就无法使用。在私营部门，人人都知道钻一口几年之内就废掉的水井没有太大意义，但是在援助领域，人们重视的往往是一开始就拿得出摸得着的光鲜事物，却不在意之后的维护保养。因此一些援助组织专门致力于修缮水井（有时修一口老井比打一口新井更便宜）。对挖建水井的认识也适用于国内外的各种援助，即贯彻落实是极其困难的。助人是一个充满变数的艰难过程，从来就不像捐款倡议书上写得那么简单。

当然，这并不是说援助得不到有效的利用。我们见过设计糟糕、浪费捐款的水井，但也见过设计精良、保养得当的供水设备，它们使儿童腹泻死亡的数量锐减。世界卫生组织于2004年的一项研究仔细考察了供水和卫生项目的成本与收益，发现每投入1美元可以带来5美元到11美元的收益，回报率相当高。[4]脏水和其他公共卫生威胁不仅夺走人的生命，还让每个人都背上了某种重负。腹泻痢疾的孩子因病缺课，感染肠道寄生虫的孩子贫血，难以集中注意力；非洲妇女一天要花好几个小时长途跋涉去打水（在发展中世界，取水始终是妇女的工作），所以用于母乳喂养和照顾孩子的时间就少了，更不用说做小生意了。再或者，父母会让女儿们退学，这样她们就能给全家人打水了。提供清洁饮用水不仅缓解了口渴，更抛洒了机遇。

认识到这些挑战，斯科特·哈里森决定，“慈善：水”不会自己打井，也不管理水井，而是与拥有钻井队的机构合作，比如国际救援委员会或一些当地组织，为它们提供工程资金。哈里森最早安排资助挖建的水井中，有一部分在肯尼亚，结果那里一些地区的地下水中含有大量的氟。就是说，他为钻井花了一大笔钱，结果打上来的水不能喝。“我们搞砸了，”哈里森回忆道，“根本不知道自己在干什么。”一名捐赠人提起诉讼，控告他管理不善。哈里森受到沉重打击，他怀疑自己再也不能从吃官司的耻辱中走出来。最终，他在“慈善：水”网站上发表了一篇博文，详述了事情经过，对于自己所犯的错误，他没有进行任何开脱。最终，纠纷得以解决。

哈里森承诺组织高度透明，但这有时也会带来尴尬。2010年，“慈善：水”要在中非共和国的偏远地带为巴亚卡俾格米人打一口井作为组织的周年庆祝，并宣布会在当晚发布一段视频，让捐赠人看见资金得到了善用。他们造出了不小的阵势，网友们翘首以待，结果他们打出了一口枯井。捐赠人投了几万美金，最终却失败了。当晚，“慈善：水”团队尽职尽责地用卫星装置把这场惨败直播给全世界。终于在第五次尝试时，钻井队成功了，但这已经是六个月以后的事了。哈里森相信，只要“慈善：水”对捐赠人完全开诚布公，后者有时也愿意接受失败，因为这提醒了他们，这个组织执行的任务是有难度的。我们到位于曼哈顿苏荷区的“慈善：水”总部采访哈里森时，他确实也大方地承认了他们最近的一次失败。“慈善：水”从1.4万名捐赠人手中筹得120万美元[5]，为一个埃塞俄比亚合作组织购买了钻机，并把它漆成明黄色，还安装了GPS定位仪。他们在推特上注册好了账号，每次打井时都会发推文，结果，在运往一个村子的途中，钻机倒塌。它被闲置在一边，不再用了。

“他们当时要去一个非常偏僻的村子，”斯科特说，特别提到为了让钻机进村，村民们还帮着修了一条路，“再过两三个星期吧，我们就能把这个大家伙竖起来钻井了。不过，我认为这件事也带来一个好机会，让我们可以告诉大家：‘你看，我们是很有决心的。这件事可不像你在自己后院打井或者修个游泳池那么容易。’”

哈里森有条不紊地调整“慈善：水”的模式，确保钻井计划包含维护保养。养护形式根据当地合作伙伴的不同而略有变化，主要包括培训当地维修人员并支付他们薪资，或收取少量水费作为后续的维修费。水井（或称钻井，这个叫法更准确。在非洲，水井通常是人工挖建的，钻井则是机器挖掘的，这种井更深）养护通常由当地的水资源委员会负责。例如在中非共和国[6]，“慈善：水”援建的每口井都由维修队定期检修，每年两次。当地社区要负担40%的维修费（有时用鸡、羊而非现金来支付），以此保证居民的参与和认同。当地居民也必须为项目出劳力，这样他们就会感到这是自己的井，而不只是外人送的礼物而已。

“慈善：水”成为美国增长速度最快的慈善组织之一，这有赖于几个关键策略。第一，哈里森找到了一个核心捐助团体负担所有管理费，这样“慈善：水”收到的每分钱捐款都实实在在地花在水井上。这些捐赠人，包括推特创始人杰克·多尔西和脸书首任总裁肖恩·帕克在内的互联网传奇人物，甚至还承担了信用卡捐款产生的银行费用。

第二，用视频和照片记录所有事情，一笔捐赠捆绑一个特定项目。如果你捐的钱足够独立负担挖建一口水井的费用（人工挖掘的水井大约6000美元，钻井约1万美元），那么这口井会附有写着你名字的标牌、贴纸或匾额。实际上，“慈善：水”出售水井的冠名权。不过，即使你只捐了五美元，也会收到一封致谢邮件，感谢你资助修建某一口井，邮件里还有这口井的GPS坐标，以及展示施工中项目的照片链接。你还可以在谷歌地图上查看水井的位置，或在“慈善：水”网站上跟踪它的情况。利用谷歌捐赠的500万美元，“慈善：水”还开发了水井远程传感器，它可以通过一款智能手机应用程序，将水流量结果传给捐赠人，还可以在水井出故障时通知项目经理。

第三，通过包括社交媒体在内的富有创意、玩世不恭的营销，进行“病毒性”传播。“慈善：水”在推特上有140万粉丝，其“照片墙”（Instagram）账号很受欢迎，由捐赠人提供时间和场地的广告活动也大放异彩。他们拍过一个很流行的短片，片中曼哈顿的富有家庭纷纷走出豪华大楼，拿着汽油罐大排长龙，等着接一罐从中央公园的湖里抽上来的脏水。画面转向一位母亲，她把混浊的水递给孩子们。不过，总的来说，短片传递的信息还是积极乐观的：*我们有能力避免这样的事情在任何地方发生。只要捐一点点钱，一些埃塞俄比亚人就不用喝脏水了*。哈里森从不利用人们的负罪感引诱他们写支票。“负罪感跟这个从来就没有关系，”他说，“重要的是兴奋感，是向人们展示一个机遇：你有一个绝佳的机会，可以挖建一口井！”

哈里森最成功的创新之一是生日认捐。这效仿了他借自己的生日狂欢创建“慈善：水”的做法。你在“慈善：水”的网站上注册，设定一个筹款目标，然后通过邮件把链接发给朋友们，说明你不要礼物，希望大家可以捐款帮助一个没有水井的村子打一口井（这正是小姑娘雷切尔·贝克维斯在遭遇致命车祸前所做的）。邀请朋友们一起捐款可能是一种强有力的机制。耶鲁大学的社会学家尼古拉斯·A. 克里斯塔基斯和同事詹姆斯·H. 福勒认为，慷慨具有传染性。他们率先通过实验检验了社会传染效应对幸福、肥胖、乐观、孤独和自私等现象或行为的影响。两人最初使用了一个以囚徒困境为基础的实验框架。受试者必须决定是与对手合作（这种情况下，双方都有适量的收获）还是不合作（这种情况下，一方大获全胜，一方一无所获）。克里斯塔基斯和福勒发现，当受试者选择合作时，同样的意愿会传递给其他人。结果产生了多米诺效应，即一连串的合作，并在“三度分割”的范围内延伸。

科学家们还发现，在他人的注视下，人们甚至会表现得更加慷慨，更愿意合作。[7] 这也是为什么在“慈善：水”的生日认捐页面上，你的朋友们可以看到还有哪些人也捐了款。用捐款庆生的概念不仅能打动发自内心乐于助人的人，也能吸引那些想要摆脱生日聚会，但又希望做些有益之事的人，而能像“慈善：水”一样玩转生日捐款的团体凤毛麟角。“我们感觉这是全世界所有人都可以为之兴奋的事情，”哈里森说，“只要和过生日的想法联系在一起。人人都要过生日，年年都要过生日！我们的网站上，已经有大约 1.5 万人用筹款来庆生，筹款额达到 1500 万美元。但是 1.5 万人只是个小数目。想象一下，有 100 万人捐款庆生会是什么样。如果每人平均捐 1000 美元，这就是 10 个亿啊。”

成立六年后，“慈善：水”收到的捐款额累计达到一亿美元，为超过 300 万人提供了饮用水。“斯科特是非常重要的营销推手，他提出了当今时代最重要的问题之一，而他所用的方式又那么性感，不可思议地引人注目。这是他的天赋。”专门投资社会驱动企业的聪明人基金创始人杰奎琳·诺沃格拉茨说。哈里森目前瞄准了更高的目标，这当然不会令人感到意外。他的目标是十年内使累计捐款额达到 30 亿美元，这样“慈善：水”就能为一亿人提供用水。

“慈善：水”的成功反映了所谓“捐款团体”或“捐款圈子”的成功，他们将慈善作为一种集体活动或社交活动。“慈善：水”善于把人们联合起来，并充分地让他们感觉到自己正在做一件重要而无私，乃至生死攸关的大事，而这只需要捐出一点点钱。这是一项非常社交化的活动，或许它本应如此。

“人类在很多方面就像蜜蜂，”乔纳森·海特说，“我们逐渐进化，在社会性极高的群体中适应生活，而当我们从蜂巢中被解放出来后，我们无法做得那么好。”

号召奉献和共同捐赠的社会网络不是新鲜事物，毕竟千百年来，教堂、犹太会堂以及其他宗教团体就是这么做的。同样，美国私立大学也是筹款大师，把校友会变成了捐款团体，因为这是可以刺激校友捐赠的有效手段。人道主义组织在这方面还是新手。

在如同雨后春笋般涌现出来的捐款团体中，有些组织的诞生极其简单，水到渠成，就像是为不做礼拜的人所设立的教堂。南加州格林维尔市的玛莎·华莱士是四个孩子的母亲，她渴望做些事情帮助他人，却苦于没有时间。后来，她突然间产生一个想法：每个月都和朋友们聚餐，她们可以把地点改在家里，然后把去餐厅吃饭会花的费用捐给全球各地资助妇女的慈善组织。2003 年 1 月，华莱士和同伴们举行了第一次晚餐会，筹款 750 美元。这就是“妇女餐会”的第一个分会。今天，“妇女餐会”在全美和其他国家共有 420 个分会，成员 8000 名，已筹集到数百万美元，资助了 39 个国家的四万多名妇女。像宗教仪式一样，“妇女餐会”让会员们收获友谊和精神上的回报，感到振奋。

与华莱士相似，学校律师黛安娜·迈克唐纳也经历了灵光乍现的时刻。她十分疼爱八个孙辈，尤其是新出生的小孙女。孩子的纤弱、美丽和无限的希望令她惊叹，但她也烦恼不安——就在这个孩子享受万千宠爱的同时，世界上还有那么多孩子几乎一无所有。“命运的巧合让我的孙女出生在世界上最富有国家的一个充满爱的家庭里，”她说，“与此同时，也有一个同样需要父母关爱的婴儿在穷困中降生。这个世界是这么不公平，而对此我所能做的又那么有限！”就在这时，迈克唐纳突然来了灵感。她发起了一个妇女组织，不管什么时候，成员们在给自己的孙辈送礼物时，也要捐款给生活困苦的孩子。这就是“全球祖母”的由来。正如迈克唐纳所说：“我们的基本理念很简单。当你把礼物送给一个孙辈时，也给一个贫困的孩子捐款，即关联捐款，让全世界的孩子都享受到祖母们共同的关爱。”

虽然捐赠团体通常只是捐赠金钱，但他们也可以奉献时间和技能。非营利领域最大的需求之一是大型公司专业人员所娴熟掌握的大量商业技能，包括人事管理、营销、客户关系和信息系统，等等。因此，一个由商界人士组成的技能捐助团体可能发挥出巨大的能量，这也是旧金山组织全循环基金背后的理念。2000 年，八位成功的硅谷企业家和风险投资家意识到，他们能给非营利组织的，除了大额支票，还有很多东西。于是，他们创立了捐赠圈，圈子下又分成教育、环境和全球经济机遇三个专门小组。现在，他们约有 200 名成员、5 名员工。每年，他们都会在每个地区选择几个非营利组织，就如何改善工作提供建议。他们的想法是在富有的捐赠者中培养慈善技能和思维，同时在非营利组织中激发出更高的效率。到目前为止，全循环基金已经为 80 多个非营利组织提供 1000 万美元的资金，不仅如此，他们还提供了 8 万小时的专业咨询。“和非营利组织分享我的营销和经营技巧，带来的影响比单纯捐款大得多。”全循环基金成员罗宾·乔伊说，他同时也是一家技术公司的执行官。

一些成立多年的援助组织日复一日地工作，为地处偏远的村庄带去洁净水源，他们对“慈善：水”的成功充满怨恨，把它视为入侵者，一个连水井都不打却引得名流和媒体趋之若鹜的小毛孩。他们担心“慈善：水”把全球健康挑战简化成了打井问题；把一个巨大的问题网络弱化成了一个被媒体拍照的机会或一个 GPS 位置。这种忧虑并非全无道理，当然，也并非所有的项目都能像这样拍照宣传。这种看法没有抓住最重要的东西。水井是人们真正迫切需要的，而“慈善：水”找到了创造性的方法来调动资源，挖建水井。

在没有电力的战争地带一边打井，一边担心叛乱组织绑架你的员工，是一种挑战。从漠不关心的西方人那里赢得资助也是。在发达国家，有许许多多的人愿意提供帮助，在发展中国家，超过十亿人需要帮助（发达国家也有很多需要帮助的人），却没有足够的桥梁机制把这两个世界联结起来。“慈善：水”之所以大获成功，就是因为它充当了桥梁的建筑师。

有时，我们会听到怀疑论者的抱怨：*太多援助组织只关心捐款人而不关心受助人。他们应该把精力放在满足利比里亚或印度贫民区居民的需要上，而不是只顾着纽约或伦敦那些内心空虚的对冲基金经理们。*对此，我们认为，利比里亚孩子们的需求是最重要的，没错，但能让他们获得帮助的最好途径，也许就是讨好那些对冲基金捐款人。

至于斯科特·哈里森，他抛弃了浮华的生活。现在，他每年要乘坐 90 趟航班，除非航空公司给他升舱，他不会坐商务舱了。他戒赌戒毒，不再去脱衣舞俱乐部，还邂逅了妻子维克。她是广告设计师，来“慈善：水”做志愿者时两人相识了，现在她是“慈善：水”的创意总监。夫妇俩住在一个没有电梯的公寓的四层，只有一间卧室。每年他们都把年收入的 25% 捐出去，而有一部分直接捐回了“慈善：水”（2014 年，孩子出生了，他们可能会把捐款比例降到 20%）。“我们生活朴素，”哈里森说，“连车都没有，但是我们很幸福！我太忙了，根本没有时间花钱。”

纪念一个女孩

雷切尔·贝克维斯对帮助他人有着异乎寻常的兴趣。这也许是母亲萨曼莎一直向她灌输要有同理心的结果——她总是向女儿说起不幸的人，树立了对他人心怀慈悲的榜样。或者，这也许是因为她天生就具有深切的同理心。无论如何，她在“慈善：水”的生日募捐筹得了 1265823 美元，这笔钱足够让

3.7万人获得水源。

雷切尔一家还捐出了她的器官，希望借此挽救更多人的生命。马克·J是加州一家半导体设备制造厂的经理，53岁，患有肾衰竭，已经在肾移植等候名单上等了六年。后来，他接到了医生的电话。在写给萨曼莎的信中，他说：

> 他们通知我，说为我的肾脏找到了完美配型，正从华盛顿州西雅图郊区贝尔维尤运过来。他们也说了，这是一个九岁孩子捐的。去医院时，一路上我都在发抖。我不敢相信我竟然如此幸运。我的健康情况一直在恶化，体内存了太多水分，全身浮肿，几乎连牛仔裤都塞不进去。这个时机对我来说太关键了。这也是我会这么激动的原因。一个家庭失去了宝贝，我却从中受益。

埃塞俄比亚。一口井上对雷切尔·贝克维斯的纪念铭牌。（图片由“慈善：水”提供）

雷切尔离世一年后，萨曼莎·保罗来到埃塞俄比亚，参观女儿筹资挖建的水井。在一个打了水井的村子里，教堂把雷切尔的照片摆在圣坛上，为她举行了追思会。追思会前一晚，牧师们为小女孩和她妈妈彻夜祈祷。另一个村子修建了雷切尔公园，纪念这个让全村人生平第一次喝到清洁饮用水的小女孩。埃塞俄比亚的一个打井组织负责人泰克洛伊尼·阿塞法对雷切尔的母亲一行人说：“萨曼莎，你的小女儿对我们所有人都是一种激励。哪怕只是想象在这样可怕的事故中失去雷切尔，这份痛苦都会使我们的心情备感沉痛。世上没有父母会预料到这种事，更不要说经受住这场磨难。但更加不平凡的是，雷切尔在这么小的年纪就拥有如此仁慈宽厚的心灵。她明白也感觉得到世界另一端的人所受的痛苦。放弃自己的生日礼物来帮助其他孩子改善生活，是一个人能送出的最美丽的礼物。”

第十六章 善者生存

衡量一个人的价值，要看他所关心的事物。

——马可·奥勒留

我们为什么乐善好施？我们为什么似乎天生就是利他主义者？生命不是一场达尔文式的斗争吗？[1]倘使如此，为什么自私的基因没有把慷慨的基因连根拔除？适者生存怎么培养出了同情和怜悯之心？

自从人类存在以来，似乎总是只关心自己的利己主义者更有可能生存下来，并把自私的基因传下去。而一个舍己利他的克鲁马努人则可能因试图挽救遇险的同伴而死，或者在把太多坚果分给邻居之后，会因搭救即将饿死的迷路的小孩而死。

关于慷慨的进化，最全面的解释之一出自著名生物学家、人类学家克里斯托弗·博姆。[2]他认为，适者生存不仅适用于个体，同样适用于社会群体。假设有一队猎人更善于合作，那么其中每名成员都会照顾到他人，整个队伍就更有可能发展壮大。因此，这个队伍中偏好合作和分享的基因就会被传递下去，而一群自私的猎人对手则可能全军覆没。换句话说，正如查尔斯·达尔文本人所说，适者生存不光作用于个体，也作用于群体。此外，狩猎者与采集者的组合严重依靠合作和分享，任何违反这个规则的人都会受到惩罚——有时甚至被处决。

如果慷慨待人对一个群体是有益的，那么它就能够在文化和生物层面传递下去。“竞争利他主义”学说认为，那些显示出利他行为的人在社会等级中的位置不断上升，他们（及其后代）更容易被选为配偶。[3]这种观点在另一项研究中得到呼应。这项研究让受试学生按他们所希望的方式分配一笔钱，给自己留得少的人，更受其他学生尊敬，被选为小组领袖的频率也越高。

对于在纽约参加过公益晚宴的人来说，竞争利他主义听起来言之有理。在这些晚宴上，慈善包含着炫耀的元素，就像亚洲或非洲的婚丧节庆一样。在那些地方，就连赤贫的家庭也要大操大办来庆祝，极尽铺张。这令外来者感到厌恶，为什么把钱花在奢侈的村宴上，而不用来给你的孩子们交学费？在竞争利他主义的语境下，豪掷千金的人可能赢得了地位，为子女觅得了更好的配偶，从而改善了后代的繁育前景。

为了理解利他主义的生物化学原理，以及慷慨待人为何从一代传递到下一代，我们观察了神经科学家萨里娜·R. 萨特恩所做的一系列实验。在科瓦利斯市俄勒冈州立大学的一个小房间里，一名学生坐在电脑前，萨特恩在他的头部、躯干、面部和其他部位接上电极。她播放了一段奥普拉·温弗瑞的励志节目让学生观看，然后她走进另一个房间，这里的监视器收集学生观看视频的反应信号，如神经活动、心跳、呼吸、排汗，以及面部表情，包括厌恶、幸福和悲伤等。检测装置看起来与心电图扫描仪和测谎仪比较相像。萨特恩想知道，这名学生及其他受试者在看到展现利他行为的励志视频时会产生哪些反应。他们是否也会想要捐款或帮助他人？又或者他们只是笑一笑就把它抛在脑后？当受试者看到他人的利他举动时，他们的大脑和身体在发生哪些变化？

如前所述，利他行为的一个重要动力是“信任分子”催产素。萨特恩说，它就像是促进“善良人生存下来”的“社会黏合剂”。她把催产素称为“让人冷静下来”的“同情分子”。它能缓解我们的压力反应，让我们对他人产生更大的兴趣，尤其是，我们会更多地与对方四目相对。当我们与人对视时，对方也可能释放出催产素，感受到更强烈的同情心。当主人与宠物狗对望时，主人体内会产生更多的催产素；研究者们推测，宠物狗体内可能也同时释放出催产素。“在生活中拥有催产素来源的人，往往压力更小，亲社会度更高，”萨特恩说，“这种来源可能是宠物、爱人、孩子，等等，总之，就是爱心。”

催产素和另外两种神经递质——多巴胺和5-羟色胺——共同作用，使我们在做好事的时候感到快乐；5-羟色胺与催产素和多巴胺相互影响，使我们在做出利他主义行动后产生幸福感。吃巧克力的时候，多巴胺会促使我们产生满足感，还帮助我们产生奉献时会有的冲动——迈尔和哈博使用脑部扫描在伏核中探测的也是这种冲动。产生于脑下垂体的催产素难以在扫描图上清晰成像，却能让我们像泡了热水澡一样舒服。“在催产素的作用下，我们天生就能从亲社会的利他行为中获得身体上的奖励，”萨特恩说，“我们的心跳平缓下来，感到温暖，飘飘欲仙，我们获得了这些享受。”

萨特恩还揭示出，我们的催产素反应强度存在基因上的差异[4]，因此每个人的利他主义程度也是天生的[5]。最富有同情心的人有两个G等位基因。这是基因序列的四种基本核苷酸之一，它在催产素受体上所处的特定点使之能够发生变异。拥有GG基因型的人善于与人产生共鸣，尤其擅长解读他人的情绪，他们更加放松，也更富有同情心。有时，专家们也称GG基因型的人具有“同情心”基因。与之相反，有两个A等位基因的人设身处地为他人着想的能力较低，通常也更容易感到紧张。大部分人既不是GG型也不是AA型，而是处于两者之间的AG或GA基因型。

萨里娜·R.萨特恩，俄勒冈州立大学助教，主要研究利他主义背后潜在的生物原理。（图片由卡尔·马士丹提供）

进化压力有可能导致了特定人口中具有GG基因型或AA基因型的人更多。萨特恩说，美国人中具有GG基因型的人比其他一些社会的更多。东亚人口中具有AA基因型的人看起来更多一些。不过，如果你不喜欢自己的基因型，也不必担心。这些因素都不是决定性的。生活经验也能够改变我们对利他主义的倾向。萨特恩指出，慷慨程度在很大程度上也被我们的成长方式、同辈人的态度、生活创痛，以及“道德模范或生活中的好坏影响”所塑造。

萨特恩在实验室演示了这些影响。观看视频的受试学生身上连着捕捉身体信号和神经活动的功能性近红外光谱成像仪。受试者一看完视频，萨特恩马上让他们玩一个游戏，看他们是否会分发更多钱给别人。如果是，就表示励志视频促使观看者变得更加无私。在另一个任务中，研究助理故意打翻了一堆笔，看看测试受试者是否会主动帮忙捡起来。她发现，励志视频确实使受试者更加慷慨，在生活中受到他人喜爱和慷慨相助的受试者通常表现得更加乐于助人。到目前为止，励志视频的影响，即所谓的“道德提升”，可以持续二三十分钟，而且道德提升来源的反复出现则能使影响持续更长时间。

上述并不说明，我们的道德行为是单纯而直接地由基因或环境所塑造的。我们面对的也许是一幅巨大的拼图，不同的基因相互作用着，而其他拼块也开始出现。

有些人对利他主义和道德可能存在基因根源的说法持怀疑态度。布朗大学的进化生物学家菲利普·利伯曼认为，这种观点常常被夸大成“过分简单化的基因决定论”。他警告，不要为道德行为寻找太深的生物学基础：

> 1932年，衣着得体的一家人在一个（德国）公园里散步。[6]倘若他们出于任何原因需要帮助或要报告一起麻烦事，他们会得到一名警察的礼貌对待——即使他们是犹太人。八年后，同一名警察也许会指挥一个三岁的犹太小女孩站在木板上。她被剥光了衣服，她母

> 亲、父亲、哥哥横尸于木板下的深坑，姐姐们倒在血泊之中。然后，警察用配枪指着女孩的头扣下扳机……任何选择性清除都不可能在短暂的纳粹统治时期内改变任何德国人的基因，也不会让道德基因一到1945年就恢复过来。

他进一步主张，更高水平的利他主义，比如，超越亲体本能的无私行为，必定是在我们继承的任何“基因传递”的基础上，经过后天习得和培养才建立起来的。利伯曼的怀疑主义有力地提醒我们，利他主义研究还处于初级阶段，我们应该对初期的假说和武断的结论保持警惕。人类的行为和奖赏系统极为复杂，但是在适当的先天条件和后天养育下，我们可以培养出个人和社会的利他主义偏好。

最近，新出现了一种利他主义的基础设施。这种为渴望助人者设置的支持网络，涵盖了诸如面向高中学生的社区服务需求，针对公司雇员的雇主配额捐赠，还有像克林顿全球行动计划等就捐赠为业内巨头提供建议的会议，以及公司社会责任计划，比如想为非营利组织工作六个月的公司员工可获得假期等。它还包括一个研究机构网络，加州大学伯克利分校的至善科学中心也在其中，该中心研究并鼓励人们培养“正面情绪”。

至善科学中心的创始人、心理学教授达彻尔·凯尔特纳潜心研究是什么东西使人感觉生活是有意义的，他认为自己了解问题的关键所在。凯尔特纳一头亮泽的长发散发着光芒，身上带着些许嬉皮士的味道，不过，他融合实验、神经科学和统计分析等现代科学，为自己多愁善感的一面找到了武装。

凯尔特纳在好莱坞山的月桂谷长大。20世纪60年代，那里是反主流摇滚文化和波西米亚精神的家园。弗兰克·扎帕、吉姆·莫里森和杰克逊·布朗都是从那儿出道的。“我想，我热爱证据、验证和测量，部分原因是父母说话都不着边儿，我不得不评估他们的说法。”他说。后来，在斯坦福大学期间，他开始涉猎心理学，并成为保罗·艾克曼教授的信徒。艾克曼将面部肌肉运动作为衡量情绪的一种途径，对此进行了七年研究。后来，凯尔特纳去了加州大学旧金山分校的人际互动实验室，拜在艾克曼门下。他在那里学到，一个人的震惊反射程度是性格的指示器，反映出了一个人的紧张、反应或警觉程度。

达彻尔·凯尔特纳，加州大学伯克利分校心理学教授。他创立至善科学中心，潜心研究“同情”的神经系统科学。（图片由纳特莉·凯尔特纳－麦克尼尔提供）

“在爱人惬意品着红酒的时候，悄悄地靠近他，把一本厚书重重地摔在他旁边的桌面上，”凯尔特纳写道，“如果他尖叫一声，胳膊乱挥，把酒杯甩出去，那么，在这几秒钟内，你看到了他真实的肢体语言。他的动作胜过千言万语，告诉你在日常压力和生活挫折面前，他将如何应对。”[7]

凯尔特纳认为，人混杂了各种相互竞争的冲动，其中仁爱利他的冲动也许占到40%，自私的冲动占60%。“我们利他无私，却又为了生存屠杀婴儿，”他说，“我们实行种族灭绝，却又慷慨仁慈。我们就是具有捆绑在一起的各种倾向。”他认为，这种宽泛的谱系解释了为什么世界上有圣人。特蕾莎修女们因其仁爱无私著称，她们的催产素和多巴胺水平可能特别高，伏核也过度活跃，当然，还有另一种极端的人。“我一直在研究不欺负别人不罢休的马基雅维利主义者，”凯尔特纳说，“这种人会说，‘为了抢占先机，伤害别人没什么大不了的’，还会说，‘说到底，每个人都只不过是在追逐自己的利益’，又或是，‘我不信任任何人，大多数人都是伪装成好人的罪犯’。”所幸，马基雅维利们并没有把特蕾莎修女们消灭殆尽。一种解释是，同情、慷慨、合作是可以传染的。

“人们围绕在活佛身边的时候就会说‘我感觉不一样了，我感觉放下了’。”凯尔特纳说。他还说，实验表明，单纯观看一个GG基因型的人慷慨助人，就能使其他人变得更加慷慨。

萨特恩等人展示了我们可以“被他人的善行所鼓舞”（用凯尔特纳的话说），与此相反的是，更大的财富似乎抑制了我们的助人本能和亲社会行为，让人心存戒备。[8]在一个有趣的实验中，两组受试者分别看着两个屏保，一个屏保上是金钱，另一个是鱼群。观看金钱屏保的人随后更偏好单独活动，与人分享的概率更低。当其他人进入房间时，这些受试者倾向于坐在距离来人更远的位置。

在另一项实验中，受试者被随机分配执行两个不同的任务，一组思考第二天的计划，另一组盯着一摞大富翁游戏里的金币，想象自己未来富甲天下。然后，一个人走过受试者身边时绊了一下，“不小心”将一把铅笔撒在地上。一直盯着大富翁金币的人捡起来的铅笔更少。

同样，还有一个实验，当研究者不经意地向受试者提到金钱时，后者从得到的2美元中捐出39%，而对照组捐出67%。这个实验或许有助于解答，为什么美国最富有的20%人口捐款额占收入的比例还不及最贫困的20%人口。

不过，正如迈尔和哈博所说，习惯是可以养成的，甚至可以通过同情心的传递逐渐形成。就像萨特恩所指出的，美国的一位开国元勋也抱持相似的观念。托马斯·杰斐逊在谈到慷慨的力量时说过：“当出现任何原初的仁善之行或感恩之举——无论是在我们的眼前还是浮现在想象之中——我们都被它的美丽深深打动，自己也萌发做出仁善感恩之举的强烈渴望。”

穷人做慈善

如果进化的确使我们生来就具有社会性，能从利他行为中获得满足感，那么具有这些需求的显然不只是富有的人。一些很有意思的项目使穷人也在帮助人的过程中得到了奖赏，其中最吸引人的要数乌干达的重建领导力学院。这里的贫困学生筹款资助美国孩子。

学院创始人鲍勃·戈夫是一位美国律师。他推崇自助和自我效能，他本人也具备这些素质。他申请法学院被拒时，在院长办公室外睡了一个星期帐篷，直到院长投降，录取了他。很多年后，多次造访乌干达的旅行家戈夫于2007年创办重建领导力学院。一开始，全校只有四名学生。现在，学院有男女同校的初中和高中各一所、教师40名、学生350名，其中不乏孤儿和昔日的娃娃兵。从小到大，这些孩子只见过贫穷和纷争。在官方测验中，重建领导力学院的学术成绩在乌干达北部排第二名，体育位列第一。学生们需要支付一部分学费，其他开销由捐款人承担，包括学费、膳食、学习用品、医疗和体育设备。每月捐款30美元就能资助一名学生。

鲍勃·戈夫与他所创立的重建领导力学院的学生们在乌干达。（图片由珍妮·汉普顿提供）

由于担心资助会催生依赖性，戈夫尽力确保学生不把自己当成慈善事业的受助对象。他们种植、销售农作物来支付学费，还参加公共服务，比如修缮水井。这并不稀奇，直到学院提出了一个令人诧异的想法：筹款捐给美国的贫困孩子。“我们想让孩子体会赋权的感觉，”学院的监管方、“重建国际”的执行理事德博拉·埃里克森说，“我们想改变他们的想法，从仅仅把自己视为接受捐款的受助人转变为‘我足够强大，我能够奉献’。”

学院选择俄勒冈州波特兰市的“导师计划”作为捐款对象，资助没有父亲的问题男孩。这样一个组织在乌干达孩子中引起共鸣，因为他们当中很多人都失去了父亲，能够凭直觉理解其他孩子对良师益友的需要。帮助一个富裕国家的孩子对乌干达学生来说是一种新奇的体验。“他们看到西方人来旅行，这些人看上去富得流油，”埃里克森说，“孩子们会想，‘他们那么有钱，可以给我很多帮助’。我们欣赏转换思维的这一构想，避免让孩子们只想着‘美国人是到这儿来帮助我、可怜我的，他们会把一切问题都解决的’。我们希望孩子们从友谊的角度思考，希望他们意识到，世界各个角落都有需要帮助的小伙伴。”

导师计划的主席约翰·索尔斯收到一群正从战乱中恢复的乌干达贫困孩子打算捐款的电子邮件，惊讶得目瞪口呆。“这些孩子怎么会给我们捐款呢？”他很纳闷，“我当时在想，等等，我一直在给非洲捐款，不能把非洲的钱拿走啊。”

他记得自己给戈夫回信：*鲍勃，我不知道该不该收下你们的钱。*

*赋予孩子奉献的权利，*戈夫回复道，*是我们能为他们做的最好的事。*

塞缪尔·奥巴马是重建学院的毕业生，正在读大学，想成为一名律师。他说，学生们热切地想要帮助美国的同龄人。塞缪尔出生前一周，父亲在乌干达北部的战争中丧生，而母亲没有工作，他从来就没有多少东西能和人分享——而这就使帮助贫困美国孩子的机会显得更加难能可贵。“这是非常美好的事，”塞缪尔说，“需要帮助的不只是非洲人或世界上某一个特定地方的人……帮助需要帮助的人，无论他是谁，都是一件好事。不论地域、种族和肤色，你都肩负着责任。”

在俄勒冈，索尔斯也渐渐想通了，接受了乌干达学生捐款这件事：“我把这些孩子当成受害者——他们确实受过伤害，但鲍勃所想的是为他们赋权，所以他提出了让孩子们为我们捐款的想法。而他们给这个国家捐款的构想真是太了不起了，既影响了美国和乌干达，也触动了其他人。这令我震撼。”到目前为止，乌干达的少年们筹集了 830 美元，用于为美国的青少年提供培训、资助和征募导师。每个月，乌干达的学生们都会筹到大约 25 美元的捐款。

第十七章　帮助别人，治愈自己

治愈是时间问题，但有时也是机遇问题。

——希波克拉底

卡塔莉娜·埃斯科瓦尔看上去是个极其幸运、生活富足的女人。父亲在家乡哥伦比亚创办了一家成功的钢铁企业，为家庭带来了巨额财富。她在波士顿上大学，然后在波哥大获得工商管理硕士学位，成为一名国际银行家，并很快创立了自己的国际贸易公司。她嫁到了哥伦比亚最富有的家庭之一，一对璧人和同样可爱的两个孩子坐在防弹的豪华轿车里，穿行于卡塔赫纳古老的街道，这座三面环水的古城是美洲最美丽的城市之一。

夫妇俩决定从卡塔赫纳搬往波哥大，打包期间，他们位于八层的公寓堆满了箱子。一天早上，女佣在家照顾他们 17 个月大的小儿子胡安·费利佩。10 点半，接到令人心碎震惊的电话时，卡塔莉娜正在工作。胡安·费利佩爬到一摞箱子上，跌出阳台，坠楼身亡。

接下来的几天，悲痛欲绝的卡塔莉娜试图寻找这起悲剧的意义，但思绪却一直把她引向一周前发生的一件事，这件事让她被另一种内疚感折磨着。每周两天，卡塔莉娜会去一家公立医院的产科病房做义工，与一些病人和医生逐渐亲密起来。一天，她遇见一位未成年妈妈，后者因为无法负担 30 美元的救命药而失去了孩子，失声痛哭。她的悲伤深深刺痛了卡塔莉娜，她不断想道：*我兜里就有这些钱*。现在，沉浸在丧子之痛中，她感到自己与少女妈妈惺惺相惜。

不久之后，卡塔莉娜和家人在一家高级餐厅吃晚餐，其间她情绪崩溃，哭了起来。她说，每个人的晚餐都比那位未成年妈妈救孩子所需的药品贵得多。“我们吃掉的是一个婴儿的生命！”卡塔莉娜放声大哭。然后，她和丈夫就在餐厅里草拟出一页纸的计划，准备成立一个基金会纪念胡安·费利佩，同时也让世界再少一些不得不承受丧子之痛的母亲。

这就是胡安·费利佩基金会的开端，这个组织帮助卡塔赫纳的贫困少女妈妈降低儿童死亡率，改善儿童的健康，并向她们传授就业技能。基金会于2002年成立后迅速发展，已为卡塔赫纳的数千名妇女提供资助，并进一步扩展到麦德林，随后再延伸至其他城市的讨论也在进行之中。

卡塔莉娜的行动是将慈善作为治疗和康复训练的例证。不断增长的证据显示，抛开为他人赋权不谈，奉献还能实现自我赋权，越来越多的个人和组织开始采纳此策略。有时，奉献是一个人克服儿时虐待创伤、抗击抑郁症或其他心理健康问题的途径。有时，正是一次危机、失去挚爱或事业走进死胡同，让人们对自己身后希望留下什么有了更深入的思考。矛盾的是，人们从关心外部世界、帮助他人中获益最深的时候，往往是他们自己受伤和难过的时候。我们想要在本章探讨的就是，参与一项高于自我的伟大事业，如何铺就个人成长和治愈的道路。

卡塔莉娜·埃斯科瓦尔在项目期间安慰一位少女妈妈。

卡塔莉娜和她的基金会在卡塔赫纳治安最乱的一些贫民区工作，这些地方被黑帮控制，很大程度上警察也唯恐避之不及。我们到一个贫民区采访时，黑帮成员冲上附近的一条高速路，设下路障，抢劫了一辆汽车。我们询问警察是否会干预，一位居民酸溜溜地说："我可从来没见过警察来这儿救人。只有等人死了，他们才会来呢。"

我们去贫民区采访一个少女妈妈，胡安·费利佩基金会正在考虑为她提供资助。每年的 1 月和 7 月，基金会都赞助 200 多名陷入困境的少女——大多是怀孕或刚当妈妈的女孩，为她们提供初始六个月的资助、医疗保健、咨询和就业培训。这和关注问题母亲的护士家庭合作计划有点类似，但基金会和女孩们的互动不是在家中，而是在漂亮的基金会学习中心进行，那里还配备食堂、会议室、医疗室和托儿所。妈妈们还能得到每天来中心所需的交通费。

"在这里，我学会了微笑。"17 岁的罗克珊娜说，她曾在贫民区遭到残忍的强暴，多年来忍受着暴力折磨。"在这里，我学会了自爱。"

"女性赋权"这个口号在援助领域被重复了太多遍，失去了大部分意义。但是，罗克珊娜的例子说明了"女性赋权"真正意味着什么。参加胡安·费利佩基金会的项目期间，罗克珊娜听了关于性暴力为何永远都是不可接受的、妇女必须相互支持的讨论。一天，在回家路上，她经过一片空地，听到一个女孩的啜泣声。罗克珊娜停下脚步，听见女孩大喊："不要！不要！"那是黑帮的地盘，几乎每个路过的人都会加快脚步离开。但是，幼年曾遭到虐待的罗克珊娜没有逃开，她抓起一根棍子，冲进空地。她看到一个男人正在向一个六岁的女孩施暴。

"你不能这么干！"罗克珊娜冲他大吼，"这是不对的！你真是太不要脸了！"她一边喊，一边挥舞木棍痛击那个男人。他要逃跑，罗克珊娜在后面穷追猛打。然后，她回到小女孩身边，安抚孩子平静下来，把她送回家。

当然，卡塔莉娜·埃斯科瓦尔永远都无法走出失去爱子胡安·费利佩的伤痛。也许没有哪个父亲或母亲能够完全从孩子先自己而去的伤痛中恢复过来。对卡塔莉娜而言，一开始，当几百个妈妈骄傲地抱着孩子站在她身边时，要克服她自己的悲伤是很困难的。"那是一段艰难的时期，"她回忆说，"一开始，我非常焦虑。每个孩子看上去都像胡安·费利佩。”但是，卡塔莉娜全身心地投入到转变贫民窟女孩生活的活动中，她见到的悲伤和不幸远远比自己的经历沉痛。她也发现，得到机遇的时候，很多女孩都会争取，由此改变生活。现在，卡塔赫纳的罗克珊娜们正发挥出她们自己的影响力，改变其他人的生活。一些女孩在卡塔赫纳蓬勃的旅游业找到了很好的职位，在高级酒店和餐厅工作，有能力让孩子获得她们从不曾拥有的养育。说起胡安·费利佩，以及因为30美元失去孩子的那位母亲时，卡塔莉娜还是会掉眼泪，但是，她已经找到了充满目标的新生活。

当卡塔莉娜坐在咨询室的地上，倾听女孩尤尔雷迪思·佩尼亚洛萨的故事时，她脸上几乎闪耀着母亲的自豪（尤尔雷迪思的名字是英语“Your ladies”的西班牙语变体，很明显这来自与一名美国海军水兵的相遇）。年纪轻轻的尤尔雷迪思有着浅褐色的皮肤，鹅蛋脸，黑头发。她的镇定和冷静与正在叙述的残酷经历格格不入。

“七岁那年，舅舅强暴了我，我的生活改变了。”尤尔雷迪思开口道。强暴持续了将近三年。九岁时，她说，“我受够了被人虐待，受够了那么多次被人强暴”。她向外婆坦白了发生的一切。外婆与舅舅对质，后者否认了。家里人怀疑自家发生这种恶行的真实性，没有深究。等舅舅再一次单独和尤尔雷迪思在家的时候，他实施了报复。“家里有一个大水箱，他要把我摁在里面淹死，”她回忆说，“他说，‘我要杀了你！我要把你淹死！’”尤尔雷迪思一遍又一遍地求饶：“我不会告状了！我不会告状了！”最后，舅舅松了手，她才跌跌撞撞地走开。

三天后，尤尔雷迪思一个人来到警察局。她走到一名警官面前，对方微笑着问这个九岁的小女孩有什么事。“我舅舅，他强暴了我三年。”尤尔雷迪思回答。警官立刻报告给警队副队长，后者听完尤尔雷迪思的讲述，打电话叫自己的太太来和女孩谈话。副队长的妻子很热情，令人感到安慰。她带着尤尔雷迪思去医院，验明强暴属实。舅舅遭到逮捕。

尤尔雷迪思从手提袋里掏出一张褪色的报纸。“我一直把它带在身边。”她说着，小心翼翼地展开它。那是一张微微泛黄、又薄又脆的简报，上面是她舅舅因被控虐待未成年人遭到逮捕的消息。

在社会福利机构待了几个月后，尤尔雷迪思回到单身的母亲身边，试图鼓起勇气重新开始生活，但新生活并未到来。尤尔雷迪思12岁时，母亲住院，需要支付400美元的医疗费。“我们没有钱，所以我就去站街了，”尤尔雷迪思平静地说，“当时我想我已经输掉了这场战斗，都经历过了，只要能救妈妈，这些都不算什么。于是我接了十个客人。”

尤尔雷迪思14岁那年，她的皮条客给她介绍了一份更加有利可图的活计——往哥伦比亚各地走私毒品。每次运毒，她带着大麻或可卡因从一个城市来到另一个城市，能赚300美元。尤尔雷迪思顺利地干了一段时间，直到她和19岁的朋友凯特琳娜在走私一袋10千克的可卡因时引起了警察的注意。警察追捕她们，两个女孩扔下毒品袋，设法逃脱了。虎口脱险的她们如释重负，前往圣玛尔塔向毒贩解释。然而，丢了生意的毒枭们勃然大怒。

“他们先是用铁棍打我们。”尤尔雷迪思回忆道。然后，他们剥光女孩们的衣服，用烧得通红的铁棒折磨她们。

“你们为什么要这么做？”尤尔雷迪思尖叫。

因为你们把袋子扔了，全都被你们搞砸了。一个折磨她的人回答。尤尔雷迪思一边说，一边让我们看她腿上的伤疤，但这还不是最坏的：一个男人掏出手枪，向凯特琳娜头部射出了致命的子弹。尤尔雷迪思假装晕死过去，躺在那里任人殴打。等到男人们走开后，尤尔雷迪思跳起来逃跑了，赤身裸体又血流如注的她，穿过一片田地跑上公路。一个路过的卡车司机为这个语无伦次的14岁女孩减了速，让她跳进驾驶室，给了她一件外套蔽体。

尤尔雷迪思回到卡塔赫纳，隐姓埋名，重返校园。“我渴望一种全新的生活。”她说。通过胡安·费利佩基金会，她接受了服务生培训，进入一家高级酒店的咖啡店做实习生。我们在她实习期间去采访，她自豪地向我们展示如何制作卡布奇诺，并且知道怎么区分甜点叉和正餐叉，香槟杯和红酒杯。“我喜欢学习酒店的工作。”她简短地说。

陪我们一起去采访的卡塔莉娜，脸上写满骄傲。尤尔雷迪思走开时，卡塔莉娜悄悄对我们说：“这些女孩都是我的导师。她们教会我太多东西，给了我太多东西。”

我们和卡塔莉娜相处了一周，对她为这些贫民窟女孩的奉献，为她们的生活带来的巨变充满敬畏。在哥伦比亚这个国家，传统上，富裕精英不会对穷人抱有兴趣或同情，这也是该国游击队运动兴起、内战爆发的原因之一。这一切正在改变，而卡塔莉娜就是这种变化的象征。惨痛的经历使哥伦比亚的富裕阶层看到，哪怕最高的围墙、最精良的安保也不能保护他们免遭贫穷和绝望引发的动荡。所以，哥伦比亚的精英们开始（虽然过于缓慢）采取行动，解决不平等、贫穷和教育机会缺乏等问题。最引人注目的是，哥伦比亚的富人同意承担一项税收，用于改善公共治安。虽然哥伦比亚仍然有很多问题，比如贫困区黑帮暴力问题和未成年人居高不下的怀孕率，但他们已经取得了巨大的进步。

最近的学术研究支持一种观点：助人具有治愈的疗效。参加志愿活动已经和死亡率降低[1]、身体机能改善、自评健康提高、抑郁症状减轻[2]、疼痛感减弱以及生活满足感增强[3]联系在一起。圣路易斯华盛顿大学的南希·莫罗-霍威尔在一项大型数据调查中将60岁以上老人作为调查对象，发现参加志愿活动时间越长的人，自评幸福水平越高，虽然在达到一周三个小时的志愿工作时间后，他们的收获会逐渐减少。[4]其他研究则表明[5]，每年参加40小时到100小时的志愿活动能够带来健康效益，降低死亡率。人们也在一些罹患创伤后应激障碍和其他疾病的美国退伍老兵身上发现，社会参与是特别有效的治愈方式。

蒂莫西·史密斯仍然感到很难谈起2004年4月29日的事件。当时，他的八名战友在伊拉克被一个简易爆炸装置炸死。事发前一天，他曾和受害者之一出去玩，还听到后者和两个女儿通电话。史密斯至今不能忍受硫黄的味道或爆破声，甚至独立纪念日的焰火也让他难受。他依然会在半夜惊醒，本能地摸索放在床下的武器。

2007年2月，史密斯退伍，之后六个月的时间里他找不到工作。这是他最艰难的时期，战争的回忆威胁着他，快将他摧毁。“我有太多的时间可以胡思乱想了。”他说。他唯一能找的工作是邮局的兼职。他学习了基本课程，取得本科学位，用尽全力维系与妻子特丽和幼子的关系。“我生气、烦躁，”他说，“如果特丽说我几句，我就会大发脾气。”于是，史密斯开始寻求帮助，他被诊断出患有创伤后应激障碍。有人告诉他，一个名叫“使命继续”的团体会颁发一种新的津贴，只要退伍老兵从事公共服务事业，就能得到一份薪金。这笔钱正是史密斯梦寐以求的，他需要钱来养活家人，支付账单。他提交了申请，获得录用。

使命继续成立于2007年，创始人是罗德学者、海豹突击队成员埃里克·格雷滕斯。格雷滕斯以前是拳击手，身材精壮，身板笔直。他紧张地讲话时，蓝色的双眼目光炯炯，露出从容的微笑时，眼光也随之柔和下来。他的38名员工设计了一个为期六个月的严格项目，吸引的老兵是可接收人数的十倍。津贴计划的精髓来自格雷滕斯的一个想法。20世纪90年代，还是大学生的格雷滕斯造访波斯尼亚和卢旺达的难民营时，这个想法就开始成形。在波斯尼亚难民营，格雷滕斯注意到，身为父母和祖父母的人适应得最好，因为儿孙需要他们的照料。情况最糟的是青少年。“他们感觉自己没有社会目标。”他说。当难民营的领袖激励难民做些事情时，组织活动或为孩子们讲课的人往往都找到了动力，表现得更好。“对于接受号召、参加服务并开始全心投入其中的青少年来说，这确实有助于他们自己的调整、转变和恢复。”

格雷滕斯以“作为治愈方法的人道主义援助与社区策略”为题撰写论文，获得博士学位，然后加入了海豹突击队。他先后被派驻阿富汗、东南亚、肯尼亚和伊拉克，很快就遭遇暴力。有一次在伊拉克费卢杰，早上 6 点，他和队友刚刚起床，营房就被炸毁，还遭到迫击炮的攻击。一个好友头部受伤，鲜血喷溅在格雷滕斯身上。他明白，对士兵来说，从这样的战争环境中抽身，重新适应美国的生活是多么艰难。他认为，在一定程度上，重新融入社会靠的是找到目的感。士兵们在战斗中获得使命感，而回到普通人的生活中，有可能突然感到丧失了目标。格雷滕斯认为，可以通过一些方法来刺激老兵产生退伍后的使命感，帮助他们更好地适应环境。

格雷滕斯为参加“使命继续”项目的新成员设计了一项极端的体能挑战，使之团结起来共同面对挑战，建立一条纽带。他们吃在一起，学在一起，还一起参加社会服务。在迎新活动结束时，他们要立下服务誓言。然后，参加者自行选择一个组织，开始参加为期六个月的公共服务。每个月他们都要制订并完成在工作上和家庭中要达成的个人目标，还要制订职业计划。在项目即将结束时，他们就要开始向着一份工作、一个教育计划或公益组织里的一个职位而努力了。2011 年和 2012 年接受津贴的老兵中，84% 的人在项目结束六个月后实现了目标，把关注点转向了他人，从而踏上了康复之路。

苦苦挣扎的伊战退伍军人蒂莫西・史密斯是成功者之一。他从 2008 年 3 月开始参加项目，选择在当地的一家退伍老兵医院从事同辈辅导员工作，就如何与退伍军人管理局的官僚斗智斗勇为老兵们提供建议。起初他比较紧张，害怕给出错误的信息。但是，他说，参加项目期间，他“成长为一个真正的人”。史密斯看到，其他人面临着和他相同甚至更大的困难，这促使他更加诚实地面对自己的问题，而帮助老兵赋予他一种使命感，一种目标感。

项目结束后，史密斯写了一份 27 页的商业计划书，构想是创办一家保洁公司，雇用退伍军人在晚间工作，这样白天他们就可以去上学。2010 年年底，他在即将拿到社会工作专业的硕士学位时，申请了营业执照。2011 年 1 月，他从一个热心帮忙的越战老兵那里赢得了第一份合同。合同一签下来，史密斯就把他从军队退休基金里攒下的全部积蓄 5300 美元投进生意，还从当地组织“老兵就业”那里得到了一笔小额赠款。公司开起来了。“生命是短暂的，只要你有计划，就要去追求梦想。”史密斯说。

现在，史密斯通过人际网招聘退伍军人。他的15名雇员下午3点半上班，晚上11点半下班，工作地点通常在学校，内容是拆卸地板，刷漆，清扫大厅、厕所和教室，以及其他清洁工作。因为都是老兵，他们之间有一种不言自明的感情联系。军人的共同语言进一步强化了这种感情，史密斯现在依然使用这种语言：工人们同属一个集体，公司之内照指挥系统行事。

埃里克·格雷滕斯（左）与蒂莫西·史密斯夫妇。（图片由特里·斯卡里特提供）

从某种意义上说，史密斯几乎把他的公司当成了迷你版的“使命继续”，他一直专注于帮助员工从战场上重返家庭。正如格雷滕斯所说：“蒂莫西本人不会这么说，但是他不仅给了老兵们一份工作，还用自己的生活为他们树立了榜样，为他们如何在生活中迈出那几步提供建议，真的非常了不起。”

史密斯的经历反映出社会科学家们仍在探索的一个事实：支持他人的举动似乎也是迈向自我疗愈的一步。当我们受到身体或心理的伤害时，常常想要蜷缩身子躲起来。也许看似矛盾，但恰恰在这个时候，伸出双手，尝试帮助别人尤其重要。还有一点也值得我们思考：既然这么多人都通过增加与他人的接触收获了助益，那为什么还要等危机或悲剧来当催化剂呢？

下半生职场

前文提到的莱斯特·斯特朗，作为电视台监制和记者，拥有漫长而成功的职业生涯，在波士顿一家电视台担当新闻主播更是成就了他的事业巅峰。这与他在宾夕法尼亚布拉多克镇度过的童年可谓有着天壤之别。三年级时，老师一度把他的课桌搬到走廊上，宣称他不具备学习能力，除了体力活，不能胜任任何工作。而现在斯特朗是波士顿的头面人物，曾受邀参加白宫招待会。到了 50 岁，他已经准备好尝试些新事物，回馈社会。

于是，斯特朗离开主播席，进入非营利领域工作。到了 2009 年，他已经成为“经验服务队”的总干事。他所主持的这个组织，带领年龄超过 55 周岁的志愿者们走进低收入社区学校的教室，在阅读和其他科目上为孩子提供辅导。斯特朗还曾负责服务队与美国退休人员协会的合并，他希望此举能够带来更多的志愿者。

“经验服务队”的志愿者接受培训，领取微薄的薪金，一般每周在教室工作 15 个小时，辅导对象通常是幼儿园到三年级的学生。志愿者和特定儿童结成一组，和孩子建立感情，以便为他们提供指导，辅导他们阅读或使用图书馆。

研究表明，“经验服务队”在阅读方面对孩子有所帮助，而研究者们也发现，志愿者们也从中获得了帮助。仅仅是在学校的楼梯爬上爬下就让志愿者们得到了通常无法获得的身体锻炼。他们还收获了强烈的目标感，和学生、教师及其他志愿者合作也加强了他们的社会交往。

约翰斯·霍普金斯大学的米歇尔·C. 卡尔森做了一项随机对照实验，发现“经验服务队”志愿者的头脑敏锐度相较于对照组有所提高。老年人通常会出现执行功能减退的情况，而所谓执行功能就是大脑进行规划和组织的过程，有一点像机场的空中交通管制系统。卡尔森发现，参加志愿活动仅仅六个月后，执行功能受损的人就改善了 44% ～ 51%[6]，与此同时，对照组受试者的执行功能还在衰退。

第二项实验发现，在参加“经验服务队”的人中，63% 声称比以前更加积极，而对照组只有 43% 的受试者给出同样的自评。[7] 队员中有 44% 的人感觉自己更加强壮，对照组则仅有 18% 的人这样说。志愿者们摔倒的次数也少了一半，而对照组受试者摔倒次数则轻微上升。卡尔森分别对“经验服务队”的志愿者和未参加服务队的人进行脑部扫描，发现志愿者的神经可塑性增强。[8]“令人兴奋的是，即使是正在衰老的老年人，我们仍然能让他们的大脑暴露在富含刺激物的环境中，可以看到，我们所做的事情正在改善他们的前额皮质功能，”卡尔森说，“这说明我们或许有能力帮助他们延缓衰老。”她说，这类经历的好处之一是改善执行控制能力和记忆力，这或许会推迟老年痴呆症的发作。

66 岁的罗迪·希尔是接受卡尔森扫描测试的受试者。她母亲、姐姐和哥哥在很短的时间内相继离世，这使她患上严重的抑郁症。她说，通过参加“经验服务队”的志愿活动，她现在可以控制自己的悲痛情绪，重新融入社区。“孩子们，我爱他们，”她说，“我在奉献，也在收获。”

志愿活动催生了一种共生关系。“公立学校需要帮助，而老年人有经验，有时间，也有意愿，”莫罗－霍威尔教授说——我们曾在前文中引用了她对老年志愿者的研究成果，“主要是他们能帮忙，可以教孩子们读书……但是，猜猜怎么着，这项活动还有附带收益：它对老年人有好处。这可能算是最好的健康促进项目之一。”

所以，看到老年人加入社会企业变革，像斯特朗一样开创“下半生职场”，不必大惊小怪。这些职业可能有报酬，也可能没有，但都具有一个重要的元素——个人满足感。

提出“下半生职场”（ENCORE）这个概念的马克·弗里德曼成立了同名组织，每年向在第二次职业生涯中贡献突出的几个人颁发 10 万美元的“目标奖”奖金。弗里德曼认为，一个全新的人生阶段正在出现。这个阶段，如他所见，就是一个人的主要事业开始了十年、二十年，乃至三十年之后，而疾病还没有影响其职场表现的时候。在这一阶段，人们依然有能力从事全职或兼职工作，往往更关心一份工作的意义而不是薪水。这样的人，他们一生历练所得的商业技能在非营利部门是无价之宝。如果越来越多的人跟随莱斯特·斯特朗的脚步走进下半生职场，而不只是为他们的高尔夫球赛小题大做，那么，我们这婴儿潮一代，就能在年老体衰的时候为社会创造深刻的变革，正如我们年轻时所做的一样。

第十八章 百花齐放

如果你不喜欢别人的故事，那就写你自己的故事。

——钦努阿·阿契贝

伊丽莎白·沙尔普夫在哈佛商学院和哈佛肯尼迪政府学院攻读联合学位。一年暑假，她来到非洲南部国家莫桑比克气候宜人的首都马普托工作。当地的一个女老板偶然向沙尔普夫抱怨，女雇员在月经期间没有来上班。卫生棉太贵了，妇女和女孩们只能躲在家里，不让人看见。那年秋天，沙尔普夫回到哈佛，询问来自孟加拉、尼加拉瓜以及其他国家的朋友，她们是否遇到过同样的问题。当然了，她们说。一个朋友向她解释女学生留在家里不去上学背后的缘由：如果我被叫到黑板前答题的时候，裙子后面有一块血迹怎么办？

随着调查的深入，沙尔普夫越发感到愤愤不平。只是因为买不起卫生棉，女孩们就得缺课？因为没有卫生棉，妇女就不能去工作？而这一切居然还是不能讨论的禁忌？于是，沙尔普夫加入了推行改变的革命，投入了社会企业家甘愿冒险、自己动手创造更好世界的浪潮。

如果帮助他人具有恢复和疗愈的功效，何不将它当成生活方式的固定组成部分？不像太多想做大生意的企业家，干吗不试试从金字塔的地基开始为社会增添一份价值？这条路径，对单纯渴望获得更大幸福感和方向感的男女老少都具有吸引力。

推动改变的传统模式是保守的、消极的、规避风险的。每到 12 月，假期来临之前，你取出支票簿，给自己喜欢的慈善组织捐一笔钱，就算完事。而如今，沙尔普夫这样的人越来越多，他们渴望探索，渴望更完整地投入，参与到或可称为“自己动手做慈善”的行动或社会企业中，并且试图把亲朋好友也拉进来。这是走钢丝的冒险，既让人恼火，又让人兴奋。加里·斯卢特金亲自创办“治疗暴力”，是因为他有一个他人没有做过的想法。索马里的哈瓦·阿布迪医生也曾面临相同的情况。一次又一次令我们感到惊奇的是，变革的推动者往往不是最富有或人脉最广阔的人，而是草根阶层里最坚韧不拔的人。诚然，厄尔·沃伦作为最高法院首席大法官，对废除种族隔离具有巨大的影响，但罗莎·帕克斯同样功不可没。

许许多多推动变革的人都就此做出了示范，比如乡村发展银行的穆罕默德·尤努斯，以及他的孟加拉同胞、孟加拉农村发展委员会的创始人法兹勒·哈桑·阿比德爵士。还有詹妮弗·斯塔普勒-克拉克，她在大学二年级时创立的“联合视力”已为全球 170 万人提供眼科诊疗。还有保罗·法默医生，他的健康伙伴基金会被广泛视为医疗保健援助组织的标杆。还有埃拉·巴哈特，她建立的印度自主就业妇女协会是世界上最大的草根组织之一。这些组织都提醒我们，社会企业家都能够拥有足够大的力量和足够广阔的影响力，实现显著的成果，赢得全世界的尊重。就像经济既需要大型公司又需要在车库里白手起家的创业家一样，人道主义领域既需要 CARE、救助儿童会、国际救援委员会、“恩典

卢旺达。伊丽莎白·沙尔普夫展示制作芭蕉纤维卫生棉的原材料。（图片由汉娜·布赖斯提供）

之船”这种专业的大型组织，也需要新创的团体。

完成哈佛大学的研究生课程后，沙尔普夫立刻开始筹备公司。公司为非洲和亚洲女性生产廉价的卫生棉，由加盟连锁经营的当地妇女销售。沙尔普夫去卢旺达考察，那里能买到的最便宜的卫生棉是中国制造的，每包 10 片，售价 1.1 美元。沙尔普夫招来一批政策专家，向村民、农业专家还有纺织工程教授咨询。他们的问题是：本地有什么东西吸水性强，随处可见而又价格低廉？团队把选项逐步缩减到木薯叶、芭蕉叶、芭蕉树干纤维、马铃薯根、泡沫床垫以及纺织废料。“我们运了一台搅拌机到卢旺达，开始搅拌这些东西，烹煮马铃薯和木薯的叶子，等等，”沙尔普夫说，“我们把可乐倒在样品上测试吸水性。”然后他们发现：“嘿，芭蕉纤维竟然能把可乐全部吸收！”

当哈佛商学院的同学们在金融业拿着六位数薪水的时候，沙尔普夫从绿色回声基金会拿了 3 万美元的基金，这个机构为拥有好主意的社会企业家提供资助。她的团队以芭蕉树纤维为原料，开发出一种可生物降解的廉价卫生棉，每包 10 片，零售价只要 60 美分。在卢旺达实验基础上，沙尔普夫的组织“可持续健康企业”(Sustainable Health Enterprises，简称 SHE)，开始生产芭蕉纤维卫生棉。[1] 她的团队建立了由 600 名小型蕉农——其中大部分是妇女——组成的供应链，而援助组织则提供资助，将卫生棉销售到孤儿院、学校和难民营。

推广芭蕉纤维卫生棉的道路仍是艰辛的，特别是在一个工业制造技术几乎不存在的国家，而卫生棉是否有市场也都还不清楚。正如大多数风投创业公司都失败了，许许多多新兴的社会企业也夭折了，SHE 可能会落得同样下场。当地家庭也许会认为，60 美分跟 1.1 美元的卫生棉都一样，他们都负担不起。又或者，假设一下，一切都很顺利：卫生棉经营扩大，人们开始给家里因经期不便而缺课在家的女孩购买卫生棉。这样一来，女孩们就会待在学校吗？这我们可没有把握。尼泊尔的一项研究发现，虽然女孩们感激在经期卫生方面得到的帮助，但她们去上课的概率并未因此显著提高。[2] 人口理事会在马拉维所做的研究表明，和卫生棉相比，自行车能让更多的孩子去上学。另外，加纳的调查显示，为农村女孩提供卫生棉可能显著降低她们的缺勤率。[3]其他人则认为，痛经和缺少卫生用品一样是女孩上学的阻碍，所以阿司匹林能够更有效地减少缺勤，而且比卫生棉更便宜。简言之，这是个复杂的问题。沙尔普夫投身的是一项高尚的实验，但创业家们往往会失败。在国内外和贫困角力的任何人都懂得，仅凭良好的心愿和辛勤的工作是不够的。我们的看法是，卫生棉不能消除问题，但或许能缓解问题。在现实世界中，进步通常是通过渐进式的改良实现的。

自主创业的社会企业家的崛起，令某些大型反贫困组织惊愕不已。这些组织感觉自身具备专业技术、经验、会计准则和规模，能够以成本收益率最高的方式创造改变，而公众却对拿不出任何成绩的社会企业家们趋之若鹜。其中必定有些原因。DIY 企业通常都有一个充满魅力的背景故事，具备动人的真诚，可是因为社会企业家们缺少实事求是的商业经验，往往也步履蹒跚。凭一己之力创设一件事物看似浪漫英勇，而当你染上疟疾或被自己试图帮助的人洗劫一空时，这一看法便会褪去。现实情况是，初创企业失败是太常有的事了，没有几家能发展起来。当崩溃之时，可能导致他们试图帮助的那些人陷入困境。

以“游戏水泵”为例，这个项目犯了所有可能出现的错误。游戏水泵是一种设计巧妙的设备，孩子们在上面玩耍，就能为水泵提供抽水动力。广告经理特雷弗·菲尔德为了它辞去工作，成立了一家公司，开始制造这种水泵，梦想着为非洲乡村的取水方式带来一场革命。游戏水泵看起来有点像旋转木马。按照设计，它要安装在非洲村庄里的水井上方，孩子们要推着它转圈，在他们玩耍时水泵就能抽水。正如宣传资料所称：“村里的妇女再也不用长途跋涉，辛辛苦苦去打水了，而孩子也因为有了新玩具而欣喜若狂。”世界银行被打动了，把 2000 年的发展市场奖颁给了游戏水泵，美国政府也宣布通过一项价值6000万美元的公私合作项目在非洲修建游戏水泵。

工程设计和商业计划都令人印象深刻，但是要让计划奏效，孩子们几乎得一刻不停地在水泵上玩，而这是不可能的。所以，往常去打水的女人们就得被迫自己去推旋转木马，不仅费力，而且比手压泵的效率低得多。游戏水泵的价格比传统水泵高出几倍，维修也很复杂。合作很快破裂了。[4]

要使理想有效地发挥作用，就需要在实践中认识到如何取得效果，在基层中理解问题的态势。近几年来，社会企业的爆炸式增长导致新兴方案和新型援助层出不穷。人人都想开创新东西，不想参与已有项目。创办公共慈善机构几乎没有门槛。99.5%的申请都得到了国税局的批准，而几乎不会仔细审查那些小型机构。如今，慈善组织数量太多了，其中绝大部分规模微小，效率低下，无足轻重。我们因此没有亲自成立基金会或援助组织为我们所信仰的事业募集善款，而是向读者和观众们介绍很多表现出色的现有机构。我们以为，世界最不需要的，就是在美国已有的140万个援助组织之上再成立一家。

访问宾夕法尼亚州斯沃斯莫尔学院期间，那里的学生社会企业家们给我们留下了非常深刻的印象，他们成立了各种组织，在秘鲁、塞拉利昂、加纳、厄瓜多尔等国解决问题。可是，我们发现，这些组织都是近三年之内才成立的。如果我们六年前来采访，也许会接触到同样令人惊喜的组织，其中大多数随着参与的学生毕业离校而消失。

“那是一场噩梦，”绿色回声，也就是我们此前提到过的支持社会企业家的组织，它的负责人谢里尔·多尔西说，“我每次到大学演讲，开场就要说，‘请不要再成立社会企业了！’年轻人常把成功等同于成为一个创始人，而这正是我们这场运动的阿喀琉斯之踵。百花齐放，恐怕会把我们引到错误的方向上。光有一个个追求卓越的小中心是不够的，这不足以构成任何影响。它们太过零碎，太过分散而又相互竞争，不可能发挥什么作用。”多尔西告诉年轻人，目前最大的需求是“内部企业家”：能够在现有企业或机构内推动创新，使其脱胎换骨，提高生产率的人。

一些人道主义者指出，在社会部门追求一份事业，往往并不是为社会做贡献最有效的途径。有人主张，如果你在数字方面有天赋，就应该去华尔街工作，赚上几百万美元，掌握一种技能，然后在经济上资助一个可靠的慈善组织，同时也可以为自己欣赏的援助组织提供财务管理建议。比尔·盖茨和沃伦·巴菲特都从商，获得了人们遥不可及的成功，现在，他们能为社会贡献的力量，远大于一个把一辈子都献给援助组织的人。

肯尼亚。桥梁国际学校的合伙人梅嬉蝶与一个五岁的学生在一起。（图片由玛丽·莱兹尼提供）

当然，社会企业家确实有独特的创意，他们的想法将为解决世界的各种难题做出重要的贡献，我们希望大家谨慎些，但并不想泼冷水。全身心投入到新生企业的人里，就有梅嬉蝶。创办企业的灵感要追溯到梅嬉蝶在中国东北一所山村小学支教的经历。当时，为了完成博士论文，她到当地做生态学研究。结果，她被告知，她和男朋友杰伊·齐默曼想要住进村里的话，就得答应在那里的学校教书。教课会占用研究时间，这令她很苦恼，学生刚开始叫她“梅老师”时，她还大为光火。可是，支教这一年里，嬉蝶逐渐意识到，她的论文选错了主题。经验告诉她，教育比任何事情都重要。

“这确实塑造了我对贫困及其代际传递的理解。”她说。乡村教育可能出现的问题，村里的学校一个不落：校长常在午饭时喝酒，他和另外两个醉醺醺的老师下午几乎不露面；十名老师里九个没有教学资质；有几名老师经常不来；水平最高的老师只讲一节课；学校里唯一的电脑被校长搬回了家……村里大部分人几乎没受过教育——很少有人高中毕业，少数受过教育的村民是当时经济条件最好的，因为他们可以仔细研读农业政策的变化，利用面向农民开放的技术（比如养殖皮毛动物）。

“如果不在孩子们进入青春期之前对他们的教育做些大调整，”梅嬉蝶得出结论，“那之后所做的努力都不过是在追赶别人。”

齐默曼和梅嬉蝶苦心思索如何将高质量的基础教育引进贫穷国家。齐默曼先前创办了一家教育技术公司，后来卖掉了，他对眼下这个问题尤其感兴趣。在中国举行婚礼后，梅嬉蝶和齐默曼去非洲度蜜月，走访了马拉维、坦桑尼亚、肯尼亚、乌干达、卢旺达和尼日利亚，调查农村贫困地区基础教育领域的失败。然后，他们开始规划在贫困国家，面向低收入家庭，开设营利性质私立学校的商业模式。

把以营利为目的的私立学校作为贫困国家教育问题的解决方案，想来不免有些奇怪。在西方，私立学校是富人的庇护所。但是，在非洲和亚洲的很多国家，政府开办的学校看起来简直糟糕得不可救药。教师们不做事也照样领着政府教育行政机构发的薪水。有些“幽灵学校”只在纸面上存在，拨给这些机构的资金都进了官僚的腰包。就算是真实存在的学校，就算有老师授课，也有可能出现一个班的一百多名学生里，每十个人只有一册教材的情况。有时，教师对学生产生兴趣，主要是为了迫使他们和自己发生性关系。公立学校暗无天日，以至于贫困家庭把孩子送到私立学校成为常事。印度的一项政府调查发现，一至八年级的学生中，在私立学校念书的占 30%，有些学生每个月的学费仅需要几美元。在南部城市海得拉巴，四分之三的学生都去了私立学校，他们的数学考试成绩比公立学校学生成绩高出 22%。

于是，梅嬉蝶和齐默曼成立了后来的桥梁国际学校，这是面向人均日收入低于两美元的家庭开设的连锁私立学校。他们和联合创始人菲尔·弗雷在肯尼亚开设了第一所学校，放手一搏。梅嬉蝶曾在中国支教，也在摩根士丹利的金融部门工作过，现在，她想尝试更加冒险的东西。朋友们试图劝阻她，说她不会在肯尼亚取得任何进展，还有可能彻底失败。梅嬉蝶也有顾虑，但依然大步向前。“那里有太多的孩子不能学习，被人遗弃，”她说，“这件事值得一试。”

桥梁国际学校起步时花了大约5000万美元，主要用在技术、研究、运营体系、课程、教师培训材料、购置土地和建造校舍上。这笔钱从恩颐投资、学习资本（与培生教育集团关系密切）、科斯拉创投以及奥米德亚网络处筹得。桥梁国际学校发展出一套“迷你学校”远程策略，使用标准化的内容、教师培训材料和课程计划，这些资料通过无线网络传输到可追踪的平板电脑上。学生们每周上课55个小时，家长平均每月需交6美元。目前的课程涵盖预幼班到七年级，计划在2015年增加八年级课程，并扩展到尼日利亚和乌干达等国。

桥梁国际学校以闪电般的速度成长，每两天半就会购置一块新地，还分出了五个半月时间开设教职员配备齐全的实体学校。学校的研究人员依据移动调查技术、卫星成像和当地的人口数据来选择理想的校址，然后由置地团队接手交易。土地买下来后，学校就开始招聘教师和管理人员。录用者要接受两个月的培训，特别要学习如何使用软件技术，以追踪学生的出勤率、课程完成情况以及学习进度评估。软件上甚至还有面向教师、管理人员、家长和学生的“客户服务”中心，便于他们远程提问。大部分学校最初都设有十名教师、一名校长和两名工作人员，但是每所学校至少要有300名学生才能维持收支平衡。

扩张为梅嬉蝶和联合创始人招来了很多挑战。有一所学校的墙体建成仅一年后就开始剥落，结果他们发现，买回来的水泥只用了一半，其余都被卖掉了。相似的情况也出现在屋顶铺设的铁皮护板上。工头把富余的铁皮卖了。员工们有时希望享受十次茶歇，抱怨工作时间太长（教学时间几乎是当地其他学校的两倍）。教师们在课堂上看报纸。梅嬉蝶发现，“很难把那种动力、职业道德和职业文化灌输进这个环境。并不是说他们不会这么做，只是从来都没有这种工作文化。”

学校也修补了教师模块。教师们不用自己设计教学计划，而是使用平板电脑上预先写好的讲义，所以学校可以招聘缺乏教学经验但是居住在学校附近，并在社区中具有公信力的人来担任教师。

援助组织圈子总是以混杂着疑虑和热情的目光来审视桥梁国际学校。有些人对以营利为目的的方式有所怀疑，也有人对此很欢迎，因为它具有可持续性，同时能给公立学校带来竞争压力。从目前的成果看前景光明。桥梁国际学校拿出标准化考试的成绩表明，他们的学生在数学和阅读上明显超过附近公立学校的学生。[5] 比如，2013 年，桥梁学校的一名普通四年级学生每分钟的单词阅读量高出公立学校学生 60%，数学应用题的正确率比后者高出 44%。

正是因为有了梅嬉蝶和沙尔普夫这样的勇士，我们才在一些圈子里抵制以下观点：生命的前三分之一用在学习上，中间的三分之一用来赚钱，最后的三分之一用来回馈社会。走这条路意味着，你让自己这一辈子有三分之二的时间无法从超越自我的事业中获得满足感。

一亿本书

凯尔・齐默天生就是领导者、行动派。12 岁时，她就成了家乡俄亥俄州赞斯维尔这一保守小镇上基督教女青年会的董事会成员。高中期间，她是学生会主席。她父母坚信社会公义，订阅《琼斯夫人》和《苏联生活》这类杂志，把凯萨・查维斯和拉尔夫・纳德当作为社会公义而战的楷模。“家里有一种根深蒂固的观念，那就是无论在工作中还是在空闲时间，你都应该为改变世界做力所能及的事情，”齐默说，“家人也真诚坚定地相信，教育是实现社会变革卓越而最终的途径。”

后来，齐默先是为俄亥俄州州长工作，又在 1984 年加入了沃尔特・蒙代尔的总统竞选团队。从乔治・华盛顿大学法学院毕业后，她在华盛顿特区一家中等规模的公司找了份法务工作。再然后，她开始辅导孩子们阅读。

在家访时，她注意到孩子们的家里几乎见不到图书，而把书送给孩子们时，他们会坦诚：这是我的第一本书。这给了她灵感来成立“第一本书”——一个为贫困孩子送去图书，并鼓励他们阅读的非营利组织。最初开始尝试时，她和两名同事把它作为一个兴趣小组，结果发现招聘一个称职的经理简直困难得超乎想象：“我们的银行账户里大约有 1.3 元钱。”1995 年，她索性辞去法务工作，担任“第一本书”的负责人。

齐默开始筹款购书，再把它们捐给各种扫盲项目。多年以来，她在全美 50 个州建立了“第一本书”志愿者筹款分会。现在，“第一本书”将图书捐赠给教会团体、低收入社区的图书馆、“开端计划”、无家可归者收容所、青少年活动中心，还通过“伸出手，一起读”组织为儿科医生提供图书。成立 20 年、历经重大转变的“第一本书”，已经为九万个组织捐赠了大约 1.15 亿册图书。2013 年，“第一本书”购置援赠的图书占全美童书发行量的 2%。对于一个非营利组织来说，这个成绩不错。

齐默尝试把新兴机构嗅觉敏锐、行动敏捷的特点注入“第一本书”。她开发了一些业务来创收，用以抵销组织的一半预算，甚至打算更进一步。“很快就能实现自给自足了，”她说，“我们从一开始就是这么设计的。”

她密切关注出版市场动态，紧跟趋势，为“第一本书”寻找机会。1999 年，她注意到出版商收到大量童书退货，库存激增，便让他们把退货图书捐给“第一本书”，还成立一个“国家图书银行”，将图书利用起来。她获准使用美国海岸警卫队的一个仓库存书。海岸警卫队司令詹姆斯・罗伊上将支持这项事业，还为齐默和她的团队提供物流培训，以便高效地把图书运送给数千个阅读项目。

一开始磕磕绊绊。当“第一本书”开始寻找赠书时，齐默只安排了几辆卡车去取书。“我坐在那儿想，我知道该怎么做，然后就开始打电话请人捐书，”齐默说，“出版商们实在太慷慨了，第一批赠书来了。”没过多久，“第一本书”就开始四处搜罗皮卡、大卡车——只要是运输工具就行。当雇员找到愿意帮忙运书的经销商时，齐默兴高采烈。不过，当印着啤酒公司标志的卡车停在校门口卸下成箱的图书时，他们也总得费些口舌解释。

运输流程越来越正规，现在，接收者需要为每本书支付45美分运费，这笔钱可以帮助“第一本书”弥补成本。“我们在每个环节上提高效率。”首席财务官简·罗宾逊说。订单系统日趋完善，用户已经可以通过孩子们要求的主题——恐龙、动物、儿歌等——来选择图书。齐默介绍说：“比方说，你在缅因州开办幼儿园，在我们的网站免费注册后，图书银行每次收到赠书，你就会得到通知。通知会写着：‘西蒙与舒斯特集团刚刚为我们捐赠25万册图书；3月3日登录网站即可查看。’登录后，你可以选择接受或拒绝，部分图书或全部库存。如果幼儿园就在附近，我们的软件系统就会给你安排时间，到时候你开着斯巴鲁过来，我们帮你把书装进车里。这些全都是免费的。”

通过这种方式，“第一本书”为孩子们送去了几千万册新书。后来，出版商开始压缩成本，降低印量，退货量也随之减少。于是，2008年，齐默开办了第二项业务：筛选出亟需图书的数千个小型扫盲项目，将购买力集中起来，并代表他们与出版商谈判，争取大幅折扣。因为保证不会退货，她经常谈到比五折还大的折扣。由于一些扫盲项目连大幅打折后的图书也买不起，“第一本书”就会动用它在项目当地的分会协助筹款。

华盛顿。“第一本书”的负责人兼CEO凯尔·齐默与公立学校的学生在一起。（图片由布莱恩·明特提供）

这些平装书包含运费在内的平均价格是2.5美元，比45美分一本的捐赠图书贵得多，但这些可都是品牌出版社的书。《野兽花园》（零售价8. 95 美元）售价为 2. 79 美元；《百事通布朗和沉睡的小狗案》（零售价 5. 5 美元）1. 85 美元就能拿下；《杀死一只知更鸟》（零售价 7. 99 美元）只卖 3. 5 美元。

“第一本书”希望走得再远一些，探索内容合作。他们定制的第一种双语版图书《好饿的毛毛虫》（艾瑞克·卡尔著）定价 3. 25 美元，卖出了 9 万册。此后，“第一本书”与哈珀·柯林斯出版集团及李与洛出版社建立伙伴关系，与来自拉丁裔和亚裔群体的作者合作，为少数族裔的孩子们创作图书，这些书对他们更有吸引力，更能鼓励他们多读书。

“第一本书”每年为服务于 200 多万名儿童的各类组织提供图书 1500 万册，但据齐默估计，还有 3200 多万名孩子也需要图书。所以，她认为，在提高自给资金能力、减少对外界资金需求的同时，“第一本书”还有广阔的发展空间。

“私营部门的头脑加上公共部门的精神，我一直就是这样。”齐默说。

第十九章 奉献的密码

数百万人……被囚禁在贫困的牢笼里。是时候让他们自由了。有时，这一重任会落在将会成就伟大的一代人身上。而你就可以成为这伟大的一代。

——纳尔逊·曼德拉

父亲节那天，我家三个青春期的孩子合伙送给尼克一份礼物。对任何一位父亲来说，这都算得上一份完美的礼物——一只老鼠。准确地说是一只非洲巨鼠，嗅觉极其灵敏，甚至可以胜任排雷这项艰巨的任务。孩子们以尼克的名义赞助了一只非洲巨鼠的训练费。加上尾巴，非洲巨鼠身长达到30英寸，虽然视力糟糕，但嗅觉出众。比利时援助组织“阿波波”摸索出训练这些小动物从事这项救命工作的方法。非洲巨鼠的体重轻，站在地雷上也不会将其引爆，且易于训练。在八年的寿命里，巨鼠有足够的时间挣回培训的成本。被封为“英雄鼠小弟”的非洲巨鼠，每只一天之内就可以排查400平方米因地雷而无法使用的土地。英雄鼠小弟在莫桑比克和安哥拉扫雷，20分钟内协助排雷的区域，需要一个人做两天才能完成。

孩子们的捐款为迫切需要帮助的人带来了些许改变，所以尼克收到一份这么有意义的礼物，令我们非常激动。* 这份礼物还蕴含了我们在整本书中始

* 如果你想要以他人的名义资助一只“英雄鼠小弟”，可以浏览 www.apopo.org，每年只需要出84美元，或者60欧元，你就能拿到一张“领养证”。

终尝试说明的一个基本观念：我们可以通过各种途径把捐助融入日常生活，从而使之不只是一种牺牲，更带来一个机遇，一份令人陶醉的愉悦。

“阅读之家”是全世界增长速度最快的援助组织之一，创始人是微软公司高管约翰·伍德。中年危机来临时，伍德没有去买跑车或搞外遇，而是成立了一个非营利组织。这个组织已在贫困国家开设了 1.5 万余所图书馆和 1600 多个学校，分发图书超过 1000 万册。“阅读之家”吸引了一万多名志愿者，因为它把为求学若渴的孩子出资建学校、开图书馆变成了一件刺激的事。有一对夫妇决定不买订婚戒指，用这笔钱盖一所学校。还有一位支持者在 2009 年成立了“阅读之家”的衍生组织“啤酒换图书”，力求找到一家愿意每卖掉一杯酒就捐出一美元给“阅读之家”的酒吧，在那里举办特别专场活动，呼朋唤友来酒吧聚会。

一个朋友把自己心中的生活奥义告诉了伍德：早点想一想你希望在这世上留下什么遗产，在临终之时能问心无愧地说什么话。然后再回过头来去做吧。当我们思索自己想在生活中留下怎么样的影响时，这句话不失为一个有价值的思考框架。

一开篇，我们就讨论了扩大机遇，讨论了“才能四处都有，但机会并不是”的道理。我们很乐观，因为我们见过当隐藏的才能遇到机遇时会发生什么。保罗·洛瑞姆是一个来自南苏丹农村的孤儿，那里没有电，没有学校，也没有诊所。他的家乡因内战而支离破碎，童年的大部分时间都在肯尼亚边境的卡库马难民营度过，没有大人管他。他是被其他几个苏丹的难民男孩带大的，这些孩子比他大不了几岁。战争和贫穷让这些大男孩担起重担。他们知道自己永远不可能再接受良好的教育，却让保罗去上学——他们的年龄太大，已经不能入学。每天早上，他们叫保罗起床，叫他一路走到联合国开办的难民营学校。有时，“班级”里的学生达到 300 人，大家在树荫下集合上课。孩子们没有铅笔和笔记本，就在土地上练字。渐渐地，在老师和大男孩们的帮助下，保罗发现了自己在文字和数字方面的天赋。

“我突然领悟到，这所学校真的能把我带进新的天地。”保罗回忆道。他在一个路德教援助组织开设的小型难民营图书馆里如饥似渴地阅读。老师们注意到他惊人的智力天赋，想尽办法安排他转学到一所肯尼亚学校读七年级。这样一来，他就能在肯尼亚学习两年，并参加肯尼亚高中入学考试，这为他读高中带来了一些希望。只有一个障碍：讲课用的是斯瓦希里语，保罗不会说。他努力学习，在同学的大力帮助下，在肯尼亚那片区域的高中入学考试中取得了第二名的成绩。这为他赢得了内罗毕顶尖寄宿中学联盟学校的录取通知。

保罗在内罗毕的生活困窘、孤独，所幸，一个德国天主教修女露易丝·拉德梅尔给了他关爱，为他支付了学费。露易丝修女曾像母亲一样照顾了不计其数的南苏丹孩子。在她的支持下，通过刻苦的学习，保罗很快就名列前茅。第三年，保罗获得了一笔奖学金，进入非洲领导力学院完成高中学业。这所于2004年成立于南非的学院，得到美国捐赠者的大力支持，旨在培养新一代的非洲领袖。

得到入学机会，保罗非常感激。不过，有一次学院放假时，他可把老师吓坏了：他长途跋涉穿过大半个非洲，回到了他出生的小村子。他发现弟弟妹妹都没有上学，就坚持让他们去卡库马难民营接受教育。祖父母反对，于是保罗花了三个星期和他们争论，声色俱厉地吓唬他们。终于，他们同意了。帮弟弟妹妹在难民营学校办好入学手续后，保罗回到非洲领导力学院。学校里有个耶鲁大学毕业的辅导员，鼓励保罗施展天赋，一步步领着他申请入读耶鲁，在被录取后，康涅狄格州的霍奇科斯学校同意让他读一年预科，为进入常春藤做好准备。

一个来自难民营的孤儿，如今成了耶鲁的学生，正在学习第五门语言。我们在耶鲁招生办公室前负责人、后成为保罗导师的杰弗里·布伦泽摆满书籍的书房里和保罗聊着天。保罗强忍着泪水，讲述了他的故事，说起给过他关键帮助的人们。他说，与其他南苏丹人相比，他之所以与众不同[1]，不是因为他面临的困境，而是因为他从慷慨热心的人们那里收获了千载难逢的机遇。这些人有联合国的员工、路德教援助组织的成员，也有天主教修女、非洲领导力学院的辅导员，还有霍奇科斯的老师以及耶鲁的招生人员和教授们。每一双援手都赋予了他攀上更高水平的可能性。回过头看，令他震惊的是，那么多和他境况相似的孩子竟从未得到一个机会。

尽管神经科学表明，人类天生就会关心帮助他人，但是很多人并不会这么做，至少不会经常这么做。如果我们的生活比较优渥，往往就和贫困的人隔离开来了。如果你是一个中产阶级的美国人，大概很乐意伸手援助海迪彻·威廉姆斯这样的女孩——她无家可归，却考上了哈佛大学。但是，在你居住的郊区，你的拼车伙伴中，你的健身俱乐部或你的教会团契里，可能没有一个像她这样的人。有些人在其他国家旅游时，只会跟酒店的行李员或出租车司机互动，而不会和一个像保罗·洛瑞姆这样渴望受教育的小孩打交道。这种与贫困人口的隔绝，看起来解释了为什么美国富人捐款所占收入的比例，比中产阶级或穷人的还要低。这并不是说富人本质上缺少同情心，而是说，与被贫穷包围的穷人相比，富人更少遇见需要帮助的人。与此相似，居住社区经济水平多元化的富裕家庭，比社区里所有人都很富有的家庭，捐赠额更高。

就此而论，当我们走访世界上最贫困的部分地区，看到那里的人们远比美国人慷慨的时候，我们感到羞愧。在战火纷飞的达尔富尔，尚有栖所的人收留棚屋被烧毁的同胞；在刚果，那些残酷战争的幸存者，即使自己的孩子吃不饱，也会收养孤儿；在索马里难民营，甚至连小孩都本能地与口渴的人分享珍贵的饮用水。众筹的文集《小善大爱的今与昔》中写到一段美好的小插曲，展现了这种出于直觉的自发奉献：

我的一个朋友是国际仁人家园的，他在多米尼加共和国工作时，与小男孩伊汀成了朋友。他发现，但凡伊汀来找他，他穿的依然总是又脏又破。营地里有一箱旧衣服，我的朋友从里面找到两件适合伊汀体形，保存完好的衬衫，送给这个充满感激的男孩。过了几天，他看见另一个男孩穿着其中一件衬衫，再次见到伊汀时，朋友忍不住解释说衣服是送给他的。男孩看着他说："可是你给了我两件啊！"[2]

我们西方人有时不太慷慨的原因之一是学会了把和自己不一样的人"他者化"。或许，在一个充满无尽需求的世界里，这是一种防御机制；或许，这是看到电视里远方众生饱受煎熬时自我调适的一种方法；又或许，我们只是用一个错误的观念自欺欺人：问题太多、太大、太棘手，根本无从解决。

肯尼亚达达阿布难民营。一个索马里难民儿童把自己珍贵的水分给另一个小伙伴喝。

我们两个人可能也多少吸收了这种想法，直到后来有一次，我们穿越柬埔寨的丛林时，听到前方传来尖锐而不真实的惊叫声。我们不知道那是人声还是动物的叫声，小心地走上前去，来到一片空地后，看到一个简陋的小木棚，一个名叫阮约的枯瘦男人正抱着幼子的尸体哭号。小男孩凯塞刚刚死于疟疾，阮约失去了理智。他抽泣，号叫，捶打自己的胸膛。

"他是家里最聪明的孩子，"阮约悲痛欲绝地小声说道，"可我却救不活他。"没有人在目睹这样痛苦悲伤的场面后会认为，生活在贫穷国家的人已经习惯于忍受痛苦了。

经过一段时间，我们开始相信，因受苦而变得麻木的，不是贫穷国家或贫穷社区的人们，而是我们，我们这些更富有的人。对他们来说，受苦是日常生活的一部分，无从避免，所以他们面对痛苦，尽力而为。但是，生活在安全、舒适社区里的我们，才是几乎什么忙都不帮的人，尽管我们拥有的资源比他们丰富得多。问题不在于我们铁石心肠，而是并不直接接触到这些需求，更不知道如何解决那些更加遥远、我们仅稍有耳闻的问题。我们也会怀疑，微不足道的一点钱是否真能带来改变。然而，在漫长的旅程中，我们两个人获得的最清晰的认识就是，一笔小钱确实有可能产生影响。

一路上，我们见到的最痛苦的疾病之一是沙眼，这是眼部反复感染导致的。渐渐地，患者的眼睑会内翻，睫毛会刮伤角膜。疼痛令人难以忍受，感觉就像是沙粒不停地磨眼睛。

“这就和生孩子一样疼，不过一疼起来就是好几年。”马里的老妇人亚嘉里·特拉奥雷说，她忍受眼疾之苦已有六年。她是个寡妇，大部分时间只能坐在小棚屋里，眼睛疼，什么也看不见，不能耕田，也不能照看十一个孩子，而这也许导致了六个孩子的死亡。沙眼在美国也曾是常见病，但现在只在贫穷国家才能见到，并且感染者越来越少——部分原因是这种病易于防治。培训村民们注意卫生，比如洗脸，就能极大地防治沙眼。在沙眼流行的地区，每年每人使用一次抗生素阿奇霉素，连续三年，基本就能在当地杜绝沙眼感染。阿奇霉素由辉瑞制药公司提供，分发药品的花费每年每人只需 25 美分。也就是说，一个消除沙眼致盲的三年期项目，只需要通过像海伦·凯勒国际基金会这样的援助组织为每位受助者投入 75 美分。

75 美分，还有比这更好的用法吗？

而像亚嘉里这样沙眼程度恶化、眼睑内翻（沙眼性倒睫）的患者，仍然需要动手术。但手术其实非常简单，一个眼科护士每天能完成 20 例。使用当地生产的麻醉剂后，沙眼性倒睫手术大约 15 分钟就能完成，人均费用不到 40

美元。亚嘉里做完手术，摘下纱布，一个男孩走上前来要领着她回家。

“别挡路！”亚嘉里对他说，“我看得见啦！我自己能走回去！”

40 美元，还有比这更好的用法吗？

有时，我们用“全球问题没有解决的希望”的想法来麻痹自己，然而，事实上，现在恰恰是充满希望的大好时候。麻风病、龙线虫病和小儿麻痹症等致残的疾病即将灭绝，而今后的二三十年内，疟疾、艾滋病等公共卫生威胁也有可能被消灭（尽管各地不时仍会报告新病例）。在儿童数量增长的情况下，5 岁以前儿童的死亡数量自 1990 年以来下降了近一半。直到 1980 年，发展中世界的一半人口生活在极端贫困之中——折合成今天的货币标准，世界银行对极端贫困的定义是，每人每天收入低于 1.25 美元。如今，这个比例已下降了 20%，世界银行希望，到 2030 年基本消除极端贫困。那时，几乎全世界所有孩子都能上小学，学会阅读。纵观人类历史，直到 1950 年前后，成年人中，绝大多数还是文盲，只用了一代人的时间，全球成人文盲率就降到了 16%。据我们观察，未来几十年内，我们就有机会消除自从祖先开始直立行走以来，就构成了人类绝大部分生存状态的制约条件，如文盲、饥馑、寄生虫病和赤贫。

在马里的一个村庄，亚嘉里·特拉奥雷与给她手术的护士一起，庆祝自己沙眼手术成功，自此结束了多年的眼疾之苦。

回顾历史，只有极少的一部分天才得到培养，从而拥有了学习、创造和奉献的机会。弗吉尼亚·伍尔夫有一段非常著名的想象：如果莎士比亚有一个同样文思敏捷的妹妹，就因为性别，她可能永远也写不出伟大的戏剧。同样，许许多多可能成为莎士比亚或爱因斯坦的孩子要么早夭，要么成了目不识丁的劳力。但是现在，这一切在改变。

除了全球教育和扫盲的进步，还有一个原因让我们保持乐观：老问题有了新的技术解决方案。诚然，技术带来了新问题，比如气候变化，比如安全和隐私遭到侵犯，但是，两相比较，移动电话、互联网及其他创新的传播，给了我们谨慎期待的理由。把足球和发电机结合起来的“发电足球”就是一个有趣的尝试。只要踢一会儿球，所产生的动能就能发电，可以为手机充电或为小电灯供能。在“发电足球”的某个面板后面是一个插座插头。这是一群大学生发明的新奇玩意，其中几个人现在成立了社会企业“未知游戏”，批量生产发电足球。我们不知道这个想法是否能成功，但它代表了大批正在经受检验的新设备，而它们有可能缓解极端贫困。

在我们述及的内容以外，你还能通过许许多多的事业、组织和方法来奉献。我们几乎没有提到气候变化，也没有充分讨论创造就业、无家可归现象、药物滥用、精神疾病，抑或为美国公立教育建立更公平的资金机制。我们对人权运动也谈得很少，尽管我们坚信，人权运动是促进社会公正的途径。我们将冲突和维和一笔带过，而在世界上最贫穷的一些国家，这恰恰是核心问题。

因此，虽然我们希望让你体会创造改变的一些方式，为你介绍站在行动第一线的一些人，但本书所述终究只有数量很小的选样。我们想提醒你，很多慈善机构不太有效率，不要仅仅一味给非营利组织叫好，越来越多的有力证据显示出哪些干预手段能带来改变，又有哪些援助组织竭尽全力，做得非常出色。我们对这一切深信不疑，并将本书的部分版税收入捐给这些事业。

如果你想迈出下一步，这里有一些建议，供你参考。

1. **找到吸引你的问题，研究它。**不存在最首要的人道主义议题。“最紧要的问题是什么？”这个疑问也没有答案。只要选择你感兴趣的一个问题就可以。

如果你在寻找计划资助的一项事业或一个机构，本书附录罗列了一些努力在全世界各地创造机遇的组织，可供浏览。你也可以在“明智行善”或“聚焦慈善”的网站上找灵感。循证政策联盟的网站也提供了很好的建议，这个组织严格考察了哪些办法真正奏效。此外，我们还常常在推特（Twitter.com/NickKristof 以及 Twitter.com/WuDunn）和脸书（Facebook.com/Kristof 以及 Facebook.com/SherylWuDunn）上转发介绍各种出色的组织。

找到喜欢的组织后，你就可以在网络上查阅对该组织表现的评分、评论和批评。严肃地对待每一笔捐赠，就像你在购买新沙发、电视，甚至汽车这样的大件商品一样。你不会因为一家营销公司打电话来推销，就购买某家公司的股票，同样，也不要盲目捐款。慷慨大方并不等于容易上当受骗或轻易就被说服。

缩小捐款范围。如果你每年为 5 个组织捐款而不是 75 个，那么，无论对你还是对你所支持的事业，这样做都更加有效。时间和金钱可以得到更有效率的利用，你也更有可能了解这五家组织所做的事，它们也许可以成为长期的捐赠对象。

查看可经核查的影响力参数。这个慈善组织帮助了多少人？它是否举出了业务指标？是否举出了第三方评估结果（甚至随机对照实验，尽管这不是必要的），或者可在网络上查证的学者或记者的评论？当一家组织没有可以支撑自己主张的行动，或只谈虚无缥缈、自我感觉良好的奇闻逸事时，有可能是因为它能拿出手的只有这些。

一个基本的问题是：该关注最贫困国家的问题，还是关心离自己家更近的社区。我们认为这两种做法都有道理。我们反对“应该首先解决我们自己的问题，再去应对全球挑战”的观点。其他国家的援助需求更大，这是毫无疑问的。美国和欧洲还存在营养不良现象，但是在马里或埃塞俄比亚，还有更多孩子在生命最初的几年时间里，因为缺少足够的母乳、食品或微量元素而出现身体和大脑发育不良的情况。你的捐款在其他国家能发挥更大的作用，如果众生皆平等，那么，在乌干达或巴基斯坦挽救一个儿童的生命或让一个孩子受教育，当然比在纽约便宜得多。

话虽如此，可美国人有时还是会觉得，冲到遥远的国家去办学校或打击性交易很诱人，而把美国的需求当成乏味的老生常谈。这是一种错误的观点。两种做法，不存在哪一个更酷、更正确的问题，它们都太重要了，不能被放在对立面上。我们的建议很简单：去往内心所指引的方向，不过，也别忘了带脑子。

2. *做志愿者，参加行动或做点什么，而不要只写支票。*想一想你拥有的热情和具备的技能，以及怎样使它们得到善用。效仿格莱珉达能公司的坎都库尔·穆罕默德·阿布·索埃尔，以及他的法国老板科琳娜·巴兹纳，你也可以把精准发挥你的技能和影响力作为奉献的方法，并找到可以从你的特长中获益的群体。如果你是位出色的教师，辅导学生不失为一种选择；如果你是才能出众的业务经理，不妨试着成立一个全循环基金那样的同事小组，为邻近的非营利组织提供咨询服务。

你可以在 www.idealist.org 和 www.omprakash.org 上浏览志愿活动的机会，找找灵感。或许，你也可以成立一个非正式的捐款俱乐部，和朋友们欢聚的同时，一起捐款或参加志愿活动。你可以成立“妇女餐会”分会，和闺密们每人做一道菜聚餐，又或是组建“兄弟扑克俱乐部”，把可能花在餐厅的钱或在牌桌上赢到的钱捐出来。如果你是读书俱乐部的，或许可以把捐助环节加进去。

理想的情况下，亲眼看看你的努力结出的成果。很多组织都会帮捐赠人安排实地访问。当你亲自去印度参观自己资助的一个考察项目，而此行的旅费可以让十几个孩子在学校里待上一年的时候，这样做还有意义吗？我们的回答：有意义。只要这笔钱是从你的娱乐预算，而不是捐款预算里出的，就有意义。我们在前文中曾引用研究幸福的学者迈克尔·诺顿和伊丽莎白·邓恩的研究，诚如他们的研究所表明的，与花在购物上的钱相比，在这些经历上花钱更能令我们产生幸福感。

你也可以寻找离家更近的项目，它们同样能令你振奋，比如辅导你所在社区或邻近社区的贫困学生，就像当地的理发师和牧师为莱斯特·斯特朗所做的一样。你可以通过“大哥哥大姐姐”或“在线导师”辅导移民学英语，或教犯人阅读。辅导男孩的男性志愿者尤其短缺，妈妈们代报名的男生名单已经很长了。还有一些组织致力于帮助人们解决社交需求。志愿速配、引火者和移动世界把专业人才和能够从他们的技能中有所收获的项目联系起来。国际美慈组织运作的“微导师”则把目光对准乐于指导新近创业者（包括社会企业创业者在内）的商界人士。

3. *用你的声音传播消息，为不能发声者倡议。*无论有多大的勇气和热情，为援助组织捐款或当志愿者并不能解决所有的问题。我们还需要让政府——不管是我们的，还是其他政府——担负起它们的职责。只靠私人捐赠者，我们不可能建起高速公路网或卫生系统，也无法创办儿童早期教育或严打人贩子，除非我们选出的官员更好地做工作。但我们可以通过发声，推动改变。对有些人来说，这指的是向家人和朋友谈论本可能被忽视的问题；对其他人来说，这指的是在脸书或推特上参加在线活动，写倡议信或打电话。打水井是帮助埃塞俄比亚人的一种办法，帮助雷切尔·贝克维斯实现生日愿望的支持者们就是这样做的……人权捍卫者和麻烦不断的记者们在向政府问责、让政府保持诚实方面有所贡献，这让整个社会受益，他们也需要我们的支援。

在内心深处，人们对“终极答案”充满向往，但现在我们应该已经能清楚地看到，这世上并没有唯一的答案。相反，通向山顶的路有千百条，哪一条适合你，取决于你的兴趣和背景。更广泛地讲，与其说我们探索的道路是各种毫无关联的孤立选择，不如说它们相辅相成。每种途径都累积一份收获，可以让其他路线更有效率。我们渴望拥有一夕功成的神力，但这条路通常走不通，最重大的转变往往也要经历漫长沉重的过程。美国公共卫生领域最大的成就之一，是延续将近百年的交通事故抢救运动。如果美国今天的汽车事故死亡率仍停留在1921年的水平，那么每年大约会有71.5万美国人在车祸中丧生。但我们把每一亿英里行驶死亡率降低了至少95%，所以今天，死亡人数减少到每年3万多。这依然是个不小的数字，但是反映出我们每分钟能挽救不止一条生命，全年能救回50多万人。这不是通过一次戏剧性的大转折实现的，而是历经了艰苦的研究和创新过程。我们发明了安全带、安全气囊、醒目的刹车灯、仪表板避光垫以及更坚固的保险杠；改进了道路设计、车道线和交通灯；修建了苜蓿叶型立交桥；架起了防止车辆冲过山崖的路障。我们严惩酒后驾车的司机，为年轻司机颁发分级驾照。没有一个步骤是“终极答案”，而是基于证据的一个又一个进步，共同产生了变革性的影响。同样，我们不该再追求创造机遇的“撒手锏”，而应转向“组合拳”。

更广泛的需求不只限于寻找技术上的答案——如更完善的儿童计划，更多的微量元素——而在于培养更大的同理心。只要社会还把不幸视为懒人或不道德者应得的报应，我们就无法解决这些问题。另外，成功者们也该了解，他们取得成就的根源不仅是辛勤的努力或与生俱来的才智，而往往在于抽中“出生彩票”的运气，以及随之而来的中产阶级教育。“我所获得的一切，很大一部分归功于社会，”沃伦·巴菲特说，“如果我生在孟加拉或者秘鲁又或者其他什么地方，你就会看到同样的天赋在错误的土壤上能有什么样的结果。或许30年后，我还在苦苦挣扎。”

采取多少行动全由你自己决定。就我们两人来说，并没有把所有时间都花在奋力创造改变这件事上，也不觉得每个人都该把改变世界当成全职工作。如前所述，我们相信，一个普通的职业也大有可为，你可以利用从中获得的技能，在闲暇时间帮助他人。你们当中有些人也许会走得更远，试图把利他主义的动机融入工作，就像联合利华的尤力·杰恩一样，通过一项新服务、一种新技术或产品延伸，在满足贫困者真正所需的同时，创造收入。谁将成为下一个斯科特·哈里森或凯尔·齐默？哪家企业又会是下一个革新食品公司或美好世界书店？

当然，还有很多了不起的人在自己的生活上精打细算，把一半收入捐出来，他们也是英雄。任教于牛津大学的年轻哲学家托比·奥德就是这个阵营的领袖。奥德身材瘦长，一头杂乱的黑发，已经开始谢顶了。他回忆说："念本科的时候，我经常和朋友们争论政治和道德问题。我总是被反驳：'你如果相信那些，为什么不把自己的钱拿出一大部分，捐给非洲的饥民呢？'他们这么说是为了让我的立场显得站不住脚，但是随着时间的推移，我对道德思考得越多，越觉得这句话很有道理：如果我的钱带给他人的帮助远大于带给我的，那么，为什么不捐给他们呢？"奥德越发坚持地要把他的道德理想应用于日常生活。他估算，自己未来的总收入大约是150万英镑，并承诺在整个职业生涯期间会捐出100万英镑。如他所说："我在生活中，已经靠学生津贴拥有了大部分我认为有价值的东西，我意识到，比起自用，我的钱能够给其他人带来更多好处，于是决定承诺把钱捐给所能找到的最有效的慈善组织。"[3]

奥德成立了"尽我们所能捐赠"组织，加入者需要承诺在余生中将至少捐出收入的10%给更需要这些钱的人。奥德说，他们希望节俭生活、慷慨捐赠能成为一种生活方式，就和素食主义差不多。他坚持认为，这种生活方式并不像人们所想的那样，是一种牺牲。"对我来说，让世界变得更美好这个项目，"他说，"其价值远高于新奇的小玩意或者大一点的房子。"

我们对托比·奥德这样的超级奉献者充满敬畏，[4]但并不是每个人都能做到这种程度。社会有多种多样的需求，而正如我们所述，人道主义领域本身也能从身怀各式才能的人那里受益，他们在职业生涯中积累起各种技能，比如会计、金融、工程、营销，从而得以为非营利组织提供专业的协助。我们可以吃一顿奢侈的晚饭或掷重金看戏，而不必拿"这么多钱本可以用来防治血吸虫病啊"这种想法来谴责自己。尽力做正确的事，是生活的一部分，但不是全部。有意义的人生没有目的地，而是一段旅程。

我们在利他主义上付出的努力对助人所起的作用有好有坏，但这些努力在改进自我方面保持着完美的纪录。它们既可以肯定我们的价值，也是通过重申一种更崇高的人性来面对痛苦或恐惧的一种方式。2012 年 12 月，国家广播公司新闻中心的安·克莉报道了康涅狄格纽镇恐怖的校园枪击案，她感到悲愤沮丧，想从这场噩梦中树立起一些积极的东西，于是就在推特上向百万粉丝发出提议：我们大家做 20 件善事，来纪念纽镇的 20 个孩子怎么样？我参加。如果你也参加，转发话题“善行 20”。倡议反响热烈，她的推文成了网络热门。美国人希望用做善事的方式来回应恶行，他们把一件件小小的好事发到推特上：让同事搭车，为流浪汉买一杯咖啡，邀请不友好的邻居来聚会，为住在无家可归者收容所的孩子买玩具，在寒冷的雨天给建筑工人送一杯热饮。应大众的要求，运动从纪念遇害孩子的“善行 20”扩展到“善行 26”，象征性地加入了因试图救孩子而遭杀死的大人。有些人提议扩大到“善行 27”，把枪击犯被谋杀的母亲加进来。还有一部分人希望将枪击犯本人也算上，变成“善行 28”，表达爱战胜杀戮之意。

波士顿马拉松爆炸案后，克莉又发起了做 26 件好事的“善行 26”，每件善事都象征了马拉松赛的一英里。这个提议再次成为网络热门话题。一个名叫克尔斯滕的女士发出推文：我家有一个日托中心，这周免费托管孩子；一个名叫尼克的男士则说：刚刚在华夫屋替所有顾客付了账，一共七桌，24 个人；还有吉莉恩说：刚给我们的保管员买了咖啡，他们是最被忽视的人。

令安感到惊讶的是，面对校园枪击案和马拉松爆炸案所表现出的毒害和仇恨，人们渴求把善举当作解药，行动起来。“做善事让人们感觉好一些，”她说，“如果你做好事，感觉也会好。这是你所能做的最自私的事。”人们希望从悲剧中恢复，疗愈的方式之一就是采取行动，帮助其他人。当恐怖和谋杀占据了新闻报道，善良作为一种方法，可以让我们坚守人性，彼此心手相连，保存基本的尊严和正直。参与一项超越自我的事业，可以建立我们的社交网络，创造满足感，让我们在早晨醒来轻快地跃下床，并协助他人为生活带来改变——正如这肯定了我们自己活在世上的目的一样。

接下来的六分钟，你可以做的六件事

1. 给朋友们写一封电子邮件，询问他们是否有兴趣组成一个非正式的捐款小圈子，每个月见一次面，探索创造改变的有效途径。也可以在小酌或聚餐时讨论，保持活动的趣味。或者看看你的读书俱乐部能否增加一个捐款环节。

2. 考虑资助一个儿童早期项目。可以捐款给“伸出手，一起读”，20美元就可以帮一个孩子加入项目，让他感受阅读的快乐。也可以通过救助儿童会或其他项目，在美国或其他国家，资助一个幼儿的花费大约是每月30美元。

3. 访问疟疾防治网站www.againstmalaria.com，考虑一下在网站捐款，以帮助贫困家庭购买防疟疾蚊帐。一个蚊帐的价格大约是五美元，可以提供有效的抗疟疾防护。这样的价值如何？

4. 浏览“全球捐助”的网站。你可以在上面看到遍布全球的项目，其中包括这本书书曾经提到的许多项目。你可以资助一个肯尼亚的女孩去肯尼迪·奥迪第的学校上学，也可以资助在非洲扫雷的“英雄鼠小弟”，或者其他一千多项事业。通过“捐赠者的选择”网站（www.donorschoose.org），你还可以就课内项目为教师提供帮助。

5. 成为一名倡议者。在网站www.results.org上注册，参加公众游说活动，敦促国会对国内外贫穷问题给予更多关注。或者，在www.one.org上加入请愿者行列，支持全球卫生领域以证据为基础的支出。

6. 进行器官捐献登记，在去世时捐赠器官，能拯救多达八个人的生命。

你可以在 www.organdonor.gov 上登记成为器官捐献者，或者在更换驾照时登记。在脸书上与在线好友分享你的器官捐献状态，鼓励他们也去登记。将你的愿望告诉家人，以便他们有所准备，必要时也可以告诉你的医生。

你当然不需要完成清单上所列的每件事。列出这些不是为了给任何组织代言，而是请你将它们作为研究的起点。不妨把这份清单当作一份邀请。我们举出这六个步骤，把它们当作开启道路的一扇门，这条路通向更加深入广泛的参与——不仅有益于世界，更有益于你的参与。

礼物清单

每逢生日和节日，我们有时会送给彼此领带和围巾，而它们除填满衣柜外几乎毫无用处。生活富足带来的一个问题就是，当我们有钱来送礼物时，往往找不到有意义的东西可送。所以，与其给米尔德丽德姑姑买一盒巧克力，或者送给弟弟一套他看了就忍不住翻白眼的工具箱，不如考虑以下这些有意义的礼物。你可以以某个人的名义购买一份将真正带来深远影响的礼物。

在 www.care.org 上捐款 25 美元

为乡村储蓄和贷款小组提供一个带锁的箱子、账簿和起步时需要的其他工具，帮助他们储蓄和管理贷款。

在 thistlefarms.org 上花 25 美元

购买由性交易幸存者制作的水疗乳液和精油套装一盒。

在 www.greyston.com 上花 25 美元

从格雷斯顿面包房购买布朗尼蛋糕礼盒一个。这个开在纽约扬克斯区的面包房，雇用并援助无家可归者和刑满释放人员。

在 www.evidenceaction.org 上捐款 50 美元

为 100 名学生做驱虫，增加他们留在学校念书的机会。

在 www. stopteenpregnancy. com 上捐款 50 美元

资助一个学生开储蓄账户，这是美国卡雷拉预防青少年怀孕计划中理财课程的一部分。

在 firstbook. org 上捐款 50 美元

为一个孩子购买 20 本图书，让他一整年都有睡前故事读。

在 www. aarp. org/experience-corps 上捐款 100 美元

为经验服务队的志愿者提供一年的书本和文具，供他们在辅导三年级学生时使用。

在 helenkellerintl. org 上捐款 120 美元

为柬埔寨的十名儿童提供一年的微量元素补充剂，加强孩子们的营养，防止贫血危害他们的健康和教育。

在 giving. nursefamilypartnership. org 上捐款 125 美元

资助护士家庭合作计划的一个团队完成一周的家访，也可浏览他们的网站（www. nursefamilypartnership. org），寻找并资助本地的护士家庭合作计划机构。

在 cvg. org 上捐款 125 美元

资助一个内城贫民社区工作坊，让十名“高风险”青年通过非暴力的手段解决本区冲突。

在 youthvillages. org 上捐款 250 美元

为五名“高风险”年轻人提供个人预算、撰写简历和工作面试等生活技能的培训。

在 www.springboardcollaborative.org 上捐款 300 美元资助一名贫困学生参加费城的“跳板合作”暑期学校。

有用的组织名单

以下介绍的团体在教育、犯罪和暴力预防、计划生育、公共卫生等多个领域，取得了出色的成绩。这不是一份基于特定标准筛选过的名单。有关这些组织的评估，可查阅慈善导航网、慈善观察网、慈善百科网或商业促进局的智捐联盟。还有许多组织的工作也令人瞩目，这个名单只收录了我们参观过或有所了解的组织，仅在于为你展开个人研究提供一个出发点。

阿卜杜勒·拉蒂夫·贾米尔贫困行动实验室（The Abdul Latif Jameel Poverty Action Lab，www.povertyactionlab.org），通过严谨的随机对照实验，寻找成本效率最高的反贫困干预措施。

聪明人基金（Acumen Fund，acumen.org），筹集慈善捐款，用于投资试图解决贫困问题的公司。

非洲领导力学院（African Leadership Academy，www.africanleadershipacademy.org），一所教学质量很高的中学，与美国有密切的联系。

对抗疟疾基金会（Against Malaria Foundation，www.againstmalaria.com），具备符合成本效益的干预手段，为感染疟疾的高危人群提供蚊帐。每个蚊帐花费约 5 美元。

阿波波（Apopo，apopo.org），使用扫雷鼠及现有排雷技术帮助扫雷队探测地雷。

亚拉文眼科关爱医院（Aravind Eye Care System，aravind.org），位于印

度的眼科诊疗集团，包括医院、诊所、社区推广项目、研究和培训机构。

穿起生命之珠（Bead for Life，www.streetbusinessschool.org/beadforlife），在美国销售乌干达手工艺人制作的首饰，帮助他们建立储蓄账户，创办小生意。

成为男子汉（Becoming a Man，www.youth-guidance.org），以学校为基础，涵盖咨询、暴力预防和充实教育项目，面向“高风险”的男孩。

啤酒换图书（Beers for Books，beersforbooks.org），帮助个人组织或参加在酒吧举办的活动，而酒吧须同意在特定的一天晚上，每卖出一杯啤酒就向扫盲组织“阅读之家”捐出一美元。

美好世界书店（Better World Books，www.betterworldbooks.com），销售新书和旧书，接受旧书捐赠，并再次出手，将销售图书所得的收入按比例捐给扫盲机构。

大哥哥大姐姐（Big Brothers Big Sisters，www.bbbs.org），为成年志愿者和六到十八岁的儿童及青少年结对，在全美各地的社区为孩子提供辅导。

比尔和梅琳达·盖茨基金会（Bill & Melinda Gates Foundation，www.gatesfoundation.org），致力于解决全球卫生、全球发展和教育问题，帮助世界各地的人们改善生活质量。

孟加拉农村发展委员会（Bangladesh Rural Advancement Committee，BRAC，www.brac.net），一个非常优秀的援助组织，总部在孟加拉国，工作地区包括非洲和亚洲。在纽约设有一个办事处，接收实习生。

桥梁国际学校（Bridge International Academies，www.bridgeinternationalacademies.com），大型的高质量私立学校连锁机构，面向人均日收入低于两美元的家庭。

国际救助贫困组织（CARE，www.care.org），国际人道主义组织，在发展中国家开展小额储蓄项目。

卡雷拉预防青少年怀孕计划（Carrera Adolescent Pregnancy Prevention

Program，www.childrensaidnyc.org/programs/carrera-adolescent-pregnancy-prevention)，采用整体方案帮助低收入家庭的青少年了解避孕、健康、两性、就业和理财常识。

卡特中心（The Carter Center，www.cartercenter.org)，致力于在全球预防和解决冲突，促进民主和人权，提升全世界范围内的健康水平。

引火者（Catchafire，www.catchafire.org)，为具备专业才能的志愿者与需要其专长的非营利组织和社会企业配对。

天主教救济服务（Catholic Relief Services，www.crs.org)，国际人道主义组织，在 91 个国家援助的弱势群体已超过一亿人。

哈佛大学儿童发展研究中心（Center on the Developing Child，developingchild.harvard.edu)，由哈佛大学的杰克·肖可夫领导，研究儿童早期发展，并对该领域的创新项目进行评估。

慈善：水（charity:water，www.charitywater.org)，资助发展中国家挖建和维护水井。

校内象棋（Chess in the Schools，chessintheschools.org)，派兼职象棋教师去贫困的公立学校辅导。

儿童第一（Child First，www.childfirst.com)，对有“高风险”儿童的低收入家庭进行家访。

辛辛那提早期学习中心（Cincinnati Early Learning Centers，celcinc.org)，在俄亥俄州开办 7 家儿童中心，支持贫困儿童。

公民学校（Citizen Schools, www.citizenschools.org)，与面向低收入群体的公立高中合作，在美国志愿队（AmeriCorps）和教师志愿者的帮助下，在学校为学生提供课后辅导。

循证政策同盟（Coalition for Evidence-Based Policy，coalition4evidence.org)，致力于通过筛选出教育、减贫、犯罪预防等领域具有科学严谨性的成功项目，提高治理的有效性。

大学咨询队（College Advising Corps，advisingcorps.org），将刚刚毕业的大学生派往薄弱学校当辅导员，以帮助更多低收入家庭的学生和第一代移民学生完成高中教育。

保护记者委员会（Committee to Protect Journalists，cpj.org），在全球范围内推动新闻自由。

国际致善协会（Compassion International，www.compassion.com），在全球各地提供一对一助养儿童的平台。受助儿童会得到专门的辅导、咨询，参加静修，在确立目标方面得到指导。

治疗暴力（Cure Violence，cvg.org），培训刑满释放者和前黑帮成员，阻止混乱的内城贫民区内枪支暴力的蔓延。

女性共同崛起（Together Women Rise，togetherwomenrise.org）设有多个分会，女性会员们每月在家中聚餐一次，省下外出吃饭的钱，捐给全球各地经过仔细筛选、为妇女赋权的组织。该组织前身为妇女餐会（Dining for Women）。

捐赠者的选择（DonorsChoose，www.donorschoose.org），捐款人通过该组织可资助美国境内特定学校的项目。

做点事情（DoSomething.org，www.dosomething.org），通过助学金和全国性的运动激励年轻人围绕社会变革采取行动。

绿色回声（Echoing Green，www.echoinggreen.org），资助刚刚起步的社会企业创业家。

伊甸园之家（Eden House，edenhousenola.org），为期两年的居住计划，向曾遭受经济剥削和性剥削的妇女提供咨询、教育和就业培训。

教育护理（Educare，www.educareschools.org），以研究为基础的项目，帮助“高风险”幼儿为入学做好准备。

下半生职场（Encore，encorc.org），帮助中老年人意识到他们还拥有带来个人满足感、社会影响力和持续收入的“第二次职场生涯”。

证据行动（Evidence Action，www.evidenceaction.org），投资扶贫项目，入选项目均经过随机对照实验证实有效。

经验服务队（Experience Corps，www.aarp.org/experience-corps），由美国退休人员协会（AARP）运营，让老年人作为阅读辅导老师为公立学校的贫困学生提供帮助。100 美元捐款能够为志愿者提供整个学年所需的书本和文具。

公平对女孩（FAIR Girls，fairgirls.org），通过预防教育、关怀受害者和倡议等方式，在华盛顿特区打击并防止女孩遭到性剥削。

家庭检查（Family Check-Up，www.thefamilycheckup.com），评估“高风险”家庭，通过有针对性的干预措施满足这些家庭及其子女的特殊需要。

第一本书（First Book，firstbook.org），非营利组织，将出版商和社区组织联系起来，为贫困儿童提供全新图书。

头五年基金会（First Five Years Fund，www.ffyf.org），利用数据、知识和倡议敦促美国的决策层为孩子生命的头五年投资。

奇迹之足（MiracleFeet，www.miraclefeet.org），在发展中国家资助无力负担诊疗费用的内翻足患者接受治疗。该组织前身为“第一步”(FirstStep)。

聚焦慈善（Focusing Philanthropy，www.focusingphilanthropy.org），为支持慈善事业的个人评估非营利组织，确保捐助人的资金和时间创造较大的影响。

全循环基金（Full Circle Fund，www.fullcirclefund.org），硅谷专业人士团体，为旧金山湾区那些初创期影响力大的教育、经济赋权和环境方面的非营利组织提供资金和咨询。

女童教育和指导服务（Girls Educational and Mentoring Services，简称 GEMS Girls，即“宝石女孩”，www.gems-girls.org），位于纽约，为曾遭贩卖的年轻女孩提供支持。

乔治·凯泽家族基金会（George Kaiser Family Foundation，www.gkff.

org)，位于俄克拉何马州，为处于概念证明阶段的反贫困方案注资。

从女孩到女人（Girls2Women，www.girls2women-va.org），教埃塞俄比亚女学生自己制作卫生棉，以提高出勤率。

直接给钱（GiveDirectly，www.givedirectly.org），直接把现金交给极端贫困家庭，允许他们自行追寻自己的目标。

明智行善（GiveWell，www.givewell.org），通过全面深入的调研，寻找符合成本效益、具备循证模型、需要资助的慈善组织。

尽我们所能捐赠（Giving What We Can，www.givingwhatwecan.org），评估反抗极端贫困的慈善机构，鼓励人们将收入的10%捐给成本效益最高的组织。

给予的学问（Givology，www.givology.org），让捐款人可以直接给全世界的学生和草根项目捐钱。

全球捐赠（GlobalGiving，www.globalgiving.org），为捐款人与全球各地正在筹款改造当地社区的社会企业家和非营利组织牵线。

全球祖母（GlobalMamas，globalmamas.org），组织祖母们在给孙辈送礼物时，也为贫困的孩子送上一份礼物。

孟加拉乡村银行（Grameen Bank，grameenbank.org），由穆罕默德·尤努斯创办，是一家位于孟加拉的小额金融组织和社区发展银行。

至善科学中心（Greater Good Science Center，www.greatergood.berkeley.edu），从事关于幸福和同情心的心理学、社会学和神经学研究。

格雷斯顿面包房（Greyston Bakery，www.greyston.org），位于纽约扬克斯区的社会企业，为刑满释放人员和无家可归者提供面包房的工作岗位。他们生产的布朗尼蛋糕在其网站和全食超市里均有销售。

海地教育和领导力计划（Haitian Education & Leadership Program，HELP，www.uhelp.net），为海地的优秀高中毕业生提供大学奖学金。

开端计划（Head Start，nhsa.org）和早期开端计划项目（Early Head

Start），为儿童提供从出生到五岁的教育项目，同时为他们的父母提供各种支持服务。

美国健康家庭计划（Healthy Families America，www.healthyfamiliesamerica.org），以证据为基础的全国性家访项目，帮助“高风险”的孩子克服不良的童年经历。

健康步伐（Healthy Steps，www.healthysteps.org），帮助父母与医疗保健工作者建立紧密联系，共同关注出生到三岁儿童的身体、情感和智力发育。

海伦·凯勒国际基金会（Helen Keller International，helenkellerintl.org），通过高效的食品强化项目和维生素A补充项目减少营养不良，预防失明。

理想家网站（Idealist，www.idealist.org），整理汇总志愿活动报名机会、非营利组织工作岗位、实习岗位，以及专注于社会变革的组织名录。

在线导师（iMentor，imentor.org），安排大学生一对一地为低收入家庭的高中生担任长期的线上及线下辅导老师。

国际公义使团（International Justice Mission，www.ijm.org），解救暴力和奴役受害者，与全球警方合作，将人口走私犯绳之以法。

国际救援委员会（International Rescue Committee，www.rescue.org），在全球40多个国家解决最恶劣的人道主义危机。

吉塔公司（JITA，jitabangladesh.com），本部设于孟加拉的一家社会企业，雇用农村妇女向贫困消费者销售肥皂、种子和太阳能灯具等社会责任产品。

胡安·费利佩·戈麦斯·埃斯科瓦尔基金会（Juan Felipe Gómez Escobar Foundation，juanfe.org），设立于哥伦比亚卡塔赫纳市的居住项目，支持贫困的少女妈妈，为她们提供咨询和医疗保健，传授儿童保健和工作技能。

成交（Kiva，www.kiva.org），在全球范围内协助捐款人为想做小生意的创业者提供25美元的小额借款。了解创业者的故事，借款给其做新生意，看着它渐渐发展，收回借款。

农村发展研究所（Landesa，www.landesa.org），为全世界的穷人，特别是妇女，争取可靠的财产权。

抹大拉之家（Magdalene，thistlefarms.org），为期两年的居住项目，为性交易受害者提供治疗、就业培训，帮助她们远离毒品和危险的社会关系。

人力示范研究公司（Manpower Demonstration Research Corporation，MDRC，www.mdrc.org），通过严格的实验，探索解决美国贫困问题的最佳方式。

国际美慈组织（Mercy Corps，www.mercycorps.org），国际发展组织，帮助全球各地的人们抵御争端、危机和自然灾害。

恩典之船（Mercy Ships，mercyships.org），派遣受过专业训练的高素质志愿者搭乘医疗船，前往世界各地的港口城市提供免费医疗救助。

微导师（MicroMentor，www.micromentor.org），为具备特定商业技能的顾问和需要其专业意见的个体企业家牵线搭桥。

反醉驾母亲协会（Mothers Against Drunk Driving，madd.org），致力于防止家庭酒后驾车和未成年人饮酒，资助酒后驾车事故受害者。

移动世界（MovingWorlds，movingworlds.org），付费订阅社区。它可以基于技能和兴趣，为会员与一些社会影响力已经得到证实的组织相配对，类似“默契网”（Match.com）与和平队的结合体。

护士家庭合作计划（Nurse-Family Partnership，www.nursefamilypartnership.org），为第一次做母亲的女性提供重要的护士家访，家访从受助对象怀孕时开始，到孩子两周岁时结束。

欧普拉卡什（Omprakash，www.omprakash.org），在全球30多个国家为志愿者、捐款人和具有社会影响力的草根组织之间架设桥梁。

一运动（ONE，www.one.org），倡议组织，在全球卫生领域提升公众意识，与政治领袖合作，支持以证据为基础的资金支出。

国际机遇（Opportunity International，opportunity.org），为发展中国

家奋力脱贫的数百万人提供小额商业贷款、储蓄、保险和培训。

青年选择（Options for Youth，options4youth.org），是一个总部位于芝加哥的组织。它帮助少女妈妈重返校园，推迟再次怀孕。

国际乐施会（Oxfam International，www.oxfam.org），全球发展组织，介绍各种创新实用的自立脱贫途径。

健康伙伴基金会（Partners in Health，www.pih.org），旨在改善世界各地贫困和边缘人口健康状况的全球健康组织。

国际培幼会（Plan International，www.planusa.org），协助捐款人助养发展中国家的儿童。

计划生育联合会（Planned Parenthood，www.plannedparenthood.org），致力于改善妇女健康和安全状况，避免意外怀孕，保障和提高个人在生育问题上得知信息，并做出选择的权利和能力。

北极星计划（Polaris Project，polarisproject.org），通过全国人口交易求救热线打击和预防美国境内的人口走私案件，援助受害者，同时努力在全国推动反人口交易立法。

人口研究所（Population Institute，www.populationinstitute.org），在全球普及计划生育信息、教育并提供相关服务。

伸出手，一起读（Reach Out and Read，reachoutandread.org），建立起了一个儿科医生网络，为幼儿患者及其父母提供图书，促进早期阅读。一份40美元的捐款可为一个孩子提供两年的资助，100美元则可确保孩子在五年内每年至少读到十本书。

国家，做好准备（ReadyNation，www.strongnation.org/readynation），由商业领袖、组织和个人组成的倡议网络，旨在敦促联邦政府提高在儿童早期发展项目上的投资。

红云印第安学校（Red Cloud Indian School，www.redcloudschool.org），为松岭印第安人保留地的年轻人提供优质教育。

重建领导力学院（Restore Leadership Academy，lovedoes.org/restore-leadership-academy-in-uganda），位于乌干达北部的顶尖学校，学生们都是内战期间长大的孩子。

结果（RESULTS，www.results.org），征集并培训志愿者担任公民游说者，就国内外贫穷问题发声。

革新食品（Revolution Foods，www.revolutionfoods.com），为贫困儿童制作营养丰富、价格低廉的学校午餐和零食。

罗宾汉基金会（Robin Hood Foundation，www.robinhood.org），采取以结果为导向的方法解决纽约市的贫困问题。

阅读之家（Room to Read，www.roomtoread.org），由微软公司前高管约翰·伍德创办，在亚洲和非洲修建学校和图书馆，提升识字率，推动教育领域的性别平等。

国际扶轮社（Rotary International，www.rotary.org），在全球范围内提供人道主义服务的社团组织。

救助儿童会（Save the Children，www.savethechildren.org），透过在美国的“尽早迈向学业成功第一步”（U.S. Early Steps to School Success）项目，为出生到五岁的“高风险”儿童提供家庭早期教育。

血吸虫病控制组织（Schistosomiasis Control Initiative，www.imperial.ac.uk），在撒哈拉以南非洲地区与政府合作，扩大驱虫项目的规模。

自主就业妇女协会（Self Employed Women's Association，www.sewa.org），印度大型自主就业贫困妇女联合会，接收志愿者。

为社区点亮希望（Shining Hope for Communities，www.shofco.org），在肯尼亚的基贝拉贫民区，为女孩办学校，为居民提供保健服务、小额储蓄计划、防止性别暴力项目以及就业培训。资助女学生的费用是每人一年1200美元。

孕期减少和戒除吸烟治疗（Smoking Cessation and Reduction in Pregnancy

Treatment，SCRIPT，www.sophescript.org），以证据为基础，帮助孕妇戒烟的项目。

天道联合促进佩蒂翁维尔经济发展协会（Sopudep，www.sopudep.org），海地草根组织，为儿童和成人提供免费教育，支持妇女权利，支持海地贫困人口的经济赋权。

中南学者基金会（South Central Scholars Foundation，southcentralscholars.org），帮助洛杉矶地区贫困的优秀高中生成为出色的大学生。

跳板合作（Springboard Collaborative，www.springboardcollaborative.org），开设暑假课程，帮助低收入家庭的学生通过强化阅读克服“暑假滑坡”，获得阅读提升。

可持续健康企业（Sustainable Health Enterprises，SHE，sheinnovates.com），在卢旺达设计生产价格低廉的芭蕉纤维卫生棉，改善女性经期卫生，提高女生在校出勤率。

非洲小鼓（TAMTAM，www.tamtamafrica.org），通过符合成本效益的方法在贫穷地区分发蚊帐。

使命继续（The Mission Continues，www.missioncontinues.org），为“9·11”之后退役的军人提供公共服务津贴和指导。

3000万单词计划（Thirty Million Words Initiative，tmwcenter.uchicago.edu），辅导父母多与孩子对话、互动，向孩子提问题。

蓟花农场（Thistle Farms，thistlefarms.org），社会企业，为人口交易受害女性提供就业岗位，农场设有一间咖啡馆，并且制作和销售蜡烛、肥皂和香薰产品。

梦想能够实现基金会（Tinogona Foundation，www.tinogona.org），由特芮莱·特伦特博士创办，在津巴布韦农村重建学校。

未知（Uncharted，www.uncharted.city），制造的产品在使用过程中将产生的动能转化为电力。消费者每购买一个发电足球，未知就会向生活没有可靠电源地区的儿童捐赠一个。

联合视力（Unite for Sight，uniteforsight.org），通过投资社会事业在全球资助眼科诊室，为贫穷的眼疾患者消除障碍。

瓦伦迪诺·阿沙克·邓基金会（Valentino Achak Deng Foundation，www.vadfoundation.com），修建学校、图书馆、教师培训机构和社区活动中心，增加苏丹南部冲突后地区居民受教育的途径。捐款300美元可供一个女孩读一年高中。

视力源泉（VisionSpring，visionspring.org），雇用、培训发展中国家的“视觉企业家”在当地偏远地区销售眼镜，以此减少儿童辍学，提高工作场所的生产率。

生命之音（Vital Voices，www.vitalvoices.org），在全球各地挖掘、投资杰出女性，提高她们的社会能见度。

志愿速配（VolunteerMatch，www.volunteermatch.org），提供你所在社区的志愿者名录和信息。

创造奇迹（WonderWork，www.wonderwork.org），资助有需要的内翻足、烧伤和失明患者接受手术和治疗，这些医疗救助足以改变他们的一生。

柬埔寨世界援助（World Assistance for Cambodia，www.cambodiaschools.com），为柬埔寨儿童提供教育机会，也为当地农村贫困人口提供医疗服务。

世界宣明会（World Vision，www.wvi.org），让捐款人以每天1美元的花费助养1名儿童，为孩子提供清洁饮用水、营养食品、卫生保健和教育。

青年村（Youth Villages，youthvillages.org），为问题儿童、青年及其家庭提供极其成功的辅导、家访和循证治疗。

本书提及的其他机构

绺绺爱 Locks of love

喜愿基金会 Make-A-Wish Foundation

和平队 Peace corps

全球清洁炉灶联盟 Global Alliance for Clean Cookstoves

无国界医生 Doctors Without Borders

世界医生组织 Doctors of the World

学乐集团 Scholastic

传统基金会 Heritage Foundation

计划生育联合会 Planned Parenthood

美国儿童援助协会 Children's Aid Society

美国非洲发展基金会 U.S. African Development Foundation

西雅图健康研究合理技术项目中心 Path in Seattle

母亲节运动 Mothers' Day Movement

罗伯特·伍德·约翰逊基金会 Robert Wood Johnson Foundation

哈姆林瘘病基金会 Fistula Foundation

艾滋病社区捐赠行动 AIDS Community Donor Action

无国界工程师 Engineers Without Borders

捐赠誓言 Giving Pledge

癌症儿童康复基金会 Children's Cancer Recovery Foundation

美国盲聋协会 American Association of the Deaf-Blind

警察保护基金会 Police Protective Fund

美国癌症基金会 American Cancer Fund

美国癌症儿童基金会 Children's Cancer Fund of America

乳腺癌协会 Breast Cancer Society

反乳腺癌联盟 Coalition Against Breast Cancer

联合劝募协会 United way

克林顿全球行动计划 Clinton Global Initiative

重建国际 Restore International

导师计划 The Mentoring Project

老兵就业 Work Vessels for Veterans

烧伤救援 Burning Rescue

视力源泉 VisionSpring

企业全球志愿服务队 The Corporate Service Corps

游戏水泵 PlayPump

兄弟扑克俱乐部 Poker for Men

布加勒斯特早期疗育计划 The Bucharest Early Intervention Project

佩里学前教育方案 Perry Preschool Project

婴儿健康和发展计划 Infant Health and Development Program

向上跃进 Upward Bound

车轮上的学校 Schools on Wheels

力量计划 Knowledge Is Power Program

家庭期望 Family Expectations

健康婚姻倡议 Supporting Healthy Marriage

安稳起步计划 Sure Start

致谢

我们何其有幸，能与两家以卓越表现实现利润的公司共事。《纽约时报》报道新闻，克诺夫（Knopf）出版图书，二者从事的领域虽不同，却拥有相似的企业价值观——为了成为佼佼者而不懈努力。身为《纽约时报》的成员和克诺夫出版社的作者，我们感到很幸运，也很自豪。

在《纽约时报》，我们要感谢亚瑟·苏兹贝格和苏兹贝格家族全体成员的工作。感谢社论编辑安德鲁·罗森塔尔让尼克放假撰写本书，感谢许许多多支持我们的同事。娜塔莉·齐多夫读了两次初稿！我们亲爱的朋友艾莉森·利·考恩也熬了几个晚上读我们的书稿。斯蒂芬妮·斯特罗姆以及戴维·桑格和谢里尔·桑格夫妇也读了书稿，提出了绝佳的建议。

桑尼·马塔让克诺夫不只是一家出版社，还成了众多珍视伟大作品的人们的家园。感谢克诺夫所属的企鹅兰登书屋首席执行官杜乐盟，他既是我们的朋友，也是这家世界领先出版公司尽职的“大管家”。本书在克诺夫的编辑乔纳森·西格尔在出版圈赫赫有名，不仅是因为他对我们这两个固执的记者宽容忍耐，更是因为他巧妙地让我们写出了自己最好的文字。从最初的构思到逐行编辑，乔一遍又一遍、一页又一页地打磨，他的做法在当今的出版界已经十分罕见了，我们从他这里受益良多，如果你们读到了这里，那这也多亏了他的推敲润色。保罗·博加兹驾轻就熟地完成所有推广工作，奇普·基德设计了本书封面，在此一并致谢。感谢外国版权团队里的塞雷娜·雷曼和苏珊娜·史密斯，使本书的西班牙语版、中文版及其他语言版本得以面市。

雪莉近年来就职于银行业，与新兴企业，特别是肩负社会使命的新兴企业合作。她要对很多同事致以谢意：斯蒂芬·博德塔、爱德华·艾泽特、诺曼·弗里德兰、拉里·伊卡德、斯蒂芬·莱斯特、萨博哈什·马瑞尼、约翰·帕克、拉尔夫·维尔曼，以及鲍勃·维恩。

我们有幸在拍摄上一本书的同名纪录片《天空的另一半》时，与“展示力量”的马洛·切梅耶夫，以及他领导的充满敬业精神的摄影团队合作，这一次则要感谢公共广播公司（PBS）纪录片频道和多媒体平台。PBS和ITVS独立电视网堪称完成这一计划的理想拍摄团队，米凯拉·比尔兹利、乔希·班尼特、米拉·张、杰西卡·切梅耶夫、杰夫·杜普雷、杰米·戈登，还有雷切尔·柯腾，成了这个片子热情而敏感的支持者。我们在索马里兰为了一匹骆驼讨价还价的时候，在印度和一伙妓院老板斗争的时候，他们都陪在我们的身边。

纪录片里出现了几位著名演员，他们尽全力号召人们将投注在他们身上的目光转向更需要关注的人。我们尤其要感谢在纪录片《天空的另一半》中出镜的乔治·克鲁尼、阿梅丽卡·费雷拉、戴安·琳恩、伊娃·门德斯、梅格·瑞恩、加布里埃拉·尤尼恩和奥利维娅·维尔德，同样要感谢参与本书纪录片的玛琳·阿克曼、米娅·法罗、罗南·法罗、詹妮弗·加纳、雷吉娜·赫尔、艾什莉·贾德、布莱克·莱弗利、伊娃·朗格利亚以及阿尔法·沃德。他们抽出时间前往世界各地，试图创造改变，理应获得道德领导力领域的奥斯卡奖。他们能参与，要归功于公共广播公司的帕特·哈里森和独立电视台的萨莉·乔·菲佛和塔玛拉·古德。我们要再次特别感谢奥利维娅·维尔德，她在录音棚里大声朗读了整本书，录制了有声书的版本，也要感谢她本人为海地人创造机遇所付出的努力。

我们要感谢参与本书多媒体项目的所有人，包括出色的摄影师团队、现场工作人员、剪辑师、制作人、研究人员和平面设计师。这当中很多人参加过上一个多媒体项目的制作。上个项目还包括一款在线游戏，在脸书上吸引的玩家已经超过 100 万人，这都要感谢“变革游戏”的阿西·布拉克和米歇尔·伯德。特别感谢理查德·弗莱明、鲍勃·汉纳、沃尔夫冈·赫尔德、弗朗索瓦·于格、珍妮·莫雷洛、马克·罗伊、戴维·斯莫勒，尤其是摄影师奥黛丽·赫尔，她提供了本书中出现的部分照片。另外还要感谢丽瑞尔·比嘉（推特账号是 @half 和 @iDiplomacy），教我们使用社交媒体，她发起的活动让我们的作品在脸书、推特、谷歌以及照片墙上脱颖而出。

我们对莉齐·普雷瑟充满感激。她原是《天空的另一半》校园大使项目主任，后来成为本书的研究员。莉齐为本书倾尽心血，核对事实，润色词句，确定图片，而做这一切时，她总是带着微笑。不论时间多晚，她都精力充沛、全面、一丝不苟地处理这些问题，成为我们在这趟旅程中的左膀右臂。你在书中也可以看到她拍摄的一些照片。我们期待着在不远的将来读到她的作品。

莉齐能为我们提供帮助，还有赖于福特基金会的慷慨资助。他们还为我们提供了宽敞的办公室。非常感谢福特基金会前主席路易斯·乌比纳斯和现任主席达伦·沃克。从一开始，沃克就鼓励和支持着我们。格雷丝·阿诺维诺、洛丽·马蒂亚、肯·蒙泰罗和布莱恩·波尔克在整个过程中也给予我们很大帮助。在试图通过循证方法来应对 21 世纪挑战的组织中，福特基金会堪称典范。

这些年来，能与最优秀的经纪人莫特·詹克洛和安妮·席博德合作，是我们的幸运。早在我们还年轻、在中国做记者的时候，听闻我们有了写书的想法，比尔·萨菲尔——现已去世——就把我们介绍给他们。莫特、安妮和斯蒂芬妮·利伯曼等诸位同事在我们涉足赌博和博物馆展览等不同寻常的领域时提供了莫大帮助。

有马蒂·施威莫这样优秀的律师在身边，我们感到庆幸，也心怀感激。马蒂是尼克多年前的同窗，现在是版权法律师，同时也在撰写与版权法相关的博客。他充满理性，有良好的判断力，还是冷幽默高手。

读过部分或全部书稿的人还有肖恩·贝克、莉萨·贝尔金、戴维·伯恩斯坦，以及肯·列文特，我们不断汲取他们睿智的建议。戴维和蒂娜·罗森堡在《纽约时报》上合作的“补丁”专栏中所报道社会问题的解决方案，为我们提供了宝贵的素材。

为本书进行采访期间，我们学到的一件事是，稳固的家庭实在是太重要了。这使我们对家人尤其感激：艾丽斯·邓恩和戴维·邓恩，达雷尔·邓恩和桑德拉·邓恩，还有简·克里斯多夫。他们也多次阅读书稿。在了解了童年早期的重要性后，我们现在才感谢父母为我们付出的一切，真是太晚了！我们还要深深感谢孩子们——格雷戈里、杰弗里和卡罗琳——容忍我们在忙于书稿时忽视了他们。

对于为本书注入生命力的受访者们，我们难以用语言来表达我们的谢意。这些人中，包括向我们介绍脑化学和神经科学、帮助我们把学术文章翻译得让外行人也能懂的学者们。尤其要感谢的是，许多人开诚布公地讲述了他们的个人生活、挑战和弱点，让读者们得以更加深入地理解问题。如此公开地讲述自己的贫穷、和毒瘾所做的抗争、被强暴或沦为妓女的经历，以及养育孩子时的力不从心，是极其困难的。但很多人还是这么做了，因为他们明白，获得公众的理解是迈向改变的第一步。感谢你们，感谢你们所有人，让我们从你们身上学到了这么多。没有你们的坦率，就不会有这本书。

通常来说，这样的致谢应该这样结束，需要说——尽管有了这些帮助，可疏漏还是在所难免，而这都是作者一个人的失误——这样类似的话。胡说！对于这本书，我们两个人拒绝单独承认任何错误。任何挥之不去的错误都是配偶造成的。

注释

本书中出现的引语和报道绝大部分摘自我们所做的采访。除非特别说明，书中出现的人名皆为真实姓名。使用引号标出的内容，表示引号内的评论来自我们的采访，或至少是在事件发生之后很短时间内记录下来的（比如安东尼·布朗被杀一案的警方报告）。当人们回忆一段对话时，记忆显得不是那么可靠，于是使用楷体标出来，来表示这些内容可能不太准确。全书使用“我们”指代我们两个人，我们当中只有一个人在现场时也是如此。

以下是除采访以外，书中引语或信息的文献来源，以供希望进一步了解相关问题的读者参考。

第一部分 为机会插上翅膀

序 有意义的生活

1. 访问 www.charitywater.org/rachel 可以看到雷切尔的生活筹款，以及她母亲去埃塞俄比亚参观雷切尔纪念水井的视频。

2. 他在索马里难民营——而不是在国内流离失所者收容营——工作期间累垮了。

3. 参见 Ken Stern, “Why the Rich Don't Give to Charity,” *The Atlantic*, 2013 年 3 月 20 日。Stern 采用的数字来源于美国劳工统计局 2011 年的《消费者支出调查报告》，显示了捐给慈善组织、宗教组织、教育机构和政治机构的款项占税前收入的比例。根据我们的图表，中等收入阶层将收入的 1. 4% 捐给慈善组织。2012 年，处于收入最底层的 20% 将税前收入的 3. 5% 捐给慈善组织，收入最高的 20% 人口的捐款额占其税前收入的 1. 4%，收入居中的五分之一人口的捐款额占其税前收入的 1. 5%。《慈善纪事报》（*The Chronicle of Philanthropy*）以国税局的纳税人申报记录为基础，给出了不同的数字。研究者在分析中发现，2008 年，收入为 5 万美元至 7. 5 万美元的家庭，捐款额平均占其可随意支配收入的 7. 6%，而收入在 10 万美元及以上的家庭，平均捐款额只占可随意支配收入的 4. 2%。调查还发现，共和党选区的居民比民主党选区的居民更慷慨。参见 Emily Gipple and Ben Gose, "America' s Generosity Divide," *The Chronicle of Philanthropy,* August 19, 2012。

4. Giving USA 就美国捐款情况提供了一些最为详细的数据。最新报告请见 *Giving USA 2014: The Annual Report on Philanthropy for the Year of 2013, 59th Annual Issue* (Indianapolis: Lilly Family School of Philanthropy, Indiana Univerisy, 2014)。

5. 参见 Sarah Baird, Joan Hamory Hicks, Michael Kremer, and Edward Miguel, "Worms at Work: Long-Run Impacts of Child Health Gains," working paper, Harvard University, March 2012。查阅更多有关驱虫的信息，可访问 www.dewormtheworld.org 或 www.evidenceaction.org。

6. 更多内容参见 Susan T. Fiske and Shelley E. Taylor, *Social Cognition: From Brains to Culture* (New York: McGraw-Hill, 2007)。

7. Markus Jäntti et al., "American Exceptionalism in a New Light: A Comparison of Inter-generational Earnings Mobility in the Nordic Countries, the United Kingdom and the United States," discussion paper 1938, *IZA,* January 2006. 2012 年的一份报告显示，在美国，出生于收入位于最底层 20% 家庭的孩子，跻身于收入最高的 20% 群体的概率是二十五分之一。参见 Pursuing the American Dream: Economic Mobility Across Generations

(Washington, DC: The Pew Charitable Trusts, 2012)。

8. 大饥荒期间，土耳其还向爱尔兰送出五艘船运送救灾物资。英国拒绝让这些船只靠岸，土耳其船队只得秘密卸货。需要替维多利亚女王声明的是，她捐出的2000英镑出自个人账户，相当于今天的10万英镑。

9. 辛格将近期对慈善影响力所做的经济学分析与为什么应该给慈善捐款的哲学建议相结合，以期最大限度地增加获救者的数量。案例参见 Peter Singer, “Good Charity, Bad Charity,” *New York Times,* August 10, 2013。

10. Lisa F. Berkman and S. Leonard Syme, “Social Networks, Host Resistance, and Mortality: A Nine-Year Follow-Up Study of Alameda County Residents,” *American Journal of Epidemiology* 109, no. 2 (1979): 186—204.

第一章 沧海一粟

1. 这是美国的统计数据。内翻足的发病率在世界各地各不相同，夏威夷的发病率高达6.8‰。参见 Fred Dietz, “The Genetics of Idiopathic Clubfoot,” *Clinical Orthopaedics and Related Research* 401 (August 2002): 39—48。

2. 挽救一条生命的成本估算根据数量级变化，大部分公共卫生专家关注的不是拯救一条生命的成本（或称避免死亡成本），而是“伤残调整寿命年”(disability-adjusted life year，DALY)。这个指标衡量的是治疗之后可以将寿命延长多少年。如果你让一个耄耋老人的寿命增加了两年，大致相当于两个DALY。而挽救一个儿童的生命，可能相当于60个DALY甚至更多。以DALY为基础，对全球健康领域“性价比最高方案”相对较低的估计可参见 Ramanan Laxminarayan and Lori Ashford, *Using Evidence About “Best Buys” to Advance Global Health* (Washington, DC: Disease Control Priorities Project, 2008)。

3.Patterns of Household Charitable Giving by Income Group, 2005 (Indianapolis: The Center on Philanthropy at Indiana University, 2007), p. 30.

4. 俄亥俄州参议员谢罗德·布朗的原话，以及联邦政府在儿童生存率和结核病防治上逐渐加大支持力度的信息则来自 David Bornstein, “Lobbying for the Greater Good,” *New York Times,* May 29, 2013。

5. 新成员可以单独注册加入附近的分会，也可以团体名义注册成立新的分会，每名成员须保证每月活动约五个小时。小组每月集会并采取行动，“结果”每月还会和1000名成员开一次全国电话会议。无法做出这么多承诺的人，也可以只注册加入邮件列表，承诺每月参加十分钟左右的志愿工作，比如给一名代表打个简短的电话或给参议员写信。

第二章 从逸闻到证据

1.Stephen S. Lim et al., “A Comparative Risk Assessment of Burden of Disease and Injury Attributable to 67 Risk Factors and Risk Factor Clusters in 21 Regions, 1990—2010: A Systematic Analysis for the Global Burden of Disease Study 2010,” *The Lancet* 380, no. 9859 (December 2012): 2224—2260。本文是《柳叶刀》杂志2010年*Global Burden of Disease Study* 系列文章中的一篇。查看完整信息，请访问 www.thelancet.com/themed/global-burden-of-disease。

2. 关于迪弗洛的发现，更多信息查看：Rema Hanna, Esther Duflo, and Michael Greenstone, “Up in Smoke: The Influence of Household Behavior on the Long-Run Impact of Improved Cooking Stoves,” working paper 12—10, Massachusetts Institute of Technology Department of Economics, April 2012。

3. 这项实验的结果参见 Hoyt Bleakly, “Disease and Development: Evidence

from Hookworm Eradication in the American South," *Quarterly Journal of Economics* 122, no. 1 (January 2007): 73—117。

4. 他们做了多项驱虫研究，关于早期影响力的一项是“Disease and Development: Evidence from Hookworm Eradication in the American South," *Quarterly Journal of Economics* 122, no. 1 (January 2007): 73—117。

5. 驱虫研究和相关文献的书目，参见资助驱虫项目的“为世界驱虫”(Deworm the World) 组织的网站，“证据行动”目前在管理该组织，并帮助其扩大规模。

6. Esther Duflo, Abhijit Banerjee, Rachel Glennerster, and Cynthia G. Kinnan, “The Miracle of Microfinance? Evidence from a Randomized Evaluation," working paper no. 18950, National Bureau of Economic Research, May 2013.

7. Abhijit V. Banerjee and Esther Duflo, *Poor Economics: A Radical Rethinking of the Way to Fight Global Poverty* (New York: Public Affairs, 2011), p. 171；更多关于Spandana研究的信息可以在本书第六章中看到。

8. “Smooth Operators," *The Economist,* May 14, 2009.

9. Pascaline Dupas and Jonathan Robinson, “Savings Constraints and Microenterprise Development: Evidence from a Field Experiment in Kenya," *American Economic Journal: Applied Economics* 5, no. 1 (2013): 163—192.

10. Sanjay Reddy, “Randomise This! On Poor Economics," *Review of Agrarian Studies* 2, no. 2 (July—December 2012): 63.

11. 随机对照实验有助于解答的最重要的问题之一是，怎样分发蚊帐才能最有效地预防疟疾。是免费发放蚊帐挽救生命，还是收取少量费用以让使用者珍惜这得来不易的蚊帐，人们曾就此展开激烈的争论，两种看法都有理有据。一种合理的观点是，一旦免费发放时，蚊帐可能被村民们误作他用（比如挂起来当窗帘）。人们做了一系列随机对照实验来测试各种主张，解决了争论：免费发放蚊帐的效果好得多。即使只收取极少的费用，使用蚊帐的人数也会大幅减少。而使用蚊帐能带来巨大的长远收益。参见 Pascaline Dupas, "Short-Run Subsidies and Long-Run Adoption of New Health Products: Evidence from a Field Experiment," *Econometrica* 82, no. 1 (January 2014): 197—228。

第三章 机会之乡——如果你早早抓住它们

1. 尼克就松岭所做的报道，详见 Nicholas D. Kristof, "A Battle with the Brewers," *New York Times,* May 5, 2012，以及 Nicholas D. Kristof, "Poverty's Poster Child," *New York Times,* May 9, 2012。

2. 这个统计数字来自奥格拉拉－拉科塔苏族部落对世界最大的几家啤酒制造商提起的诉讼案。

3. 松岭印第安人保留地的人口寿命数据引自与南达科塔州人口统计学家迈克尔·麦柯里的通信。其他数据来源于部落首领以及我们在松岭采访的其他人士。对于松岭保留地居民的平均寿命，存在着各种不同的估计：疾病控制中心（Centers for Disease Control）认为是 58 岁，比海地或苏丹人口的平均寿命还短；印第安人卫生局（Indian Health Service）给出的数字是 66 岁，低于孟加拉人口的平均寿命；世界平均寿命网站（WorldLife Expectancy.com）的最新数据则是 71 岁，低于洪都拉斯人口的平均寿命。

4. Ann Streissguth, Helen Barr, Julia Kogan, and Fred Bookstein, *Understanding the Occurrence of Secondary Disabilities in Clients with Fetal Alcohol Syndrome (FAS) and Fetal Alcohol Effects (FAE): Final Report* (Seattle: University of Washington School of Medicine, Department of Psychiatry and Behavioral Sciences, Fetal Alcohol and

Drug Unit, 1996).

5. Patricia A. Brennan of Emory University found: Patricia A. Brennan, Emily R. Grekin, and Sarnoff A. Mednick, “Maternal Smoking During Pregnancy and Adult Male Criminal Outcomes,” *Archives of General Psychiatry* 56, no. 3 (March 1999): 215—219.

6. “孕期减少和戒除吸烟治疗”项目经过了六项严格随机对照实验的评估。该项目目前由公共卫生教育学会（Society for Public Health Education）管理。这些数据代表六项实验中的平均戒烟率。关于干预项目和相关随机对照实验，更多内容可参见*A Pregnant Woman’s Self-Help Guide to Quit Smoking* (Washington, DC: Coalition for Evidence-Based Policy, 2012)。

7. Douglas Almond and Bhashkar Mazumder, “Health Capital and the Prenatal Environment: The Effect of Ramadan Observance During Pregnancy,” *American Economic Journal: Applied Economics* 3, no. 4 (October 2011): 56—85.

8. Darlene Francis, Josie Diorio, Dong Liu, and Michael J. Meaney, “Nongenomic Transmission Across Generations of Maternal Behavior and Stress Responses in the Rat,” *Science* 286, no. 5442 (November 1999): 1155—1158.

9. 关于母性行为的后成作用，参见Ian C. G. Weaver et al., “Epigenetic Programming by Maternal Behavior,” *Nature Neuroscience* 7, no. 8 (August 2004): 847—854.

10. 关于悉心照顾幼鼠的母鼠如何塑造幼鼠的行为和大脑，更多内容可参考Frances A. Champagne, Darlene D. Francis, Adam Mar, and Michael J. Meaney, “Variations in Maternal Care in the Rat as a Mediating Influence for the Effects of Environment on Development,” *Physiology & Behavior* 79, no. 3 (August 2003): 359—371, 以及 Frances A. Champagne and Michael

Meaney, “Transgenerational Effects of Social Environment on Variations in Maternal Care and Behavioral Response to Novelty,” *Behavioral Neuroscience* 121, no. 6 (2007): 1353—1363。

11. 关于有毒的压力及其造成的终身影响，欲了解更多详情可参见 Jack P. Shonkoff, Andrew S. Garner, *Committee on Psychological Aspects of Child and Family Health, Committee on Early Childhood, Adoption, and Dependent Care, Section on Developmental and Behavioral Pediatrics,* “The Lifelong Effects of Childhood Adversity and Toxic Stress,” *Pediatrics* 129, no. 1 (January 2012): e232—e246。关于“有毒的压力”和儿童早期发展，哈佛大学儿童发展研究中心的网站上也有丰富的资源，可访问该中心网站 www.developingchild.harvard.edu。

12. Rajeev D. S. Raizada, Todd L. Richards, Andrew Meltzoff, and Patricia K. Kuhl, “Socioeconomic Status Predicts Hemispheric Specialization of the Left Inferior Frontal Gyrus in Young Children,” *NeuroImage* 40, no. 3 (April 2008): 1392—1401.

13. 引自玛莎·法拉赫在2008年美国科学促进会（American Association for the Advancement of Science）年度会议上的发言。参见 Richard Monastersky, “Researchers Gain Understanding of How Poverty Alters the Brain,” *Chronicle of Higher Education,* February 18, 2008。

14. Vincent J. Felitti et al., “Relationship of Childhood Abuse and Household Dysfunction to Many of the Leading Causes of Death in Adults: The Adverse Childhood Experiences (ACE) Study,” *American Journal of Preventative Medicine* 14, no. 4 (1998): 245—258.

15. 欲更好地了解这些脑部扫描，可参阅 Adrian Raine, *The Anatomy of Violence: The Biological Roots of Crime* (New York: Vintage Books, 2013), pp. 67—78。

16. 关于海马体、杏仁核以及不同的发展模式对精神健康的影响，可参见论文：Charles A. Nelson III and Margaret A. Sheridan, "Lessons from Neuroscience Research for Understanding Causal Links Between Family and Neighborhood Characteristics and Educational Outcomes," in *Whither Opportunity? Rising Inequality, Schools, and Children's Life Chances,* ed. Greg J. Duncan and Richard J. Murnane (New York: Russell Sage Foundation Press, 2011), p. 36。

17. 关于布加勒斯特项目以及儿童发展制度化所付出的代价，更详尽的记录参见：Charles A. Nelson, Nathan A. Fox, and Charles H. Zeanah, *Romania's Abandoned Children: Deprivation, Brain Development, and the Struggle for Recovery* (Cambridge, MA: Harvard University Press, 2014)。

18. 关于同性伴侣家庭的孩子为什么不会遇到挫折的问题，参见 *The Australian Study of Child Health in Same-Sex Families* (ACHESS) (Melbourne: University of Melbourne, School of Population and Global Health, 2013)。

19. L. Alan Stroufe, Byron Egeland, Elizabeth A. Carlson, and W. Andrew Collins, *The Development of the Person: The Minnesota Study of Risk and Adaptation from Birth to Adulthood* (New York: Guilford Press, 2005)。更多关于高中毕业与抚育水平的相关内容，详见该书第 76—77 页；社会心理测评是比智商测评更有效的预测，见第 228 页。关于塞雷娜和埃利斯的更多内容，见第 287 页。

20. 奥尔兹有一部分的背景故事引自 Andy Goodman, *The Story of David Olds and the Nurse Home Visiting Program* (Chicago: Robert Wood Johnson Foundation, 2006)。

21. 关于奥尔兹在埃尔迈拉的早期研究，更多信息参见 David L. Olds, Charles R. Henderson Jr., Robert Tatelbaum, and Robert

Chamberlin, “Preventing Child Abuse and Neglect: A Randomized Trial of Nurse Home Visitation,” *Pediatrics* 78 (1986): 65—78。

22. David L. Olds et al., “Long-Term Effects of Home Visitation on Maternal Life Course and Child Abuse and Neglect: Fifteen-Year Follow-up of a Randomized Trial,” *Journal of the American Medical Association* 278, no. 8 (August 27, 1997): 637—643。

23. 访问护士家庭合作计划的网站 www.nursefamilypartnership.org，就可以看到研究过这一项目的完整出版书目和随机对照实验名单。

24. 2010年，《患者保护与评价医疗法案》(*Patient Protection and Affordable Care Act*) 通过《母亲、婴儿和幼儿家庭访问计划》(*Maternal, Infant, and Early Childhood Home Visiting Program*, MIECHV)，在五年之内为各州提供15亿美元，建立面向高风险孕妇和出生到五岁的婴幼儿的家访示范计划。75%的资金必须投入经过严格测试、有证据基础支撑的项目，护士家庭合作计划是其中之一。

25. 大卫·奥尔兹所做的研究显示，辅助专业人员——没有本科学位的雇员——在家访时不如专业护士有效，部分原因在于他们缺乏可信度。参见 David L. Olds et al., “Effects of Home Visits by Paraprofessionals and by Nurses on Children: Follow-up of a Randomized Trial at Ages 6 and 9 Years,” *Journal of American Medical Association Pediatrics* 168, no. 2 (February 2014): 114—121。

26. 比如，“开端计划早期项目”既雇用专业人员也雇用非专业人员，针对这一项目的研究发现，与对照组相比，连续36个月参加一个实施得当的项目的儿童，他们的社会行为问题更少，认知发展得分更高，在三四岁时参加正规早期童年教育计划的概率也更高。参见 Brenda Jones Harden, Rachel Chazen-Cohen, Helen Raikes, and Cheri Vogel, “Early Head Start Home Visitation: The Role of Implementation in Bolstering Program

Benefits," *Journal of Community Psychology* 40, no. 4 (2012): 438—455。关于辅助专业人士对儿童发育和健康成果的影响，参见 Shelley Peacocket al., "Effectiveness of Home Visiting Programs on Child Outcomes: A Systematic Review," *BMC Public Health* 13, no. 17 (2013): 1—14。

27. *HHS's Maternal, Infant, and Early Childhood Home Visiting Program: Which Program Models Identified by HHS as "Evidence-Based" Are Most Likely to Produce Important Improvements in the Lives of Children and Parents?* (Washington, DC: Coalition for Evidence-Based Policy, 2011).

28. 达罗写过一篇很有帮助的综述，介绍美国家访计划的发展历程和当前进展。参见 Deborah Daro, *Home Visitation: Assessing Progress, Managing Expectations* (Chicago: Chapin Hall Center for Children, 2006)。

第四章 3000 万个词的差距

1. Betty Hart and Todd R. Risley, *Meaningful Differences in the Everyday Experience of Young American Children* (Baltimore: Paul H. Brookes, 1995).

2. 尼克三年级时，有一个亲密的朋友，他就是印第安男孩迪诺。迪诺在阅读上遇到了很大困难。一天下午，迪诺陪着尼克来到图书馆，尼克的妈妈帮助迪诺办了他生平第一张借阅卡。第二天，因为害怕迪诺招来罚款，他祖母强迫他把卡片退了回去。

3. Pamela C. High et al., "Literacy Promotion in Primary Care Pediatrics: Can We Make a Difference?" *Pediatrics* 105, no. 4 (April 2000): 927—934.

4. Natalia Golova et al., "Literacy Promotion for Hispanic Families in a Primary Care Setting: A Randomized, Controlled Trial," *Pediatrics*

103, no. 5 (May 1999): 993—997.

5. 芝加哥尝试了另一个可以减少3000万单词差距的方法。通过使用一种叫“里娜”(LENA)的录音设备，记录下一个孩子在16个小时内听到的所有东西。只要将其连接到电脑上，它就会报告孩子听到了多少单词，对话的互动程度如何。3000万单词计划（Thirty Million Words Initiative）在一项为期12周的项目中使用了这一设备，这个计划旨在通过录音机提供的反馈，向父母和幼儿看护人员传授如何对孩子讲话，以大幅提高孩子的字词量。访问www.tmw.org了解“里娜”和3000万单词计划。

6. Sean F. Reardon, “The Widening Academic Achievement Gap Between the Rich and the Poor: New Evidence and Possible Explanations,” in *Whither Opportunity?: Rising Inequality and the Uncertain Life Chance of Low-Income Children,* ed. Greg J. Duncan and Richard J. Murnane (New York: Russell Sage Foundation Press, 2011).

7. Miles Corak, “Income Inequality, Equality of Opportunity, and Intergenerational Mobility,” *Journal of Economic Perspectives* 27, no. 3 (Summer 2013): 79—102.

8. 访问www.highscope.org查看全部结果。这项延续到40岁的研究报告，查阅Lawrence J. Schweinhart et al., *Lifetime Effects: The High/Scope Perry Preschool Study Through Age 40* (Ypsilanti, MI: High/Scope Press, 2005)。

9. 查尔斯·默里举出“婴儿健康和发展计划”来说明早期儿童教育没有效果，但我们对证据的解读并不是这样。对于出生时体重极低的孩子，计划没有产生持续的影响（尽管在孩子们长到三岁、项目结束时，经过测评，计划确实对他们有所影响），但对于出生体重接近正常范围的孩子，它对孩子的行为、数学能力和语言能力的确有长期的积极影响。参见Katie Beckmann, Anne Martin, and Jeanne Brooks-Gunn, *Summary of the Infant Health*

and Development Program (IHDP) (New York: Teachers College, Columbia University, 2010)。

10. Joe Klein, "Time to Ax Public Programs That Don't Yield Results," *Time*, July 7, 2011.

11. David Deming, "Early Childhood Intervention and Life Cycle Skill Development: Evi-dence from Head Start," *American Economic Journal: Applied Economics* 1, no. 3 (2009): 111—134.

12. Alexander M. Gelber and Adam Isen, "Children's Schooling and Parents' Investment in Children: Evidence from the Head Start Impact Study," working paper 17704, National Bureau of Economic Research, December 2011.

13. 教育护理的资助中有很大一部分来自塔尔萨的一位成功商人乔治·B.凯泽的家族基金会。凯泽家族基金会位于俄克拉何马州，为处于概念证明阶段的反贫困方案注资，尤其侧重于儿童早期发展和教育。

14. Timothy J. Bartik, William Gormley, and Shirley Adelstein, "Earnings Benefits of Tulsa's Pre-K Program for Different Income Groups," *Economics of Education Review* 31, no. 6 (December 2012): 1143—1161.

15. 这句话以及詹姆斯·赫克曼对佩里学前教育方案年度回报率的估计引自 James J. Heckman, "The Economics of Inequality: The Value of Early Childhood Education," *American Educator* (Spring 2011): 31—47。

16. 引自"More than 300 Business Leaders and Organi-zations from 44 States Sign Letter Asking Lawmakers to Support Early Childhood Programs," America's Promise Alliance press release, May 29, 2013。

17. 约翰·霍普金斯大学的卡尔·亚历山大在"入学学习"(Beginning School Study)中对暑假滑坡现象进行了大量的探索，参见 Karl L. Alexander,

Doris R. Entwisle, and Linda Steffel Olson, "Lasting Consequences of the Summer Learning Gap," *American Sociological Review* 72 (April 2007): 167—180。

第五章 谁抓住了棉花糖

1. 引自赫克曼的演讲笔记，参见 James J. Heckman, "Investing in Early Childhood: Developing Skills for a Better Future," presentation at the Education Writers Association National Seminar, Palo Alto, CA, May 3, 2013。

2. James J. Heckman, John Eric Humphries, and Tim Kautz, eds., *The Myth of Achievement Tests: The GED and the Role of Character in American Life* (Chicago: University of Chicago Press, 2014).

3. 对 1968 年至 1974 年接受评估的学前儿童所做的后续追踪调研，见 Yuichi Shoda, Walter Mischel, and Philip K. Peake, "Predicting Adolescent Cognitive and Self-Regulatory Competencies from Preschool Delay of Gratification: Identifying Diagnostic Conditions," *Developmental Psychology* 26, no. 6 (1990): 978—986，另见 Jonah Lehrer, "Don't! The Secret of Self-Control," *The New Yorker,* May 18, 2009。

4. Richard E. Nisbett, Intelligence and How to Get It: Why Schools and Cultures Count (New York: W. W. Norton, 2009).

5. Angela Lee Duckworth, Teri A. Kirby, Anton Gollwitzer, and Gabriele Oettingen, " From Fantasy to Action: Mental Contrasting with Implementation Intentions (MCII) Improves Academic Performance in Children," *Social Psychological and Personality Science* 4, no. 6 (2013): 745—753。这项研究只是众多志在培养学生的毅力的新项目之一。

6. Gregory Acs, Kenneth Braswell, Elaine Sorensen, and Margery

Austin Turner, *The Moynihan Report Revisited* (Washington, DC: Urban Institute, 2013), p. 5.

7. 1962年，《美国医学会杂志》（*The Journal of the American Medical Association*）刊登了一篇里程碑式的文章，让美国人感到震惊。文章指出，仅仅一年内，美国记录在案的儿童受虐待事件就超过749起。随之引发的媒体恐慌导致全美50个州开始设定儿童虐待案的报道要求——一旦人们开始寻找虐待行为，就会发现它们无处不在。现在，美国每年有超过90万起经证实的儿童虐待案件，而受虐儿童的数量很可能依然被严重低估。

8. 值得注意的是，一个传统的家庭不仅令妻子和孩子受益，对男人也有好处。波士顿的一项研究发现，让危险男性远离犯罪最有效率的因素之一就是婚姻。正如哈佛大学的心理学家史蒂芬·平克所说："男性被女性和婚姻教化为文明人的说法也许看上去像8月的堪萨斯一样老土，但已经成为现代犯罪学里常见的提法了。"参见 Steven Pinker, *The Better Angels of Our Nature: Why Violence Has Declined* (New York: Viking, 2011)。

9. JoAnn Hsueh et al., *The Supporting Healthy Marriage Evaluation: Early Impacts on Low Income Families,* report 2012-11 (Washington, DC: OPRE, 2012).

10. Robert Brame, Shawn D. Bushway, Ray Paternoster, and Michael G. Turner, "Demographic Patterns of Cumulative Arrest Prevalence by Ages 18 and 23," *Crime & Delinquencey,* January 2014.

11. Anna Aizer and Joseph J. Doyle Jr., "Juvenile Incarceration, Human Capital and Future Crime: Evidence from Randomly-Assigned Judges," working paper 19102, National Bureau of Economic Research, June 2013.

12. 这几个州的具体情况及全国和各州监禁形式上的趋势，参见 The Comeback States: Reducing Youth Incarceration in the United States

(Washington, DC: National Juvenile Justice Network and the Texas Public Policy Foundation, 2013)。

第六章 训练问题少年

1. 参见Jennifer J. Frost, Mia R. Zolna, and Lori Frohwirth, Contraceptive Needs and Services, 2010 (New York: Guttmacher Institute, 2013)。

2. 美国国家卫生统计中心（The National Center for Health Statistics）发现，2011 年，15 岁至 19 岁青少年的生育率大约是 31‰，只有 20 年前的一半。但是美国青少年的生育率仍然高于其他工业化国家。关于美国预防青少年怀孕的努力，更多信息可参见 Elizabeth Wildsmith, "Teenage Pregnancy Prevention: Finding Some Common Ground," April 30, 2013, Child Trends blog *Trend Lines*, http://childtrends.org/teenage-pregnancy-prevention-finding-some-common-ground。

3. Raj Chetty, John N. Friedman, and Jonah E. Rockoff, "Measuring the Impacts of Teachers Ⅱ: Teacher Value-Added and Student Outcomes in Adulthood," working paper 19424, National Bureau of Economic Research, September 2013, and Raj Chetty, John N. Friedman, and Jonah E. Rockoff, "The Long-Term Impacts of Teachers: Teacher Value and Student Outcomes in Adulthood," working paper 17699, National Bureau of Economic Research, December 2011。另见 Nicholas D. Kristof, "The Value of Teachers," *New York Times*, January 11, 2012。

4. 参见 Howard N. Snyder and Melissa Sickmund, Juvenile Offenders and Victims: 2006 National Report (Washington, DC: U.S. Department of Justice, Office of Justice Programs, Office of Juvenile Justice and Delinquency Prevention, 2006)。

5. 虽然公民学校取得了可观的效果，但数学政策研究公司（Mathematica

Policy Research）针对全美课外项目做的一项研究则表明，总体上，课外项目对学生的自律没有产生统计学意义上的重要影响，也没有提升他们的学习成绩，还有证据显示项目导致了消极的行为。然而，与没有参加课外项目的学生相比，参加的学生们自称更有安全感。参见 Mark Dynarski et al., *When Schools Stay Open Late: The National Evaluation of the 21st Century Learning Centers Program: New Findings,* U.S. Department of Education, National Center for Education Evaluation and Regional Assistance (Washington, DC: U.S. Government Printing Office, 2004)。

6. 参见 Jennifer Karas Montez and Anna Zajacova, “Explaining the Widening Education Gap in Mortality Among U.S. White Women,” *Journal of Health and Social Behavior* 54, no. 2 (2013): 166—182。

7. 引自沃德福格的著作，该书为美国读者介绍了绝佳的英国经验。参见 Jane Waldfogel, Britain’s War on Poverty (New York: Russell Sage Foundation, 2010)。

第七章 希望的力量

1. Abhijit V. Banerjee and Esther Duflo, “The Economic Lives of the Poor,” *Journal of Economic Perspectives* 21, no. 1 (Winter 2007): 141—168.

2. Tracy Vericker, Jennifer Macomber, and Olivia Golden, Infants of Depressed Mothers Living in Poverty: Opportunities to Identify and Serve (Washington, DC: Urban Institute, 2010).

3. Donna St. George, “Study Links Poverty to Depression Among Mothers,” *Washington Post,* August 26, 2010.

4. 参见 Alyssa Brown, “With Poverty Comes Depression, More than Other Illnesses,” *Gallup Well-Being,* October 30, 2012。

5.Anne Case and Angus Deaton, “Health and Well-Being in Udaipur and South Africa,” in *Developments in the Economics of Aging,* ed. David A. Wise (Chicago: University of Chicago Press, 2009): 317—349, especially p. 341, table 9. 4.

6.Alize J. Ferrari et al., “Burden of Depressive Disorders by Country, Sex, Age, and Year: Finding from the Global Burden of Disease Study 2010,” *PLoS Medicine* 10, no. 11 (November 2013).

7. 参见 Sendhil Mullainathan and Eldar Shafir, Scarcity: Why Having Too Little Means So Much (New York: Times Books, 2013)，这本有趣的著作详细考察了人在与匮乏——金钱、食品、时间甚至友情的匮乏——抗争时的思维定式。

8. 马丁·E. P. 塞利格曼在 Learned Optimism: How to Change Your Mind and Your Life (New York: Vintage Books, 2006) 一书中讨论了小狗实验和习得性无助，详见第 18 页到第 28 页。

9.Abhijit Banerjee, Esther Duflo, Raghabendra Chattopadhyay, and Jeremy Shapiro, “Targeting the Hard-Core Poor: An Impact Assessment,” working paper, Poverty Action Lab, Massachusetts Institute of Technology, November 2011.

10.Bruce Wydick, Paul Glewwe, and Laine Rutledge, “Does International Child Sponsorship Work? A Six-Country Study of Impacts on Adult Life Outcomes,” *Journal of Political Economy* 121, no. 2 (April 2013): 393—436. Wydick’s quotation is from an email to the authors.

11. 酗酒一事详见 Josh Ruxin, A Thousand Hills to Heaven (New York: Little, Brown, 2013), p. 163。For more on the story about pomegranates, see pp. 302—303.

12.Muhammad Yunus, Banker to the Poor: Microlending and the Battle

Against World Poverty (New York: Public Affairs, 1999), p. 249.

13. Johannes Haushofer and Jeremy Shapiro, "Household Response to Income Changes: Evidence from an Unconditional Cash Transfer Program in Kenya," working paper, Massachusetts Institute of Technology, November 2013.

14. "明知行善"等进行严谨评估的组织将"直接给钱"评为顶级慈善组织，但也有些人对其持怀疑态度，参见Kevin Starr and Laura Hattendorf, "Give Directly? Not so Fast," *Stanford Social Innovation Review,* March 11, 2014。

第八章　治愈暴力的医生

1. 涉及安东尼·布朗被刺的一些场景和对话摘自*People of the State of Illinois v. Martavia Lambert,* Appellate Court of Illinois, First Judicial District (Ill. App. 2011), no. 1-09-2805。依据《信息自由法》的规定，我们也拿到了29页的警方对这起杀人案的报告原件和相关材料。对目击者琳达·哈里斯的采访、乔中国当时提交的事件报告原件也为我们提供了不同的视角。我们还阅读了对玛塔维亚·兰伯特的起诉状和其他法庭文件。

2. Roseanna Ander, Philip J. Cook, Jens Ludwig, and Harold Pollack, Gun Violence Among School-Age Youth in Chicago (Chicago: University of Chicago Crime Lab, 2009).

3. Wesley G. Skogan, Susan M. Hartnett, Natalie Bump, and Jill Dubois, *Evaluation of Ceasefire-Chicago* (Chicago: Northwestern University, 2009), pp. 7—46.

4. *B. A. M.—Sports Edition, Research and Policy Brief* (Chicago: University of Chicago Crime Lab, 2012).

第九章 打击性交易

1. 雷切尔·劳埃德写了一本很可怕的书。她用第一人称在书中讲述了她是怎样被贩卖的，阐述了为什么所有卖淫的妇女并没有总是试图逃离残忍对待她们的皮条客。参见 Rachel Lloyd, *Girls Like Us: Fighting for a World Where Girls Are Not for Sale: A Memoir* (New York: HarperPerennial, 2011)。

2. 美国国务院近期的一份报告显示，美国本土每年有 10 万名儿童成为人口走私的受害者，每年还有 1.75 万人从境外被贩卖到美国。参见 Matthew DeLuca, "'Modern-Day Slavery': State Dept. Says Millions of Human Trafficking Victims Go Unidentified," NBC News, June 19, 2013。

3. 参见 Richard J. Estes and Neil Alan Weiner, *Commercial Sexual Exploitation of Children in the U.S., Canada, and Mexico* (Philadelphia: University of Pennsylvania School of Social Work, 2001)。

第二部分 重塑助人的艺术

第十章 慈善：寻求一场革命

1. 对帕洛塔早年生活的一些描述摘自采访和他的著作 *When Your Moment Comes: A Guide to Fulfilling Your Dreams by a Man Who Has Led Thousands to Greatness* (San Diego: Jodere Group, 2001)。其他材料选摘自他的另外两本书 *Uncharitable: How Restraints on Nonprofits Undermine Their Potential* (Lebanon, NH: Tufts University Press, 2008)，以及 *Charity Case: How the Nonprofit Community Can Stand Up for Itself and Really Change the World* (San Francisco: Jossey-Bass, 2012)。

2. 上述信息引自宾夕法尼亚州总检察长的观点，见 *Commonwealth of Pennsylvania v. Pallotta and Associates,* Assurance of Voluntary

Compliance, No. 358, 1997, dated April 14, 1997。

3. 帕洛塔团队在其网站上公开了所有筹款数据，访问 www.pallottateamworks.com 查看。

4. 关于《女孩效应》视频的部分信息来自与耐克基金会的私下沟通。

5. 进一步了解布利吉斯潘集团的研究，可参见 Peter Kim and Jeffrey Bradach, "Why More Nonprofits Are Getting Bigger," *Stanford Social Innovation Review,* Spring 2012。此前的一项相似研究认为，在 1970 年至 2003 年，只有 144 个组织的年收入达到 5000 万美元，布利吉斯潘的数据较之高出 40%。参见 William Foster and Gail Fine, "How Nonprofits Get Really Big," *Stanford Social Innovation Review,* Spring 2007。

6. *Tampa Bay Times* and the Center for Investigative Reporting's list of America's worst charities at "America's Worst Charities," last modified November 15, 2013, www.tampabay.com/americas-worst charities.

7. Erik Eckholm, "Family Battle Offers Look Inside Lavish TV Ministry," *New York Times*, May 4, 2012.

8. 如果你正在考虑向非营利组织捐款，可以在 www.guidestar.org 上免费注册，然后搜索并下载该组织的 990 表格，看一看它是如何筹款的。

第十一章 广告业帮助穷人

1. 2000 年，有报道称，由于"微笑行动"在发展中国家所做的手术导致病人死亡的事件受到广泛宣传，该组织对自己的工作进行了评估。参见 Elizabeth Rosenthal and Reed Abelson, "Whirlwind of Facial Surgery by Foreigners Upsets China," *New York Times,* November 25, 1999, 以及 Reed Abelson, "Charity Promises Sweeping Changes After Review," *New York Times,* April 12, 2000。

2. 关于“微笑列车”“创造奇迹”的信息摘自对马拉尼和“微笑列车”发言人的采访，以及其他内部资料。

3. Vimeo 上可观看完整影片。

4. 马拉尼的部分酬劳是“微笑列车”英国分部支付的，但是英国高等法院于 2013 年做出裁决，要求返还马拉尼于 2007 年、2008 年、2010 年和 2011 年从“微笑列车”英国分部收到的未经授权的薪酬 633, 509 英镑。参见 Andy Hiller, “How Smile Train UK Ended Up in Court,” *Third Sector Online,* March 25, 2014。马拉尼也称，他以捐款的形式向“微笑列车”返还了几十万美元。

5. 经济学家尤里·格尼茨和约翰·里斯特介绍了马拉尼是如何仔细评估直邮广告效果的，参见 *The Why Axis: Hidden Motives and the Undiscovered Economics of Everyday Life* (New York: Public Affairs, 2013), chap. 10。

6. 尽管各国具体价格不同，但大体上内翻足和唇腭裂手术的花费都在 250 美元左右。和其他很多慈善组织一样，250 美元的支票同样也可以用于其他花销，比如培训医生和购买教学资料。慈善评估组织“明智行善”称，“微笑列车”的筹款数额大于它直接用于手术的资金。“微笑列车”的做法是，集中盈余资金投入教育、培训，并资助其他唇腭裂项目。“明智行善”支持这种方式。参见 Holden Karnofsky, “Smile Train,” *GiveWell Blog,* November 30, 2009, http://blog.givewell.org/2009/11/30/smile train。“创造奇迹”和“第一步”采用相似的做法在特定国家支付手术费用。

7. Deborah A. Small, George Loewenstein, and Paul Slovic, “Sympathy and Callousness: The Impact of Deliberative Thought on Donations to Identifiable and Statistical Victims,” *Organizational Behavior and Human Decision Processes* 102, no. 2 (2007): 143—153.

8. 关于洛基亚这项研究，详见 Paul Slovic, “‘If I Look at the Mass I Will Never Act’: Psychic Numbing and Genocide,” *Judgment and Decision*

Making 2, no. 2 (April 2007): 79—95。本章中的其他相关内容也引自此文。

9. Peter Singer, *The Life You Can Save: How to Do Your Part to End World Poverty* (New York: Random House, 2009).

10. Tehila Kogut and Ilana Ritov, "The 'Identified Victim' Effect: An Identified Group, or Just a Single Individual?" *Journal of Behavioral Decision Making* 18 (2005): 157—167.

11. 丰年虾的故事引自与斯库勒的私人通信。

12. 引自比尔·盖茨2007年在哈佛大学所做的毕业演讲，参见Bill Gates, "Remarks of Bill Gates, Harvard Commencement 2007," June 7, 2007, transcript, Harvard Gazette, http://news.harvard.edu/gazette/story/2007/06/remarks-of-bill-gates-harvard-commencement-2007。

13. 这句话引自Richard Stearns, *The Hole in Our Gospel: What Does God Expect of Us? The Answer That Changed My Life and Might Just Change the World* (Nashville, TN: Thomas Nelson, 2009), p. 10。

第十二章　让社会公益形成规模

1. 关于这种转变，更多信息可参阅重要资料来源《斯坦福创新评论》(*Stanford Social Innovation Review*)，例如其刊载的William Landes Foster, Peter Kim, and Barbara Christiansen, "Ten Nonprofit Funding Models," *Stanford Social Innovation Review* 7, no. 2 (Spring 2009): 32—39，以及Antony Bugg-Levine, Bruce Kogut, and Nalin Kulatilaka, "A New Approach to Funding Social Enterprises," *Harvard Business Review* 90, no. 1 (January—February 2012): 119—123。

2. 杰奎琳·诺沃格拉茨的故事，参见她的著作*The Blue Sweater: Bridging the Gap Between Rich and Poor in an Interconnected World* (New York: Rodale Books, 2009)。

3. 关于影响力投资和社会企业，详见 Georgia Levenson Keohane, *Social Entrepreneurship for the 21st Century: Innovation Across the Nonprofit, Private, and Public Sectors* (New York: McGraw-Hill, 2013)。

4. 关于社会企业在扩大规模方面的困难，参见 Alan Hirzel, “To Grow, Social Enterprises Must Play by Businesss Rules,” *Harvard Business Review Blog,* January 9, 2012。

5. “Purpose Driven Consumers Planning Sharp Increase in Socially Conscious Purchases,” *Good Must Grow press release,* April 3, 2013.

6. 参见 “Biting Commentary,” *The Economist,* May 4, 2013。

第十三章 做大做好

1. Rosabeth Moss Kanter, “It’ s Time to Take Full Responsibility,” *Harvard Business Review* 88, no. 10 (October 2010)。

2. 关于营养不良的信息引自《柳叶刀》于2013年刊登的一系列论文。这一统计数字见于 Robert E. Black et al., “Maternal and Child Undernutrition and Overweight in Low-Income and Middle-Income Countries,” *The Lancet* 382, no. 9890 (August 2013): 427—451。

3. Liu Jianghong et al., “Malnutrition at Age 3 Years and Lower Cognitive Ability at Age 11 Years: Independence from Psychosocial Adversity,” *Archives of Pediatric and Adolescent Medicine* 157, no. 6 (June 2003): 593—600.

4. Milton Friedman, “The Social Responsibility of Business Is to Increase Its Profits,” *New York Times Magazine,* September 13, 1970.

5. Sunil Sazawal et al., “Impact of Micronutrient Fortification of Yoghurt on Micronutrient Status Markers and Growth a Randomized Double Blind Controlled Trial Among School Children in Bangladesh,” *BMC Public*

Health 13 (May 2013): 1—11.

6. 关于为他人付出的人为何常常展示出更大的力量、具备强大的筹款和销售技能，在一些案例中，甚至还能获得更高的收入，宾夕法尼亚大学的亚当·格兰特曾写过一本非常有趣的著作：Give and Take: A Revolutionary Approach to Success (New York: Viking, 2013)。

7. Annex A: Interim Reconviction Figures for the Peterborough and Doncaster Payment by Results Pilots (London: Ministry of Justice, 2014).

8. 发展中国家居民获取清洁水源的精彩报道参见“Enough Is Not Enough,” *The Economist,* May 20, 2010。

第三部分 奉献、收获、生活

第十四章 奉献的神经学：自然的快感

1. 关于惠特克中奖后的不幸遭遇，已有大量报道。其中，比较出色的是 David Samuels, “Lottery Winner Jack Whittaker’s Losing Ticket,” *Bloomberg Business Week,* December 13, 2012，还有一本精彩的电子书 Don McNay, *Life Lessons from the Lottery: Protecting Your Money in a Scary World* (Richmond, KY: RRP International, 2012)。

2. 详见 Joshua Wolf Shenk, “What Makes Us Happy?” *The Atlantic,* June 1, 2009。

3. 关于幸福感更高的人捐款更多，而捐款多的人可能提高幸福感的研究，详见 Lalin Anik, Lara B. Aknin, Michael I. Norton, and Elizabeth Dunn, “Feeling Good About Giving: The Benefits (and Costs) of Self-Interested Charitable Behavior,” working paper, Harvard Business School Marketing Unit, August 6, 2009。

4. 详见 Sonja Lyubomirsky, Kennon M. Sheldon, and David Schkade, "Pursuing Happiness: The Architecture of Sustainable Change," *Review of General Psychology* 9, no. 2 (May 2005): 111—131。在另一项实验中，研究者请退休人员为婴儿按摩，每周3次，一共3周。为婴儿按摩的受试者焦虑和抑郁程度更轻，总体健康状况更好，应激激素水平低。参见 Tiffany M. Field et al., "Elder Retired Volunteers Benefit from Giving Massage Therapy to Infants," *Journal of Applied Gerontology* 17, no. 2 (June 1998): 229—239。

5. Elizabeth W. Dunn, Lara B. Aknin, and Michael I. Norton, "Spending Money on Others Promotes Happiness," *Science* 319, no. 5870 (2008): 1687—1688。关于金钱如何能买到幸福，可参阅一本有趣的著作：Elizabeth Dunn and Michael Norton, *Happy Money: The Science of Smarter Spending* (New York: Simon & Schuster, 2013)。

6. Daniel Kahneman and Angus Deaton, "High Income Improves Evaluation of Life but Not Emotional Well-Being," *Proceedings of the National Academy of Sciences* 107, no. 38 (September 2010): 16489—16493.

7. 见 Betsey Stevenson and Justin Wolfers, "Subjective Well-Being and Income: Is There Any Evidence of Satiation?" *American Economic Review: Papers and Proceedings* 103, no. 3 (May 2013): 598—604；另见 Betsey Stevenson and Justin Wolfers, "Subjective Well-Being and Income: Is There Any Evidence of Satiation?" *American Economic Review: Papers and Proceedings* 103, no. 3 (May 2013): 598—604。2013年，在密歇根大学的报告"收入与主观幸福感的增长"(Growth in Income and Subjective Well-Being over Time)中，沃尔弗斯、史蒂文斯和丹尼尔·W. 萨克斯考察了较长时间跨度内主观幸福感与收入的增长。他们没有孤立研究美国的案例，而是

在长时间内研究了多个国家。从1973年开始，他们就发现，“在大多数国家，幸福感和收入之间都存在着一种正向关系”。盖洛普世界民意调查则是例外，它发现自2006年到2011年，全球居民的幸福感在下降。当他们计算平均幸福感和收入指数（GDP）时，二者的正序相关度是0.66，也就是说“过去40年中，幸福感的大部分增长能够用收入的增长来解释”。沃尔弗斯认为，卡尼曼和迪顿用来衡量幸福感的“幸福临界点”是以不同的调查数据为基础的，其数据的适用范围更加狭窄。

8. 沃尔弗斯和史蒂文斯认为，变化不大的原因，有可能是自1972年以来，美国的平均家庭收入没有大幅增长，而日趋加重的不平等又导致更多的财富流向富裕人口。不过，也有学者对这种解释持怀疑态度。

9. 我们在迈尔的实验室听他谈论伏核、介绍科学原理。他告诉我们，进化显然已经使大脑建立了快乐中枢，为人类做出有益行为创造了动机。但是，通过捷径——比如小白鼠按杠杆或人类吸食快克可卡因——来获取这种快乐时，并没有得到好的结果。

10. William Harbaugh, Ulrich Mayr, and Dan Burghart, “Neural Responses to Taxation and Voluntary Giving Reveal Motives for Charitable Donations,” *Science* 316, no. 5831 (June 2007): 1622—1625.

11. 仅仅是做出一个选择——捐款或不捐款——就会导致“光热效应”，使伏核的活跃度升高。巴西神经成像专家乔治·默尔领导了一项国际研究，虽然使用了不同的技术，但也发现了同样的结果：当受试者收到钱时，他们的大脑快乐中枢会亮起来，而当他们捐款的时候，快乐中枢同样会亮。参见Jorge Moll et al., “Human Fronto-Mesolimbic Networks Guide Decisions About Charitable Donation,” *Proceedings of the National Academy of Sciences* 103, no. 42 (October 2006): 15623—15628。

12. 这句话引自Bernard Mandeville, “An Essay on Charity, and Charity-Schools,” *The Fable of the Bees or Private Vices, Publick Benefits*

(London: J. Tonson, 1932), p. 294。

13. Rachel Piferi and Kathleen A. Lawler, "Social Support and Ambulatory Blood Pressure: An Examination of Both Receiving and Giving," *International Journal of Psychophysiology* 62, no. 2 (November 2006): 328—336.

14. 引自 Stephen Post and Jill Neimark, Why Good Things Happen to Good People: How to Live a Longer, Healthier, Happier Life by the Simple Act of Giving (New York: Broadway Books, 2007), p. 2。

15. Doug Oman, Carl E. Thoresen, and Kay McMahon, "Volunteerism and Mortality Among the Community-Dwelling Elderly," *Journal of Health Psychology* 4, no. 3 (May 1999): 301—316.

16. 从神经科学和心理学角度详细考察利他主义的新近著作，可参见 Elizabeth Svoboda, *What Makes a Hero? The Surprising Science of Selflessness* (New York: Penguin, 2013)。

17. Lyubomirsky et al., "Pursuing Happiness," p. 118.

18. Michael B. Zimmermann, Pieter L. Jooste, and Chandrakant S. Pandav, "Iodine-Deficiency Disorders," *The Lancet* 372, no. 9645 (October 2008): 1251.

第十五章 当社交网络挖开一口井

1. 关于保罗·扎克对皮质醇和催产素的研究，详见其著作 The Moral Molecule: The Source of Love and Prosperity (New York: Dutton, 2012)。

2. 关于撒哈拉以南非洲手摇水泵的功能，参见 *Handpump Data, Selected Countries in Sub-Saharan Africa* (St. Gallen, Switzerland: Rural Water Supply Network, 2009)。此处关于水井故障的讨论引自对水文学家的采访。

3. 参见 Jamie Skinner, *Where Every Drop Counts: Tackling Rural*

Africa' s Water Crisis, briefing paper (London: International Institute for Environment and Development, 2009)。

4. Guy Hutton and Laurence Haller, *Evaluation of the Costs and Benefits of Water and Sanitation Improvements at the Global Level* (Geneva: World Health Organization, 2004).

5. 详情可参阅www.charitywater.org/blog/sept-2011-update。

6. 部分讨论引自Joachim Boko在2012年为“慈善：水”准备的一份严谨评估，评估报告共50页，没有公开出版。见Joachim Boko, “Evaluation Report: Water, Sanitation and Hygiene Program in Central African Republic”。

7. 关于合作行为如何具有传染性，详见James H. Fowler and Nicholas Christakis, “Cooperative Behavior Cascades in Human Social Networks,” *Proceedings of the National Academy of Sciences* 107, no. 12 (March 2010): 5334—5338。

第十六章 善者生存

1. 甚至连查尔斯·达尔文也对慷慨和援助行为苦思不解。他在《人类的由来》一书中写道：“我们感到必须给予无助者援助，这主要是同情本能的附带结果。同情本能最初是社会本能的一部分，但之后逐渐变得……更加温情，传播得更加广泛。即使在强大的理智下，只要我们人性中最高贵的一部分没有堕落，我们就无法检视自己的同情心。”参见*The Descent of Man* (New York: American Dome Library Company, 1902), P. 181。

2. 关于利他主义行为的进化，详见Christopher Boehm, *Moral Origins: The Evolution of Virtue, Altruism, and Shame* (New York: Basic Books, 2012)。

3. 关于竞争利他主义，参见Gilbert Rogers, “Competitive Altruism:

From Reciprocity to the Handicap Principle," *Proceedings of the Royal Society of London* 265, no. 1394 (March 1998): 427—431，以及 Charlie L. Hardy and Mark Van Vugt, "Nice Guys Finish First: The Competitive Altruism Hypothesis," *Personality and Social Psychology Bulletin* 32, no. 10 (October 2006): 1402—1413。

4. 此类研究可见 Aleksandr Kogan et al., "Thin-Slicing Study of the Oxytocin Receptor (OXTR) Gene and the Evaluation and Expression of the Prosocial Disposition," *Proceedings of the National Academy of Sciences* 108, no. 48 (November 2011): 19189—19192。然而，有些科学家发现，人类的社会行为中，有很大一部分是催产素受体的基因型无法解释的，参见 Marian J. Bakermans-Kranenburg and Marinus H. van Ijzendoorn, "A Sociability Gene? Meta-analysis of Oxytocin Receptor Genotype Effects in Humans," *Psychiatric Genetics* 24, no. 2 (August 2013): 45—51。

5. 但是，基因变异不能独立决定人的行为。关于催产素受体多态性和文化的相互关系，可参见 Heejung S. Kim et al., "Culture, Distress, and Oxytocin Receptor Polymorphism (OXTR) Interact to Influence Emotional Support Seeking," *Proceedings of the National Academy of Sciences* 107, no. 36 (September 2010): 15717—15721。事实上，催产素受体多态性 rs53576 可以预测到不同文化环境下截然不同的行为。比如具有 AA 基因型的美国人比 GG 基因型的美国人更容易声称自己感情压抑，而韩国人则显示出相反的模式。见 Heejung S. Kim et al., "Gene-Culture Interaction: Oxytocin Receptor Polymorphism (OXTR) and Emotion Regulation," *Social Psychological and Personality Science* 2, no. 6 (November 2011): 665—672。

6. 引自 Philip Lieberman, *The Unpredictable Species: What Makes Humans Unique* (Princeton, NJ: Princeton University Press, 2013), especially

pp. 180—182。利伯曼也指出，大约 1000 年前，冰岛人和挪威人是世界上最嗜血的，而现在，他们堪称世界上最有道德感的居民；他们的基因并没有变化。他认为，发生改变的不是基因或生物学，而是文化。关于利伯曼对利他主义更多是文化行为而非固有冲动的观点论述，详见该书第 165—182 页。

7. *Born to Be Good: The Science of a Meaningful Life* (New York: W. W. Norton, 2009), p. 80.

8. 关于金钱实验，详见Kathleen D. Vohs, Nicole L. Mead, and Miranda R. Goode, “The Psychological Consequences of Money,” *Science* 314 (November 2006): 1154—1156, 以及 Kahleen D. Vohs, Nicole L. Mead, and Miranda R. Goode, “Merely Activating the Concept of Money Changes Personal and Interpersonal Behavior,” *Current Directions in Psychological Sciences* 17, no. 3 (2008): 208—212。

第十七章　帮助别人，治愈自己

1. 研究人员在一项受试老年人超过 1000 名的研究中发现，提供社会支持与受试者发病率的降低有关系，而接受社会支持则不然。这项研究还考察了受试者健康情况的改善。参见 William Michael Brown, Nathan S. Consedine, and Carol Magai, “Altruism Relates to Health in an Ethnically Diverse Sample of Older Adults,” *Journals of Gerontology Series B: Psychological Sciences and Social Sciences* 60, no. 3 (May 2005): 143—152。

2. 例如 Yunqing Li and Kenneth F. Ferraro, “Volunteering and Depression in Later Life: Social Benefit or Selection Processes?” *Journal of Health and Social Behavior* 46, no. 1 (March 2005): 68—84。

3. Stephan Meier and Alois Stutzer, “Is Volunteering Rewarding in Itself?” *Economica* 75, no. 297 (February 2008): 39—59.

4. Nancy Morrow-Howell, Jim Hinterlong, Philip A. Rozario, and

Fengyan Tan, “Effects of Volunteering on the Well-Being of Older Adults,” *Journals of Gerontology Series B: Psychological Sciences and Social Sciences* 58, no. 3 (May 2003): S137—S145.

5. 关于志愿活动和死亡率降低之间关系的最新研究，可参考：Nancy Morrow-Howell, “Volunteering in Later Life: Research Frontiers,” *Journals of Gerontology Series B: Psychological Sciences and Social Sciences* 65B, no. 4 (July 2010): 461—469。

6. Michelle C. Carlson et al., “Exploring the Effects of an ‘Everyday’ Activity Program on Executive Function and Memory in Older Adults: Experience Corps,” *Gerontologist* 48, no. 6 (December 2008): 793—801.

7. Linda P. Fried et al., “A Social Model for Health Promotion for an Aging Population: Initial Evidence on the Experience Corps Model,” *Journal of Urban Health: Bulletin of the New York Academy of Medicine* 81, no. 1 (March 2004): 64—78.

8. Michelle C. Carlson et al., “Evidence for Neurocognitive Plasticity in At-Risk Older Adults: The Experience Corps Program,” *Journals of Gerontology, Series A: Biological Sciences and Medical Sciences* 64, no. 12 (2009): 1275—1282.

第十八章　百花齐放

1. “可持续健康企业”并不是帮助贫困女孩不因经期缺课的唯一机构。哥伦比亚大学护理学院教授玛丽·莫兰创办了一个名为“从女孩到女人”的组织，解决埃塞俄比亚的女生缺课问题。“从女孩到女人”的做法是用价格低廉的埃塞俄比亚棉花制作可反复使用、可清洗的卫生棉。我们的看法是，这个问题不止有一种解决办法，任何方法都有它的缺点。一次性卫生棉价格更高，而且在没有垃圾处理设施的国家会带来问题；把可反复使用的卫生棉搭在外面的晾衣绳上，可能会让一些家庭感到难为情，如果清洗和晾晒不当，还可能导致感染或其他健康问题。

2. Emily Oster and Rebecca Thornton, "Menstruation, Sanitary Products and School Attendance: Evidence from a Randomized Evaluation," *American Economic Journal: Applied Economics* 3, no. 1 (January 2011): 91—100.

3. Paul Montgomery et al., "Sanitary Pad Interventions for Girls' Education in Ghana: A Pilot Study," *PLoS ONE* 7, no. 10 (October 2012): 1—7.

4. 关于游戏水泵出现的问题，详见 Ken Stern, *With Charity for All: Why Charities Are Failing and a Better Way to Give* (New York: Anchor Books, 2013)。

5. 桥梁国家学校与一家公司合作，通过低年级阅读评估（Early Grade Reading Assessment）和低年级数学评估（Early Grade Math Assessment）对比学生与邻近的公立及私立学校学生的表现。他们把学生按成绩分成不同部分进行比较，在桥梁学校成绩较差的学生与其他学校成绩较差的学生比较，表现普通或表现好的学生与其他学校的普通学生或优等生比较。

第十九章　奉献的密码

1. 保罗·洛瑞姆让我们想起了苏丹南部的"失踪男孩"瓦伦迪诺·邓。内战期间，数千名孤儿与家人离散，瓦伦迪诺就是其中一个。他被迫踏上了前往其他国家难民营的艰辛旅程，这段经历后来成为贯穿戴夫·艾格斯惊艳之作《什么是什么》的叙事主线。瓦伦迪诺回到苏丹南部，和一群来自美国的教师志愿者在他的家乡开办了一所非常好的学校。办学经费来自捐款和《什么是什么》一书的版税。我们去采访时，见到徒步前来报名入学的学生们，其中有些是跋涉了几百千米才来到这所学校的。瓦伦迪诺尤其关注女孩的教育，他把女孩视为社会变革的推动者。通过瓦伦迪诺·阿沙克·邓基金会捐款 300 美元，就能资助一名女生念完高中一学年的课程。

2. *Random Acts of Kindness Then and Now: The 20th Anniversary of a Simple Idea that Changes Lives* (San Francisco: Conari Press, 2013), p. 94.

3. Vanessa Allen, "I Will Give £1m to Charity, Says Oxford Don on £33,000 Salary," *Daily Mail,* November 16, 2009.

4. 关于托比·奥德和他的组织"尽我们所能捐献"，详见"Would You Give a Third of Your Salary Away to Charity?" *Guardian Money Blog,* November 19, 2009。可访问该组织网站 www.givingwhatwecan.org。

大魚讀品

A BOOK MUST BE THE AXE FOR THE FROZEN SEA INSIDE US

所谓书，必须是砍向我们内心冰封大海的斧头

—

卡夫卡

KAFKA

大魚讀品
BIG FISH BOOKS

大鱼读品是磨铁图书旗下优质外国文学出版品牌，名字来自美国小说家丹尼尔·华莱士的小说《大鱼》。我们认为小说中的大鱼象征着无限的可能性，而文学一直在试图通向无限。

大鱼团队将持续地去发现这个世界精神领域的好东西，通过劳作，锤炼自己，让自己有力，让好作品更好地被传播，从而营养自他，增进自他福祉。

大鱼的读书观、选书观基本可以用卡夫卡的这句话高度概括：所谓书，必须是砍向我们内心冰封大海的斧头。

RACHEL JOYCE

THE UNLIKELY PILGRIMAGE OF HAROLD FRY

一个人的朝圣

[英] 蕾秋·乔伊斯 著　黄妙瑜 译

欧洲首席畅销小说，热销 5 年不衰，入围 2012 年布克文学奖。全球销量过 400 万册，简体中文版销量过 150 万册。

这一年，我们都需要他安静而勇敢的陪伴。

THE LOVE SONG OF MISS QUEENIE HENNESSY

一个人的朝圣 2：奎妮的情歌

[英] 蕾秋·乔伊斯 著　袁田 译

《一个人的朝圣》相伴之作

系列简体中文销量超过 300 万册！

当哈罗德开始旅程的同时，奎妮的旅程也开始了。

哈罗德被千万人爱着，奎妮也一样。

这一年，我们都需要她安静而笃定的陪伴。

MISS BENSON'S BEETLE

本森小姐的甲虫

[英] 蕾秋·乔伊斯 著　李松逸 译

《一个人的朝圣》作者蕾秋·乔伊斯全新力作，再度书写我们内心的朝圣之旅。

这是一个关于反叛与出逃、颠覆索然无味的生活，突破困顿与平庸的故事。

有关三个人，两位女性，一次冒险。

RACHEL JOYCE

PERFECT

时间停止的那一天

[英] 蕾秋·乔伊斯 著　焦晓菊 译

触动万千读者的全球热销书
《一个人的朝圣》作者口碑新作
别害怕失去生活的勇气，因为它一刻也未曾离开过我们。

THE MUSIC SHOP

奇迹唱片行（2021 年新版）

[英] 蕾秋·乔伊斯 著　刘晓桦 译

当你静下来聆听，世界就开始变化。
这儿有家唱片行。一家明亮的小小唱片行。
门上没有店名，橱窗内没有展示，店里却塞满了古典乐、摇滚乐、爵士乐、流行乐等各种黑胶唱片。唱片行时常开到深夜。
孤独的、失眠的、伤心的或是无处可去的……形形色色的人来此寻找唱片，或者，寻找自己人生的答案。而老板弗兰克，40 岁，是个熊一般高大温柔的男人。只要告诉他你此刻的心情，或者讲讲你的故事，他总能为你找到最合适的唱片。
一个关于跨越藩篱、不畏惧未知的疗愈故事，一首跳动着希望和温暖的动人情歌，还有声音那抚慰人心的神奇力量。

A SNOW GARDEN & OTHER STORIES

一千亿种生活

[英] 蕾秋·乔伊斯 著　吕灵芝 译

全球热销书《一个人的朝圣》作者蕾秋·乔伊斯
首部不可思议的魔力治愈故事集。
我们的相遇不过是一个无比平凡的意外，生活还有一千亿种可能。
致所有独自行走在热闹生活中的你。

《带上她的眼睛》中英双语版

刘慈欣 著　[美] 周华 (Joel Martinsen) 等 译

收录银河奖一等奖作品、入选七年级教材的《带上她的眼睛》、银河奖读者提名奖作品《吞食者》《诗云》《思想者》、网友票选人气中篇《山》等八个中短篇科幻故事。

向外探索宇宙深空，向内探索地心世界。本辑围绕宇宙中不同形态的智慧生物展开浪漫的科学想象，将艺术哲学和科技发展融合，讲述不同物种之间的文明交流与碰撞。

《流浪地球》中英双语版

刘慈欣 著　[美] 韩恩立 (Elizabeth Hanlon) 等 译

收录银河奖特等奖作品《流浪地球》、银河奖大奖作品《全频带阻塞干扰》《地球大炮》《中国太阳》、入选 2018 年高考阅读题作品《微纪元》、宁浩电影《疯狂的外星人》原作《乡村教师》等六个中短篇故事。

围绕太阳灾变、人类浩劫这一科幻主题，讲述人类在绝境中寻找希望，在宇宙剧变之中以信仰的力量对抗命运。

“整个宇宙，不过是百亿年前一次壮丽焰火的余烬。”

《时间移民》中英双语版

刘慈欣 著　[美] 刘宇昆 (Ken Liu) 等 译

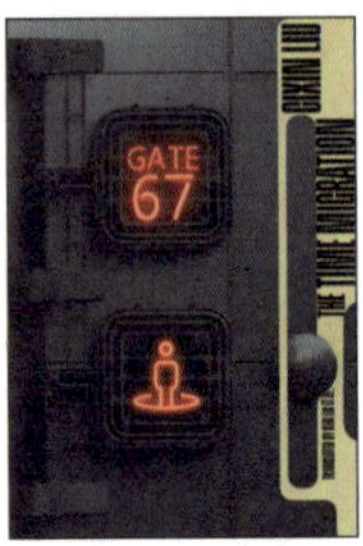

收录银河奖大奖作品《赡养人类》《镜子》、柔石小说奖短篇小说金奖作品《赡养上帝》等七个中短篇科幻故事。

围绕时间与空间这一科幻主题，讲述了人类探索无限生命与科技的浪漫幻想。

“他率领着这个时代的 8000 万人，沿着时间踏上了逃荒之路。”

GREGORY DAVID ROBERTS

SHANTARAM

项塔兰

[澳大利亚] 格里高利 · 大卫 · 罗伯兹 著　黄中宪 译

一个文艺大盗的 10 年流亡，成就一部传奇经典，
人生低谷时必读的涤荡心灵之书！
全球畅销 600 万册，发行 122 个版本，被译成
39 种语言。

KATE CHOPIN

THE AWAKENING

觉醒

[美] 凯特 · 肖邦 著　齐彦婧 译

她一遍遍问自己：什么才是真正的生活？
美国女性文学代表作，因“大逆不道”成为禁书，
再版 100 余次，121 年来长销不衰，被誉为“蒙尘的经典”。
因在文学上的卓越贡献，作者故居被评为美国国家历史名胜。
作品被选入美国大学教材，成为美国大学生必读书。
作家、资深媒体人郭玉洁 4600 字深入导读。

ASLI PERKER

SOUFFLÉ

忧伤的时候，到厨房去

[土] 爱诗乐 · 沛克 著　韩玲 译

莉莉娅某天醒来发现，她的婚姻可能并不是看上去那么美好；马克仍然无法面对挚爱的妻子离开后空荡荡的公寓；菲尔达深陷在原生家庭的泥淖中。但是他们都只想做的事情是——随着心中还留下的热情走：带着一颗自由的心灵为真正爱的人下厨。
“看到季节的更替清晰地反映在农贸市场里时，他才第一次明白整个世界就是一件完整的艺术品。”
纽约，巴黎，伊斯坦布尔。三个城市，三场挫败，三个厨房，一曲人生的舒芙蕾之歌。

FREDRIK BACKMAN

OCH VARJE MORGON BLIR VÄGEN HEM LÄNGRE OCH LÄNGRE

人生第一次

[瑞典]弗雷德里克·巴克曼 著　余小山 译

第一次相遇，第一次告别，第一次陪伴，第一次的爱。
这个奇妙又温柔的故事，让你想起那些和家人、爱人共度的好时光。
外面世界的精彩，远不敌眼前人的可爱。

김탁환

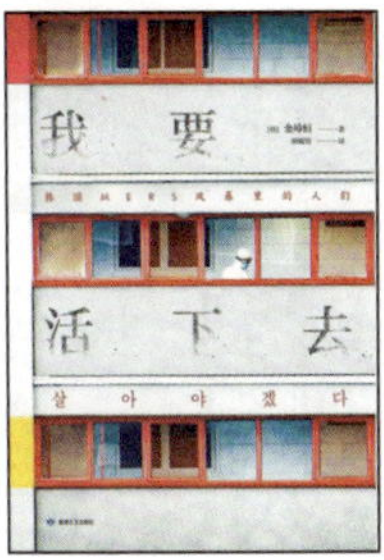

살아야겠다

我要活下去

[韩]金琸桓 著　胡椒筒 译

以 2015 年韩国流行传染病 MERS 为事件背景，以三位普通患者的经历为主线，还原冰冷数字背后一个个真实而有尊严的生命的容貌。
我不是怪物，不是“传播病毒的人”。我和你一样，只是一个被莫名其妙的厄运砸中，拼命想回到平淡日常生活的普通人而已。

공지영

도가니

熔炉（10周年修订版）

[韩]孔枝泳 著　张琪惠 译

读者票选能代表韩国的作家、韩国文学的自尊心孔枝泳口碑代表作
孔侑念念不忘，亲自投资主演同名电影，位列豆瓣电影 TOP20，评分高达 9.3
韩国前总统李明博激赏，李现、朴赞郁、张嘉佳郑重推荐
我们一路奋战，不是为了改变世界，
而是为了不让世界改变我们。

한강

채식주의자

素食者

[韩] 韩江 著　胡椒筒 译

亚洲首位国际布克文学奖得主获奖作品

享誉全球的现象级杰作，锐利如刀锋，把整个人类社会推上靶场。

为了逃避来自丈夫、家庭、社会和人群的暴力，她决定变成一棵树！

흰

白

[韩] 韩江 著　胡椒筒 译

国际布克文学奖得主韩江再度入围国际布克文学奖之作

英国《卫报》评选“今日之书”

这是韩江在白纸上用力写下的小说，是 63 个有关白色事物的记忆。

我想让你看到干净的东西，比起残忍、难过、绝望、肮脏和痛苦，我只想让你先看到干净的东西。

신경숙

엄마를 부탁해

请照顾好我妈妈

[韩] 申京淑 著　薛舟 / 徐丽红 译

她为家人奉献了一生，却没有人了解她是谁。

缔造 300 万册畅销奇迹的韩国文学神话，获第 5 届英仕曼亚洲文学奖

作者申京淑为第一位获得此奖的女性作家

每读一遍都热泪盈眶，真诚的文学饱含永不过时的情感和力量。

读完这本书，我很想给妈妈打个电话，问她：“妈妈，你也曾有自己的梦想吧？”

권여선

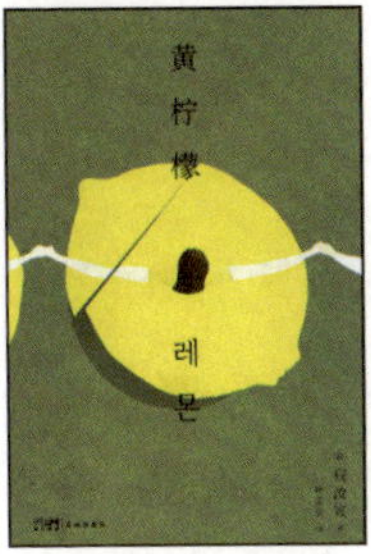

레몬

黄柠檬

[韩] 权汝宣 著　叶蕾蕾 译

黄柠檬，是姐姐死前穿的连衣裙的颜色。
如今，它是复仇的颜色。
50 位韩国作家票选 2019 年年度小说！
纽约时报编辑选书，Crimereads 年度最佳犯罪小说
一本小说版的《寄生虫》，悬疑与情感交织的心灵之诗
若有一天神也对我们闭上双眼，我们该如何面对人生的废墟？

CAROL RIFKA BRUNT

TELL THE WOLVES I'M HOME

告诉狼们我回家了

[美] 卡萝・瑞夫卡・布朗特 著　华静文 译

《杀死一只知更鸟》之后，我们终于再次等到一本感人至深的成长经典。横扫《出版人周刊》《纽约时报》等各大畅销榜，入围国际都柏林奖长名单，获评全球亚马逊编辑推荐年度最佳图书。
世界上，有各种各样的爱，这些爱很难用“对”或“不对”，“好”或“不好”去定义和评判。爱是需要学习的，如何去爱，如何去表达爱。

JÓN KALMAN STEFÁNSSON

FISKARNIR HAFA ENGA FÆTUR

鱼没有脚

[冰岛] 约恩・卡尔曼・斯特凡松 著　苇欢 译

2017 年布克国际奖提名作品
诺贝尔文学奖候选人、冰岛桂冠诗人约恩・卡尔曼・斯特凡松的文学力作
世界上最痛苦的事情一定是不曾尽力去爱。

JÓN KALMAN STEFÁNSSON冰岛三部曲

HIMNARÍKÍ OG HELVÍTI

没有你，什么都不甜蜜

[冰岛] 约恩 · 卡尔曼 · 斯特凡松 著　李静滢 译

冰岛值得阅读的桂冠级诗人小说家，入围2017年布克文学奖
一场大风雪，一个男孩的三天三夜，那个古老迷人的冰岛世界。

HARMUR ENGLANNA

天使的忧伤

[冰岛] 约恩 · 卡尔曼 · 斯特凡松 著　李静滢 译

冰岛桂冠级小说家，诺贝尔文学奖实力候选
英、法、西、德、冰、丹、挪等权威媒体盛赞本书“天堂般美妙”“每一段都像诗”“不可替代的光芒”“美的奇迹”。
无尽的风雪、海浪群山，一个男孩和一个邮差的奇异之旅。

HJARTA MANNSINS

世界尽头的写信人

[冰岛] 约恩 · 卡尔曼 · 斯特凡松 著　李静滢 译

当空中有云，海里有帆，鱼群昼夜不停。我想给你写信。
诺奖实力候选人、冰岛桂冠级诗人小说家斯特凡松步入世界文坛代表作，译为 27 种语言。
我们在字里行间纠缠着爱，所以才有了历史。

MARIA SEMPLE

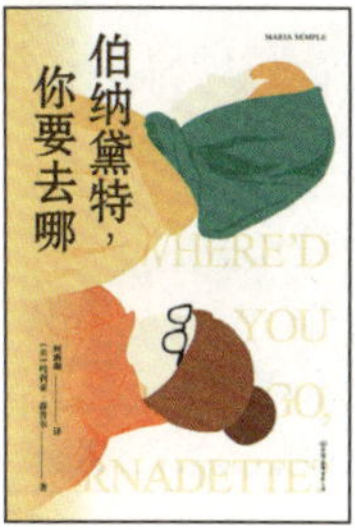

WHERE'D YOU GO, BERNADETTE

伯纳黛特，你要去哪

[美] 玛利亚·森普尔 著　何雨珈 译

“大魔王”凯特·布兰切特被小说折服，主演同名电影
席卷46国，全球销量超过700万册！
蝉联《纽约时报》畅销榜、美国国家公共电台畅销榜
长达88周 Goodreads 超过30万读者打出满分好评
136家媒体“年度图书”推选！

조해진

단순한 진심

单纯的真心

[韩] 赵海珍 著　梅雪 译

我是被亲生父母抛弃的孩子，却也是被陌生人珍视的孩子。
著名韩国作家殷熙耕、《82 年生的金智英》作者赵南柱挚爱作家赵海珍
金万重文学奖、大山文学奖获奖作首度引进。
一个关于寻找名字的故事。我们每个人的名字，都是我们曾在这世上存在的证据。

김호연

불편한 편의점

不便的便利店

[韩] 金浩然 著　朱萱 译

无论是什么关系，只要能一起吃炸鸡的，就是一家人。
韩国小说家金浩然人气代表作，《请回答 1988》之后，最有人情味的胡同故事。
上市 1 年售出 80 万册，韩国 25 座城市市民票选 2022 年年度之书。
生活就是一种关系，而关系就在于沟通。幸福并不遥远，它就在和身边人分享心声的过程当中。

NAIV.SUPER.

我是个年轻人，我心情不太好（20 周年纪念版）

[挪威] 阿澜 · 卢 著　宁蒙 译

北欧畅销书，挪威版《麦田里的守望者》
被无数读者津津乐道 20 年。
献给每一个迷茫的孩子和心情不太好的大人。

DOPPLER

我不喜欢人类，我想住进森林

[挪威] 阿澜 · 卢 著　宁蒙 译

北欧畅销小说《我是个年轻人，我心情不太好》第二季
被无数读者津津乐道 15 年并畅销不衰，风靡全球 41 国。打动了每一个在现代都市中生活、扮演某种角色，并感到疲倦的人。
逃避不可耻，还很有用。

L

我的人生空虚，我想干票大的

[挪威] 阿澜 · 卢 著　宁蒙 译

北欧畅销小说《我是个年轻人，我心情不太好》炫酷新作。

哪怕一件事并不科学，也不一定是件坏事。比如说，爱就是不科学的，而做一次注定会失败的尝试，是真的毫无意义吗？

被无数读者津津乐道 20 年并畅销不衰，风靡全球 41 国。打动了每一个在现代都市中感到年龄焦虑，情绪枯竭，觉得人生没有意义的人。

DANIEL WALLACE

BIG FISH

大鱼

[美] 丹尼尔 · 华莱士 著　宁蒙 译

出版 20 周年修订典藏版
豆瓣电影总榜 TOP100 口碑神作原著!
精彩程度不输电影!

不要相信所谓真的，相信你所爱的。

조남주

82 년생 김지영

82 年生的金智英（2021 读者互动版）

[韩] 赵南柱 著　尹嘉玄 译

豆瓣 2019 年年度受关注图书，《新京报》年度好书，《新周刊》年度书单
孔刘、郑裕美主演同名电影，郑裕美凭此片荣获影后

愿世间每一个女儿，都可以怀抱更远大、更无限的梦想。

2021 新版，编辑部特制作独立附册“觉醒与回响”，精选 15 封具有代表性、令人触动的信件，这些信件均获得了读者本人的授权。

귤의 맛

橘子的滋味

[韩] 赵南柱 著　朴春燮 / 王福栋 译

《82 年生的金智英》作者赵南柱耗时五年全新力作，
书写青春期绿色的苦涩，黑色的迷茫，橘色的温柔。
她们哭着、笑着，共同治愈心灵的创伤，一同长大。
回望那个把重要的祈愿埋进时光胶囊的夜晚，她们终于能说出——**有你在，真是万幸。**

蟲師

虫师

[日]漆原友纪 日本株式会社讲谈社 单元皓 译

日本文艺漫画经典，时代的眼泪

日本讲谈社首度官方授权简体中文版
《虫师》盒装爱藏版（全 10 卷 + 特别篇）
2003 年获日本文化省媒体艺术节漫画类优秀奖
日本文化厅日本媒体艺术 100 选排名第 9，超过
《海贼王》《全职猎人》。

JONATHAN LITTELL

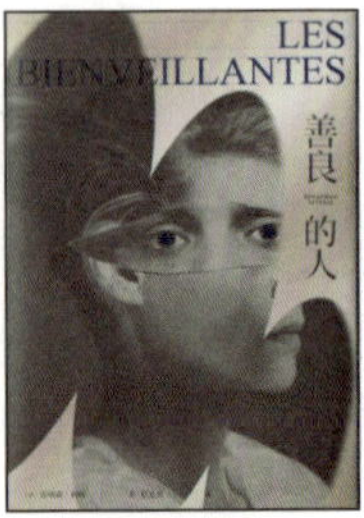

LES BIENVEILLANTES

善良的人

[美]乔纳森·利特尔 著 蔡孟贞 译

龚古尔文学奖、法兰西学院小说大奖双料得奖之作
从青年知识分子，到刽子手。伴随他的除了步步高升，
还有噩梦、眼泪和呕吐物。
一部纳粹军官的回忆录，揭露内心的痛苦、挣扎、阴暗
与不堪。每个对自己有期望的读者都不应该错过这本书。

LISA GENOVA

EVERY NOTE PLAYED

无声的音符

[美]莉萨·吉诺瓦 著 姚瑶 译

人如何生活，取决于他认为自己还有多少时间。

第 87 届奥斯卡金像奖获奖影片《依然爱丽丝》原著小说
作者，哈佛大学神经学博士莉萨·吉诺瓦撼动人心之作！
入选 2017 年 Goodreads 年度最佳小说，美国亚马逊接
近满分好评。

第一本以“渐冻人症”患者为主角的小说，这本书让你重新认识生命。

武志红

为何家会伤人（百万畅销纪念版）

武志红 著

知名心理学家武志红
从业 25 年来公认口碑代表作！
100 万册畅销纪念版，
中国家庭问题第一书！

家是港湾，爱是退路。

和另一个自己谈谈心

武志红 著

百万级畅销书《为何家会伤人》作者、知名心理学家武志红 2021 温柔新作
四合一便携小开本，提炼从业 20 多年来思想精华，随时随地反复阅读

拆解为孤独、自恋、成长、梦想的四本分册，对应人生四大课题。挖掘现象下的潜意识，展现思维盲区，剖析行为背后深层的心理动机。对于刚刚接触心理学，或有自我探索需求的读者很友好，适合作为入门书。

NICHOLAS D. KRISTOF & SHERYL WUDUNN

HALF THE SKY

天空的另一半

[美] 尼可拉斯 · D. 克里斯多夫 雪莉 · 邓恩 著

吴茵茵 译

每一个地球公民的必读书。——比尔 · 盖茨

普利策新闻奖得主讲述女性的绝望与希望。

A PATH APPEARS

天空的另一半 2

[美] 尼可拉斯 · D. 克里斯多夫 雪莉 · 邓恩 著

张孝铎 译

一本写给每个世界公民的慈善行动手册

普利策新闻奖得主深入探访全球弱势群体，用 19 个故事告诉你何谓“善者生存”。

只有我们付出的，才是我们拥有的。

THOR HEYERDAHL

THE KON-TIKI

孤筏重洋

[挪威] 托尔 · 海尔达尔 著　吴丽玫 译

畅销 70 年，被译介为 156 个版本，全球销量超过 3500 万册！入选联合国《世界记忆名录》，改编电影提名奥斯卡最佳外语片。木筏横渡太平洋！

ROSA MONTERO

NOSOTRAS：HISTORIAS DE MUJERES Y ALGO MÁS

女性小传

[西] 罗莎·蒙特罗 著 罗秀 译

一部女性心灵史，大胆呈现女性身上全部和完整的人性

西班牙国家文学奖得主罗莎·蒙特罗女性领域经典力作
用炙热而刺耳的文字，写下阿加莎·克里斯蒂、波伏瓦、弗里达、武则天等 106 位杰出女性的低吟与沸腾。

MELINDA GATES

THE MOMENT OF LIFT

女性的时刻

[美] 梅琳达·盖茨 著 齐彦婧 译

比尔·盖茨夫人、《福布斯》权力榜女性领袖梅琳达·盖茨首度出书

比尔·盖茨亲自晒书推荐，入选奥巴马年度书单，巴菲特、奥普拉、马拉拉、艾玛·沃森、杨澜联合推荐！她和她讲述的女性故事，激励每个人摆脱无力感，认识到自身无限潜能；分享全球女性的困境与抗争，分享个人成长经历、微软职业经历、与比尔·盖茨的相恋过程和婚姻生活。

CHERYL STRAYED

WILD

走出荒野

[美] 谢丽尔·斯特雷德 著
靳婷婷 张怀强 译

连续 126 周盘踞《纽约时报》畅销榜！
仅美国就卖出 300 万册！
罕见地横扫 17 项年度图书大奖！版权售出 40 国！
每个人的生命中，都有一片荒野，
需要你自己探出一条路来。

CAITLIN DOUGHTY

SMOKE GETS IN YOUR EYES

好好告别

[美] 凯特琳 · 道蒂 著　崔倩倩 译

媒体力赞——“大开眼界”“一本改变你死亡观的书”“不被道蒂的讲述启发是不可能的”“让你一路笑不停的奇书”！！

我们越了解死亡，就越了解自己。

FROM HERE TO ETERNITY: TRAVELING THE WORLD TO FIND THE GOOD DEATH

好好告别

世界葬礼观察手记

[美] 凯特琳 · 道蒂 著　崔倩倩 译

美国传奇殡葬师凯特琳 · 道蒂游历印尼、日本、墨西哥等 10 余个国家和地区，亲身走访科罗拉多州的露天火葬、印尼公共墓室、墨西哥亡灵节、日本琉璃殿骨灰供奉等。在这些葬礼文化中，既蕴涵着当地的历史传统，也让我们看到关于葬礼更多的可能性。

我们没有义务远离死亡，也没有义务对死亡感到羞耻。

WILL MY CAT EAT MY EYEBALLS?

猫咪会吃掉我的眼珠子吗？

[美] 凯特琳 · 道蒂 著　崔倩倩 译

Goodreads 读者奖，《纽约时报》畅销书
作者是愿意回答各种奇怪问题的传奇殡葬师凯特琳 · 道蒂
直接　大胆　精彩　爆笑　涨知识　深有启发
一本书扫除认知盲区，满足所有好奇心，原来谈“死”可以这么有趣！

吴晓乐

可是我偏偏不喜欢

吴晓乐 著

也许他们说的都是对的，也许符合标准的人生都是很好很好的——可是我偏偏不喜欢。
《你的孩子不是你的孩子》作者吴晓乐非虚构力作，关于性别、成长、职业选择、梦想、与家人关系等主题的 21 篇犀利随笔。
献给和社会格格不入的你。

你的孩子不是你的孩子

吴晓乐 著

一位家庭教师长达 8 年的观察，9 个震撼人心的真实家庭故事。
数月雄踞博客来总榜 No.1，同名网剧被称为“中国台湾版《黑镜》”。
这世间最可怕的伤害，打的旗号叫“为你好”。

CRAIG CHILDS

THE ANIMAL DIALOGUES

遇见动物的时刻

[美] 克雷格 · 查尔兹 著　韩玲 译

克雷格 · 查尔兹的大半生都在荒野中探险。他写下自己与 30 多种动物的偶遇过程，他了解每一种动物的生活习性和动物王国中蕴含的野性之美。每一次相遇，他都将自身还原为生命的原始状态，去感受自然界的生存、繁衍、搏斗与死亡。

本书献给每一个热爱动物的孩子和大人，让你的世界宽阔而柔软。

ROBYN DAVIDSON

TRACKS

我独自穿越沙漠

[澳] 罗宾·戴维森 著　袁田 译

一次澳大利亚洲内陆的探索与发现之旅，也是一个女人单纯且充满激情地寻找自我和追随内心的精神冒险之旅。

1975 年，27 岁的普通澳大利亚普通女子罗宾·戴维森，来到澳大利亚爱丽丝泉，学习和了解骆驼的习性和以及喂养、训练它们的相关技巧。两年后，凭着那股对沙漠和自我探寻的渴望，罗宾接受美国《国家地理》杂志的资金支持，带上四匹骆驼、一条狗，踏上穿越澳大利亚腹地 2000 多公里的沙漠的征程。

VIVIAN MAIER

VIVIAN MAIER: STREET PHOTOGRAPHER

我是这个世界的间谍：薇薇安·迈尔街拍精选摄影集

VIVIAN MAIER: SELF-PORTRAITS

我与这个世界的距离：薇薇安·迈尔自拍精选摄影集

[美] 薇薇安·迈尔 摄　约翰·马卢夫 编

“她用孤独隐秘的一生，服事了影像的光辉与不朽。”

街头摄影界的凡·高

传奇保姆摄影师薇薇安·迈尔隐没 60 年作品

精装、大开本首度原版呈现

“这些是她最棒的一些照片，也许也是她留下的作品中最有启发性的了。”——《洛杉矶时报》

大魚讀品

Big Fish 磨铁图书旗下品牌

出 品 人｜沈浩波

主　　编｜冯倩

产品经理｜任　菲　牛长红　商瑞琪　邱郁　赵士华

版权支持｜程欣

营销编辑｜叶梦瑶　徐　幸　王舞笛

书目设计｜付诗意　沐希设计　拾拾

豆瓣账号｜大鱼读品

联系邮箱｜bigfishbooks@xiron.net.cn

地　　址｜北京市西城区德外大街 83 号德胜国际中心 B 座 10 层

微信公众号
大鱼读品 BigFish

微博
大鱼读品 BigFish